Die Karneval-Hochzeit meines besten Freundes

BOYS OF THE BAYOU
BUCH EINS

ERIN NICHOLAS

Copyright © 2019 by Erin Nicholas

Alle Rechte vorbehalten.

Kein Teil dieses Buches darf in irgendeiner Form oder mit irgendwelchen elektronischen oder mechanischen Mitteln, einschließlich Informationsspeicher- und -abrufsystemen, ohne schriftliche Genehmigung der Autorin vervielfältigt werden. Ausgenommen sind kurze Zitate in einer Buchbesprechung.

Editor: Lindsey Faber

Cover design: Angela Waters

Cover photography: Wander Aguiar

Translator: Anja Maria Lermer

Überall waren nackte Brüste. Buchstäblich.

Es war Karneval in der Bourbon Street in New Orleans.

Also ja, viele, viele nackte Brüste. Und andere nackte Körperteile.

Josh Landry war das egal.

Möglicherweise zum ersten Mal in seinem Leben.

Okay, das stimmte nicht ganz. Schließlich waren es nackte Brüste. Doch noch während er einer Frau eine Perlenkette reichte, drängte sich Josh bereits an ihr vorbei.

Einen Moment später schlug ihm eine fast identische Kette mit Plastikperlen ins Gesicht.

Was zum Teufel? Er schaute zum Balkon, wo eine Gruppe betrunkener Burschenschaftler Perlen auf die Straße warf. Eine weitere sauste an seinem Ohr vorbei. Himmel, die sollten die Dinger doch nicht werfen. Und sah er etwa aus, als ob er Titten hätte?

Josh nahm einen tiefen Atemzug. Er mochte Karneval. Karneval war großartig. Karneval machte verdammt viel Spaß.

Bis er ihn zu einem riesigen Trottel gemacht hatte.

Und zölibatär. Das konnte er nicht vergessen.

Er war seit einem *Jahr* mit keiner Frau mehr ausgegangen. Seine Freunde machten sich langsam Sorgen um ihn. Sie waren überzeugt, dass er einen Gehirntumor hatte.

Doch das sollte alles ein Ende haben. Heute Abend war er mit einer Frau verabredet. Und zwar mit *der* Frau. Der Frau, die er beim letzten Karneval kennengelernt hatte. Er hatte noch nicht einmal mit ihr geschlafen und musste trotzdem immer wieder an sie denken. Heute Abend sollte sie hier sein, an dem Ort, an dem sie sich letztes Jahr begegnet waren.

Zumindest hatten sie das so vereinbart, wenn sie beide noch interessiert waren. Und Single.

Und in der Lage, zu der verdammten Bar zu gelangen.

Dies war seine vierte Runde auf dieser speziellen Mission, und es würde seine letzte sein, verdammt noch mal. Er arbeitete bis ein Uhr morgens als Barkeeper im Trahan's und hatte alle zwei Stunden eine zwanzigminütige Pause eingelegt, um die Bourbon Street entlangzugehen – okay, wohl eher um sich unter Einsatz seiner Ellenbogen einen Weg zu bahnen – um zum Bourbon O's zu gelangen und zu sehen, ob sie dort war. Zum Glück waren seine Chefs gute Freunde von ihm und ließen ihm viel durchgehen. Personalmangel war so ziemlich das Schlimmste, was einer Bar in New Orleans zu Karneval passieren konnte.

Er tauchte aus der Menge auf der Dumaine auf und bog in die Bourbon ein. Er wusste, dass es keine gute Idee war, die beliebteste Straße der Stadt komplett entlangzulaufen, doch an einem Punkt hatte er keine andere Wahl, als sich der wahnsinnigen Masse der Feiernden anzuschließen.

Er war sich sicher, dass die Menge in diesem Jahr nicht größer war als in jedem anderen, aber es war ihm nie aufgefallen, wie voll die Straße tatsächlich war. Denn es hatte ihm noch nie etwas ausgemacht. Er war Barkeeper. Er liebte Partys. Normalerweise war er mitten im Geschehen. Er liebte New Orleans und die neuen Leute, die hierherkamen, um die Stadt zu erleben. Karneval war seine Lieblingszeit im Jahr. Bis jetzt. Denn all diese sturzbetrunkenen Feiernden standen zwischen ihm und der Frau, die ihm seit fast zwölf vollen Monaten nicht aus dem Kopf ging.

Trotzdem würde er diesen Weg den ganzen Abend immer wieder zurücklegen. Bis er sie gefunden hatte oder die Uhr Mitternacht schlug und die Karnevalsfeierlichkeiten offiziell beendet waren. Sich über acht Blocks mit den Feierwütigen von Trahan's Tavern auf der St. Peter Street bis zum Bourbon O auf der Bourbon Street durchzukämpfen, war in etwa so wie für die wahre Liebe den Nil zu durchschwimmen, den Mount Everest zu besteigen oder die Sahara zu durchqueren. Es war verdammt romantisch. Endlich machte er dem Namen Landry alle Ehre, wenn es um Herzensangelegenheiten ging.

Lächelnd schüttelte er den Kopf. Irgendwann hatte es ja so kommen müssen. Man konnte nicht achtundzwanzig Jahre lang mit den Landrys und Morelands zusammenleben, ohne ein blauäugiger Trottel zu werden.

Er wollte einfach nur, dass diese Geschichte ein gutes Ende nahm.

Sie musste einfach da sein.

Josh knurrte eine Gruppe von Frauen in den Mittfünfzigern an, die gerade mitten auf der Straße stehengeblieben war, um für ein Selfie zu posieren.

„Oh, würden Sie ein Foto von uns machen?", fragte eine der Frauen, die eine *Schärpe* mit der Aufschrift *Birthday Girl* und ein Diadem trug. Es musste ihr fünfzigster Geburtstag sein, wenn nicht sogar ihr sechzigster.

Die Tatsache, dass sie dem Karneval trotzte, um den Meilenstein zu feiern, beeindruckte Josh. Karneval auf der Bourbon Street in New Orleans war nichts für schwache Nerven.

Und ungeachtet der Tatsache, dass diese Leute ihn bei seiner Mission aufhielten, wie konnte er da nein sagen? Schließlich waren sie nicht die *Einzigen*, die ihm im Weg standen. Und er war nicht nur ein Junge aus Louisiana, der glaubte, dass Karneval eine Erfahrung war, die jeder irgendwann in seinem Leben machen sollte. Er war auch Barkeeper im französischen Viertel und, nun ja, ein großer Verfechter der Meinung, dass man sich keine Gelegenheit entgehen lassen sollte, um Spaß zu haben. Wie sollte er diese Frauen mit ihren leuchtend orangefarbenen *Angie's Birthday Bash*-T-Shirts nicht ermutigen? Sie hatten alle Handgranaten in der Hand. So hießen die starken Drinks, die in der Tropical Isle Bar serviert wurden, und es war offensichtlich, dass es nicht ihre ersten waren.

Er schenkte der Geburtstagsgesellschaft ein breites, wohlwollendes Grinsen. „Okay, Mädels", sagte er. Er biss die Zähne zusammen, als ihn jemand von hinten anrempelte.

Es gehörte zu seiner Berufung, dafür zu sorgen, dass die Menschen New Orleans und den großartigen Staat Louisiana mit einem breiten Lächeln, schönen Erinnerungen und dem festen Vorsatz verließen, so bald wie möglich zurückzukehren.

Genau wie die Frau, die er vor einem Jahr mit einem breiten Lächeln und dem Versprechen, ihren hübschen Hintern so schnell wie möglich wieder hierher zu bewegen, nach Iowa zurückfahren lassen hatte.

Heute Abend sollte sie nur ein paar Straßen weiter sein.

Dieser Gedanke sandte einen Adrenalinstoß durch seinen Körper, und er beeilte sich, die Frauen für das Foto in Position zu bringen. Vier Handys wurden ihm in die Hand gedrückt und Josh seufzte.

Kichernd scharten sich die fünf Freundinnen um das Geburtstagskind. Er achtete darauf, dass das Bourbon-Street-Zeichen über ihren Köpfen auf dem Foto zu sehen war. „Okay, eins-zwei-drei." Er schoss drei Fotos mit jedem der ersten drei Handys.

Als er das vierte Telefon in der Hand hielt und herunterzählte, hoben die sechs Frauen – die alt genug waren, um seine Mutter zu sein – ihre Shirts und zeigten ihm ihre Brüste. Ihre nackten Brüste.

Er stieß einen Atemzug aus. Aber er machte das Foto. Seit er achtzehn war, war er jedes Jahr beim Karneval in New Orleans gewesen. Dies war nicht das erste Mal, dass er Brüste zu sehen bekam, die er nicht sehen wollte, und es würde auch nicht das letzte Mal sein.

Josh reichte jeder der Frauen eine Perlenkette. „Sieht so aus, als wüsstet ihr Mädels, wie es hier läuft", meinte er.

Alle lachten und Angie nahm ihm ihr Handy wieder ab. Sie sah sich das Foto an und zeigte es den anderen. Sie grinsten und nickten. Josh schüttelte den Kopf.

„Ich muss los", sagte er. „Benehmt euch, okay?"

„Wir sollen brav sein?" Eine der Frauen rümpfte die Nase. „Wirklich?"

„Ich habe nicht gesagt, dass ihr brav sein sollt", sagte er augenzwinkernd. „Ich sagte, benehmt euch. Dem heutigen Anlass entsprechend."

Mit einem breiten Grinsen nickte sie. „Verstanden."

Lachend drehte er sich um, um sich weiter durch die Menschenmassen zum Bourbon O durchzukämpfen, der Bar, in der er Tori letztes Jahr kennengelernt hatte. Damals hatte er dort gearbeitet. In den letzten Jahren hatte er in sechs der Bars entlang der Bourbon Getränke ausgeschenkt, aber das Bourbon O war sein Lieblingslokal, da es mit Abstand das schönste war. Solange es in einer Bar starken Alkohol und Live-Musik gab, konnte es die übelste Absteige auf der Bourbon sein. Den Touristen war das egal. Das Ambiente einer „Spelunke" schien sogar fast erwartet zu werden. Aber das Bourbon O war eine Stufe – oder zehn – über den meisten anderen Lokalen auf der Straße. Nicht, dass Josh in diesen „Spelunken" keinen Spaß gehabt und kein gutes Geld verdient hätte. Er hatte sich einfach auf der Straße hochgearbeitet, während sein Ruf als großartige Kombination aus Barkeeper, Rausschmeißer und Abschlepper wuchs. Er flirtete, wenn es nötig war, und redete über Sport, Angeln und Jagen oder über jedes andere Thema, sofern *dies* angebracht war.

Außerdem konnte er beinahe jedem zuhören, der wegen irgendetwas jammerte. Er war einfach großartig, Punkt.

Und jetzt arbeitete er für zwei seiner besten Freunde. Gabe und Logan Trahan betrieben die Trahan's Tavern drüben in St. Peter. Sie lag zwar etwas abseits der Bourbon Street, aber das Geschäft lief sehr gut. Die Taverne befand sich an einer Ecke direkt gegenüber vom Jackson Square und war ein beliebter Anlaufpunkt für Touristen und einheimische Stammgäste. Natürlich standen Logan und Gabe Josh in Sachen Flirten, intellektuelle Gespräche oder dem Zeigen von Mitgefühl in nichts nach. Je nachdem, was die Situation gerade erforderte. Und bis sie ihre Frauen kennengelernt hatten, hatten sie auch ihren Teil zur „Unterhaltung" der weiblichen Touristen im Viertel beigetragen.

Mittlerweile war das alles Joshs Aufgabe.

Er grinste. Okay, vielleicht nicht *alles*, aber er tat sein Bestes, um „auszuhelfen".

Zumindest bis er Tori kennengelernt hatte.

Josh beschleunigte seinen Schritt, als er die Straße entlangging, während ihm die Bilder der wunderschönen Brünetten durch den Kopf gingen, die beim letzten Karneval fast vier Stunden lang an der Bar im Bourbon O gesessen hatte.

Bitte sei da.

Er war nur noch einen Block entfernt und erlaubte sich endlich, die Möglichkeit in Erwägung zu ziehen, dass Tori vielleicht nicht da war.

Vor einem Jahr, zwei Wochen und sechs Tagen …

„Ich möchte dich wiedersehen." Er umfasste ihr Gesicht mit beiden Händen und küsste sie langsam und leidenschaftlich. „Sag mir, dass ich dich wiedersehen werde", raunte er an ihren Lippen.

„Ich lebe in Iowa."

Doch die Art und Weise, wie sie mit ihm verschmolz, als wäre sie ein Stück Butter und er eine warme Scheibe Maisbrot, sagte ihm, dass sie nichts dagegen hätte, das noch einmal zu wiederholen.

„Ja. Und es gibt Straßen zwischen hier und dort, Tori."

Sie stöhnte leise. Er stellte sich vor, dass sie so klingen würde, wenn sie ein riesiges Stück Schokoladenkuchen vorgesetzt bekam, von dem sie dachte, dass sie es nicht essen sollte. Aber wollte.

„Es ist wirklich schwer für mich, wegzukommen. Und für dich auch", erinnerte sie ihn.

„Aber nicht unmöglich."

Okay, es war fast unmöglich. Er hatte zwei Jobs. Neben seiner Tätigkeit als Barkeeper arbeitete er für ein Unternehmen, an dem er beteiligt war. Außerdem hatte er eine große, übermäßig engagierte Familie, die viel von ihm erwartete. Sie war Tierärztin. Die Einzige in der Kleinstadt in Iowa, in der sie lebte. Viele Leute verließen sich auf sie, nicht nur Haustierbesitzer, sondern auch Farmer, die mit den Tieren ihren Lebensunterhalt verdienten. Dieses Wochenende war ihr erster Urlaub seit zwei Jahren. Und es waren nur drei Tage.

Sie atmete aus und fuhr mit ihren Händen über seinen Hals und durch sein Haar. „Damit habe ich nicht gerechnet."

„Ich auch nicht." Das war eine gewaltige Untertreibung. Auch wenn sie ihm sofort aufgefallen war, als sie sich ihm gegenüber an die Bar gesetzt hatte, überrumpelte ihn die Verbindung, die Art und Weise, wie sie ihn zum Lachen brachte, und sein starker Wunsch, sie zum Lachen zu bringen.

Sie hatten zwei Tage miteinander verbracht. Sie hatten nicht einmal miteinander geschlafen. Sie hatten nur geredet, geflirtet und gelacht. Stundenlang. Und jetzt wollte er hundert weitere Tage mit ihr verbringen.

Sie seufzte, als er die Seite ihres Halses küsste. „Das ist einfach die Romantik von New Orleans, sagte sie.

„Und ich war der erste Südstaatenjunge, der dich angegrinst hat?"

Sie lachte. „Du warst in vielen Dingen der Erste, aber nein, das nicht."

Er schenkte ihr sein Südstaatenjungen-Grinsen. Südstaatenjungs konnten nicht anders, als mit hübschen Mädchen aus dem Norden zu flirten. Und mit hübschen Südstaatlerinnen. Doch es machte besonders viel Spaß, den Mädchen, die ihre Zeit oberhalb der Mason-Dixon-Linie verbrachten, eine Kostprobe ihres Südstaaten-Charmes zu geben.

„Ich denke nur, dass ich mich vielleicht … in etwas hineinsteigere. Dieses Wochenende ist so anders als meine üblichen Wochenenden." Sie lachte leise. „Mein übliches Leben. Wahrscheinlich werde ich in Des Moines aus dem Flugzeug steigen und feststellen, dass das alles nur … ein Traum war. Und du wirst wahrscheinlich meinen Namen vergessen, sobald ein anderes Mädchen auf diesem Stuhl nach deinem Spezial-Drink fragt."

Bei dieser Aussage krampfte sich sein Magen zusammen. Er würde sie auf keinen Fall vergessen.

Er stieß einen Atemzug aus. „Gib mir wenigstens deine Telefonnummer, damit wir in Kontakt bleiben können. Dann kann ich zumindest versuchen, dich zu überreden, wieder hierherzukommen."

Sie musterte ihn einen Moment lang, dann stellte sie sich auf die Zehenspitzen und drückte ihm einen Kuss auf die Lippen, bevor sie einen Schritt zurückwich. „Ich glaube, der Zauber wird nachlassen, Josh. Das glaube ich wirklich. Und ich möchte nicht zu Hause sitzen und darauf warten, dass du anrufst, und dann untröstlich sein, wenn du es nicht tust."

„Ich werde anrufen."

Sie schenkte ihm ein kleines Lächeln. „Und wenn du es tust, werde ich nicht wissen, was ich machen soll. Mit dir."

„Ich kann dir eine sehr lange Liste von Dingen geben, die du mit mir machen kannst."

Hitze flackerte in ihren Augen auf, doch sie schüttelte Kopf. „Ich weiß, dass du anrufen willst. Ich glaube dir. Es

könnte eine Weile lang gut gehen. Aber ich denke, dass ..."
Sie seufzte. „Wir haben beide unser Leben. Sehr unterschiedliche Leben. Es ist wahrscheinlich besser, es dabei zu belassen."

Vielleicht wäre das tatsächlich das Beste. Doch das wollte er nicht. Ganz und gar nicht.

Er sollte wahrscheinlich nicht sagen, was ihm gerade in den Sinn gekommen war. Aber er würde es tun. Denn er stammte aus einer langen Reihe von sehr leidenschaftlichen, romantischen, leicht verrückten Menschen. Und diese Idee entsprach all diesen Dingen.

„Wir sehen uns nächstes Jahr."

Verwirrt runzelte sie die Stirn. „Was?"

Er nickte. „Wir gehen ein Jahr lang getrennte Wege. Und falls wir in einem Jahr immer noch aneinander denken und uns wiedersehen wollen, treffen wir uns am Karneval im Bourbon O. Wenn wir beide da sind, wissen wir Bescheid."

Sie starrte ihn an. Der Vorschlag war verrückt. Aber es war ... sicher. Wenn einer von ihnen auftauchte und der andere nicht, war das nicht weiter schlimm. Wenn keiner von beiden auftauchte, würde alles normal weitergehen. Es gab vier Millionen Dinge, die sie daran hindern konnten, wieder zusammenzukommen. Doch es bestand eine Möglichkeit.

Das war alles, was er wollte.

Es war sehr romantisch. Sein Dad wäre unglaublich stolz. Und seine Mom auch. Und seine Oma, sein Opa, seine Tanten und Onkel ... ja, die Familie würde diese Geschichte lieben.

Natürlich würden sie ihm die Hölle heiß machen, wenn sie nächstes Jahr nicht hier auftauchen würde. Doch er war bereit, dieses Risiko einzugehen. Die Familie Landry lebte nach dem Motto, dass man nur Dinge tun sollte, die das Herz zum Klopfen brachten.

„Das ist ..." Tori schüttelte den Kopf.

„Komm schon. Sag ja. Gib mir zumindest diesen

Krümel", sagte er grinsend und trat wieder dicht an sie heran. „Wenn es wirklich vorbei ist, sobald dein Flugzeug abhebt, dann soll es so sein. Aber so haben wir zumindest eine Chance, falls es doch nicht vorbei sein sollte."

Sie lachte. „Okay. Na gut. Nächstes Jahr. Karneval. Bourbon O."

Er küsste sie lange und leidenschaftlich. Dann sagte er: „Ich werde da sein."

Sie hatte nur gelächelt.

Sie hatte ihm nicht geglaubt. Aber sie hatte sich darauf eingelassen.

Jetzt, ein Jahr später, war er auf dem Weg zum Bourbon O und wich Perlen und Brüsten aus.

Und es bestand durchaus die Möglichkeit, dass sie nicht da sein würde.

Verdammt.

Seine Familie würde ihm die Hölle heiß machen.

Dreißig Minuten zuvor, zwei Straßen weiter ...

Eigentlich sollte Tori Trauzeugin sein.

Dann würde sie jetzt in einem Lokal namens Trahan's Tavern etwas trinken. Tori war es egal, was sie dort servierten, sie interessierte nur, dass es *nicht* in der Bourbon Street war. Und sie würde sich mit Andrew und seinen Freunden unterhalten, anstatt auf Paisley und ihre Freundinnen aufzupassen. Sie alle weckten in Tori den Wunsch, sich mit den winzigen bunten Plastikspießchen, an denen die Ananasstücke an ihren Getränken aufgespießt waren, das Trommelfell zu durchbohren.

Korrektur – sie alle gaben ihr das Gefühl, dass jemand mit winzigen Plastikspießchen auf ihre Trommelfelle einstechen würde.

Ihre Gesprächsthemen waren schon schlimm genug – wie konnte man nur so viel über Schuhe reden? – doch das Geplapper *hörte einfach nicht auf.* Und dann war da noch das

Kichern. Und das Gequietsche. Heilige Scheiße, das Gequietsche.

Es wurde lauter und häufiger, je mehr von den eisigen, rosa und grünen Getränken die Mädchen konsumierten.

Andrew schuldete ihr wirklich einen Gefallen.

Es war interessant, dass der Typ von außerhalb *nicht* auf Bourbon feierte, während das Mädchen, das in New Orleans aufgewachsen war, sich auf der berüchtigten Partymeile die Kante gab. Paisley kam Tori eher wie ein Typ vor, der Mint-Juleps auf der Veranda genoss, als der Typ, der Shots trank und seine Brüste für Perlen zeigte.

Aber heute Abend würde sie sich in Letzteres verwandeln. Unter Toris Aufsicht.

Danke, Andrew. Immerhin war er derjenige, der sich später um Paisley kümmern würde, wenn sie sich die Seele aus dem Leib spuckte. Und um ihren Kater morgen. Tori konnte sich die Südstaatenprinzessin nicht verkatert vorstellen.

Tori nahm einen winzigen Schluck von dem rosafarbenen Gebräu, das sie in der Hand hielt, und verzog das Gesicht. Sie war eine Biertrinkerin, wenn sie überhaupt trank. Dieser Drink war offensichtlich dafür gedacht, schnell und nach mehreren anderen Getränken getrunken zu werden.

Aber es war eben eine *dieser* Bars auf der Bourbon. Es gab Neonlichter, Menschenmassen und überteuerte, aber starke Drinks in Sammelgläsern, die man nie wieder sehen wollte, nachdem man die frühen Morgenstunden kniend neben der Toilette verbracht hatte.

Was zum Teufel taten sie hier? Paisley war ein reiches Mädchen. Mit Stil.

Ein lautes, schrilles Kreischen ertönte von der Mädchengruppe, die ein paar Meter entfernt stand, und Tori verdrehte Augen. Mehr oder weniger stilvoll. Es war offensichtlich, dass Paisley kein regelmäßiger Gast in solchen Bars war, und der Rum, die Lichter und die ausgelassene Atmosphäre machten ihr zu schaffen. Ebenso wie die Tatsache, dass die Leute ihr ständig Dollarscheine ins Dekolleté steckten. Offenbar war es Tradition, dass man einer Braut, an ihrem Junggesellinnenabschied Geld an den kleinen Clip steckte, den sie an ihrem Hemd trug. Oder, in Paisleys Fall, an das sehr tief ausgeschnittene, enganliegende, trägerlose Kleid, das sie trug.

Oh, und dann waren da noch die Masken. Die Masken waren ein so wichtiger Bestandteil des Karnevals, dass Paisleys Freundinnen darauf bestanden hatten, dass sie heute Abend alle welche trugen. Sie sollten ihre Identität verbergen und es ihnen erleichtern, sich einfach gehen zu lassen und in allem Verrückten und Sündigen zu schwelgen.

Paisleys war leuchtend rosa, glitzerte und passte perfekt zu ihrem Kleid – einschließlich der Pailletten. Niemand würde vermuten, dass sie die Tochter von Robert Darbonne war, dem ehemaligen und sehr beliebten Bürgermeister von New Orleans und jetzigen Senator der Vereinigten Staaten. Das war der Hauptgrund, warum Paisleys Vater ihr erlaubt hatte, ihre Junggesellinnenparty heute auf der Bourbon zu veranstalten. Ihre Mutter hatte eine geschmackvolle Cocktailparty für angemessener gehalten. Also würde es die auch geben. Morgen Abend. Paisleys Brautjungfern – mit Ausnahme von Tori – hatten jedoch darauf bestanden, sie zu einer traditionellen Junggesellinnenparty in die Bourbon Street mitzunehmen. Auf Gedeih und Verderb.

Paisley war Einzelkind und im Garden District von New Orleans in einer echten Villa in der St. Charles Street aufgewachsen. Ihr Vater war Politiker, ihre Mutter eine landesweit bekannte Neurochirurgin. Paisley war eine Prinzessin. Zumindest soweit Tori das beurteilen konnte. Sie kleidete sich wie eine solche, mit vielen Designerlabels und auffälligen Schnitten. Und sie benahm sich auch so, stellte viele Forderungen und erwartete eindeutig, dass die Leute „wie hoch" fragten, noch bevor sie ihnen befahl, zu springen. Sie war das verwöhnteste Mädchen, dem Tori je begegnet war.

Und in vier Tagen würde sie Toris besten Freund Andrew heiraten.

Tori war in New Orleans und gehörte zur Hochzeitsgesellschaft einer Frau, die sie kaum kannte und nicht sonderlich mochte. Und die extravaganten Hochzeitsfeierlichkeiten würden sich eine ganze Woche lang hinziehen.

Natürlich erlaubte die Familie Darbonne keine „untraditionellen" Dinge, wie eine Frau als erste Begleiterin des Bräutigams. Also war Tori die *neunte* Brautjungfer – die *letzte* Brautjungfer – auf Paisleys Seite des Ganges.

Tori nahm einen großen Schluck von dem Erdbeer-Slush in ihrer Hand – und bereute es sofort, als Paisley ihre Brust für eine Gruppe von Jungs herausstreckte, die ihr Geldscheine ans Kleid hefteten und ihr gratulierten. Obwohl ihre Glückwünsche dabei eher nach „Wie wär's, wenn ich dich dazu bringe, Single bleiben zu wollen?" klangen.

Tori wünschte sich, Paisley würde Single bleiben. So viel war sicher.

Natürlich würde sie das nie laut sagen, schon gar nicht Andrew. Soweit er wusste, freute sich Tori für ihn und seine zukünftige Braut. Das lag vor allem daran, dass Tori und Andrew sich nicht oft persönlich sahen. Er hatte in Louisiana gelebt und sie die letzten sechs Jahre in Iowa.

Tori seufzte, als sie daran dachte, wie sich die Dinge zwischen ihnen verändert hatten. Deshalb war sie auch so froh gewesen, dass er sie bei seiner Hochzeit dabeihaben wollte. „Du bist meine älteste Freundin, Tori. Du kennst mich auf eine Weise, wie es sonst niemand tut. Natürlich will ich dich bei meiner Hochzeit dabeihaben." Diese Worte waren der Grund, warum sie eingewilligt hatte, zu einer Hochzeit zu gehen, die sie eigentlich nicht wollte. Sie hatte nicht viele enge Freunde und keinen wie Andrew, den sie seit dem Kindergarten kannte und der sie trotz ihrer Eigenarten immer gemocht hatte.

Sie vermisste ihn. Andrew war ihr Nachbar gewesen, als

sie noch Kinder gewesen waren, und sie konnte sich nicht erinnern, mal länger als einen Tag nicht mit ihm gesprochen zu haben, solange sie beide an der Iowa State waren. Erst als er in Tulane Jura studiert hatte, hatten sie weniger Kontakt gehabt. Sie hatte Tiermedizin studiert. Da sie beide sehr beschäftigt gewesen waren, war immer mehr Zeit zwischen den Telefonaten vergangen. Manchmal hatten sie sogar zwei ganze Wochen nicht miteinander gesprochen.

Doch das war in Ordnung gewesen. Meistens. Sie hatten sich Nachrichten geschickt und ab und zu geskyped.

Bis er Paisley kennengelernt hatte.

Sie hatte ihn völlig vom Hocker gehauen. Da er Politikwissenschaften studierte, wusste Andrew alles über Paisleys Vater. Und der Gedanke daran, einmal mit dem berühmten und beliebten Politiker aus Louisiana, der geradezu angefleht wurde, für das Amt des Präsidenten zu kandidieren – ja, für das Amt des Präsidenten der Vereinigten Staaten – war mehr als genug gewesen, um Andrew um Paisleys zierlichen, perfekt manikürten Finger zu wickeln.

Nach diesem ersten Abendessen war er nicht mehr der Andrew gewesen, den Tori kannte.

„Oh mein *Gott*, Paisley!", rief Jenna, eine von Paisleys Brautjungfern, als sie ihr Glas leergetrunken hatte. „Das ist der beste Abend *überhaupt!*"

Tori spürte, wie ihre Augen zuckten.

Die Mädchen fanden es toll, dass sie so viel Aufmerksamkeit bekamen.

Tori vermutete, dass Junggesellinnenabschiede bei den Männern auf der Bourbon immer viel Aufmerksamkeit erregten. Wo sonst traf man auf ganze Herden junger, hübscher, beschwipster Frauen, die sich einfach nur amüsieren wollten?

Ach ja, so ziemlich überall sonst in New Orleans an jedem anderen Tag des Jahres.

Beinahe hätte Tori noch einen Schluck von ihrem Getränk genommen, doch dann fiel ihr ein, dass ihr die rosafarbene, matschige Mischung aus … was auch immer gar nicht schmeckte. Sie stellte ihr Glas ab und seufzte, als sie Paisley dabei beobachtete, wie sie auf ihr Handy schaute, breit grinste und es dann ihren Freundinnen zeigte.

Andrew hatte ihr gerade ein Foto geschickt, auf dem er einen Kussmund machte.

Was zum Teufel war mit Toris bestem Freund passiert?

Paisley war das genaue Gegenteil von der Frau, die sich Tori für Andrew vorgestellt hatte. Sie verbrachte mehr Zeit damit, sich die Haare zu machen, als Tori brauchte, um morgens aus dem Haus zu gehen. Paisley hatte am College frühkindliche Entwicklung studiert, aber sie hatte nicht die Absicht zu unterrichten. Oder überhaupt mit Kindern zu arbeiten. Sie war eindeutig dafür ausgebildet, die Frau eines Politikers zu sein. Und, was vielleicht das Schlimmste war, war, dass Paisley keine Tiere mochte. Nein, eigentlich war es *definitiv* das Schlimmste. Sie *behauptete*, sie sei gegen Hunde und Katzen allergisch, doch Tori glaubte, dass sie einfach ein schrecklicher Mensch war.

Tori hob erneut ihr Glas und überlegte kurz, ob sie es einfach in einem Zug austrinken sollte, um wenigstens etwas Alkohol in ihrem Körper zu haben. Sie öffnete den Mund, bevor sie es sich doch anders überlegte und das Glas wieder abstellte. Verdammt, sie wollte ein Bier.

Sie fand Menschen nie *schrecklich*. Natürlich mochte sie nicht jeden Menschen, dem sie jemals begegnet war, aber meistens gab sie den Leuten einen Vertrauensvorschuss und … ging ihnen so weit wie möglich aus dem Weg.

Tiere waren in nahezu jeder Hinsicht besser als Menschen, und ihre Tage damit zu verbringen, sich um sie zu kümmern, von Katzen über Kühe bis hin zu einem Alpaka, machte Tori unglaublich glücklich.

Sie beobachtete Paisleys Freundinnen, die sich für ein Selfie um sie scharten. Sie wurde nicht gefragt, ob sie mit auf das Bild wollte, und sie hatte auch keine Lust dazu. Sie wusste, dass Paisley sie nur wegen Andrew eingeladen hatte.

Nein, sie wusste, dass Paisley sie absolut *nicht* dabeihaben wollte.

Sie hatte keine Ahnung, warum Andrew wollte, dass Paisley und sie den heutigen Abend miteinander verbrachten. Sollte Andrew Tori nicht besser kennen?

Die beiden Frauen hatten absolut nichts gemeinsam – abgesehen von Andrew, wie sie annahm. Das war ihr schmerzlich bewusst geworden, als Tori Andrew letztes Jahr zum Karneval besucht hatte. Die Stimmung zwischen den beiden Frauen war kühl und angespannt gewesen, und Tori hatte viel Zeit allein verbracht, während Paisley Andrew in Beschlag nahm, als ob sie sich nicht jeden Tag sehen würden.

Natürlich hatte das Tori am Fat Tuesday im letzten März in die Bourbon Street geführt. Genauer gesagt ins Bourbon O, eine Bar, die fünf Blocks von ihrem jetzigen Aufenthaltsort entfernt war. Dort hatte sie Josh Landry kennengelernt.

Also sollte sie Paisley wahrscheinlich *dankbar* sein.

Tori seufzte wieder. Diesmal war es jedoch ein glücklicher – vielleicht sogar wehmütiger – Seufzer.

Heute Abend war Karneval. Es war *der* Abend. Der einzige Abend, an dem es ihr wirklich wichtig war, in New Orleans zu sein. Der Abend, an dem sie Josh Landry im Bourbon O. treffen sollte. Wenn er es wollte. Wenn sie immer noch aneinander dachten.

Und verdammt, sie wollte es.

Sie dachte auf jeden Fall noch an ihn, und als Andrew angekündigt hatte, dass Paisley und er am Wochenende nach Karneval heiraten würden, und sie eingeladen hatte, hatte Tori sofort beschlossen, mitzukommen, und den einwöchigen extravaganten Feierlichkeiten von Paisley Darbonnes Hochzeit beizuwohnen. Es war nicht Andrews und Paisleys Hochzeit. Es ging ausschließlich um die Braut.

Bei den meisten Frauen beschränkten sich die Feierlichkeiten auf einen Tag. *Vielleicht* ein Wochenende. Nicht so bei Prinzessin Paisley. Die Woche vor der Hochzeit war mit Aktivitäten, Mahlzeiten und Besichtigungen in ihrer Heimatstadt gefüllt. Auf diese Weise konnten alle, die von außerhalb kamen, bei dieser Gelegenheit Iowa entdecken.

Tori war erst heute nach New Orleans gekommen. Eigentlich wäre sie sogar erst am Freitag angereist, wäre Josh Landry nicht gewesen.

Und jetzt war sie fünf Blocks von der Bar entfernt, in der sie sich verabredet hatten.

Allein die Tatsache, dass Josh das Treffen vorgeschlagen hatte, ließ ihr Herz seit fast einem Jahr höherschlagen. Zumindest immer, wenn sie daran dachte. Schließlich dachte sie nicht ständig an ihn. Nur ein- oder zweimal. Täglich.

Aber so etwas passierte in ihrem Leben nicht. Ihr Leben war sehr … normal. Abgesehen davon, dass gelegentlich Rinderzwillinge geboren wurden oder sich eine Stute verletzte, gab es in Toris Leben nur wenige dramatische Ausbrüche.

Warum zum Teufel dachte sie überhaupt daran, die Bourbon Street hinunter zu der Bar zu laufen, in der sie Josh kennengelernt hatte? Sie hatten insgesamt nur etwa sechs Stunden miteinander verbracht, und das nicht einmal am Stück. Zwei Abende lang hatte sie ihm gegenübergesessen, während er gearbeitet hatte. Am ersten Abend nur etwa eine Stunde lang. Am zweiten fünf Stunden. Fünf Stunden, die wie im Fluge vergangen waren. Sie hatten nur geredet. Und gelacht.

Doch jeden Abend, als sie die Bar verließ, kam er ihr hinterher. Und küsste sie.

Es waren die besten Küsse ihres Lebens gewesen.

Im Ernst. Das waren mit Abstand die besten vier von dreiundzwanzig, die sie erlebt hatte.

Und dann hatte er sie gebeten, ein Jahr später wiederzukommen. Nach zwei Nächten, in denen sie nur geredet hatten. Und vier unglaublichen Küssen.

Das alles hatte gereicht, um ihn dazu zu bringen, sie zu bitten, zurückzukommen.

Das war einfach … wow.

Und jetzt war sie hier. *In* der Bourbon Street. An Karneval. Sie könnte einfach vorbeischauen und nachsehen, ob er da war. Vielleicht arbeitete er sogar heute Abend.

„Victoria!"

Sie zuckte zusammen, als Paisley über die Bar hinweg nach ihr rief. Paisley weigerte sich, sie Tori zu nennen, egal wie oft Tori es ihr sagte.

„Ja?"

„Du musst Andrew hinhalten, okay?"

Die Bar war nicht groß. Warum dachte das Mädchen, dass sie so schreien musste? Tori ging um die Gruppe von Leuten herum, die sich zwischen ihr und der forschen Blondine befand, in der Hoffnung, dass Paisley ihre Stimme ein wenig senken würde, wenn sie näher bei ihr stand.

„Ihn hinhalten?", fragte Tori.

„Ja, die Mädels und ich gehen zum Hustler-Laden", sagte Paisley. Laut. „Aber wir haben ausgemacht, dass wir uns in zehn Minuten mit ihnen treffen. Ich brauche ein bisschen mehr Zeit." Sie zwinkerte mir hinter ihrer rosa Paillettenmaske mit dem winzigen Stück Tüll, das wie ein Schleier an einer Ecke befestigt war, zu.

Paisley dabei zu helfen, Sexspielzeug oder Dessous für sie und Andrew auszusuchen, stand *nicht* auf Toris To-Do-Liste, und ja, sie hätte gerne eine Ausrede, um sich mit den Jungs irgendwo abseits der überfüllten Bourbon Street zu treffen.

Letztes Jahr hatte sie den Trubel genossen. Damals war es Teil der ganzen „Ich bin definitiv nicht mehr in Iowa"-Aufregung gewesen, die sie empfunden hatte. Aber Paisley hatte darauf bestanden, dass Andrew an dem Familienessen ihrer Großmutter teilnahm. Nur die Familie. Verärgert darüber, dass sie fast eine Niere hätte verkaufen müssen, um sich ihr Hotelzimmer in der Canal Street leisten zu können, war Tori stur auf eigene Faust ins französische Viertel gegangen. Es war verdammt noch mal Karneval. Sie hatte nicht vor, allein in ihrem Hotelzimmer zu sitzen.

Aber sobald sie auf die verrückte, laute, überfüllte berüchtigte Iower Straße hinausgetreten war, hatte sie eine kleine Panikattacke bekommen. Es war nicht sicher. Was zum Teufel tat sie da? Also hatte sie sich in den ersten Laden geduckt, der kein Neon in den Fenstern hatte. Bourbon O. Sie hatte sich an die Bar gesetzt, einen Drink bestellt, und ihr Handy gezückt, um nach einem örtlichen Taxiunternehmen zu suchen. Als sie aufgeschaut hatte, waren ihre Augen Josh Landrys Blick begegnet. Er hatte sie angegrinst. Und sie hatte ihr Handy weggelegt.

Und jetzt war sie wieder in New Orleans am Karneval … und *wieder* genervt auf der Bourbon wegen Paisley.

Doch wenn sie Josh fand, wäre sie für diese Wendung der Ereignisse dankbar. Dieses Gedankens konnte sie sich nicht erwehren. Ihre Reise nach New Orleans hatte beim letzten Mal unerwartet einen ganz wunderbaren Lauf genommen. Vielleicht wäre es diesmal auch so.

„Ich werde mich auf jeden Fall auf die Suche nach Andrew machen", sagte Tori, stellte ihr Glas ab und zückte ihr Handy, um herauszufinden, wo Andrew war.

„Oh, sie sind auf dem Weg zum Bourbon O", sagte Paisley. „Es ist nur die Straße hoch."

Tori hob ihren Kopf und starrte sie an. Sie hätte Paisley den Namen der Bar wiederholen lassen, wenn das andere Mädchen nicht völlig unfähig gewesen wäre, leise zu sprechen. Tori hatte sich nicht verhört. Andrew war auf dem Weg zu genau der Bar, zu der auch Tori wollte.

„Gut. Ich mache mich auf den Weg zu ihnen." Sie steckte ihr Handy in die hintere Jeanstasche, ihr Herz klopfte wie wild.

Dies war eine gute Gelegenheit, ein wenig Zeit mit ihrem besten Freund zu verbringen. Sie war erst heute Morgen angekommen und hatte sich dann sofort auf der Plantage eingerichtet – natürlich feierte Paisley ihre Hochzeit auf einer Plantage – und sich dann auf den Weg zur Bourbon Street gemacht.

Tori und Andrew hatten seit über einem Jahr keine Gelegenheit mehr gehabt, um sich unter vier Augen zu unterhalten. Selbst wenn sie miteinander telefonierten, war Paisley immer im Hintergrund zu hören.

Ja, Andrew und sie brauchten etwas Zeit für sich, um sich auszutauschen und zu reden. Und, ja, Tori musste von ihm *persönlich* hören und es in seinen Augen sehen, dass er Paisley wirklich heiraten wollte.

Aber sie wollte sich mit ihm im Bourbon O. treffen, wo Josh Landry vielleicht hinter der Bar arbeitete. Und wenn er das täte und sie reinkäme, würde er denken, dass sie seinetwegen da war.

Und das war sie auch.

Das war sie definitiv.

Würde er sich freuen, sie zu sehen? Würde er überrascht sein? Würde er sich an sie *erinnern*?

Plötzlich rutschte ihr das Herz nicht nur in die Hose, sondern bis zum kleinen Zeh hinunter. Warum war ihr nie in den Sinn gekommen, dass Josh sich vielleicht gar nicht mehr an sie erinnerte? Das war *durchaus* möglich. Der Typ hatte jedes Wochenende mit Hunderten von Leuten zu tun. Und er flirtete offensichtlich gern. Wie groß war die Wahrscheinlichkeit, dass sie die einzige Auswärtige war, die er bezirzt und zum Lachen gebracht hatte? Wie oft hatte er diese Masche benutzt, um eine Frau mit einem sanften Lächeln und Gedanken daran, wie romantisch und toll er war, zu verabschieden?

Aber verdammt ... jetzt konnte sie nicht *nicht* ins Bourbon O. gehen, Andrew war dort. Und auch wenn Paisley Tori nicht zu ihm geschickt hätte, wollte sie die Chance haben, ein paar Minuten mit ihm allein zu sein. Mitten in der chaotischen Menschenmenge auf der Bourbon Street.

„Was glaubst du, wie lange Andrew braucht, um ins Bourbon O zu kommen?", fragte Tori Paisley.

Sie zuckte mit den Schultern. „Das Trahan's ist ein paar Blocks weiter, und bei den vielen Leuten? Das könnte eine Weile dauern." Sie kicherte. „Aber wir werden auch eine Weile ins Hustler brauchen."

Okay, also könnte es etwas dauern, bis Andrew ankam. Tori hingegen war nur fünf Blocks entfernt. Sicher, sie musste sich auch durch die Menschenmenge kämpfen, aber sie hatte ein paar Straßen Vorsprung. Das bedeutete, dass sie reingehen konnte, um nachzusehen, ob Josh arbeitete, ob er sie erkannte und ob er sich freute … oder so aussah, als wäre gerade eine stalkende Serienmörderin aufgetaucht … und sich dann wieder rausschleichen, falls Letzteres der Fall war. Dann könnte sie Andrew draußen auf der Straße abfangen und ihn stattdessen in eine andere Bar locken.

Mit einem tiefen Atemzug trat sie auf den Bürgersteig hinaus und ging die Bourbon entlang, ohne sich noch einmal zu Paisley umzudrehen.

Sie kam auf jeden Fall nur langsam voran. Mit finsterer Miene wich Tori dem Ellbogen eines Mannes und einer Reihe von Perlenketten aus, die über ihrem Kopf durch die Luft flogen. Dann wurde sie von einem Strang rosafarbener Perlen, die die Farbe von Paisleys Kleid und Maske hatten, direkt an der Wange getroffen. Tori warf einen verärgerten Blick zu dem Balkon voller betrunkener Burschenschaftler. Nein, sie hatte nicht vor, ihnen ihre Brüste zu zeigen. Und auch sonst niemandem.

Außer Josh Landry vielleicht.

Kapitel Zwei

Sie drängte sich an einer Gruppe von Frauen in leuchtend orangefarbenen T-Shirts mit der Aufschrift *Angie's Birthday Bash* vorbei und schaffte es gerade noch, einer Frau in den Zwanzigern auszuweichen, die aussah, als würde sie sich gleich übergeben, bevor sie dem Typen vor ihr auf den Rücken kotzte.

Tori bahnte sich ihren Weg durch die Menge und biss die Zähne zusammen, als jemand den Typen vor ihr anrempelte und etwas von seinem Bier auf Toris Schuh verschüttete. Sie verdrehte die Augen, als zwei Mädchen Tori ihre Brüste zeigten – sie hatte sowieso keine Perlen, die sie ihnen geben konnte. Und sie schaffte es, nicht mit dem Kinderwagen zusammenzustoßen, den ein junges Paar in der Mitte der Straße schob. Ein *Kinderwagen*. Mit einem kleinen Jungen, der nicht älter als ein Jahr sein konnte.

Verdammt noch mal, Leute.

Der nächsten Gruppe von Frauen in Einheits-T-Shirts wich sie nicht aus. Diese waren lila und hatten die Aufschrift *Karneval ist scheiße*. Sie verteilten Lutscher. Und sammelten Spenden für Obdachlose. Wow, auf der Bourbon Street gab es wirklich alles zu sehen. Tori gab zwei Dollar und bekam dafür zwei Lutscher. Sie steckte sie in ihre Tasche und lachte.

Und dann stand sie plötzlich vor dem Bourbon O.

Sie atmete tief durch, als sie zu dem Schild hinaufblickte.

Wahrscheinlich würde sie New Orleans und alles, was mit Karneval zu tun hatte, hassen, wenn Josh Landry sich nicht über die Bar gelehnt und gesagt hätte: „Willkommen in N'Awlins", als er ihr einen Drink zuschob.

Ungefähr ein Jahr zuvor …

„Was ist das?"

„Eine Spezialität aus New Orleans. Alle Touristen lieben es."

„Woher weißt du, dass ich nicht von hier bin?", fragte sie, als sie nach dem Glas griff und einen vorsichtigen Schluck nahm.

Das Getränk war so süß und fruchtig, dass sie die Nase rümpfte.

Er lachte. „Magst du keine Hurricanes?"

„Heißt der Drink so?"

„Ja. Er wurde in einer Bar, gleich hier die Straße runter erfunden. Aber unsere sind besser."

Sie schüttelte den Kopf. „Kann ich ein Bier haben?"

Er blickte überrascht drein. „Wirklich? Dir ist schon klar, dass es eine Beleidigung für einen Barkeeper aus Louisiana ist, ein *Bier* zu bestellen?"

„Magst du kein Bier?"

„Ich liebe Bier."

„Wo liegt dann das Problem?", fragte sie und legte den Kopf schief.

„Ein Teil meiner Lebensaufgabe ist es, dafür zu sorgen, dass jeder, der mir über den Weg läuft, Louisiana ein bisschen mehr liebt."

„Und das Bier hier ist scheiße?"

Er lachte. „Nicht ganz. Aber im Big Easy sollte man die Atmosphäre und die Geschichte und alles, was man zu Hause nicht bekommt, genießen."

Das „was man zu Hause nicht bekommt" erregte ihre

Aufmerksamkeit. Es war nicht so, dass es in Iowa keine heißen, witzigen, charmanten Typen gäbe. Aber ... einen Barkeeper aus New Orleans würde sie zu Hause nicht bekommen, so viel war sicher. Sie kniff die Augen zusammen. „Okay. Ich gebe dir noch eine Chance. Mach mir eine Spezialität aus New Orleans, aber keinen Hurricane."

Seine Augen blitzten amüsiert und er nahm die Herausforderung mit einem Nicken an. „Geht klar, Indiana." Er begann, mit den Flaschen zu hantieren.

Sie lachte. „Fast, aber nicht ganz."

„Ich glaube nicht, dass du aus Minnesota oder Wisconsin kommst", sagte er und schüttete die Zutaten in einen Shaker.

„Nö. Weder noch." Sie betrachtete ihn, während er die Zutaten zusammenschüttete, besonders das sexy Grinsen hinter dem kurzen Bart und den muskulösen Arm mit dem Tattoo, das unter einem Ärmel hervorlugte. Sie hatte gar nicht darauf geachtet, was er in den Shaker geschüttet hatte.

„Kansas?", fragte er.

„Nein, aber nahe dran."

„Dann Iowa."

Ihre Augen weiteten sich. „Ja." Er hatte nur vier Mal raten müssen ... na ja, eher zwei Mal. Er hatte gewusst, dass sie nicht aus Minnesota oder Wisconsin stammte. „Ich bin beeindruckt."

Grinsend schenkte er den Drink in ein Martiniglas. „Ich spreche jeden Tag mit Leuten, meistens von außerhalb. Deswegen bin ich gut im Zuordnen von Akzenten."

„Ich habe keinen Akzent."

Er reichte mir den Drink. „Wie du meinst."

Sie verdrehte die Augen. „Das mit dem Akzent ist also eine Art Superkraft oder so?"

„Oder so", stimmte er zu. „Ich habe mehrere ... Talente, um genau zu sein."

„Was du nicht sagst." Sie fand seine unverhohlene Flirterei amüsant. Sie war sich sicher, dass Barkeeper im französischen

Viertel nicht schlecht verdienten, doch es konnte nie schaden, etwas mehr Trinkgeld zu geben, und sie musste zugeben, dass es funktionierte. Er brachte sie zum Lächeln. Und heute Abend war das keine Kleinigkeit.

„Interessanterweise haben meine anderen *Talente* auch viel mit den Mädchen zu tun, die ich treffe."

Sie schnaubte und war froh, dass sie noch keinen Schluck von dem Drink genommen hatte, den er ihr gemixt hatte. „Das glaube ich dir sofort."

„Jetzt schon?", fragte er und sah amüsiert aus. „Ich habe meine Talente noch nicht einmal richtig eingesetzt."

„Wow. Danke für die Warnung."

Er lachte, dieses Mal leiser und tiefer. „Ich will dich nicht verschrecken. Ich kann es langsam angehen lassen."

Verdammt, das hörte sich … schmutzig an. Auf eine gute Art. Nicht so, wie sie es von den Jungs normalerweise gewohnt war. Diese Art von schmutzig war … naja, richtig *schmutzig*. Und schlammig. Und blutig. Und … andere Dinge.

Sie flirtete nicht oft. Normalerweise lernte sie Männer über das Hinterteil einer Kuh kennen. Die Arbeit als Tierärztin in der Kleinstadt Iowa war nicht gerade glamourös, so viel war klar. Aber die Männer, vor allem Farmer, schienen Toris Wissen über die Tiere – und ihre Bereitschaft, ihre Hände an Stellen zu legen, die viele Männer niemals anfassen würden – irgendwie anziehend zu finden. Vielleicht nicht die Stellen, an die sie ihre Hände legte, aber ihre Bereitschaft, sich schmutzig zu machen. Anschließend wurde sie meistens gefragt, ob sie etwas trinken gehen wollte, ob sie Lust auf ein gegrilltes Steak hatte oder ob sie am Samstag zum Straßenfest gehen wollte. Das Angebot, ihr ein Steak zu grillen, das vom Besitzer einer der Kühe stammte, die sie gerade von Hand geschwängert hatte, war ihr immer seltsam vorgekommen. Und sie hatte nur einmal ja gesagt. Auf den Straßenfesten war sie zwar des Öfteren anzutreffen. Aber sie ging nie *mit* jemandem hin. Sie war in

Iowa aufgewachsen, verdammt noch mal. Sie kannte alle Männer dort. Auch wenn sie nicht mit ihnen in der gleichen Klasse gewesen war, kannte sie sie. Und ihre Eltern. Und ihre Großeltern. Die Milch, mit der sie morgens ihr Müsli aßen, stammte wahrscheinlich von Kühen, die sie geschwängert hatte.

Ihre Welt war klein. Und ein wenig seltsam, wenn sie genauer darüber nachdachte.

Aber auf jeden Fall wurde in ihrem Leben nicht viel geflirtet. Tatsächlich nahm die Arbeit mit den Tieren so viel von ihrer Zeit in Anspruch – von Blut über Scheiße bis hin zu, ja, Sperma –, dass sie sich selten hübsch oder sexy fühlte.

Nicht so bei diesem Kerl. Er sah sie an, als ob sie beides wäre. Eine Menge von beidem.

Das war also definitiv mal etwas anderes.

Schließlich nahm sie einen Schluck von dem Getränk. Es war wirklich gut. „Wow."

„Ramos Gin Fizz. Eine Spezialität hier in der Gegend", erklärte er ihr und sah zufrieden aus.

„Schmeckt toll."

„Großartig. Dann werde ich dich heute Abend damit überhäufen."

„Wie viele glaubst du werden nötig sein?"

„Bis was?", fragte er. Doch seine hochgezogene Augenbraue verriet ihr, dass er genau wusste, was sie meinte.

„Bis ich beschließe, dass es noch mehr von New Orleans zu sehen gibt, bevor ich nach Hause fahre."

Hitze flammte in seinen Augen auf. „Verdammt", sagte er leise. „Ich wusste nicht, dass Mädchen aus Iowa so offen sind."

Verdammt. Eigentlich war sie ein sehr sachlicher Mensch. Meistens hatte sie mit robusten Landwirten zu tun, die nicht um den heißen Brei herumredeten und genau wissen mussten, ob ihre Kuh gerettet werden konnte und wenn ja, wie hoch die Rechnung sein würde. Und ehrlich gesagt, war die Rechnung manchmal zu hoch.

Auch hier wurde nicht viel geflirtet, in welcher Form auch immer.

Vielleicht musste sie einen Gang zurückschalten. Sie könnte auf schüchtern tun. Oder süß. Oder was auch immer sie sonst sein sollte.

Wahrscheinlich.

Sie legte ihren Kopf schief. „Woher willst du wissen, dass ich nicht von Beignets spreche?"

Er schenkte ihr ein langsames, wissendes Grinsen, das ihre Haut kribbeln ließ. Wow. Das letzte Mal hatte sie dieses Kribbeln gespürt, weil sie Mr. Lencrofts Elektrozaun zu nahe gekommen war.

Das hier war nicht dasselbe. Ganz und gar nicht.

„*Sprichst* du denn von Beignets?", fragte er. „Denn ich wäre dir gerne behilflich ... Beignets ... zu besorgen. So viele du möchtest."

Als er nicht weitersprach, rutschte sie auf ihrem Barhocker umher. Sie sprachen definitiv nicht über Beignets. Und sie wollte genau das, was er ihr anbot.

„Ist dein Spitzname zufällig Beignet?", fragte sie.

Er lachte. Leise und tief, und sie musste schwer schlucken.

„Wenn du sagst, dass du dir noch nie etwas so sehr gewünscht hast wie einen Beignet, dann werde ich darüber nachdenken."

Sie grinste. So hat sie noch nie mit Männern gesprochen. Und es gefiel ihr. Tori nahm ihr Glas wieder in die Hand. „Klingt ganz so, als sollte ich New Orleans nicht verlassen, ohne einen Beignet probiert zu haben."

Er streckte seine Hand über die Theke und sie griff danach. Anstatt sie zu schütteln, drückte er sie jedoch nur und hielt sie fest. „Hi, ich bin Josh ‚Beignet' Landry."

Sie lachte und spürte, wie Vergnügen sie durchflutete. „Ich bin Victoria Kramer. Meine Freunde nennen mich Tori."

„Ist heute Abend jemand hier, der dich Tori nennt?", fragte er, ohne ihre Hand loszulassen.

„Nein", sagte sie. „Noch nicht", fügte sie hinzu.

Wieder flackerte Wärme und Interesse in seinen Augen auf, und Tori erschauderte. Sie mochte vielleicht nicht viel flirten – oder überhaupt nicht –, aber vielleicht war sie gar nicht so schlecht darin.

„*Tori*", sagte Josh. „Bitte setz dich in die Sitznische dort drüben ..." Er deutete über ihre Schulter.

Sie drehte sich um und blickte zum dem leeren Tisch in der Ecke. Von der einen Seite konnte sie die ganze Bar überblicken. Auf der anderen konnte sie sich verstecken.

„– bestell bei Kara was immer du möchtest – Essen, Getränke, was auch immer. Es würde mich freuen, wenn du bleibst, bis ich Feierabend habe."

Tori sah zu ihm auf. „Warum soll ich mich dort drüben hinsetzen? Warum kann ich nicht einfach hierbleiben, bis du fertig bist?"

„Aus zwei sehr guten Gründen", antwortete er und strich mit dem Daumen über ihren Handrücken. „Erstens: Kara kennt mich seit etwa fünf Jahren und kann dir alles über mich erzählen. Sie kann dir versichern, dass ich ein guter Kerl bin. Sie kann auch Liz zu dir schicken, damit sie mit dir redet. Liz mag mich nicht wirklich, also kannst du sicher sein, dass sie ehrlich ist, was meine Schwächen betrifft."

„Ach, du hast Schwächen?", stichelte Tori.

„Zwei, laut Liz", sagte er mit einem Nicken. „Ich mag kein Ginger Beer – was eine unserer Spezialitäten hier ist – und ich stehe auf Brünette, vielleicht ein bisschen zu sehr."

Eifersucht flammte in Toris Brust auf, bevor ihr klar wurde, wie *lächerlich* das war. Immerhin war sie brünett. Und sie hatte ihn gerade erst kennengelernt. Was erwartete sie eigentlich? Dass er noch nie mit einer anderen Frau zusammen gewesen war? Dass er allen anderen Frauen abschwor, jetzt, wo er sie kennengelernt hatte? Das war verrückt. Sie lächelte. „Und Liz ist nicht brünett?"

Er lachte. „Doch, das ist sie." Er hielt inne. „Genau wie

ihre Tochter. Ich habe sie angemacht, bevor ich wusste, dass sie die Tochter meiner Chefin ist."

Tori konnte sich ein Grinsen nicht verkneifen. „Du arbeitest für eine Frau, die dich nicht leiden kann?"

„Ich gehe ihr manchmal auf die Nerven", erwiderte er. „Aber ich bin fantastisch in dem, was ich tue, deswegen behält sie mich hier. Und ich bleibe, weil sie ein großartiges Unternehmen führt und ihre Mitarbeiter sehr gut behandelt." Er hielt inne. „Außerdem macht es mir Spaß, sie zu ärgern."

Tori schüttelte den Kopf, immer noch grinsend. „Du brauchst also jemanden, den du ärgern kannst?"

„Ach, dazu habe ich genug Leute in meinem Leben – meine Mom, drei Omas, eine Schwester, Tanten und eine ganze Stadt voller Mädchen, mit denen ich zur Schule gegangen bin. Aber ich bin einfach sehr gut darin und Liz braucht jemanden, der sie auf Trab hält."

Tori nickte. „Ich verstehe." Er hatte drei Großmütter und eine Schwester. Und einen liebevollen Gesichtsausdruck, wenn er davon sprach, dass er sie gerne ärgerte. Dadurch war er ihr gleich noch sympathischer. „Ich bin sicher, Liz sieht das auch so."

„Du kannst sie fragen."

„Meinst du wirklich, ich sollte deine Kollegen und deine Chefin über dich ausfragen?"

Er wurde ein wenig nüchterner. „Du solltest mich auf keinen Fall mit in dein Hotel nehmen, ohne vorher ein paar Meinungen über mich einzuholen."

Bei der Vorstellung, ihn mit auf ihr Hotelzimmer zu nehmen, pochte ihr Herz hart gegen ihr Brustbein, und sie musste kurz durchatmen. „Woher weiß ich, dass sie nicht dir zuliebe lügen?"

„Kluges Mädchen", meinte er. „Gehst du immer erst einmal davon aus, dass die Kerle lügen, um dich ins Bett zu kriegen?"

Sie lachte. „Nun, ich kann dir versichern, dass die meisten

Kerle in meinem Leben nicht versuchen, mich ins Bett zu kriegen."

Er studierte ihr Gesicht und schüttelte dann langsam den Kopf. „Das stimmt nicht, das kann ich dir versprechen."

Ihr Herz stotterte ein wenig. Da irrte er sich. Aber das war wirklich nett.

„Dich mit in mein Hotel zu nehmen, ist also keine gute Idee, was?"

Er zuckte mit den Schultern. „Doch, ist es. Aber das kannst du ja nicht wissen. Also solltest du es nicht tun."

Jetzt musterte sie aufmerksam sein Gesicht. Er war umwerfend. Aber da war noch mehr als das. Er strahlte einen gewissen Schalk und, wie sie behaupten würde, eine gewisse Liebenswürdigkeit aus. Sie zweifelte nicht daran, dass er regelmäßig Frauen mit seinem Charme verführte, doch sie hatte auch das Gefühl, dass er das Flirten und das Servieren des ersten Ramos Gin Fizz genauso genoss wie sie auszuziehen. Okay, *fast* so sehr, wie sie auszuziehen.

Er hat drei Großmütter, die er eindeutig liebte und gerne ärgerte.

Das könnte durchaus gelogen sein.

Sie könnte aber mit seiner Chefin sprechen.

Wirklich? Was soll ich denn sagen? Hi, ich bin Tori, meinen Sie, es ist eine gute Idee, mit Josh zu schlafen?

Du könntest einfach mal ein Risiko eingehen.

Ich könnte auch in kleine Stücke zerhackt und in dem Eiskübel in meinem Hotelzimmer enden.

Mach dich nicht lächerlich. Da würdest du gar nicht reinpassen.

Sie stieß einen Atemzug aus. Sie konnte einen völlig Fremden, den sie in einer Bar in der Bourbon Street kennengelernt hatte, nicht mit auf ihr Hotelzimmer nehmen.

Aber sie wollte es.

Josh war anders. Sie musste ihn nicht gut kennen, um ihn anziehend zu finden. Vermutlich fand sie ihn genau deswegen so anziehend, *weil* sie ihn nicht gut kannte. Genauso wenig wie er sie.

Er hatte nicht gesehen, wie sie ein Schaf niedergerungen hatte, um es zu impfen, oder wie sie bis zu den Knien im Schlamm steckte oder einer wütenden Ziege ausweichen musste. Er hatte auch nicht miterlebt, wie sie Mike Trotter auf dem Jahrmarkt auf die Nase geschlagen hatte, weil er seine Tiere nicht gut behandelte. Und Josh hatte nicht gesehen, wie sie in der Nachgeburt einer Muttersau ausgerutscht und auf ihrem Hintern in einem Haufen Gülle im Stall gelandet war. Er hatte nicht gesehen, wie sie in Tränen ausgebrochen und aus dem Raum gestürmt war, als Allie Donally über die unmenschliche Behandlung von Tieren in Schlachthöfen berichtet hatte. Er wusste nicht, dass sie einmal von der örtlichen Polizei aufgegriffen worden war, weil sie eine Gruppe von Hunden von einer Farm in der Gegend gerettet und in ihrer Scheune versteckt hatte. Und er war nicht im Wagen gewesen, als sie mit ein paar Freunden auf dem Weg zum Fluss ein Reh angefahren hatte. Sie war sofort herausgesprungen, um nach dem Reh zu sehen, und hatte sich dann die Schrotflinte gegriffen und das arme Tier von seinem Elend erlöst.

Alle Jungs, die sie regelmäßig traf, waren bei diesen Ereignissen dabei gewesen. Sie alle kannten sie als den tierverrückten Wildfang, der am liebsten allein auf der Farm war und sich äußerst unbeholfen verhielt, wenn sie doch mal ausging.

Tori schüttelte all das ab und konzentrierte sich auf Josh. Der Typ, der keine Ahnung hatte, dass sie vierzehn Katzen und drei Hunde, zwei Pferde, zwei Fainting Goats, ein altes Schwein, ein dummes Huhn namens Cher und eine Zwergrind besaß. Sie lebte auf einem Bauernhof. Es war also nicht so, dass sie all diese Tiere in einer schicken Wohnung in einer großen Stadt hielt. Aber … selbst sie wusste, dass das eine Menge Katzen waren.

Als sie darüber nachdachte, wurde ihr klar, dass sie einen heißen Barkeeper aus New Orleans nicht mit in ihr überteuertes Hotelzimmer in der Canal Street nehmen konnte. So eine war sie nicht. Vielleicht wollte sie so sein. Zumindest ein bisschen. Wenn der heiße Barkeeper aus New Orleans ihre Hand hielt und sie ansah, als ob sie ihn amüsierte und erregte. Doch wenn es darauf ankam, konnte sie nicht einmal mit den Typen umgehen, die sie ihr ganzes Leben lang gekannt hatte. Sie wollte weder mit ihnen reden noch mit ihnen essen. Sie verbrachte viel lieber Zeit mit ihren Hunden und Katzen. Ja sogar mit ihren Hühnern – und sie konnte Hühner nicht ausstehen. Die einzigen Männer, mit denen sie sich gerne unterhielt, waren ihr Dad und Andrew. Und jetzt war Andrew verrückt nach einer quirligen, blonden Erbin, die wahrscheinlich nicht einmal den Unterschied zwischen einem Buckeye-Huhn und einem Plymouth Rock erkennen konnte.

Sie verstand die Männer wirklich nicht.

„Die Räder drehen sich ja nur so in deinem hübschen Kopf", sagte Josh nach einem langen Schweigen. „Bist du zu dem Schluss gekommen, dass du einen besseren finden könntest als mich?"

Tori schenkte ihm ein kleines Lächeln. Sie schüttelte den Kopf und zog zögernd ihre Hand zurück. „Der einzige Schluss, zu dem ich gekommen bin, ist, dass ich nicht wirklich auf Gin-Fizz stehe."

Josh sagte einen Moment lang nichts. Dann nickte er. „Dachte ich mir."

„Ach ja?"

„Ich denke, das ist wohl einer der Gründe, warum ich dich mag."

Sie lachte leise. „Oder liegt es eher daran, dass ich brünett bin?"

Er schenkte ihr ein Grinsen. „Das hätte ich dir nicht sagen sollen."

Sie lachte wieder, drehte sich auf ihrem Hocker um und ließ sich auf den Boden gleiten. Als sie nach ihrer Handtasche griff, hielt Josh sie auf. „Denk nicht einmal daran, den Drink zu bezahlen."

„Wenn du schon meine Nummer nicht bekommst, sollte dir wenigstens ein Trinkgeld geben", sagte sie. War das geflirtet? Vielleicht.

Er öffnete den Mund, bevor er ihn wieder schloss und den Kopf schüttelte.

„Was?", fragte sie.

„Es gibt nichts, was ich darauf sagen kann, das nicht wie eine Anmache klingt."

„Nein?" Grinsend reichte sie ihm einen Zwanziger.

Er gab ihr neunzehn fünfzig zurück.

„Ein Getränk für fünfzig Cent ohne Trinkgeld oder ein Freigetränk und fünfzig Cent Trinkgeld?"

Er warf die zwei Vierteldollar in die Trinkgeldflasche auf dem Tresen. „Drei gratis Schlucke von einem Drink. Fünfzig Cent für den Rat, sich verdammt noch mal von N'Awlins-Jungs fernzuhalten, die zu viel Bourbon trinken und kaum noch wissen, was nette Mädchen sind."

„Du hältst mich für ein nettes Mädchen?"

„Auf jeden Fall."

Das war sie auch. Ihr war nicht bewusst, dass sie das so deutlich ausstrahlte, aber ja, das war sie. Sie nickte. „Tut mir leid."

Er schenkte ihr ein Lächeln. „Irgendjemand muss ja mit all den netten Bauernjungen im Norden Square Dance tanzen gehen."

Sie stieß ein leises Keuchen aus, konnte sich aber ein Grinsen nicht verkneifen. „Ich habe noch nie in meinem Leben Square Dance getanzt."

Er gluckste. „Aber ich wette, du hast dich von einem netten Jungen aus Iowa auf seinem Traktor herumfahren lassen." Er wackelte anzüglich mit einer Augenbraue.

Sie schnaubte. „Nicht ein einziges Mal."

„Nein?"

Sie schüttelte den Kopf. „Dafür brauche ich keinen Jungen." Tori schob den Riemen ihrer Handtasche über ihre Schulter. „Ich habe meinen eigenen Traktor, mit dem ich herumfahren kann. Wenn ich Lust auf … Traktorfahren habe."

Es entstand eine kurze Pause, dann lachte er.

Sie zwinkerte ihm zu. „Aber wenn du es jemals nach Iowa schaffst, nehme ich *dich* mit auf eine Spritztour."

„Verdammt, Mädchen, das ist wirklich verlockend."

Sie lächelte. „Danke, Josh."

„Wofür?"

„Dafür, dass du ein guter Kerl bist."

Er zuckte mit den Schultern. „Ich bereue es bereits, um ehrlich zu sein."

Mit einem Lächeln drehte sie sich um und ging zur Tür.

Sie war gerade auf den Bürgersteig getreten, als sie spürte, wie jemand sie am Oberarm fasste und sie herumwirbelte.

Es war Josh.

„Wa–"

Er umfasste ihr Gesicht und presste seinen Mund auf ihren.

Wow.

Es dauerte etwa drei Sekunden, bis sie sich von dem Schock erholt hatte. Sie neigte ihren Kopf, um den Kuss zu vertiefen, öffnete ihre Lippen und trat näher an ihn heran, bis ihre Bauchnabel sich berührten.

Er stieß ein leises Knurren aus, das ihr eine Gänsehaut über den Rücken jagte und sich zwischen ihren Beinen festsetzte. Sie beugte sich noch weiter zu ihm, und er fuhr mit seiner Zunge über ihre Unterlippe, bevor er sie in ihren Mund gleiten ließ.

Gott, er schmeckte gut. Er fühlte sich auch gut an. Und er roch gut.

Einen viel zu kurzen Moment später stieß ihn jemand von hinten an und riss sie auseinander. Josh stand wie erstarrt da, seine Hände umfassten immer noch ihr Gesicht, und er blickte auf sie herab.

„Was war das?", fragte sie.

„Ich wollte dir sagen, dass du davon ausgehen solltest, dass alle Typen, die du hier unten treffen wirst, N'Awlins-Jungs sind, die zu viel Bourbon trinken und nette Mädchen nicht erkennen, wenn sie ihnen begegnen."

„Die meisten Typen hier sind Touristen", betonte sie.

Er nickte. „Noch schlimmer als die N'Awlins- Jungs."

Sie kicherte. „Du solltest dich also auf jeden Fall von den Jungs hier fernhalten, egal was passiert?"

„Auf jeden Fall."

„Und der Kuss?", fragte sie leise.

„Da konnte ich einfach nicht anders."

„Weil du ein N'Awlins-Junge bist?"

„Ach, Mädchen", sagte er mit etwas tieferer Stimme, wobei er die einzelnen Wörter in die Länge zog. „Ich bin viel lustiger und gefährlicher als ein N'Awlins-Junge."

„Gefährlich?" Sie hob eine Augenbraue.

„Ich bin ein Bayou-Junge." Das sexy Grinsen sagte alles. Bayou-Jungs waren definitiv eingebildet.

„Und das ist schlimmer?"

„N'Awlins-Jungs brauchen Schnaps und Beignet und Jazz und das Viertel und all diese Dinge. Bayou-Jungs brauchen nur Bier und die freie Natur."

„Ist das so?"

„New Orleans kann Bayou nicht das Wasser reichen, Iowa."

Selbst, dass er sie Iowa nannte, ließ ihre Haut kribbeln. „Die freie Natur reicht dir also?" Das konnte sie nachvollziehen. Für sie gab es keine Stadt, die mit dem Leben draußen auf der Farm vergleichbar war.

„Ja. Der Sternenhimmel, der Gesang der Frösche und Grillen, und schöne, ruhige Nebenstraßen, auf denen man tagelang ungestört unterwegs sein kann." Er lehnte sich vor.

„Und eine Luftfeuchtigkeit, bei der man sich sofort bis auf die Unterwäsche ausziehen will."

Seine Stimme war tief und rau, und Tori verspürte das intensive Bedürfnis, sich sofort die Klamotten vom Leib zu reißen.

„Moskitos von der Größe kleiner Vögel und Alligatoren."

Josh gluckste. „Ein Grund mehr, in der Nähe eines Bayou-Jungen zu bleiben, der weiß, wie er damit umzugehen hat."

Sie lächelte. „Es wäre also kein Problem, mit dir zum Bayou zu gehen, aber ich sollte dich nicht mit in mein Hotelzimmer nehmen?"

Er schien einen Moment lang darüber nachzudenken. Dann atmete er aus, beugte sich vor und gab ihr einen sanften, langen Kuss, bei dem sich ihre Zehen krümmten, bevor er sie wieder losließ. „Nein. Wahrscheinlich nicht."

Tori unterdrückte ihre Enttäuschung. „Weil es nicht sicher wäre?", fragte sie leichthin.

„Nein, weil du dann vielleicht gar nicht mehr weg willst. Und ich schätze, es gibt einige Leute in Iowa, die dich vermissen würden." Er schenkte ihr ein kleines halbes Lächeln.

Sie nickte. Ja, es war das Beste, wenn sie diese Erinnerung einfach beiseiteschob und sich nicht auf einen Playboy-Barkeeper aus Louisiana fixierte. Wirklich, wo sollte das hinführen?

„Wenn das so ist, hör auf, mir hinterherzulaufen, wenn ich gehen will, okay?"

Er nickte. „Ja. Dieses Mal."

Sie begann sich umzudrehen.

„Wahrscheinlich."

Sie blickte zurück.

„Geh nur nicht …"

Sie zog die Augenbrauen hoch.

„Geh nur nicht mit zu vielen Typen Square Dance tanzen."

„Zu vielen?"

Er zuckte mit den Schultern. „Ich wollte sagen, mit ‚keinem', doch das klang ein bisschen lächerlich."

Sie lachte. „Ich sagte doch, ich tanze überhaupt nicht Square Dance."

Er nickte.

Sie wandte sich wieder ab und machte einen Schritt. Dann hörte sie ihn sagen: „Und geh nicht ..."

Tori lächelte, verbarg es aber, bevor sie sich umdrehte. „Ja?"

„Geh nicht mit jemand anderem Sternegucken. Wenn du Sterne willst, dann werde ich sie dir vom Himmel holen."

Wow. Was zum Teufel war hier los? Das war verrückt. Und romantisch. Und ... verrückt. „Ich habe Sterne zu Hause", gab sie zu. „Und Grillen und Frösche und ruhige Landstraßen."

Einen Moment lang sah er sie einfach nur an.

„Und Bier", fügte sie hinzu, als er nichts sagte.

Schließlich nickte er. „Gut. Das ist gut. Du scheinst ein Mädchen zu sein, das auf Bier und ruhige Landstraßen steht."

Das tat sie tatsächlich. Aber woher wusste er das? Sie schaute an ihrem Outfit hinunter. Sommerkleid und Sandalen. In diesen Klamotten könnte sie von überall herkommen. „Ach ja?", fragte sie.

„Es steht dir ins Gesicht geschrieben."

Seine Augen wurden groß.

Er zuckte mit den Schultern, als ob er es auch nicht verstanden hätte.

„Nun, du hast recht", sagte sie.

Er sah erfreut aus. „Also los, verschwinde von hier. Geh zurück zu deinen Yankee-Stars. Und trau niemandem mit einem Akzent aus Louisiana oder einem Plastik-Souvenirbecher jeglicher Art."

Sie lachte. „Wie wäre es mit einem Bayou-Akzent?" Sie konnte den Unterschied deutlich hören.

„Denen solltest du *auf gar keinen Fall* trauen. Die verführen dich mit süßem Tee und Flusskrebskuchen, bis du nicht einmal mehr weißt, wie man Iowa schreibt."

Das würde vielleicht gar nicht nötig sein, denn sie fühlte sich jetzt schon leicht eingelullt, und es war weit und breit kein Flusskrebs in Sicht.

„Danke für ... was auch immer das ist", sagte sie schließlich.

Er lachte. „Klar. Und glaub mir, ich weiß auch nicht, was es ist."

Das war vielleicht das Beste, was er hätte sagen können. Er ließ sie gehen, und er wusste nicht, warum, aber es war eindeutig nicht, weil er es wollte.

Das war interessant.

Tori drehte sich schließlich um und schaffte es, bis zum Ende des Blocks zu kommen, ohne dass er sie aufhielt. An der Ecke hielt sie inne und blickte zurück. Er beobachtete sie immer noch.

Ihr Herz pochte. Aber sie drehte sich um und ging weiter. Den ganzen Weg zurück zu ihrem Hotel.

Am nächsten Abend ging sie wieder ins Bourbon O. Als Josh aufsah und sich ihre Blicke trotz der Menschenmenge, die selbst am Aschermittwoch nicht wesentlich kleiner als am Vortag war, begegneten, trat das breiteste und aufrichtigste Grinsen in sein Gesicht, das sie je gesehen hatte. In diesem Moment wusste sie, dass es die richtige Entscheidung gewesen war, zurückzukommen.

Jetzt ...

Tori holte noch einmal tief Luft.

Es war soweit.

Sie würde hineingehen. Sie strich sich das Haar hinters Ohr und ihre Finger fuhren über die Maske, die sie trug.

Die Maske, die sie trug.

Unter dieser Maske war sie anonym. Josh würde nicht einmal wissen, dass sie es war. Bis sie beschloss, es ihm zu sagen. Sie könnte hineingehen und nachsehen, ob er arbeitete, ihn sogar ein wenig beobachten und sich *vergewissern*, dass sie ihn wiedersehen wollte. Wenn das der Fall war, könnte sie die Maske abnehmen. Wenn nicht, konnte sie immer noch mit Andrew abhängen und ihre dumme Fantasie über den Kerl, der sich nach nur einem Kuss in sie verliebt hatte, vergessen. Okay, zwei Küsse. Trotzdem … das Ganze war völlig verrückt.

Sie trat durch die Tür und in eine Menschenmenge. Wow, es waren einfach *überall* Leute. Sie hatte dummerweise gehofft, dass in der nobleren Bar und dem Restaurant weniger los sein würde. Aber sie wusste nicht, warum sie das gedacht hatte. Letztes Jahr war es genauso gewesen.

Jemand rempelte sie von hinten an, dann stieß jemand anderes gegen ihre linke Seite. Ein Spritzer des Getränks des Mädchens landete auf der Spitze ihres Stiefels. Tori starrte die betrunkene Rothaarige an, doch das Mädchen bemerkte nicht einmal, dass sie etwas verschüttet hatte. Sie war zu sehr damit beschäftigt, mit dem Kerl zu knutschen, der sie herumgewirbelt hatte, sodass sie gegen Tori gestoßen war.

Tori seufzte. Sie konnte es dem Mädchen nicht verübeln. Manchmal musste man einfach mit dem Strom schwimmen. Vor allem, wenn ein heißer Südstaatenjunge im Spiel war.

Sie wusste nicht, ob dieser Typ von hier war, aber in ihrem Kopf war jeder Typ, der ein Mädchen von den Füßen fegte, ein Bayou-Junge. Sie war eindeutig nicht *nur* wegen Andrew hier.

Sie fingerte wieder an ihrer Maske herum, um sicherzugehen, dass Josh nur dann erfuhr, dass sie hier war, wenn sie sich ihm zeigen wollte, und ging an die Bar.

Oh Gott, was sollte sie tun, wenn er sich nicht an sie erinnerte?

Sie schluckte schwer und konzentrierte sich auf die Leute hinter der Bar. Zum Glück trugen sie keine Masken.

Die erste Person, die sie sah, war ein Mann in Joshs Alter,

aber es war nicht Josh. Ebenso wenig wie der nächste Kerl. Dann waren da noch zwei Mädchen. Aber kein Josh.

Sie schaute sich um, sah aber nur Kellnerinnen. Sie konnte zwar nicht alle Leute in der Bar sehen, doch sie erinnerte sich daran, dass Josh gesagt hatte, er sei wirklich gut in seinem Job, und sein Chef würde ihn wegen seiner Talente als Barkeeper dulden. Bestimmt würde er an einem Abend wie diesem hinter der Bar stehen. Vorausgesetzt er war hier.

Wenn er nicht hier war und arbeitete … würde er dann überhaupt hier sein, um sich mit ihr zu treffen? Würde er nur ihretwegen hier auftauchen? Erinnerte er sich überhaupt daran, dass er sie gebeten hatte, wiederzukommen?

Als sie die Unruhe schließlich nicht mehr ertrug, drängte sie sich zwischen zwei Leuten an der Bar hindurch und beugte sich vor, um die Aufmerksamkeit des Barkeepers zu erregen.

„Hey, was kann ich dir bringen?", brüllte er halb über den Lärm hinweg.

„Arbeitet Josh Landry heute Abend?", fragte sie.

„Tut mir leid. Ich kenne keinen Josh."

„Arbeitet er nicht mehr hier?", fragte sie erstaunt. Das war ihr gar nicht in den Sinn gekommen. Wie dumm von ihr.

Der Mann schaute über seine Schulter und rief: „Kara!"

Kara. Tori erinnerte sich an den Namen der Frau vom letzten Jahr. Wobei es natürlich mehrere Karas in New Orleans geben könnte …

„Ja?"

„Kennst du einen Josh Landers?"

„*Landry*", korrigierte Tori.

„Landry!", rief der Barkeeper.

„Ja, was ist mit ihm?" Kara schenkte zwei Biere auf einmal ein und sah gestresst aus.

Tori fühlte sich kurz schlecht. Aber hier ging es darum, Josh zu finden.

„Hat er mal hier gearbeitet?", fragte der Typ sie.

„Ja. Hat aber vor einer Weile gekündigt."

„Weißt du, wo er jetzt arbeitet?", fragte der Barkeeper.

„Autre!", rief Kara zurück.

Der Barkeeper richtete seinen Blick wieder auf Tori. „Autre."

„Ist das eine Bar hier auf der Bourbon?", fragte Tori. Verdammt, dann würde sie sich wieder durch die Menge auf der Straße kämpfen müssen. Aber das würde sie in Kauf nehmen. In all den Liebesliedern war die Rede davon, dass Leute bereit waren, fünfhundert Meilen zu laufen und andere Entbehrungen auf sich zu nehmen, um zu demjenigen zu gelangen, den man liebte. Die Bourbon Street zu Karneval war ein echtes Hindernis. Aber Josh Landry war die Mühe vielleicht wert.

„Autre ist eine Stadt", sagte der Mann. „Unten am Bayou."

Ah, richtig. Ja, natürlich. Das Bayou. Also nicht hier, in New Orleans. Wo sie jetzt gerade war.

Verdammt noch mal.

„Okay, danke", sagte sie zu ihm.

„Willst du was trinken?"

„Ähm ... einen Ramos Gin Fizz", erwiderte sie. Sie fühlte sich plötzlich nostalgisch an den Abend im letzten Jahr erinnert.

„Geht klar."

Der Mann mischte das Getränk, das nicht einmal halb so lecker aussah wie das von Josh, und reichte es ihr. Sie bezahlte, nahm einen Schluck und fühlte, wie die Erinnerungen an jenen Abend über sie hereinbrachen – der Geruch des Hurricane, den Josh ihr zuerst serviert hatte, das Kribbeln in ihrem Magen, als er sie angegrinst hatte, das Gefühl, als hätte sie einen Schluck heißen Kakao getrunken, als er zum ersten Mal ihren Namen gesagt hatte, das Gefühl seiner Lippen auf ihren, die Wärme in ihrer Brust, als er sie gebeten hatte, zurückzukommen.

Sie wollte ihn unbedingt sehen. Okay, er war also heute

Abend nicht hier. Vielleicht konnte sie ihn trotzdem finden. Sie würde fast zwei Wochen lang hier sein. Wie weit war Autre entfernt? Und wie schrecklich wäre es, dort aufzutauchen und herauszufinden, dass er sich nicht an sie erinnerte?

Sie nahm einen Schluck von ihrem Getränk und wurde wieder von Erinnerungen an das vergangene Jahr eingeholt. Der Klang von Joshs Lachen, die Art und Weise, wie er *Ich bin viel lustiger und gefährlicher als ein N'Awlins-Junge* gesagt hatte, wie er sie angesehen hatte, als könnte er nicht glauben, dass er sie kennengelernt hatte … und nicht mit ihr auf ihr Hotelzimmer gegangen war.

Es hätte sich definitiv wie eine Ablehnung anfühlen können, doch das war es nicht. Ganz und gar nicht. Es hatte sich angefühlt, als würde er es tun, weil er *mehr* als nur Anziehung und Lust empfand.

Natürlich verbrachte sie die meiste Zeit mit Kühen, also was wusste sie schon?

Sie wandte sich von der Bar ab und versuchte zu entscheiden, ob sie draußen auf Andrew warten sollte, oder ob ihre Chancen, ihn zu finden, draußen genauso gut beziehungsweise schlecht standen wie hier drinnen.

Tori ließ ihren Blick durch die Bar schweifen, während sie einen weiteren Schluck nahm, und erstarrte.

Er war hier.

Josh. Josh Landry war hier.

Ihre Kehle bemühte sich, den Gin Fizz zu schlucken, während sie gleichzeitig versuchte, tief Luft zu holen, sodass Gin und Zitronensaft in ihre Luftröhre gelangten. Sie begann heftig zu husten. Keiner schien es zu bemerken. Außer ihm.

Der Kerl mit den breiten Schultern und dem dunklen Haar, der eine hautenge Jeans und eine schwarze Maske mit Goldverzierung trug, drehte sich um und ging auf sie zu.

Sie hustete immer noch, während ihr Herz zu rasen begann. Das war er. Die Maske verdeckte sein ganzes Gesicht bis auf den Mund und den sexy kurzen Bart, doch er kam ihr trotzdem unglaublich bekannt vor. Diesen Mund hatte sie definitiv schon einmal gesehen. Und er hatte sie offensichtlich erkannt.

„Tori? Bist du das?"

Durch das Stimmengewirr um sie herum war es schwer, ihn zu verstehen, doch sie wusste, dass er sie beim Namen genannt hatte. Er hatte sie definitiv erkannt. *Oh mein Gott, er ist hier.*

Plötzlich fiel ihr ein, dass sie auch eine Maske trug, also nickte sie schnell. „Ja", krächzte sie.

„Geht's dir gut?"

Nein, das tat es nicht. Sie war nervös und verdammt froh, ihn zu sehen, und mehr als nur ein bisschen erleichtert. Ihr war gleichzeitig nach Weinen und hysterischem Lachen zumute. Adrenalin. Das wusste sie. Zusätzlich zu dem Stress rund um Andrews Hochzeitspläne und Paisley und der Tatsache, dass sie in den letzten zwei Stunden während des Karnevals auf der Bourbon Street gewesen war, obwohl sie weite, dunkle und ruhige Gebiete ohne Menschen im Umkreis von mehreren Kilometern gewohnt war. Dieser Abend brachte sie völlig aus dem Konzept.

Da sie keine Ahnung hatte, was sie sagen sollte, packte sie ihn am Hemd, zog ihn zu sich heran und küsste ihn.

Es dauerte etwa drei Sekunden, bis sie merkte, dass dieser Mann *nicht* Josh Landry war.

Tori wollte sich zurückziehen, doch der Mann legte seinen Arm um ihre Taille und seine große Hand auf ihren Rücken und zog sie an sich heran. Er öffnete seinen Mund und vertiefte den Kuss, indem er seine Lippen an ihren bewegte. Sie klammerte sich an seinen Schultern fest, um nicht umzukippen, doch er hielt sie so fest, dass das Risiko gering war.

Es war … seltsam.

Der Kuss war nicht schlecht. Es war eigentlich ein ganz guter Kuss. Und er war auf merkwürdige Weise vertraut.

Aber das war nicht Josh.

Trotzdem hatte dieser Typ sie Tori genannt und schien sich äußerst wohl mit ihr zu fühlen. Und er schien nicht schockiert darüber zu sein, dass sie ihn küsste. Im Gegenteil, er machte sogar *überaus* bereitwillig mit.

Sie spürte, wie er leicht stöhnte, als sich ihre Zungen berührten, und begriff, dass er es genoss. Das Gefühl der Vertrautheit hielt an, als sie einatmete und seinen Duft in sich aufnahm.

Und da traf sie schlagartig die Erkenntnis.

Es war *Andrew*.

Kapitel Drei

Tori stieß Andrew von sich weg.

Er entfernte sich jedoch nur ein paar Zentimeter von ihr, da er sie immer noch fest im Griff hatte. Sie starrte ihrem besten Freund direkt in die Augen. Kein Wunder, dass er ihr bekannt vorgekommen war. Sie hätte ihn sofort erkennen müssen. Das zeigte nur, wie besessen sie von Josh gewesen war. Sie hatte ihn sehen *wollen*, und automatisch gedacht, er wäre der erste Mann, der ihr bekannt vorkam? Wow, das war wirklich verrückt.

„Was machst du da?", fragte sie Andrew.

„Was meinst du?"

Warum hatte sie sein Parfüm nicht sofort erkannt? Es war ihr so vertraut wie der Geruch ihrer Farm. Sie zuckte innerlich zusammen. Okay, das klang nicht sehr schmeichelhaft. Doch der Duft von Andrews Parfüm war in ihrem Kopf genauso fest verankert wie der Geruch ihres Zuhauses. Da sie hier von so vielen Menschen und Gerüchen umgeben war, hatte sie es jedoch nicht gleich bemerkt.

„Du hast mich *geküsst*!", rief sie aus und versetzte ihm einen Stoß gegen die Brust.

Er schenkte ihr ein kleines Lächeln, das ihr *absolut* vertraut war. Hätte er sie doch nur so angelächelt, als er vor einer Minute zu ihr gekommen war. Dann hätte sie ihn mit Sicherheit erkannt.

Wahrscheinlich.

„Eigentlich hast *du* mich geküsst", sagte er ihr, ohne sie loszulassen.

Er roch nach Bier. Seht ihr? Andrew war ein Biertrinker. Sie hätte heute Abend mit ihm und seinen Freunden *Bier* trinken können. Dann hätte sie gewusst, welche Klamotten er trug und wie seine Maske aussah, und das alles wäre nicht passiert. Also war es streng genommen Paisleys Schuld ...

Toris ganzer Körper wurde kalt. Paisley. Andrews *Verlobte*.

Sie stieß ihn wieder zurück. „Ich dachte, du –"

„Was zum *Teufel* ist hier los?"

Das Kreischen war so schrill, dass es die Unterhaltungen in einem beeindruckend großen Umkreis um sie herum zum Verstummen brachte.

Andrew ließ Tori los.

Tori drehte sich zu Paisley um. Die quirlige blonde zukünftige Braut sah im Moment alles andere als quirlig aus, sondern eher so, als wäre sie zu einem Mord fähig. Und es war ziemlich offensichtlich, wer ihr Opfer sein würde. Tori machte einen Schritt zurück und prallte gegen Andrew.

Er legte seine Hände an ihre Hüften, um sie zu stützen, doch sie konnte sich nur allzu gut vorstellen, wie das aussah.

Nicht gut, wenn Paisleys stark geschminkte zusammengekniffene Augen ein Hinweis waren.

„Hey, Schatz", begrüßte Andrew sie, wobei er Tori dummerweise nicht losließ. „Es war ein Irrtum. Wir sind beide betrunken und –"

„*Sie* hat kaum etwas getrunken", entgegnete Paisley, stemmte eine Hand in die Hüfte und deutete mit dem anderen Zeigefinger – mit einem sehr spitz aussehenden Nagel – auf Tori. „Sie ist nicht betrunken."

„Ich dachte, er wäre jemand anderes", sagte Tori schnell und entfernte sich von Andrew.

Sie machte eher einen Schritt zur *Seite* als nach vorne und näher an Paisley heran, doch aufgrund der Menschenmenge kam sie nicht besonders weit.

„Siehst du, ein Irrtum", sagte Andrew.

Tori nickte. „Ein kompletter Irrtum."

„Du wusstest nicht, wer sie war?", fragte Paisley Andrew, und zog eine perfekte Augenbraue hoch.

„Na ja ..."

„Das heißt, du hast einfach eine *Fremde* geküsst?", fuhr Paisley fort. „Inwiefern soll das besser sein?"

„Nein, ich wusste, wer sie war", entgegnete Andrew.

Vielleicht dachte er, dass es schlimmer wäre, eine Fremde zu küssen, und dass dies die Gewissheit war, die Paisley wollte, aber auch das funktionierte nicht.

Paisley brach in Tränen aus.

Oh, verdammt. Tori machte einen Schritt auf die andere Frau zu. „Paisley, ich schwöre, ich dachte, er wäre Josh."

Paisley warf ihr einen Blick zu, der Tori bis ins Mark erschaudern ließ. Schnell machte sie wieder einen Schritt zurück. Und dann noch einen.

„Wer zum Teufel ist Josh?" Die Frage kam allerdings nicht von Paisley, sondern von Andrew.

Tori sah ihren besten Freund an. „Ein Typ, den ich letztes Jahr kennengelernt habe."

„Letztes Jahr?" Andrew runzelte die Stirn.

„Als ich hier war. In New Orleans."

„Er ist von hier?"

Sie nickte. „Ja. Na ja, aus der Nähe. Autre." Sie sagte es so, als hätte sie das gewusst, bevor sie den Barkeeper vor ein paar Minuten gefragt hatte.

„Du hast ihn letztes Jahr zufällig kennengelernt und jetzt bist du hier und dachtest, du würdest ihn küssen?"

„Wir haben letztes Jahr etwas Zeit miteinander

verbracht", erklärte sie. „Und –" Sie zuckte mit den Schultern. „Ja, ich *wollte* ihn heute Abend küssen."

„Was habt ihr denn letztes Jahr gemacht, als ihr *Zeit* miteinander verbracht habt?", fragte Andrew und sah besorgt aus.

Oh, verdammt noch mal. Tori sah zu Paisley, die immer noch weinte. Sie war jetzt von ihren Brautjungfern umgeben – was bedeutete, dass acht weitere Frauen Tori ebenfalls mit Todesblicken musterten, genauso wie Andrew. Sie hob die Augenbrauen. Der Blick sollte ihm zu verstehen geben, dass er Paisley trösten sollte. Stattdessen sah er Tori weiterhin stirnrunzelnd an.

„Wir haben geredet. Gelacht. Uns kennengelernt", erwiderte sie verärgert. „Und wir wollten uns heute Abend hier treffen."

„Du hast nie erwähnt, dass du letztes Jahr hier einen Typen kennengelernt hast", sagte Andrew.

Nein, sie hatte ihrem besten Freund nicht von Josh erzählt. Denn … da gab es nicht viel zu erzählen.

Doch das war nicht wirklich der Grund.

Andrew war so mit Paisley beschäftigt gewesen, dass Tori ehrlich gesagt nicht gedacht hatte, dass es ihn interessieren würde.

Und sie hatte die Erinnerungen für sich behalten wollen.

Das klang albern, sogar in ihren Gedanken, aber es war die Wahrheit. Es hatte sich alles ein wenig magisch angefühlt, fast wie ein Traum, und sie hatte befürchtet, dass sie, wenn sie laut darüber sprach und jemand etwas sagte wie *Glaubst du wirklich, dass dieser Typ sich in ein oder zwei Nächten Hals über Kopf in dich verliebt hat?*, anfangen würde, zu viel darüber nachzudenken und zu zweifeln, und der Zauber verfliegen würde.

„Nur weil ich es dir nicht erzählt habe, heißt das nicht, dass es nicht passiert ist", sagte sie. Dann runzelte sie die Stirn. „Warte mal kurz. Glaubst du etwa, ich lüge?"

Andrew zuckte mit den Schultern. „Ich sage nur, dass ich noch nie von diesem Kerl gehört habe. Und er ist nicht hier."

Paisley trat näher an sie heran, ihre Blicke durchbohrten sie wie Dolche. „Und dann hast du Andrew *geküsst* und wurdest erwischt. Das klingt auf jeden Fall ein wenig verdächtig."

„Wenn ich Andrew wollte, warum sollte ich dann versuchen, ihn zu überzeugen, dass es einen anderen Kerl gibt?", entgegnete Tori.

„Weil du dachtest, du hättest Zeit, ihm zu sagen, was du wirklich fühlst und ihn zu überreden, mit dir durchzubrennen, aber dann bin ich aufgetaucht und habe deinen Plan durchkreuzt. Und jetzt ist es dir peinlich."

Tori verdrehte die Augen.

Das war ein Fehler.

Paisley stieß einen Schrei aus, der laut genug war, dass ihn die Leute um sie herum hörten, die zu ihren Gesprächen zurückgekehrt waren. Natürlich verfolgten neunzig Prozent der Leute um sie herum die Auseinandersetzung noch immer mit großem Interesse.

„Hör zu", sagte Tori, bevor Paisley etwas sagen konnte. „Josh und Andrew sind sich von der Statur her sehr ähnlich. Ich habe Josh schon lange nicht mehr gesehen. Ich habe einen Typen gesehen, der mir bekannt vorkam und der eine *Maske* trug", fügte sie zu ihrer Verteidigung hinzu. „Es war nur ein Irrtum. Da läuft nichts zwischen Andrew und mir. Wir sind Freunde. Das ist alles. Ich würde ihn *nie* küssen."

„Hey", protestierte Andrew, der Idiot. „Es ist nicht so, dass wir uns noch nie geküsst hätten."

„Ihr habt euch schon einmal geküsst?", fragte Paisley, die in ihrer Empörung ganz vergessen hatte, weiterzuschluchzen.

„Das war in der achten Klasse!", sagte Tori zu Andrew. Warum sagte er das?

„Und in der zehnten", erinnerte er sie.

„Oh mein Gott", stöhnte Tori. „Das spielt doch alles keine

Rolle. Das ist schon ewig her." Sie wandte sich wieder an Paisley. „Ich *schwöre*, ich dachte, er wäre Josh. Ich habe mir *gewünscht*, er wäre Josh. Ich wünsche mir gerade jetzt, er wäre Josh."

Paisley schniefte. „Das glaube ich dir nicht. Ich glaube, du bist die ganze Zeit in Andrew verliebt gewesen. Und jetzt bist du gegen unsere Hochzeit."

Okay, Tori konnte nicht guten Gewissens behaupten, dass sie begeistert war, dass Andrew Paisley heiraten wollte, und sie konnte niemanden davon überzeugen, dass sie sich über diese Hochzeit freute. Das bedeutete, dass sie ein oder zwei Augenblicke zu lange brauchte, um zu antworten. „Ich wollte nur –"

„Ich glaube dir kein Wort!" Paisley stampfte mit dem Fuß auf.

Auf der Suche nach einem Verbündeten wandte sich Tori an Andrew. „Andrew, du musst ihr sagen, dass da nichts zwischen uns läuft."

„Da läuft nichts", sagte er zu Paisley. „Ich hatte keine Ahnung, dass Tori mich küssen wollte."

Tori spürte, dass ihr der Mund offenstand. Okay, er war betrunken. Aber ernsthaft? „Was redest du denn da?", fragte sie ihn und machte einen Schritt auf ihn zu.

Er zuckte mit den Schultern. „Wenn du Gefühle für mich hast, ist das in Ordnung. Das ist verständlich. Außerdem gefällt mir die Sache mit dem Typen nicht, den du letztes Jahr hier kennengelernt hast."

„Es ist *in Ordnung*?", wiederholte Tori. „Es ist *verständlich*? Bist du vollkommen irre?"

Er schüttelte den Kopf und schwankte leicht. „Du hast also keine Gefühle für mich?"

„Natürlich habe ich Gefühle für dich", erwiderte Tori, fügte jedoch schnell hinzu: „Freundschaftliche Gefühle. Ich empfinde Zuneigung, Fürsorge."

„Liebe", sagte Andrew. „Du liebst mich. Das ist in Ordnung."

Tori schaute Paisley an. Sie sah aus, als würde sie gleich einen Schlaganfall bekommen, doch sie schien auf Toris Antwort zu warten.

Tori nahm einen tiefen Atemzug. „Ja, ich liebe dich, Andrew. Aber als Freund. Wie einen Bruder. Ich bin nicht *in dich verliebt.*"

„Paisley und ich haben das besprochen, und sie meint, dass wir deine Gefühle als das anerkennen müssen, was sie sind, damit wir alle offen mit der Situation umgehen können", erklärte Andrew ihr.

Sie hatten über Toris Gefühle für Andrew gesprochen? Beziehungsweise über das, was sie dachten, das Tori für Andrew empfand. Tori sah Paisley stirnrunzelnd an. „Was zum Teufel soll das heißen?"

„Ich weiß, dass du dir immer eingeredet hast, dass du Andrew nur als Freund liebst", sagte Paisley, die plötzlich kalt und völlig beherrscht aussah, anstatt wütend und rachsüchtig.

Wow, dieser Schalter ließ sich schnell umlegen.

„Ich *habe* Andrew als Freund geliebt", sagte Tori ihr.

„Aber wenn die Person, die einem am nächsten steht, plötzlich jemand anderem näher ist, kann das diese Gefühle aufrütteln und man erkennt plötzlich, was es *wirklich* damit auf sich hat. Du hast dir immer ein bestimmtes Leben mit Andrew vorgestellt. Vielleicht hast du dir ausgemalt, dass ihr gemeinsam auf einer benachbarten Farm oder so leben würdet", fuhr sie fort. Ihr verächtlicher Tonfall ließ erkennen, wie wenig sie von dieser Vorstellung hielt. „Jetzt holt dich die Realität ein – sein ganzes Leben ist anders. Seine Zukunft ist anders. Und dir ist klargeworden, dass du kein Teil davon sein wirst. Und jetzt, wo du ihn verlierst, merkst du, dass du in ihn verliebt bist."

Tori spürte einen Stich in ihrer Brust, da Paisleys Aussage tatsächlich ein Fünkchen Wahrheit enthielt. Andrews Leben und seine Zukunft waren jetzt völlig anders, als sie es sich immer vorgestellt hatte. Nicht, dass sie sich ein gemeinsames

Leben als *verheiratetes Paar* mit ihm vorgestellt hatte, doch sie war immer davon ausgegangen, dass er ein Teil ihres Lebens sein würde, und dass er Feiertage und Ereignisse wie die Geburt von Kindern und den Tod von Eltern mit ihr teilen würde. Dass sie sich um seine Tiere kümmern und er ihr dabei helfen würde, das Testament ihres Vaters durchzugehen, wenn es soweit war.

Und jetzt war das alles … weg. Alles würde sich ändern. Wenn Andrew ihr mit dem Testament ihres Vaters half, dann nur aus der Ferne.

Tränen brannten in ihren Augen und sie presste die Lippen aufeinander. Sie hatte einen so dicken Kloß im Hals, dass sie nichts gegen Paisleys Vorwürfe sagen konnte.

Paisley trat einen Schritt vor und griff nach Andrews Hand. Sie betrachtete Tori mit einem Hauch von Mitleid und einer großen Portion Triumph. „Es ist wirklich wichtig, dass du ehrlich sagst, was du fühlst", sagte sie. „Das ist Andrew und mir gegenüber nur fair. Er muss wissen, wie du zu ihm stehst. Er kann keine Vermutungen anstellen. Und auch mir gegenüber ist es nicht fair, zu verlangen, dass ich euch weiterhin Zeit alleine verbringen lasse. Wenn ihr nur Jugendfreunde wärt, wäre das eine Sache, aber du verstehst bestimmt, warum ich mir jetzt Sorgen mache."

Jetzt schnaufte Tori. „Du bist also der Meinung, dass Andrew und ich kein Gespräch unter vier Augen führen können, weil du glaubst, dass ich in ihn verliebt bin?"

Sie wusste genau, was Paisley vorhatte. Die andere Frau war eifersüchtig auf Toris und Andrews Beziehung – eine *Freundschaft*, verdammt noch mal – und auf ihre Vergangenheit, also hatte sie sich etwas einfallen lassen, um sie voneinander zu trennen.

„Ganz genau", sagte Paisley kühl.

„Du bist also fest davon überzeugt, dass ich in Andrew verliebt bin und diesen Kuss geplant habe damit er dich verlässt?", fragte Tori.

„Allerdings, das bin ich." Sie lehnte sich an Andrew und fuhr mit ihrer Hand über seine Brust. „Zum Glück bin ich mir über Andrews Gefühle für mich völlig sicher."

Tori war sich dessen nicht so sicher. Warum unternahm sie dann solche Anstrengungen, ihn von Tori fernzuhalten? Und vielleicht hatte Paisley nicht bemerkt, wie Andrew Toris Kuss erwidert hatte.

Das würde Tori aber *nicht* sagen. Es spielte keine Rolle. Er war betrunken und sie hatte ihn überrumpelt Der Kuss hatte nichts zu bedeuten.

„Komm schon, Andrew, lass uns gehen." Paisley begann, ihn zur Tür zu zerren.

„Ich kann Tori nicht einfach hierlassen", protestierte Andrew, lief aber trotzdem ein paar Schritte neben Paisley her.

„Ach, ich glaube, sie kommt schon zurecht", sagte Paisley und blickte über ihre Schulter hinweg zu Tori. „Sie scheint ja auch allein hierhergefunden zu haben und hat letztes Jahr einen ‚Freund' hier kennengelernt."

Andrew warf Tori einen entschuldigenden Blick zu, ließ sich aber von Paisley zur Tür hinausbugsieren.

Tori sah zu, wie die anderen Brautjungfern sich umdrehten und ihnen nach draußen folgten.

Sie stieß einen Atemzug aus.

Nun … verdammt.

Letztes Jahr war sie auch allein hier unterwegs gewesen.

Und obwohl er sie versetzt hatte, vermisste sie diesen „Freund" im Moment mehr denn je. Wenn er hier gewesen wäre, hätte sie Paisley beweisen können, dass sie keine romantischen Gefühle für Andrew hegte. Es wäre *perfekt* gewesen, wenn Josh mitten in diesem Debakel aufgetaucht wäre. Dann hätte Paisley einsehen müssen, dass Tori nicht nur die Wahrheit gesagt hatte, sondern auch mit eigenen Augen gesehen, dass Tori nicht hinter dem Jungen von nebenan her war. Die verwöhnte Zicke hätte gesehen, dass Tori einen sexy Playboy mit einem umwerfenden Akzent haben konnte, der Tori ansah, als wäre sie seine Lieblingssorte von *allem*.

Ja, das wäre perfekt gewesen.

Aber es war nicht passiert. Leider.

Und schließlich wurde ihr klar, dass Josh nicht zu ihrem Rendezvous erschienen war. Tori fühlte einen Knoten in ihrem Magen und eine Traurigkeit, die viel intensiver war, als ihrer Meinung nach angemessen wäre. Sie kannte den Kerl kaum. Es war ein Jahr her. Und es hatte immer die Möglichkeit bestanden, dass einer von ihnen oder sie beide heute Abend nicht hier auftauchen würden.

Trotzdem war ihr zum Weinen zumute.

Was sollte sie jetzt tun? Die Hochzeit würde ohnehin eine unglaublich frustrierende, peinliche Angelegenheit werden. Und jetzt? Jetzt, wo die gesamte Hochzeitsgesellschaft dachte, Tori wäre in Andrew verliebt? Jetzt, wo *Andrew* dachte, Tori wäre in ihn verliebt? Diese Woche hatte definitiv das Potenzial, die schlimmste ihres Lebens zu werden.

Sie könnte nach Hause fahren.

Sie *musste* nicht unbedingt hier sein. So wie es aussah, wäre es vielen Leuten sogar lieber, wenn sie gehen würde.

Aber egal, wie dumm er war, wenn er betrunken war, Andrew war immer noch ihr bester Freund. Sie waren schon immer bei allen wichtigen Ereignissen im Leben des anderen dabei gewesen. Wenn sie seine Hochzeit verpasste, würde sie das für immer bereuen.

Wahrscheinlich.

Also musste sie die Sache irgendwie retten. Sie musste beweisen, dass sie Andrew nicht für sich wollte. Sie wollte ihn nur nicht mit *Paisley*.

Nein, Tori, daran darfst du nicht denken. Wenn du diese Hochzeit ruinierst, werden alle denken, dass Paisley recht hatte. Womöglich sogar Andrew. Und dann wird deine Freundschaft mit Andrew für immer seltsam sein.

Das konnte sie nicht zulassen.

Sie musste unbedingt beweisen, dass es bei dem Kuss um einen ganz anderen Typen gegangen war. Einen echten Mann. Einen Kerl, der tatsächlich existierte und der sie letztes Jahr umgarnt und sie *gebeten* hatte, zurückzukommen. Einen Typen, den sie *wirklich* küssen wollte. Vor den Augen aller anderer. Wie Andrew und Paisley. Zum Beispiel.

Sie brauchte Josh.

Tori drehte sich zur Bar um und drängte sich durch die Menschenmenge, um zum Barkeeper zu gelangen.

„Hey!", rief sie ihm zu.

„Was gibt's?", fragte er.

„Kannst du mir sagen, wie ich nach Autre komme?"

Sollte sie wirklich einfach dorthin fahren und ihn überreden, sie zu dieser Hochzeit zu begleiten, obwohl er sie versetzt und wahrscheinlich schon vergessen hatte?

Ja.

In ein paar Tagen würde sie ohnehin nach Iowa zurückkehren. Was war das Schlimmste, was passieren konnte?

Josh warf das Seil auf das Boot, kickte die Kühlbox aus dem Weg und folgte der Gruppe von Touristen, die gerade aus dem Luftkissenboot gestiegen waren.

„Vielen Dank, Josh, das war wunderbar." Barbara, die Mittvierzigerin, die mit ihren drei Kindern und ihrem Mann an der Sumpfboottour teilgenommen hatte, reichte ihm ein Trinkgeld von dreißig Dollar.

Er schenkte ihr ein Lächeln. „Danke, das weiß ich zu schätzen. Es war toll mit euch."

Das war es nicht. Die Jungs hatten die ganze Zeit über ununterbrochen geplappert und ihr Vater hatte jede einzelne ihrer Fragen falsch beantwortet, bevor Josh es tun konnte. Doch das Trinkgeld machte einen nicht unerheblichen Teil seines Einkommens aus, und wenn er den Charme zwischen zusammengebissenen Zähnen herauspressen musste, dann tat er das. Das zusätzliche Geld konnte er heute Abend gut gebrauchen. In der Bar seiner Oma konnte er zwar umsonst trinken, allerdings nicht, ohne dass ihm eine Menge Fragen über seine miese Laune und den Grund für seinen Alkoholkonsum gestellt wurden, die er nicht beantworten wollte. Heute Abend würde er seinen eigenen Schnaps kaufen müssen.

„Vielen Dank, Josh." Ein weiterer Tourteilnehmer reichte ihm vierzig Dollar.

„Sehr gerne, Randy. War schön, euch kennenzulernen." Er klopfte dem älteren Geschäftsmann aus Bismarck auf die Schulter.

Er nahm Trinkgelder und Danksagungen vom Rest der Gruppe entgegen und lächelte dabei immer wieder. Nachdem der Letzte im Souvenirladen verschwunden war, wischte Josh sich das Lächeln aus dem Gesicht und machte sich daran, das Boot für die nächste Tour vorzubereiten.

Sie hatten einen anstrengenden Tag vor sich, und er war fest entschlossen, die Ruhe zu bewahren und ihn zu überstehen. Mit den Touristen kam er zurecht. Sie bezahlten ihn. Aber mit seinen Partnern wollte er sich heute nicht auseinandersetzen. Seinem Bruder Sawyer gehörten fünfunddreißig Prozent des Unternehmens, Josh und ihrem Cousin Owen je fünfzehn Prozent. Die anderen fünfunddreißig Prozent gehörten Sawyers bestem Freund aus Kindertagen, Tommy.

Tommy war vor etwa sechs Monaten gestorben, und sein Anteil am Unternehmen gehörte nun rechtlich seiner Schwester Madison. Da Maddie in San Francisco lebte, war sie nur stille Teilhaberin. Sie schickten ihr regelmäßig ihren Teil des Gewinns, doch sie mischte sich nicht in die Operation ein.

Die Jungs kamen gut miteinander aus und alle arbeiteten hart. Tommys Tod hatte sie alle sogar noch enger zusammengeschweißt. Der Betrieb florierte. Aber die Zusammenarbeit und das Leben in der winzigen Stadt, in der auch ihre Familien lebten, machten es schwer, auch nur zu niesen, ohne dass einem siebenundfünfzig Leute Gesundheit wünschten.

Josh war bewusst, dass sich das *gut* anhörte, aber, na ja … ja, meistens war es auch gut. Aber an manchen Tagen wollte man einfach nur in Ruhe niesen. Er wollte nicht erklären, warum er heute schlechte Laune hatte. Und er würde schlechte Laune haben, wenn ihm einer der Jungs wegen irgendetwas auf die Pelle rückte.

Er warf mehrere Packungen mit rohem Hühnerfleisch in die Kühlbox, während er versuchte, nicht an die letzte Nacht zu denken. Er hatte vorhin vier Alligatoren gesichtet, die er bei seiner letzten Tour füttern wollte. Beim nächsten Mal würde er ein wenig weiter nach Osten fahren und sehen, ob sich dort noch mehr herumtrieben.

Nachdem er die Kühlbox verstaut hatte, vergewisserte er sich, dass alle Schwimmwesten und Kopfhörer ordnungsgemäß untergebracht waren. Dann stützte er die Hände in die Hüften und sah sich um. Verdammt. Es gab nicht mehr viel zu tun vor der nächsten Tour.

Tori war gestern Abend nicht im Bourbon O.

Diesen Gedanken konnte er einfach nicht abschütteln. Nicht einmal bei der Arbeit. Auf dem Luftkissenboot war es oft zu laut, um sich zu unterhalten. Dadurch hatte er viel Zeit, um seinen Gedanken nachzuhängen. Er konnte keine Vorträge halten, bis sie in die Gegenden kamen, in denen die Zypressen, die alten Hütten und die Alligatoren für eine authentische Bayou-Stimmung sorgten. Erst dort erzählte er den Leuten Geschichten und Fakten und sie konnten Fragen stellen. Anschließend warf er das Luftkissenboot wieder an und es war zu laut, um etwas zu hören. Außer seinen eigenen Gedanken.

Warum war sie nicht aufgetaucht? Hatte sie einen Freund? Ging es ihr gut? Hatte sie ihn einfach vergessen? Aber vor allem … hatte sie einen Freund?

Er wollte natürlich, dass es ihr gut ging. Er wollte auf keinen Fall denken, dass sie ihn vergessen hatte. Aber heilige

Scheiße, die Vorstellung, dass sie einen Freund hatte, war geradezu unerträglich.

Mittlerweile war ein *Jahr* vergangen. Sie war wunderschön, klug, witzig und süß. Er wusste, dass von den drei Möglichkeiten – sie hatte es vergessen, sie war krank oder sie war vergeben – die Möglichkeit, dass sie einen Freund hatte, definitiv am wahrscheinlichsten war.

Er trat auf den Steg. Er würde das Boot abspritzen. Das war zwar nicht so gut, wie irgendetwas zu zerschlagen, wonach ihm eigentlich zumute war, oder sich zu betrinken – auch das wäre definitiv eine Option –, aber es war immerhin etwas.

Er drehte den Wasserhahn voll auf und richtete das Wasser auf das Deck des Bootes, um Schlamm und Gras abzuspritzen.

Und er dachte immer noch nach. Verdammt noch mal.

Er hatte gewusst, dass die Wahrscheinlichkeit, dass sie dort war, gering war. Wer lernte schon jemanden kennen, unterhielt sich sechs Stunden lang mit ihm und begegnete ihm dann ein Jahr später wieder, ohne dass dazwischen Kontakt bestand?

Kein normaler Mensch.

Sicher, jedes andere Mitglied seiner Familie würde das tun. Aber *normale* Menschen, wie Tori Kramer, taten das nicht. Tori war *sehr* normal. Eindeutig fehl am Platz auf der Bourbon. Eindeutig fehl am Platz am Karneval. Und das hatte ihn geradezu magisch angezogen. Sie war ganz offensichtlich eine Touristin auf ihrer ersten Reise im Big Easy, wie so viele Frauen, denen er jeden Abend begegnete, und doch … hatte sie etwas Erfrischendes an sich gehabt. Sie hatte zugegeben, dass sie nicht dazugehörte. Sie hatte seine Ich-mache-dir-Komplimente-damit-du-mir-ein-gutes-Trinkgeld-gibst-Nummer sofort durchschaut, als er den Mund aufgemacht hatte. Dabei hatte er sie gar nicht des Trinkgelds wegen angemacht. Er hatte sie sofort zum Lächeln bringen wollen. Er hatte sofort das sein wollen, woran sie dachte, wenn sie nach Hause kam und an ihre Reise nach New Orleans zurückdachte.

Er hatte damals nicht wirklich verstanden, warum – und auch nicht in den dreihundertundetwas Tagen danach – doch er wollte sie zum Lachen bringen, sie küssen und sie beschützen. Er hatte sie wirklich zurück auf die Farm schicken wollen, unberührt von den dummen, betrunkenen Was-in-NOLA-geschieht-bleibt-in-NOLA-Erfahrungen, die die meisten Besucher mit nach Hause nahmen. Er hatte mit auf ihr Hotelzimmer gehen und jeden Zentimeter von ihr kosten wollen. Aber noch mehr wollte er sie mit nach Hause nehmen und sie seiner Großmutter vorstellen.

Das war es, was ihn dazu gebracht hatte, sie allein in ihr Hotelzimmer zurückzuschicken. Zweimal.

Er hatte sein ganzes Leben darauf gewartet, ein Mädchen kennenzulernen, das ihn dazu brachte, sich für sie wie ein verrückter, romantischer Trottel zu verhalten. Es war eine Legende in der Familie Landry, dass jeder Mann irgendwann dem Mädchen begegnete, das ihn dazu brachte, jeglichen Stolz und Selbsterhaltungssinn über Bord zu werfen. Wenn er sie fand, würde er sie heiraten.

Josh hatte Tori nach Iowa zurückgeschickt, ohne sie um ihre Telefonnummer zu bitten, weil er nicht so wirklich an die Liebe auf den ersten Blick glaubte. Vielmehr vertraute er darauf, dass sie zurückkommen würde, wenn sie die Richtige war. Am Karneval. Ins Bourbon O.

Doch sie war nicht gekommen.

Und darüber war er wütender, als er zugeben wollte. Schon gar nicht vor seiner Familie, die am Boden zerstört sein und dann darauf bestehen würde, dass er etwas Dummes tat, wie nach Iowa zu fahren, um sie zu finden.

Was er bereits in Erwägung zog.

„Josh!"

Verdammt. Er tat so, als würde er Owen nicht hören, der nach ihm rief.

Er hatte wirklich keine Lust auf Owen. Owen liebte es, zu provozieren, und kümmerte sich nicht um Kleinigkeiten, wie zum Beispiel darum, dass er Leute so sehr auf die Palme brachte, dass sie ihm am liebsten eine reinhauen würden. Josh musste zugeben, dass er es manchmal verdiente, eine aufs Maul zu bekommen, aber er hatte auch sehr gute Reflexe, sodass das nicht so oft passierte, wie es wahrscheinlich passieren sollte. Er setzte sich besonders dafür ein, dass die Menschen um ihn herum die Dinge nicht zu ernst nahmen. Abgesehen von ihrer Arbeit. Denn Arbeit nahm Owen sehr ernst.

Das war allerdings ganz praktisch, denn schließlich ging es in ihrer Branche darum, dafür zu sorgen, dass die Leute eine schöne Zeit verbrachten. Die Leute, die an den Sumpf- und Angelausflügen der Bayou-Jungs teilnahmen, waren hier, um auf Luftbooten und Pontons herumzufahren, zu trinken, zu lachen, und Dinge zu sehen, die sie zu Hause nicht zu sehen bekamen.

Owen interessierte sich besonders für die Sumpfboottouren mit Junggesellinnenabschieden. Nicht, weil er Frauen liebte, was er zwar tat, sondern weil er vor allem Frauen liebte, die in ihren hochhackigen Sandalen und gebräunter Haut nichts im Bayou zu suchen hatten. Er liebte es, sie ein wenig schmutzig zu machen. Im wahrsten Sinne des Wortes. Und nass ... wobei er jedes Mal hinzufügte: „auf alle Arten, wie ein hübsches Mädchen nass werden kann."

Es war schwer, in Owens Gegenwart schlechte Laune zu haben. Es sei denn, er flirtete mit einem Mädchen, an dem man interessiert war, denn Owen hatte eine Bad Boy-Ausstrahlung, die Joshs Guter-Junge-Image immer zu übertrumpfen schien.

Heute dachte Josh jedoch wirklich, dass er in Owens Gegenwart schlechte Laune haben könnte.

Victoria Kramer hatte ihn gestern Abend versetzt. Seine Reaktion darauf sagte ihm alles, was er über seine Gefühle für sie wissen musste. Diesmal hatte er nicht die Absicht gehabt, sie unberührt nach Iowa zurückzuschicken. Verdammt, er war sich gar nicht so sicher, ob er überhaupt die Absicht hatte, sie nach Iowa zurückzuschicken.

Vielleicht war es besser, dass sie nicht aufgetaucht war. War er bereit, zu heiraten? Denn er konnte sich nicht wirklich vorstellen, wie Victoria Kramers zweite Reise nach Louisiana sonst enden sollte.

„Josh!" Das war die Stimme von Kennedy.

Josh seufzte und drehte sich um. Wenn Kennedy hier draußen war, ging es ums Geschäft. Vermutlich war bei einer Tour etwas schiefgelaufen oder so. Kennedy war seine kleine Schwester, und sie kümmerte sich um alle Buchungen und Terminplanungen. Obwohl sie in der Nähe der schlammigen Gewässer des Bayou aufgewachsen war, verbrachte sie *nicht* gerne Zeit in der freien Natur. Sie ärgerte sich jedes Mal, wenn sie zu den Docks raus musste.

Das bedeutete, dass sie wahrscheinlich versucht hatte, ihm zu schreiben oder ihn anzurufen. Nun, er hatte sein Handy ausgeschaltet. Denn er war nicht in der Stimmung, mit jemandem zu reden.

Doch als er sich umdrehte, wurde ihm klar, dass er nie in den Genuss dieses Luxus kommen würde. Nicht in Autre. Nicht mit seiner Familie. Nicht nur Owen und Kennedy kamen auf ihn zu, sondern auch Sawyer. Was zur Hölle?

Josh setzte seine Kappe andersherum auf und nahm seine Sonnenbrille ab. „Was gibt's?", fragte er, als sie näherkamen.

„Hier ist ein Mädchen, das dich sucht", antwortete Kennedy. Sie runzelte die Stirn, doch ihr Blick sah eher besorgt als verärgert aus. Das war ungewöhnlich. Gelinde gesagt. Sawyer, Owen und Josh gingen Kennedy nun schon seit etwa vierundzwanzig Jahren auf die Nerven. Er hatte keine Ahnung, was passieren musste, damit sie sich um einen von ihnen Sorgen machte.

„Ein Mädchen?", fragte er.

„Ja." Kennedy blickte gequält drein. „Sie hat eine Buchung für Owens nächste Luftkissenboot-Tour. Sie kam hereingestürmt und hat mir erzählt, dass sie einfach nur hierherwollte und die Tour gebucht hat, weil unser Bus die Leute in den Hotels abholt." Kennedy verdrehte die Augen. „Angeblich war ihr der Uber-Fahrer suspekt, und sie hat sich nicht getraut, alleine ein Taxi zu nehmen, also hatte sie keine andere Möglichkeit, hierher zu kommen."

„Ein Mädchen hat eine unserer Touren gebucht, nur weil sie hierhergefahren werden wollte?", fragte Josh.

Ihr Großvater Leo und ihr Cousin Mitch fuhren die Busse, die die Touristen an den Hotels in New Orleans abholten und sie für die Touren nach Autre brachten. Dort angekommen wurden sie sofort zu Ellie's Bar auf der anderen Straßenseite geschickt, wo sie vor oder nach der Tour einen Cocktail trinken konnten. Außerdem nutzten die beiden die Zeit gerne, um gute alte, bodenständige Cajun-Musik über die Stereoanlage zu spielen und den Touristen alle möglichen verrückten Fakten über das Leben in Louisiana zu erzählen. Zum Beispiel, dass man fünfhundert Dollar Strafe zahlen musste, wenn man jemandem ohne sein Wissen eine Pizza liefern ließ, und dass es auf der Manchac Swamp Bridge spukte.

„Sieht ganz so aus", sagte Kennedy. „Und jetzt besteht sie darauf, dass sie mit dir sprechen will. Sie sitzt auf dem Steg und wartet auf dich. Sie will die Tour mit Owen nicht." Sie war eindeutig verärgert über dieses Mädchen.

„Ich bin sogar zu ihr gegangen und habe mich vorgestellt", sagte Owen. „Sie hat ‚nein danke' gesagt."

Owens fassungsloser Gesichtsausdruck entlockte Josh ein Lachen. „Wirklich? Sie wollte lieber auf mich warten, als mit dir auf ein Boot zu gehen? Dieses Mädchen muss ich kennenlernen." Josh fühlte sich plötzlich ein wenig besser. Tori war zwar nicht aufgetaucht, aber irgendein Mädchen hatte eine Tour gebucht, nur um nach Autre zu kommen. Seinetwegen. Und sie war von Owen unbeeindruckt gewesen. Ja, er wollte sie unbedingt kennenlernen.

„Warte mal", sagte Sawyer. „Wir machen uns Sorgen."

Okay, Owen fand die ganze Sache lustig und Kennedy war wahrscheinlich hin- und hergerissen zwischen Belustigung und Sorge. Sawyer hingegen schien aufrichtig beunruhigt zu sein.

„Ein Mädchen, das mich Owen vorzieht, ist wohl kaum ein Grund zur *Sorge*", sagte Josh. „Ich meine, komm schon."

„Das meine ich nicht. Sie scheint ein bisschen ... durch den Wind zu sein", sagte Kennedy.

„Durch den Wind?", fragte Josh.

„Wir glauben, dass sie entweder eine Stalkerin oder mit deinem Baby schwanger ist", sagte Owen.

Josh erstarrte. „*Was?*"

„Sie ist sehr ... nervös", sagte Kennedy. „Sie will uns nicht sagen, worüber sie mit dir reden will. Und selbst als ich ihr gesagt habe, dass sie drei Stunden in der prallen Sonne warten muss, hat sie gesagt, dass es ihr nichts ausmacht."

„Drei Stunden?", fragte Josh. „Was dachtest du denn, wo ich bei der Tour hinfahre?" Ihre Touren dauerten ungefähr neunzig Minuten, vielleicht etwas länger, wenn die Alligatoren herauskamen und sich aufspielten, oder wenn sie mit dem Boot in einer der niedrigeren Grasflächen steckenblieben.

„Das habe ich ihr nur gesagt, um sie zum Gehen zu bewegen", sagte Kennedy. Sie sah Josh stirnrunzelnd an. „Sie hat gesagt, sie würde nirgendwo hingehen, bevor sie nicht mit dir gesprochen hat."

„Und ihr glaubt, sie ist *schwanger?*", fragte Josh. „*Sieht* sie denn schwanger *aus?*" Das sollte doch eigentlich offensichtlich sein. Allerdings hatte er seit über einem Jahr mit niemandem mehr Sex gehabt, also war das Kind auf keinen Fall von ihm, egal wie schwanger diese Frau aussah.

„Nein, ist sie nicht", entgegnete Kennedy. „Aber es könnte noch zu früh sein, um etwas zu sehen."

„Falls sie tatsächlich schwanger ist, ist es nicht von mir."

„Wie kannst du dir da so sicher sein?", fragte Owen.

„Weil ich nicht ..." Okay, sein Bruder und sein Cousin wussten, dass er in den letzten Monaten weniger ... promiskuitiv gewesen war, doch da er ein paar Nächte in der Woche in New Orleans arbeitete, konnten sie nicht wissen, dass er *überhaupt keinen* Sex gehabt hatte. Sie fragten sich bereits, was zum Teufel mit ihm los war. Wenn sie wüssten, dass er seit fast einem Jahr enthaltsam lebte, würden sie ihn womöglich einweisen lassen.

Oder, wenn er ihnen von Tori erzählte, würden sie ihn nach Iowa fahren.

So oder so würden sie erkennen, dass sie ihm wichtig war. War er bereit, dass sie alle erfuhren, was er für Tori empfand?

Und warum sprach er in der Gegenwartsform, wenn er an sie dachte? Sollte er nicht eher daran denken, dass sie ihm wichtig *gewesen war*? Es war vorbei. Sie war gestern Abend nicht gekommen.

„Ich bin mir einfach sicher", sagte er schließlich. „Wenn sie schwanger ist, ist es nicht von mir."

„Dann will sie dich vielleicht wirklich umbringen", sagte Kennedy. „Das war sowieso meine erste Vermutung. Du hast sie dazu gebracht, sich in dich zu verlieben und sie dann nie wieder angerufen oder so."

Josh sah seine Schwester finster an. „Erstens, dein Vertrauen in mich ist überwältigend."

Sie zuckte mit den Schultern, offensichtlich ohne sich darum zu kümmern, dass sie ihn vielleicht tatsächlich verletzt hatte.

„Zweitens, wirkt sie denn so, als wäre sie gefährlich?"

Er konnte nicht behaupten, dass er noch nie eine Frau so verärgert hatte, dass sie vielleicht eine Konfrontation suchte, doch er glaubte nicht, dass er jemals eine von ihnen so gegen sich aufgebracht hatte, dass sie Mordgelüste hatte.

„Nicht wirklich", sagte Kennedy. „Sie sitzt nur mit Gus da. Sie wollte nichts trinken. Sie hat nicht einmal telefoniert. Sie sitzt einfach nur auf dem Steg und schaut aufs Wasser."

„Sie sitzt mit *Gus* da?", fragte Josh. Gus war der Flussotter, der unter dem anderen Ende des Bayou-Docks lebte. Er war eines Morgens aufgetaucht, und nachdem sie ihn etwa eine Woche lang beobachtet hatten, waren die Jungs zu dem Schluss gekommen, dass er sich entweder verirrt hatte oder verwaist war. Das Kommen und Gehen der Boote hielt viele andere Tiere aus der unmittelbaren Umgebung fern, und die Jungs erlaubten Gus zu bleiben, weil er niedlich war und die Touristen unterhielt. Er kam allerdings nur selten *auf* den Steg und setzte sich normalerweise nicht zu *Menschen*. Wenn die Jungs ihm Futter hinwarfen, lief er zwar nicht weg, aber er kam ihnen auch nicht zu nahe.

Kennedy zuckte mit den Schultern. „Er ist auf den Steg geklettert und zu ihr hinübergewatschelt. Jetzt sitzt er einfach da, neben ihren Füßen."

Wow! Das war anders. „Wie hat *sie* reagiert?"

„Sie ist nicht ausgeflippt oder so", sagte Kennedy. „Sie hat mit ihm geredet und hat die anderen Leute davon abgehalten, ihn anzufassen oder ihm zu nahe zu kommen."

„Sie wirkt ... nachdenklich", fügte Sawyer hinzu. Als ältester Geschäftsinhaber war er oft die Stimme der Vernunft, der Ruhige, der von Natur aus das Kommando übernahm. *Hör auf mit dem Scheiß*, war sein Lieblingssatz und er sagte ihn mindestens einmal am Tag zu Josh und Owen. Manchmal sogar zu beiden gleichzeitig. Er war auch der Einzige von ihnen, der Wörter wie *nachdenklich* benutzte. „Nicht wütend. Vielleicht ein wenig nervös."

„Nervös?", wiederholte Josh. Jetzt war er noch neugieriger. „Ihr seid also alle hier, um mich zu beschützen?"

Das war ... nett.

„Ich habe ein Foto von ihr." Owen hielt ihm sein Handy hin. „Wir wollten nur sicherstellen, dass du sie kennst und dich vorwarnen. Nur für den Fall."

Josh betrachtete den Bildschirm von Owens Handy. Und sein Herz klopfte so stark gegen seine Rippen, dass ihm ein wenig schwindelig wurde.

Tori war hier.

Sofort lief er die Rampe zum Gebäude hinauf.

„Hey!"

„Josh!"

Er hörte die Rufe seiner Familie, doch er hatte keine Zeit, ihnen zu erklären, wer Tori war. Es war eine lange Geschichte.

Okay, eigentlich nicht wirklich. „Ein Mädchen, das ich letztes Jahr kennengelernt habe" hätte gereicht. Aber sie war mehr als das. Und er hatte weder die Geduld noch die Zeit, ihnen das verständlich zu machen. Denn das Ganze ergab nicht einmal *für ihn* einen Sinn, und er dachte schon seit einem Jahr darüber nach.

Er bog um die Ecke des Gebäudes, in dem sich das Büro, der Check-in-Bereich, die Toiletten und der Geschenkeladen der *Boys of the Bayou* befanden.

Und da saß sie, auf einer verwitterten Holzbank inmitten der Gruppe von Touristen, die mit Owen auf dem Luftkissenboot hinausfahren würden.

Sie lehnte an dem Gebäude, die langen, nackten Beine ausgestreckt, die Knöchel überkreuzt, und betrachtete das Wasser, das gegen den Steg plätscherte. Gus lag neben ihren Füßen auf der Seite und sonnte sich.

Sie sah so umwerfend aus, dass Josh weiche Knie bekam.

Das war durchaus etwas, was sein Dad oder Großvater sagen würde. Aber zum ersten Mal in seinem Leben verstand Josh es.

Er holte tief Luft und nahm sich einen Moment Zeit, um sicherzugehen, dass er sie nicht überrumpelte. Er hielt sich an der Kante des Gebäudes fest und sagte einfach: „Tori."

Trotz des Stimmengewirrs hörte sie ihn und sah zu ihm auf. Sofort breitete sich ein strahlendes, aufrichtiges Lächeln in seinem Gesicht aus. Sie sprang auf, was Gus erschreckte. Er flitzte über das Deck, und sie blickte ihn an. „Tut mir leid", sagte sie ihm.

Er rutschte über die Kante des Stegs ins Wasser. Einige der Kinder rannten zum Geländer und sahen zu, wie der Otter davonschwamm, aber Toris Blick blieb an Josh hängen.

„Hallo", sagte er schließlich.

„Hallo", erwiderte sie.

Er umklammerte das Holz und bemühte sich, stehenzubleiben. Denn auf sie zuzustürmen, sie über die Schulter zu werfen, und sie mit ins Büro zu nehmen und die Tür abzuriegeln, wäre ein bisschen viel des Guten. Wahrscheinlich.

Sie steckte die Hände in ihre Vordertaschen. Ihre Shorts waren aus blauem Jeansstoff und extrem kurz. Sie trug abgewetzte blaue Sneaker ohne Socken, und auf ihrem einfachen grauen T-Shirt prangte die Aufschrift: *Hunde haben Besitzer. Katzen haben Angestellte.* Ihr Haar war zu einem Pferdeschwanz zusammengebunden und sie trug kein Make-up.

Sie sah umwerfend aus.

„Ich weiß, dass du mich offensichtlich nicht sehen wolltest. Die Tatsache, dass du gestern Abend nicht aufgetaucht bist, war eine klare Botschaft. Ich weiß also, dass es ziemlich verrückt von mir ist, hierherzukommen. Aber ich wollte dich um einen Gefallen bitten und ich hoffe wirklich ..."

„Ich war gestern Abend da."

Tori hielt inne. „Was?"

Josh löste seine Hand von dem Gebäude. „Ich war dort. Ich war im Bourbon O. Viermal."

Ihre Augen weiteten sich. „Ich war auch dort. Es war ein bisschen ... wild da drin, das gebe ich zu. Aber ich war da. Ich habe den Barkeeper nach dir gefragt."

„Ich arbeite nicht mehr dort."

„Das habe ich gehört."

„Deswegen bist du hierhergekommen?"

„Ja."

Josh spürte, wie sich sein Magen zusammenzog. Sie war dort gewesen. Sie hatte versucht, ihn zu finden. Und jetzt war sie *hier*. Er machte einen Schritt auf sie zu. „Du warst dort?"

Sie nickte. „Du auch?"

„Klar."

Sie standen einfach nur da und starrten sich an.

„Wow", flüsterte sie schließlich.

Josh wurde bewusst, dass alle um sie herum ganz still geworden waren und sie beobachteten. Er blickte sich um. Ja, seine Familie war auch da. Alle sahen wahnsinnig neugierig aus und er wusste, dass seine Mom, sein Dad und alle seine Großmütter und Großväter in etwa fünfzehn Minuten davon erfahren würden.

Er konnte ihnen also genauso gut eine wirklich tolle Geschichte liefern.

Josh schritt auf sie zu. Sie sog einen schnellen, sexy Atemzug ein, als er näherkam. Ohne ein Wort zu sagen, beugte er sich vor und hob sie über seine Schulter, wobei sie leise seinen Namen keuchte. Dann machte er sich auf den Weg ins Büro. Er betrat den beengten Raum mit dem einzigen Schreibtisch und den Stapeln von Akten, Papieren und Katalogen, knallte die Tür hinter sich zu, schloss sie ab und stellte Tori wieder auf ihre Füße.

„Wa–"

Er presste seinen Mund auf ihren.

Kapitel Vier

Oh Gott, sie schmeckte fantastisch. Besser als in seiner Erinnerung. Und er hatte häufig in dieser Erinnerung geschwelgt. Fast jede Nacht. Das hatte ihm am meisten zugesetzt. Noch nie hatte eine Frau eine solche Wirkung auf ihn gehabt. Er hatte in seinem Leben schon mehr als genug Mädchen geküsst. Mit einigen von ihnen hatte er wirklich fantastische Nächte verbracht. Und er erinnerte sich kaum an ihre Namen. An ein paar Namen erinnerte er sich natürlich. Und in der Highschool hatte er zwei Freundinnen gehabt, die er sehr mochte und die er immer noch ab und zu in der Stadt sah. Aber er hatte noch nie auch nur eine Woche lang jede einzelne Nacht an eine Frau gedacht, nachdem er sie nur geküsst hatte, geschweige denn fast ein Jahr lang.

Tori gab ein leises Stöhnen von sich, bei dem sein Schwanz innerhalb von einer Sekunde schmerzhaft hart wurde. Sie schmiegte sich an ihn, ließ ihre Hände an seinem Hals entlang zu seinem Kopf gleiten, nahm ihm die Kappe ab und fuhr dann mit ihren Fingern durch sein Haar.

Verdammte Scheiße, das fühlte sich so gut an.

Sie war nur mit ihren Händen durch sein Haar gefahren,

und er war nur zwei Sekunden davon entfernt, sie an die Wand zu drücken und tief in sie einzudringen.

Natürlich musste er zuerst ihre Shorts aus dem Weg räumen.

Er umfasste ihren Hintern, zog sie gegen seinen pochenden Schwanz und brachte sie dazu, ein paar Schritte rückwärtszulaufen, während sich ihre Zungen miteinander verschlangen.

Als sie mit dem Rücken an der Wand stand, ließ er seine Hände an ihren Seiten hinaufgleiten, seine Daumen strichen über die äußeren Rundungen ihrer Brüste. Sie zitterte leicht unter der Berührung. Er machte weiter, und hörte nicht auf, bis er ihr Gesicht berührte.

Er küsste sie lange und heiß, und nahm ihren Geschmack und ihren Duft in sich auf. Ihre Hände wanderten zu seinen Hüften, wo sich ihre Finger in die Schlaufen seiner Khaki-Shorts einhakten. Sie zog ihn an sich und wölbte ihren Rücken, sodass der Hosenschlitz ihrer Jeans an seinen gedrückt wurde.

Josh holte tief Luft und hob schließlich zögernd den Kopf.

„Ich bin so verdammt froh, dich zu sehen."

„Ich bin so verdammt froh, dass ich in diesen Bus gestiegen bin", sagte sie mit atemloser Stimme und einem breiten Lächeln.

„Ich hoffe, du hast vor, eine Weile zu bleiben. Den ganzen Tag. Und die Nacht. Und die nächsten vier oder fünf."

Ihre Augen weiteten sich. „Die nächsten vier oder fünf *Tage?*"

Er senkte seinen Kopf und fuhr mit seinen Lippen über ihre. „Ich meinte eher Monate."

Sie lachte leise, ihr Atem war heiß an seinem Mund. „Also sind die Gefühle vom letzten Jahr noch da."

„Definitiv", bestätigte er. Seine Gefühle waren sogar stärker. Die Zeit konnte Gefühle verstärken. Ihm war jedoch auch bewusst, dass Erinnerungen dadurch verblassen und Fantasien wachsen konnten. Doch in Bezug auf Tori schien nichts von beidem passiert zu sein. Er erinnerte sich an alles – die Sommersprossen auf ihrer Nase, ihre langen Wimpern, die rotgoldenen Strähnchen in ihrem Haar, ihr Lachen, bei dem er ein flaues Gefühl im Magen bekam und sein Schwanz steinhart wurde.

„Gott sei Dank", sagte sie leise.

„Ist das ein Ja zu den vier oder fünf Monaten?"

Sie lachte wieder. „Ein Teil von mir sagt ganz klar ja."

„Das ist der Teil, den ich will."

„Nun, ich kann dir auf jeden Fall anbieten, ein paar Tage mit mir zu verbringen."

„Abgemacht."

„Du willst nicht einmal wissen, wofür?"

„Ist doch egal."

„Wow", sagte sie wieder.

Josh strich mit seinen Daumen über ihre Wange. „Das habe ich auch gedacht."

Sie atmete langsam aus. „Was hältst du von Hochzeiten?"

„Willst du mir etwa einen Antrag machen?", fragte er.

Er fühlte sich plötzlich viel leichter, jetzt wo sie hier war. Es fühlte sich … richtig an. Es war das Bizarrste, was er je erlebt hatte, aber zum Glück hatte er eine ganze Reihe von Menschen, die das verstehen würden. Keine normalen Menschen, natürlich. Aber alles, was er tun musste, war, über die Straße in die Bar seiner Großmutter zu gehen und der Handvoll Leute, die dort sein würden, zu erzählen, wie er Tori kennengelernt hatte, wie er elf Monate auf sie gewartet hatte, und wie er jetzt zugestimmt hatte, sie zu heiraten, nachdem er gerade einmal zehn Minuten mit ihr verbracht hatte.

Sie würden es alle verstehen.

Aber Tori grinste ihn an. „Noch nicht", sagte sie und ihre Augen funkelten tatsächlich.

„Ah, besser als ein Nein." Er konnte sich nicht erinnern, wann er sich das letzte Mal so gut gefühlt hatte. Und sein

Leben bestand darin, den Leuten den Sumpf zu zeigen, zu fischen und Drinks auszuschenken. Er hatte es ziemlich leicht, doch trotzdem löste Tori in ihm ein Glücksgefühl aus, das er nur einmal zuvor verspürt hatte – als er sie an ihrem zweiten Abend in New Orleans im Bourbon O an der Bar sitzen gesehen hatte.

„Ich muss zu einer Hochzeit. Einer sehr extravaganten Hochzeit, um genau zu sein", sagte sie. Sie verdrehte die Augen. „Es ist eine mehrtägige Angelegenheit. Es ist die Hochzeit meines besten Freundes. Und ich brauche ... eine Begleitung."

Die kurze Pause, die sie vor *eine Begleitung* machte, weckte seine Neugier. „Nur eine Begleitung?"

Sie befeuchtete ihre Lippen. „Na ja ..."

Einen Moment lang war er von ihren Lippen abgelenkt. Unfähig, sich zurückzuhalten, senkte er den Kopf wieder und küsste sie. Sie stieß ihn zumindest nicht weg. Stattdessen packte sie die Vorderseite seines *Boys of the Bayou*-T-Shirts und stellte sich auf die Zehenspitzen.

Der Kuss war lang und süß, doch schließlich löste sie sich von ihm. Sie blickte zu ihm auf, als wäre sie ein wenig benommen. Er konnte dieses Gefühl nachvollziehen.

„Also, diese Hochzeit", sagte er, ohne sich auch nur einen Millimeter von ihr zu entfernen.

Sie lächelte, als ob sie vergessen hätte, worüber sie vor dem Kuss gesprochen hatten.

„Genau. Also, ich brauche eine Begleitung, ja. Aber nicht irgendeine. Sondern *dich* und du musst ..."

„Ich bin dabei. Was muss ich sein?" Er würde auf jeden Fall mit ihr zu dieser Hochzeit und zu allem anderen gehen. Eine Chance, ein paar *Tage* mit ihr zu verbringen? Verdammt ja, er war dabei.

„Du musst so tun, als ob du verrückt nach mir wärst", sagte sie leise. Fast schüchtern.

Er lachte. „Ich glaube, das schaffe ich."

Sie lächelte, sagte aber: „Ich meine, wirklich, ernsthaft in mich verliebt. Als hätten wir eine Beziehung. Als ob wir im letzten Jahr regelmäßig miteinander gesprochen hätten. Als wärst du … mein … du weißt schon …"

„Dein du weißt schon?" Ihm gefiel die Röte auf ihren Wangen und die Art, wie sie über ihre Worte stolperte. Victoria Kramer war sich offensichtlich nicht bewusst, dass er bereit war, alles zu tun, was sie von ihm verlangte.

Sie stieß einen Atemzug aus. „Mein Freund."

„Abgemacht." Konnte er ein paar Tage lang ihren Freund spielen, der verrückt nach ihr war? Vermutlich zu gut.

„Ja?" Sie sah so hinreißend und bezaubernd aus, wie sie ihn ansah, als wäre er ihr Ritter in glänzender Rüstung.

„Verdammt, ja." Auch seine Stimme wurde weicher. „Tori, ich denke schon seit fast einem *Jahr* an dich. Ich war letzte Nacht *viermal* in dieser Bar. Ich war den ganzen Tag wütend und frustriert, weil ich dich nicht gesehen habe. Ich habe mir im Geiste eine Route nach Iowa zurechtgelegt. Obwohl ich nicht einmal weiß, wo genau in Iowa du wohnst. Ich habe das Gefühl, durchzudrehen, und ich würde dich gerne besser kennenlernen, und wenn du die nächsten *Tage* hier bist, werde ich an deiner Seite sein."

Sie schien einen Moment zu brauchen, um das alles zu verarbeiten, aber schließlich atmete sie erleichtert aus. „Das ist … fantastisch. Vielen Dank."

„Aber …", sagte er, als er endlich an etwas anderes denken konnte als daran, dass er sie unbedingt nackt sehen wollte. Und zwar sofort. „… warum soll ich so tun, als wäre ich dein Freund? Versteh mich nicht falsch, ich mache das gerne", fügte er hinzu. „Aber es klingt, als würde da mehr hinter dieser Geschichte stecken."

Sie nickte. Und zuckte zusammen. „So ist es."

„Wird irgendein Ex da sein oder so?" Das fände er höchst unterhaltsam. Er würde sich freuen, irgendeinem Verlierer zu zeigen, dass er sie nie hätte gehen lassen dürfen … und ihn in den nächsten Tagen von ihr *fernhalten*.

„Nein."

„Musst du deine Großmutter davon abhalten, dich mit einem Typen zu verkuppeln, an dem du kein Interesse hast?" Auch das könnte er durchaus tun. Wenn seine Aufgabe hier in irgendeiner Weise darin bestand, sie von anderen Männern fernzuhalten, war er auf jeden Fall dabei.

Sie lächelte. „Nein, auch nicht. Ich ähm … Gestern Abend war ich unglaublich aufgeregt wegen des Wiedersehens. Und dann in der Bar habe ich jemanden gesehen, der dir unheimlich ähnlichsah, und ich ähm … habe ihn … geküsst."

Josh dachte darüber nach, ebenso wie über die dumme Welle der Eifersucht, die ihn überkam. „Du hast gestern Abend einen anderen Typen geküsst?"

Sie nickte. „Ich dachte, er wäre du."

Er runzelte die Stirn. „Wieso?"

„Er war so gebaut wie du. Und ihr habt beide einen Bart. Und er war im Bourbon O und hat mich angesehen, als würde er mich kennen. Oh, und er trug eine Maske", fügte sie schnell hinzu.

Okay, ja, das war eine wichtige Information. Das half ein wenig.

„Also dachte ich, du wärst es und ich … habe ihn geküsst."

„Und was hat das mit dieser Hochzeit zu tun?", fragte Josh, der das Gefühl hatte, dass er immer noch nicht alle nötigen Details kannte.

„Äh …" Sie biss sich auf die Unterlippe, dann kniff sie die Augen zusammen und sagte: „Er war der Bräutigam."

Oh. Ja, das war natürlich ein Problem.

„Du hast den *Bräutigam* geküsst?"

Sie nickte, die Augen immer noch geschlossen. „Und die Braut hat es gesehen."

Oh, Mann.

„Deswegen muss ich beweisen, dass es tatsächlich einen Kerl gibt, den ich letztes Jahr kennengelernt habe, der wie Andrew aussieht und der mich dort treffen sollte."

„Du hast ihnen von mir erzählt?"

Sie nickte.

„Aber sie haben dir nicht geglaubt."

„Ganz genau."

„Also hat deine Freundin gesehen, wie du ihren Verlobten geküsst hast, und jetzt ist alles kompliziert."

„So ungefähr, nur dass der Bräutigam mein bester Freund ist. Andrew. Und die Braut hasst mich. Obwohl sie mich schon vor dem Kuss gehasst hat."

Josh stieß einen Atemzug aus.

„Könnten wir ..." Sie wackelte mit einem Finger in dem kleinen Zwischenraum zwischen ihnen. „Vielleicht würde ein bisschen Abstand nicht schaden? Oder weniger Abstand. Eines von beiden. Aber *das hier* lenkt wirklich ab."

Er grinste sie an und lehnte sich zu ihr. „Ich lenke dich ab?"

Sie nickte. „Sehr sogar. Ich möchte jetzt wirklich nicht über die Hochzeit sprechen. Aber das sollten wir wahrscheinlich."

„Du hast doch gesagt, dass *weniger* Abstand zwischen uns eine Option wäre, oder?", fragte er.

Tori befeuchtete ihre Lippen. „Entweder wir ziehen uns aus und bringen es hinter uns, damit ich mich auf das Problem konzentrieren kann. Oder du musst einen Schritt zurück machen, damit ich mich konzentrieren kann."

„Es hinter uns bringen?", wiederholte er und sein Grinsen wurde breiter. „Du meinst also, wir sollen uns einfach ausziehen und es hier und jetzt tun. Um es hinter uns zu bringen?"

Sie nickte, ihre Pupillen weiteten sich, ihr Blick wanderte erst zu seinem Mund und dann wieder zu seinen Augen.

Er lehnte sich weiter vor und stützte sich mit dem Unterarm an der Wand über ihrem Kopf ab. „Nun, es gibt mehrere Dinge, die mir daran nicht gefallen. Erstens, dich auszuziehen und es dir zu besorgen, wird alles andere als schnell gehen. Zweitens", sagte er, als sie leise nach Luft schnappte, „wird einmal nicht reichen." Er beugte sich vor und presste seine Lippen fest auf die ihren. „Und drittens werden gleich ein paar verrückte Cajuns die Bürotür aufbrechen, weil sie wissen wollen, was hier los ist, also haben wir wahrscheinlich keine Zeit." Er küsste sie, doch gerade als sie mit ihm verschmolz, beendete er den Kuss. Verdammt, er hatte fast ein Jahr auf sie gewartet. Es noch ein wenig hinauszuzögern, würde es nur noch aufregender machen, wenn er dieses Mädchen endlich ausziehen würde. Und das würde er tun. Ganz sicher. Und zwar bald. Es war gut, dass sie sich dessen bewusst war. Er trat einen Schritt zurück. „Etwas mehr Abstand also. Für den Moment."

Tori atmete erneut ein. Diesmal war es ein tieferer Atemzug, als ob sie sich sammeln müsste. Josh ergriff ihre Hand und zerrte sie zu dem Stuhl hinter dem ramponierten und größtenteils mit Ramsch bedeckten Schreibtisch. Er kickte den Drehstuhl heraus, drückte sie hinein und lehnte sich dann gegen den Schreibtisch.

„Okay, also noch mal. Andrew, der Bräutigam, ist dein bester Freund. Du hast ihn geküsst. Die Braut hat es gesehen und ist ausgeflippt. Dann hast du ihnen gesagt, dass du gedacht hättest, er sei ich, aber sie haben dir nicht geglaubt."

Tori nickte. Sie stützte sich mit den Ellbogen auf die Stuhllehne, die langen Beine an den Knöcheln gekreuzt. „Das bringt es auf den Punkt."

„Warum haben sie dir nicht geglaubt?"

„Du meinst, abgesehen davon, dass du nicht da warst?", fragte sie und hob eine Augenbraue.

Er grinste. Etwas auf Abstand zu gehen, brachte anscheinend eine gewisse Frechheit hervor. Er mochte sie atemlos und abgelenkt, aber frech war auch gut. „Du meinst, ich war nicht da, als du da warst."

Sie verdrehte die Augen, lächelte aber. „Ja. Okay."

Josh stützte seine Hände auf den Schreibtisch und lehnte sich zu ihr. „Ich war da, Tori."

Ihr Blick wurde weicher. „Ich glaube dir."

Das war gut. Das sollte sie auch. Denn es bestand kein Zweifel daran, wie sehr er sie wollte und wie sehr er sich gestern Abend gewünscht hatte, sie zu treffen.

„Sie haben mir vor allem deswegen nicht geglaubt, weil ich Andrew noch nie etwas verheimlicht habe", erklärte sie. „Deshalb hat *er* mir nicht geglaubt. Und Paisley hat mir nicht geglaubt, weil sie davon überzeugt ist, dass ich in Andrew verliebt bin und ihre Hochzeit verhindern will."

„Willst du das denn?" Josh fand, dass dies eine berechtigte Frage war.

Tori zögerte. Dann nickte sie.

Josh spürte, wie sich sein Magen zusammenzog. „Bist du in ihn verliebt?"

Oh Gott. Allein bei dem *Gedanken* daran spannte sich sein ganzer Körper an.

Tori runzelte die Stirn. „Nein, ich bin nicht in Andrew verliebt." Sie hielt inne. „Ich *liebe* ihn. Aber ich bin nicht *in ihn verliebt*. Er ist mein bester Freund."

„Ja, das hast du erwähnt." Mehrmals. Die Wahrheit war, dass Josh sich nicht sicher war, ob ein Mann mit einer Frau, die er wirklich mochte, *nur* befreundet sein konnte. Schon gar nicht, wenn sie so hübsch war wie Tori. Warum wollte Andrew nicht mehr von ihr? Das ergab keinen Sinn. Was Josh zu der Annahme brachte, dass Andrew wahrscheinlich *tatsächlich* Gefühle für Tori hatte. Es konnte natürlich Gründe dafür geben, warum sie sic nie ausgelebt hatten. Oder vielleicht *hatten* sie es getan und es hatte nicht funktioniert.

Er runzelte die Stirn. „War da jemals mehr zwischen euch?"

Tori schüttelte den Kopf, allerdings nicht schnell genug, wie Josh fand. Aber immerhin. „Nein, nicht wirklich."

„Das war kein sonderlich hartnäckiges Dementi", bemerkte Josh.

Und die Braut hatte den Verdacht, dass zwischen Tori und Andrew mehr war. Josh kannte eine Menge Frauen. Sicher, einige von ihnen waren verrückt, aber er würde nie über weibliche Intuition spotten. Seine Großmütter, seine Mom, seine Schwester, seine Cousinen, Freundinnen und Ex-Freundinnen waren alle erschreckend einfühlsam, wenn sie es wollten. Paisley könnte in diesem Fall durchaus recht haben.

„In der Highschool war ich eine Zeit lang in Andrew verknallt", gab Tori zu. „Es war nur eine kurze Schwärmerei, aus der nie etwas geworden ist. In der zweiten Klasse haben wir uns an Silvester geküsst. Oh, und einmal in der achten Klasse. Das war alles. Ich war viel mehr in die *Idee* verliebt, mit Andrew zusammen zu sein, weil er mich so gut kannte und mich nicht für seltsam hielt, weil …", sie brach ab und räusperte sich, „…, weil er mich nicht für seltsam hielt und ich gerne mit ihm zusammen war. Außerdem verstehen sich unsere Familien unglaublich gut. Wir kommen aus demselben Ort. Wir hatten beide die gleichen Ziele. Zumindest früher einmal. Eine Beziehung mit ihm *schien* eine gute Idee zu sein, doch es ist nie dazu gekommen. Mit meiner Schwärmerei war es vorbei, als ich Danny Jenkins das erste Mal Football spielen sah." Sie grinste Josh an. „Offensichtlich waren meine Gefühle nicht tief und beständig."

„Hast du Danny Jenkins auch geküsst?" Er hasste Danny Jenkins. Genauso wie Andrew, den Bräutigam. Was wahrscheinlich noch dümmer war als sein Drang, nach Iowa zu fahren, um sie zu suchen.

„Nö." Sie zuckte mit den Schultern. „Aber ich habe viel über Football gelernt, als ich ihm zugesehen habe."

„Du stehst auf Football?", fragte er. Das gefiel ihm sehr an ihr.

„Auf jeden Fall. Ich bin für die Vikings, und ich will nichts hören."

Er lachte. „Kann ich über die LSU reden?"

Sie rümpfte die Nase. „Definitiv nicht."

„Wir werden sehen. Vielleicht kann ich dich bekehren."

„Das bezweifle ich."

„Aber du hast doch gesagt, dass du auf *Football* stehst. Das bedeutet, dass du gerne *guten* Football siehst."

Sie streckte ihm die Zunge heraus, und sein Drang, sie zu küssen, war so stark, dass er sich an der Schreibtischkante festhalten musste, um sie nicht zu packen.

Er hustete und verlagerte sein Gewicht von einem Fuß auf den anderen. „Okay, du bist also nicht in Andrew verliebt, aber du bist trotzdem gegen die Hochzeit?"

Tori seufzte und ließ sich auf den Stuhl sinken. „Ich weiß, ich bin ein schrecklicher Mensch."

„Warum bist du dagegen?"

„Weil ich Paisley nicht mag", sagte sie und fummelte am unteren Saum ihres T-Shirts herum.

„Warum nicht?"

„Sie ist einfach … nicht nett. Und nicht das, was ich von Andrew erwarten würde. Sie ist so … anders als er."

„Ist sie aus Louisiana?"

„New Orleans", sagte Tori mit einem Nicken. „Ihr Dad war Bürgermeister und ist jetzt Senator und –"

„Paisley *Darbonne*?", fragte Josh und richtete sich auf.

Tori verdrehte die Augen. „Jep."

„Ach so … Mist." Die Darbonnes waren praktisch Berühmtheiten. Er dachte kurz nach. „Ja, ich kann mir vorstellen, dass sie etwas anders als Andrew ist, es sei denn, er ist mit einem Haufen Geld aufgewachsen und seine Freunde sind Politiker."

„Nein. Er ist nur ein Junge aus der Kleinstadt. Sein Dad ist Bauer, seine Mom Lehrerin. Er ist in meiner Nachbarschaft aufgewachsen. Als Kinder sind wir auf Bäume geklettert,

Fahrrad gefahren und im Teich zwischen unseren Häusern schwimmen gegangen. Mit ihm habe ich mich zum ersten Mal betrunken, und er hat mich immer verteidigt, wenn ich mich … blamiert habe."

Josh musterte ihr Gesicht. Das war das zweite Mal, dass sie so etwas sagte. Vorhin hatte sie sich als seltsam bezeichnet. „Wie hast du dich blamiert?"

„Das ist nicht wichtig."

„Für mich schon."

Sie sah zu ihm auf und schenkte ihm ein halbes Lächeln. „Erzählst du mir dann auch *deine* peinlichen Geschichten?"

„Klar. Beziehungsweise macht meine Familie das gerne. So oder so, ich verspreche dir, dass du alles über meine Blamagen erfahren wirst", versicherte er ihr grinsend.

„Okay." Sie setzte sich ein wenig auf. „Ich werde dir ein Beispiel geben. Als wir in der Highschool waren, habe ich herausgefunden, dass ein Typ Frösche fängt und sie mit Feuerwerkskörpern in die Luft jagt. Also habe ich einen ganzen Haufen Käfer gesammelt, mich in sein Schlafzimmer geschlichen und sie freigelassen. Er hatte überall in seinem Schlafzimmer Käfer und Fliegen, in seinen Laken, Klamotten, Schuhen und Rucksäcken."

Josh blinzelte sie an. Damit hatte er nicht gerechnet.

„Weil Frösche diese Viecher fressen", sagte sie und ihre Wangen färbten sich rosa. „Wenn sie also nicht da sind, gibt es mehr Käfer und Fliegen." Ihre Wangen wurden noch röter. „Ich hielt das für eine angemessene Rache für die Frösche."

Josh nickte. „Das finde ich auch. Wow. Ich wette, er hat gezögert, so etwas noch einmal zu tun. Aber was ist daran peinlich?"

Sie sah überrascht aus. „Alle in der Schule haben es natürlich herausgefunden und fanden es seltsam, so etwas zu tun, nur um ein paar Frösche zu retten. Und dass ich mir sogar die Mühe mache, deswegen Käfer zu fangen."

„Nichts für ungut, aber es klingt ganz so, als wären deine Mitschüler einfach Schwachköpfe gewesen."

Sie starrte ihn einen Moment lang an, dann trat ein breites Grinsen in ihr Gesicht. „Das waren sie auch", sagte sie. „Aber ich liebe Tiere einfach. Das ist nicht das einzige Verrückte, was ich für Vierbeiner getan habe."

Josh konnte dem Drang nicht widerstehen, sich zu ihr hinunterzubeugen, die Armlehnen des Stuhls zu ergreifen und sie näher heranzuziehen. Er küsste sie sanft und sagte: „Du unterschätzt *wirklich* meine Toleranzschwelle für Verrücktheiten."

Sie umfasste sein Gesicht mit beiden Händen. „Danke, dass du mit mir zur Hochzeit gehst."

„Nun, es ist ja nicht so, dass es völlig selbstlos ist. Schließlich gehe ich davon aus, dass das meine Chancen exponentiell erhöht, dich noch öfter zu küssen." Er küsste sie erneut. „Und mehr."

„Oh", hauchte sie. „Das tut es definitiv."

„Und wann fangen die Feierlichkeiten an?"

Sie zuckte zusammen. „Morgen Abend. Begrüßungscocktail für die Familie und die Hochzeitsgesellschaft."

„Okay. Ich werde ein paar Touren umplanen und bin da, wenn du mich brauchst."

„Der Empfang findet auf der Buckworth Plantage statt. Weißt du, wo das ist?"

Er lachte. „Ja, natürlich." Jeder kannte die Buckworth-Plantage, die in der Gegend nur als „Buckworth" bekannt war.

„Gut. Dann sehen wir uns dort. Um sieben Uhr geht's los."

„Ich werde da sein."

Sie schenkte ihm ein breites Lächeln und küsste ihn erneut, bevor sie sich zurücklehnte. „Danke."

„Kein Problem." Er wollte sie morgen Abend bei der schicken Cocktailparty in Buckworth ganz für sich allein haben.

Natürlich würden andere Leute da sein, aber sie brauchte einen Verbündeten. Einen Freund. Er hatte alle möglichen Gründe, sich mit ihr in eine Ecke zu schleichen oder sie in den Schatten der Eichen zu ziehen.

„Nun … das weiß ich *wirklich* zu schätzen", sagte sie mit einem sexy Lächeln.

„Möchtest du dich in irgendeiner Form bei mir *bedanken?*", fragte er und senkte seine Stimme zu einem tiefen Grollen.

Ihre Lippen öffneten sich und sie starrte wieder auf seinen Mund. „Ja", flüsterte sie.

„Nun, Süße, ich glaube, ich habe dich gewarnt, dass Bayou-Jungs gefährlich sind", sagte er. „Und trotzdem bist du hierhergekommen und hast mich um einen Gefallen gebeten. Jetzt gibt es kein Zurück mehr."

„Damit habe ich kein Problem."

Er ergriff ihre Hand, zog sie aus dem Stuhl hoch und zwischen seine Knie. Dann küsste er sie erneut und wusste, dass er nie genug davon bekommen würde. Es war ein tiefer, heißer, langsamer Kuss, der seine Nerven von der Kopfhaut bis zu den Zehen in Brand zu setzen schien.

Als sie einen leisen sehnsuchtsvollen Laut von sich gab, hob er den Kopf und sah ihr in die Augen. „Ich bin wirklich verdammt froh, dich zu sehen", sagte er.

„Dito."

Er atmete tief ein und sagte sich, dass er es nur noch vierundzwanzig Stunden aushalten musste, bevor er sie losließ und aufstand. Er nahm ihre Hand und ging auf die Bürotür zu.

„Ich werde dich zurück nach N'Awlins schicken", sagte er. „Und wir treffen uns morgen Abend auf der Buckworth Plantage. Aber dieses Mal" – er blieb mit der Hand auf dem Türknauf stehen und sah zu ihr hinunter – „gibst du mir deine Nummer. Ich schicke dir eine Nachricht, wenn ich dort bin."

Sie nickte. „Perfekt."

Er öffnete die Tür mit einem Lächeln.

Eine Sekunde später wurde es jedoch von einem genervten Seufzer abgelöst.

Owen, Kennedy und Sawyer standen auf der anderen Seite, an das Geländer gelehnt, direkt gegenüber vom Büro.

Aber es war noch viel schlimmer als das.

Sein Vater, sein Großvater und seine Großmutter waren auch da.

„Na endlich", sagte Ellie, die Matriarchin der Familie Landry, und stand von der Bank auf, auf der sie gesessen hatte.

Tori sah von der älteren Frau zu Josh auf.

Er sah … resigniert aus. Er blickte auf sie hinab. „Das tut mir leid. Aber es musste ja so kommen. Wir können es genauso gut hinter uns bringen."

„Was hint–"

„Also nicht schwanger oder gemeingefährlich?" Die schöne junge Frau, die behauptet hatte, dass Josh in den nächsten drei Stunden auf einer Tour sein würde, stieß sich vom Geländer ab und verschränkte die Arme.

Sie trug schwarze Converse-Turnschuhe, Shorts und ein schwarzes bauchfreies Tank-Top. Ein verschlungenes Tattoo rankte sich um ihren Oberarm, ein weiteres lugte unter dem Träger auf der linken Seite hervor, und an der Außenseite eines ihrer Oberschenkel verlief ein wunderschönes Blumentattoo. Die Spitzen ihres tiefschwarzen Haares waren rot gefärbt und an der Außenseite eines Ohres funkelten mehrere Piercings, ein weiterer an ihrer Nase, und an ihrem Bauchnabel baumelte ein kleines Herz. Ihr Make-up war auffällig – schwarzer Eyeliner, lila Lippen, schwarzer Nagellack – genauso wie ihre Ausstrahlung. Es war klar, dass sie den Laden führte.

Eigentlich hatte diese schöne junge Frau Tori angelogen, als sie behauptet hatte, dass Josh die nächsten drei Stunden auf einer Tour sein würde.

Tori warf ihr einen bösen Blick zu.

„Weder noch", sagte Josh.

„Moment mal, redet ihr etwa über *mich*?", fragte Tori. „Ihr dachtet, ich wäre schwanger?"

Das Mädchen zuckte mit den Schultern. „Oder dass du hier wärst, um ihn umzubringen."

„*Josh* umbringen?" Tori sah zu ihm auf. „Warum sollte ich Josh umbringen wollen?"

„Vertrau mir", sagte die Frau in Schwarz. „Es gibt Gründe."

„Allerdings." Das kam von dem großen Mann mit der ebenso tiefen Stimme. Er musterte Tori und Josh mit einem finsteren Blick. Er war attraktiv. Aber *riesig*. Er musste um die fünfundsechzig sein und sah aus, als könnte er locker die Verteidigungslinie der Vikings aufmischen. Außerdem zog sich eine Narbe über die eine Hälfte seines Gesichts, was ihn fies aussehen ließ, seiner Attraktivität jedoch keinen Abbruch tat. Wenn überhaupt sah er dadurch auf eine raue, kriegerische Art und Weise sogar noch besser aus. Tori war sich sicher, dass die Frauen diese gezackte Narbe heiß fanden.

„Aber da du nicht hier bist, um einen Vaterschaftstest zu machen oder ihn zu vergiften …" Das Mädchen sah Josh an. „Du hast eine Tour."

„Dachtest du wirklich, sie würde ihn vergiften?", fragte der andere Typ – der wie ein Unruhestifter aussah – und musterte Tori.

„Was hast du denn gedacht? Sie ist viel zu klein, um ihn zu erstechen", erwiderte das Mädchen.

„Aber das wäre doch *leidenschaftlich*, oder?", entgegnete der Unruhestifter. „Emotional. Es müsste doch zumindest eine Pistole sein, meinst du nicht? Nicht so etwas lahmes wie Gift."

„Es sei denn, sie wollte ihn wirklich leiden sehen", sagte das Gothic-Mädchen und betrachtete Josh nachdenklich. Als ob die Vorstellung, ihn leiden zu sehen, interessant wäre.

Tori war sich nicht sicher, was sie zu all dem sagen sollte.

Das war irgendwie ... ganz schön viel auf einmal. Josh schien die Situation jedoch mit Fassung zu tragen. Also sagte sie nichts, und beobachtete fasziniert den Austausch zwischen ihnen.

„Also, nachdem wir jetzt geklärt haben, dass niemand hier ist, um mich umzubringen, muss ich Tori zurück zur Buckworth Plantage fahren", erklärte Josh.

„Du hast eine Tour", sagte der große grimmige Kerl.

Josh sah ihn stirnrunzelnd an. „Die kannst du doch übernehmen."

„Nein."

„Verdammt noch mal", murmelte Josh. Er fuhr sich mit einer Hand durchs Haar. „Tori, das ist mein Bruder Sawyer", sagte er zu dem großen Kerl. „Das ist meine Schwester, Kennedy." Er deutete auf die Grufti-Lügnerin. „Und das ist mein Cousin, Owen."

Auch Owen sah sehr gut aus. Diese Familie hatte tolle Gene. Owen trug das gleiche *Boys of the Bayou*-T-Shirt wie Josh und eine ausgeblichene Jeans. Er hatte die Hände in die Gesäßtaschen gesteckt und beobachtete alle mit einem leichten Lächeln. Er machte nicht den Eindruck, als sei die Sache hier seltsam oder ungewöhnlich. Er richtete sich auf und schenkte Tori ein langsames Grinsen. „Schön, dich kennenzulernen." Im Gegensatz zu den anderen schien er nicht so verärgert über ihr Auftauchen zu sein.

„Das ist meine Großmutter Ellie", sagte Josh und deutete auf die Frau, die Tori mit einem nachdenklichen Lächeln betrachtete. „Und mein Großvater, Leo."

Der ältere Mann neigte seine *Boys of the Bayou*-Kappe. Sie hatten sich schon kennengelernt – er hatte den Bus gefahren, mit dem Tori hergekommen war –, allerdings hatte sie nicht gewusst, dass er mit Josh verwandt war.

„Und das ist mein Dad, Jeremiah", beendete Josh.

Joshs Dad grinste sie an. „Willkommen in Autre."

Okay, also lächelten sie zwei von Joshs Familienmitgliedern an – und wow, sie waren *alle* miteinander verwandt. Zwei – sein Großvater und seine Großmutter – sahen mehr neugierig aus als alles andere. Und seine Geschwister sahen verärgert aus. Das war nur ein Drittel von ihnen. Gar nicht so schlecht.

„Es geht um Folgendes", sagte Josh, wandte sich an die ganze Gruppe und starrte dann seinen Bruder und seine Schwester an. „Ich habe Tori letztes Jahr im Karneval kennengelernt. Wir haben vereinbart, uns dieses Jahr wieder zu treffen, wenn wir beide Single und immer noch interessiert sind. Und ... hier ist sie." Er grinste auf sie herab.

Tori spürte, wie eine kleine Welle der Überraschung sie durchfuhr. Wollte er ihnen diese Geschichte wirklich jetzt schon erzählen? Seine Verwandten kannten Tori gerade einmal seit fünf Minuten.

Natürlich hatten Sawyer, Owen und Kennedy bereits gesehen, wie er sie über seine Schulter geworfen und ins Büro getragen hatte. *Darüber* mussten sie sich doch wundern.

Es sei denn, Josh machte so etwas öfter ...

„Also, ihr versteht sicherlich, dass ich mir ein paar Tage frei nehme und viel Zeit mit diesem hinreißenden Mädchen verbringe, wie sie mich ertragen kann. Erwartet also lieber nicht, dass ich oft hier sein werde."

Wieder war Tori überrascht, wie sachlich und offen er war. Und seine Familie wirkte ... verblüfft, aber nicht gerade schockiert von seiner Ehrlichkeit.

„*Will* sie das denn überhaupt?", fragte Jeremiah.

Ellie drehte sich zu ihm um. „Warum sollte sie das denn nicht wollen?"

„War doch nur eine Frage."

„*Sie* ist doch *hierhergekommen*", erklärte Leo.

„Das muss aber nicht heißen, dass sie rund um die Uhr mit ihm zusammen sein will", gab Owen mit einem frechen Grinsen zu bedenken.

„Ja, das ist *ganz schön viel* Josh", meinte Kennedy mit einem Nicken.

„Nennt mir doch drei gute Gründe, warum sie nicht ständig mit Josh zusammen sein wollen sollte", sagte Ellie, stemmte eine Hand in die Hüfte und sah Jeremiah an.

„Ja, reden wir doch über all die Gründe, warum sie nicht mit mir zusammen sein will", sagte Josh trocken.

„Erstens ist er nicht so witzig, wie er glaubt", begann Owen.

Jeremiah nickte. Ellie runzelte die Stirn. „Er ist der reizendste von allen meinen Enkeln."

Owen lachte. „Nun, das ist wahr." Er sah Josh an. „Ein absoluter Schatz."

„Halt die Klappe", murmelte Josh.

„Siehst du?", meinte Owen grinsend.

„Er ist klug", sagte Ellie.

„Er ist nicht klüger als Sawyer", widersprach Kennedy.

„Ich habe nicht gesagt, dass er klüger ist als Sawyer", sagte Ellie. „Ich habe nur gesagt, dass er klug ist."

„Ja, okay", stimmte Kennedy zu.

Josh seufzte und Tori musste sich ein Lächeln verkneifen.

„Nun, er ist ein charmanter Mistkerl", sagte Leo und zwinkerte seinem Enkel zu.

„Das ist er. Und er sieht sehr gut aus", fügte Ellie hinzu.

„Auf jeden Fall", stimmte Jeremiah zu. „Keine Frage."

Josh blickte zu Boden und schien nur darauf zu warten, dass es vorbei war. Er wirkte weder überrascht noch verärgert. Er sah eher ... *resigniert* aus, das war wohl die beste Beschreibung. Als ob er das alles erwartet hätte. Oder zumindest so etwas in der Art.

Tori lächelte. „Keine Frage", stimmte sie zu. Und irgendwie fand sie ihn trotz dieser merkwürdigen Situation mit jeder Minute, die verging, attraktiver. „Und ja, um die Frage zu beantworten, ich möchte, rund um die Uhr Zeit mit ihm verbringen."

Josh warf ihr einen überraschten Blick zu, dann schenkte er seiner Familie ein selbstgefälliges Grinsen. „Seht ihr?"

Ellie gluckste. „Und *sie* hat eindeutig Geschmack."

„Ich wette, das hat sie." Owen wackelte mit den Augenbrauen.

„Oh mein Gott", sagte Josh.

„Sie hat also keinen guten Geschmack?", fragte Owen. „Das glaube ich nicht."

„Nein, du wirst nicht darüber nachdenken, wie sie schmeckt", sagte Josh.

Ellie stieß Owen mit dem Ellbogen in die Seite. „Sei kein Arsch. Sie ist gerade erst angekommen."

„Können wir es nicht einfach bei ,sei kein Arsch' belassen?", fragte Josh.

„Nun, von ihm zu verlangen, niemals ein Arsch zu sein, ist ziemlich unrealistisch", gab Jeremiah zu bedenken.

Owen schien das alles nicht weiter zu stören.

Tori kam der Gedanke, dass *sie* vielleicht rot werden sollte. Immerhin sprachen sie davon, dass Josh sie gekostet hatte. Und dass Owen sie auch kosten wollte. Irgendwie. Oder zumindest, dass er darüber nachdachte, wie sie schmeckte. Oder darüber, dass Josh sie kostete. Oder so ähnlich. Sie war völlig verwirrt. Doch seltsamerweise fühlte sie sich nicht peinlich berührt. Sie fühlte sich … dazugehörig.

Vielleicht lag hier unten etwas in der Luft, das die Leute unbefangen machte. Sie atmete vorsichtshalber tief durch. Unbefangenheit klang angenehm.

„Hey, Leute?", meldete sich Josh zu Wort.

„Ja?", fragten Ellie und Owen.

„Wie wäre es, wenn ihr jetzt alle die Klappe haltet?"

Ja, Josh hatte seiner Großmutter gerade gesagt, sie solle die Klappe halten.

„Okay, da niemand schwanger ist – noch nicht – lasst uns in die Bar gehen", schlug Ellie vor.

Noch nicht? Wollte sie damit andeuten, dass … Aber Tori

hatte keine Zeit, weiter darüber nachzudenken.

Josh seufzte und nickte. „Gut. Nur für eine Weile. Dann muss sie zurück nach Buckworth. Sie ist dort auf einer Hochzeit."

„Ich werde sie fahren", sagte Leo.

„Nur weil wir das Wort ‚Plantage' benutzt haben, heißt das nicht, dass du mit ihr die Old River Road entlangfahren und an jedem Ort anhalten und ihr all deine Geschichten erzählen sollst", teilte Josh ihm entschieden mit. „Und sie will Williams Rum nicht probieren. Und auch nicht Bessies Gin. Oder Tylers Whiskey." Josh warf ihr einen Blick zu. „Das ist alles Schwarzgebrannter. Glaube niemandem, der behauptet, dass das tatsächlich Rum oder Whiskey ist. Und trink nichts davon. Auch nichts von dem Zeug, was dir einer von ihnen zusammenmixt."

„Schwarzgebrannter?" Sie spürte, wie sich ihre Augen weiteten. Das klang ... gefährlich. Und interessant. Auf jeden Fall unterhaltsamer als Paisleys spießige Cocktailparty auf der Plantage. Und vielleicht wollte Tori ja sogar ein paar von Leos Geschichten hören.

Leo lachte über Joshs Erklärung. „Nach ein paar Gläsern ist einem egal, wie das Zeug heißt oder wie es gemacht wird."

Josh schüttelte den Kopf. „Trinke nichts, was Leo dir anbietet, Punkt. Halte dich an Ellie." Er lächelte seine Großmutter auf eine Weise an, die Toris Herz zum Schmelzen brachte – eine Kombination aus Zuneigung und Verzweiflung. „Bei ihr bekommst du das gute Zeug. Das *legale* Zeug."

Ellie lächelte sie an. „Halte dich auf jeden Fall an mich, Süße."

Owen lachte. „Aber lass dich nicht von diesem netten Lächeln täuschen. Wenn sie nur die geringste Chance hat, wird sie dich abfüllen", sagte er. „Und zwar nur mit Schnaps, der aus einer echten Brennerei kommt und nicht aus irgendeinem Hinterhof."

Tori war sich nicht sicher, ob sie lachen sollte. Oder ob sie sich einen wirklich guten Grund einfallen lassen sollte, um zu gehen.

„Aber ich kann mitkommen und dich beschützen", sagte Owen, trat vor und legte einen Arm um Toris Schultern.

Josh schob ihn sofort weg. „Mach einen *großen* Schritt zurück, Cousin."

Owen hob seine Hände und wich zurück. „Okay. Ich versuche nur zu helfen."

„Du bist nie eine Hilfe, es sei denn, du glaubst, dass dabei Geld, Bier, eine nackte Frau oder ein Lacher für dich herausspringen", sagte Kennedy zu Owen. „Und ich glaube nicht, dass du irgendetwas davon von Miss Tori hier bekommen wirst."

„Ach, ich wette, ich kann ein paar Lacher ernten", sagte Owen.

„Halt dich einfach von ihr fern", sagte Josh, der jetzt weit weniger amüsiert und entspannt aussah.

Hatte sie tatsächlich seinen Beschützerinstinkt geweckt? Der Gedanke gefiel Tori irgendwie.

„Das macht nichts." Kennedy stellte sich zwischen die beiden. „Außerdem hast du auch eine Tour", sagte sie zu Owen. „Einen Junggesellenabschied." Sie schenkte ihm ein freches Grinsen.

Owen stöhnte auf. „Das ist schon der vierte in Folge. Warum muss immer *ich* die Junggesellenabschiede übernehmen?"

„Weil du gut beschäftigt sein musst, damit du keinen Ärger bekommst. Und weil die Mädchen vom letzten *Junggesellinnen*abschied, den ich dir zugeteilt habe, mit nassen T-Shirts zurückkamen."

„Die T-Shirts waren nicht das Einzige, was ein bisschen *feucht* war."Owen grinste und wackelte mit den Augenbrauen.

Seine Großmutter versetzte ihm erneut einen Stoß mit dem Ellbogen, aber sie lächelte Kennedy an. „Aber die Mädchen haben am Ende vier T-Shirts bei uns gekauft, und keine von ihnen hat sich beschwert, also hat er seine Sache gut gemacht."

Kennedy nickte. „Der Grund, warum ich ihm keine Junggesellinnenabschiede mehr gebe, ist nicht der, dass sie ihn nicht mögen."

„Ganz genau. Sie lieben ihn." Ellie war offensichtlich genauso stolz auf Owen und bereit, mit ihm anzugeben, wie sie es mit Josh tat.

Kennedy schenkte ihrem Cousin ein kleines Lächeln. „Ich tue es, weil ich mir gerne vorstelle, wie Owen versucht, einen Haufen betrunkener Burschenschaftler zu bändigen, die sich genauso aufführen wie *er* an jedem beliebigen Samstagabend, und wie er die Boote abspritzt, wenn sie sich nach einer holprigen Fahrt durch die Sümpfe in der heißen Sonne übergeben müssen."

„Du bist eine böse Frau, Kennedy Landry", sagte Owen.

„Danke." Dann wandte sie sich an Tori. „Dann werde *ich* mich wohl um das neue Mädchen kümmern."

„Äh, nein", sagte Josh. „Ich möchte, dass sie in einem Stück bleibt und mich für einen großartigen Kerl hält. Zumindest eine Zeit lang." Er sah auf Tori hinunter. „Glaube nichts von dem, was Kennedy über mich sagt."

„Wie es scheint, gibt es hier eine ganze Menge Regeln", stellte Tori amüsiert fest.

„Allerdings", stimmte Josh zu. „Ich kann sie dir aufschreiben, wenn du möchtest."

„Man könnte es auch so zusammenfassen: ‚Fünfzig Prozent der Leute hier sollte man nichts glauben und die anderen fünfzig Prozent sind bekloppt. Man muss nur herausfinden, wer zu welcher Hälfte gehört", sagte Sawyer.

Josh nickte. „Ja. Ganz genau." Er drehte sich zu Tori um. „Erinnerst du dich, als ich dir sagte, dass du niemandem mit einem N'Awlins-Akzent oder einem Bayou-Akzent trauen sollst?"

„Jep."

„Das gilt hier unten doppelt. *Sowohl* für Jungs als auch für Mädchen."

Jetzt lachte sie tatsächlich. Diese Leute waren wirklich ein wenig verrückt. Aber sie schienen so *glücklich* zu sein. Und tolerant. Und so ungezwungen im Umgang miteinander. Offensichtlich konnten sie tun oder sagen, was immer sie fühlten und dachten. Die Dinge, die sie gesagt hatten, mochten zwar etwas verrückt sein, doch der Zusammenhalt und ihre Liebe zueinander war offensichtlich. Tori wurde in ihrer Gegenwart regelrecht warm ums Herz.

„Tourboote." Kennedy schnippte mit den Fingern und deutete auf Josh, Owen und Sawyer. „Sofort."

„Man sieht sich, Tori", sagte Owen und zwinkerte ihr zu. Dann ging er um das Gebäude herum, wo die Boote angedockt waren.

Sawyer folgte ihm, bevor er sich noch einmal zu Tori umdrehte. „Halt dich von Ellies Rumpunsch fern, wenn du dich an den Rest des Tages erinnern willst. Und das ist kein Spaß *oder* Blödsinn."

Er schenkte ihr ein Grinsen, was sie aufrichtig überraschte. Er schien nicht der Typ zu sein, der grinste. Und ja, diese Narbe war irgendwie heiß.

„Wie kann ich mir da sicher sein?", fragte sie.

Er stieß ein tiefes, grollendes Kichern aus. „Braves Mädchen." Dann verschwand er um die Ecke des Gebäudes.

Josh war der letzte der Jungs, der ging. Und obwohl der Rest seiner Familie noch dastand, rückte er dicht an sie heran und legte ihr eine Hand in den Nacken. „Halt dich an den süßen Tee und die Flusskrebspastete da drüben", raunte er ihr zu, „dann wird es dir gut gehen."

Als er ihr so nahe war, spürte sie, wie ihr trotz des Publikums heiß wurde. „Hast du mir nicht letztes Jahr gesagt, dass die Flusskrebspastete und der süße Tee mich Iowa vergessen lassen würden?"

Er schenkte ihr ein langsames Grinsen, das verdammt sexy

war – und frech. „Ja. Du wirst nie wieder wegwollen."

Sie vergaß ihre Zuschauer völlig, oder vielleicht war es ihr einfach egal. Sie stellte sich auf die Zehenspitzen und drückte ihre Lippen auf seine.

Er erwiderte ihren Kuss sofort, seine Finger krallten sich in ihren Nacken und er öffnete seinen Mund. Der Kuss war alles verzehrend, und es war ihm offensichtlich völlig egal, wer zusah.

Er ließ sie fast zwei Minuten lang nicht los. Und als er es schließlich tat, schlugen ihre Absätze laut auf den Holzlatten des Stegs auf, und sie stand da und starrte zu ihm auf.

Sie war noch nie einem Typen wie Josh begegnet. Sie war umgeben von Farmern, die mit den Händen arbeiteten, sich gerne schmutzig machten und in der Nähe ihrer Familien lebten und diese regelmäßig sahen. Das traf auf die meisten Männer in ihrer Heimatstadt zu. Elton, Iowa, war voll von hart arbeitenden, familienorientierten Männern. Okay, vielleicht nicht ganz. Aber es gab einige. Trotzdem hatte sie noch nie so für einen von ihnen empfunden. Und sie kannte sie alle schon deutlich länger als Josh.

Er schien einfach so ... offen alles zu sagen, was er fühlte. Ob er verärgert, glücklich oder erregt war, er zeigte es und hielt sich nicht zurück, es auch in Worte zu fassen. Das liebte sie.

Deswegen mochte sie auch Hunde so gerne. Genauso wie eigentlich die meisten Tiere. Sie brachten ihre Gefühle sehr deutlich zum Ausdruck. Wenn ein Hund wütend oder verängstigt war, zeigten sie es. Wenn sie verletzt waren, zeigten sie es. Wenn sie sich freuten, einen zu sehen, zeigten sie es. Vor allem aber waren sie loyal und beschützend und unglaublich liebevoll.

Genauso wie Josh. Zumindest hatte sie diesen Eindruck von ihm. Sie musste sich immer wieder ins Gedächtnis rufen, dass sie ihn nicht wirklich *kannte*. Aber verdammt, es fühlte sich an, als würde sie ihn kennen.

Tori grinste ihn an. Sie hatte noch nie einen Mann gemocht, weil er sie an einen Hund erinnerte, doch in diesem Fall war es eine sehr gute Sache.

„Ich mag dein Lächeln", sagte er mit unverkennbar liebevoller Stimme. „Ich werde dafür sorgen, dass es dein Gesicht in den nächsten Tagen nicht verlässt."

Tori nickte. „Wenn du *das* weiterhin ab und zu machst, werde ich die ganze Zeit über grinsen wie ein Idiot."

„Das lässt sich machen." Er zögerte, dann holte er tief Luft. „Okay, ich gehe dann mal arbeiten. Leo wird dich zur Plantage zurückbringen." Sein Blick huschte zu seinem Großvater. „Irgendwann", fügte er hinzu. „Und wir sehen uns dann morgen dort."

„Ich kann es kaum erwarten." Und plötzlich stimmte das auch. Ihr graute schon seit sieben Monaten vor den Hochzeitsfeierlichkeiten.

„Ich auch nicht."

„Oh, um Himmels willen." Kennedy stand hinter Tori, packte sie an den Schultern und zog sie von Josh weg. „Ellie, sie gehört ganz dir." Sie schubste Tori in Richtung ihrer Großmutter. Dann drehte sie Josh um und versetzte ihm einen kräftigen Stoß in Richtung der Boote.

Josh setzte sich in Bewegung, allerdings nicht ohne Tori einen letzten Blick über seine Schulter zuzuwerfen.

Bei seinem Blick wurde ihr erneut flau im Magen.

„Lass uns gehen." Ellie legte einen Arm um Toris Taille und machte sich auf den Weg zum Feldweg, der vom Gebäude der *Boys of the Bayou Tour Company* zur Straße führte. „So habe ich ihn noch nie gesehen."

„Wen? Josh? Wirklich?", fragte Tori und stolperte auf die Straße, als sie versuchte, über ihre Schulter zurückzuschauen.

Ellie lachte und drückte Tori fester an sich. „Wirklich. Das bedeutet, dass ich unbedingt deine Lebensgeschichte wissen muss."

Kapitel Fünf

Tori ließ sich von Elle über die Straße zu einer Bar führen. Eigentlich war es eher eine Holzhütte mit Neon-Bierschildern in den Fenstern. Auf der Sandwich-Tafel, die im Kies vor der Tür stand, stand: *Heutige Angebote: Vorspeise-Bier, Hauptgericht-Bier, Nachspeise-Bier, Tagessuppe-Bier-Käse ... ohne Käse.*

„Haben wir überhaupt Zeit für meine Lebensgeschichte?", fragte Tori, als Ellie sie in hineinführte.

Im Gegensatz zum strahlenden Sonnenschein draußen war es in der Bar dunkel, und Toris Augen brauchten eine Weile, um sich an das schummrige Licht zu gewöhnen. Vage nahm sie einige Sitzecken an der Wand zu ihrer Linken und die Holztische sowie -stühle in der Mitte des Raums wahr, aber im Moment waren alle leer. Außerdem bemerkte sie eine Jukebox und drei Fernseher in den Ecken des Raumes – die im Moment alle ausgeschaltet waren – und eine kurze Treppe, die zu der langen hölzernen Bar hinaufführte. Es roch nach Bier, Rauch und Bayou. Und nichts davon störte Tori. Sie fand sogar, dass es nach einem Ort roch, der schon sehr lange hier war. Es war die Art von Geruch, die einem ein Gefühl von zu Hause vermittelte. Wie in ihrer Scheune in Iowa.

„Na ja, wie alt bist du? Sechsundzwanzig?", fragte Ellie.

„Achtundzwanzig", korrigierte Tori sie.

„Ach, na ja, ich denke, die Highlights sollten auf jeden Fall drin sein." Die ältere Frau lachte. Sie deutete auf einen Hocker, als sie das Ende der Bar umrundete und sich dahinter stellte.

Ellie war etwa zehn Zentimeter kleiner als Tori mit ihren eins siebzig. Sie hatte strahlend weißes Haar, das geflochten und auf ihrem Kopf zu einem Dutt verschlungen war. Ihre gebräunte, faltige Haut zeugte von einem Leben im Freien. Sie trug Jeans, Turnschuhe und ein T-Shirt mit der Aufschrift *I put the SIN in Wisconsin*. Trotz ihres weißen Haars und der Falten sah sie nicht wie die Großmutter von vier erwachsenen Enkelkindern aus. Sie war eindeutig temperamentvoll und hatte einen Sinn für Humor und schien irgendwie ... zu strahlen. Sie wirkte einfach zufrieden und glücklich und stets vergnügt. Tori mochte sie jetzt schon.

Der Hocker, auf den Ellie gedeutet hatte, stand in der Mitte der langen Bar. Es gab drei freie Plätze. Der Rest war mit Männern besetzt. Sie alle beobachteten jeden Schritt, den Tori machte. Drei schienen in Ellies Alter zu sein, einer war ungefähr so alt wie Jeremiah, und einer war ... irgendwo dazwischen. Da ihre Augen sich noch nicht an die Dunkelheit gewöhnt hatten und sie alle Baumwollhemden, Jeans und Hüte trugen, war es schwierig, ihr genaues Alter zu schätzen.

Sie ließ sich auf den Hocker gleiten. „Du kommst also aus Wisconsin?"

Ellie runzelte die Stirn und blickte an ihrem T-Shirt hinunter. Sie lachte. „Nein. Die Leute, die hierherkommen, schicken mir oft T-Shirts, wenn sie wieder zu Hause sind." Sie zupfte an dem Shirt. „Alle denken, sie würden mehr vertragen als wir, wenn sie hierherkommen."

Die Männer an der Bar kicherten.

„Wenn sie wieder nach Hause fahren, denken sie das nicht mehr", sagte sie mit einem Augenzwinkern.

Tori grinste.

Genau in diesem Moment kamen Jeremiah und Leo herein und nahmen die Plätze auf beiden Seiten von Tori ein. Albernerweise empfand sie das als beruhigend. Auch die beiden waren Fremde für sie. Sie kannte sie etwa zwanzig Minuten länger als die anderen Männer in der Bar. Trotzdem fühlte es sich an, als wären sie hergekommen, um ihr zu signalisieren, dass sie dazugehörte.

„Leute, das ist Tori", teilte Leo den anderen Gästen mit. „Tori gehört zu Josh. Also benehmt euch. Wenigstens für ein paar Minuten."

Ihre Augenbrauen schossen nach oben. Sie gehörte zu Josh? Wow, das klang sehr besitzergreifend. Hitze stieg in ihr auf. Verdammt, seit wann war es für sie in Ordnung, jemandem zu *gehören*?

Seit Leo gesagt hatte, sie gehöre zu Josh, anscheinend.

Sie lächelte allen zu, die sie mit begrüßten. Sie hatte das Bedürfnis, die Sache richtig zu stellen. Nämlich, dass Josh nicht zu entscheiden hatte, ob sie ihm gehörte. Das war eine ziemliche Unterstellung von Leo. „Ähm, eigentlich kennen Josh und ich uns nicht *so* gut. Noch nicht. Aber er geht mit mir auf die Hochzeit meines Freundes."

„Sie ist das Mädchen, für das er seit einem Jahr schwärmt", erklärte Ellie, während sie Tori ein Glas mit … irgendwas … reichte.

„Ah", sagte einer der älteren Männer.

„Ich verstehe", meinte ein anderer.

„Na endlich", fügte ein dritter hinzu.

„Schwärmt?", fragte Tori Ellie, nahm das Glas entgegen und schnupperte daran. Es sah wie süßer Tee aus. Und es roch auch so.

Ellie zwinkerte ihr zu.

„Hat er dir das erzählt?" Josh hatte vorhin tatsächlich *sehr* glücklich gewirkt, sie zu sehen, aber hatte er seiner Familie tatsächlich von ihr erzählt? Schließlich hatte er sie letztes Jahr *zweimal* allein auf ihr Hotelzimmer zurückgeschickt.

„Das war nicht nötig. Es ist offensichtlich", sagte Ellie und lehnte sich an die Bar.

Tori vermutete, dass Ellie einen Hocker oder ein erhöhtes Podest hinter der Bar hatte, sonst hätte die kleine Frau ihre Ellbogen nicht auf die Bar stützen können.

Tori musterte sie aufmerksam. Ellie schien aufrichtig zu sein. „Wieso war es offensichtlich, dass er für mich geschwärmt hat?" Sie griff nach ihrem Getränk und nahm einen kleinen Schluck. Es schmeckte köstlich. Und nicht so, als wäre Alkohol drin. Obwohl Tori den Eindruck hatte, dass Ellie ihr Handwerk gut genug verstand, um dafür zu sorgen, dass man den Alkohol erst merkte, wenn man beim Versuch, zum Tourbus zurückzulaufen, auf die Nase fiel.

„Ich kenne ihn", sagte Ellie. „Ich kenne alle meine Kinder. Aber Josh und Owen sind einfach zu durchschauen. Sie sind wie offene Bücher. Ich habe immer gewusst, dass es offensichtlich sein würde, wenn sie sich verlieben."

Tori verschluckte sich, als der Tee in die falsche Röhre lief. Jeremiah klopfte ihr auf die Schulter, als sie hustete und nach Luft schnappte.

Ellie schüttelte den Kopf. „Ist das mit dem *Verliebtsein* eine Überraschung für dich?"

„Wir kennen uns kaum. Wir haben vor fast einem Jahr gerade mal ein paar Stunden miteinander verbracht."

„Was glaubst du denn, wie lange es dauert?", fragte Leo sie.

„Um sich zu verlieben?", fragte sie mit großen Augen. „Ich ..." Sie runzelte die Stirn. „Ich weiß es nicht. Aber ... länger als das." Sie sah sich um. „Oder?"

„Warum?", fragte Ellie. „Ich behaupte nicht, dass es immer schnell geht, aber das kann passieren. Es gibt Dinge, die man sofort an jemandem erkennen kann."

Tori öffnete ihren Mund, schloss ihn dann aber wieder. Was zum Teufel wusste sie denn schon davon? Diese Leute waren viel älter als sie und hatten schon viel mehr erlebt.

„Hast du dich schnell verliebt?", fragte sie Ellie.

Ellie schenkte Leo ein breites Lächeln. „Innerhalb einer Viertelstunde ungefähr."

Tori hatte nicht sicher gewusst, dass Leo und Ellie zusammen waren, aber jetzt sah sie Leo an. „Wow."

Er nickte. „Sie trug kurze Shorts und versuchte, einen großen Wels aus dem Bayou zu ziehen. Sie stand in ihrem kleinen Boot und fluchte wie ein Seemann, und mir war klar, dass sie gleich umkippen würde."

„Er kam rüber und stabilisierte das Boot, ließ mich aber den Wels selbst herausziehen", fuhr Ellie fort. „Da wusste ich, dass er ein guter Kerl ist. Er hat nicht versucht, mir zu helfen, hat sich nicht wie der große Retter aufgespielt, und er hat auch nicht gesagt, dass Mädchen nicht allein fischen gehen sollten."

Leo nickte und rieb sich den Kiefer, während er sich zurückerinnerte. „Es war ein großer Fisch. Größer als alles, was ich in diesem Sommer gefangen hatte. Das war beeindruckend."

„Und in diesem Moment wusstest du, dass sie die Richtige ist?", fragte Tori, völlig beeindruckt von der Geschichte.

„Nein", antwortete er und grinste. „Das wusste ich erst, als sie gelacht hat. Klatschnass vom Bayou, während ihr Wels davonschwamm."

„Was?", fragte Tori und lachte, auch ohne die Details zu kennen.

Ellie grinste. „Ich habe ihm ein Bier angeboten, als Dank dafür, dass er das Boot festgehalten hat. Ironischerweise hat er mein Boot losgelassen, um nach der Flasche zu greifen, das Boot ist gekippt und ich bin im Bayou gelandet."

„Oh nein!", sagte Tori. „Und du warst nicht sauer?"

Ellie schüttelte den Kopf. „Nein. Ich bin schon öfter in den Bayou gefallen. Allerdings noch nie vor den Augen eines gut aussehenden Kerls, der bei dem Anblick fast an seinem Bier erstickt." Sie warf Leo einen Blick zu. „Aber ich habe gesagt: ‚Du weißt schon, dass du wegen eines Biers gerade die Chance auf eine heiße Nacht mit mir verspielt hast, oder?' Er schaute auf die Flasche hinunter, bevor er wieder mich ansah und sagte: ‚Na ja, man bekommt nicht jeden Tag ein Bier geschenkt.'"

Tori drehte sich mit großen Augen zu Leo um. „Aber du könntest jeden Tag ein *Mädchen* bekommen?"

Leo wackelte mit den Augenbrauen. „Was glaubst du, wo meine Enkel ihren Charme herhaben?"

Tori lachte. Sie hatte so viel Spaß wie schon lange nicht mehr. Vielleicht war es gar nicht so schlecht, ab und zu Zeit mit Menschen zu verbringen. So gerne sie Hunde, Katzen und Kühe auch mochte, sie hatten keine großartigen Liebesgeschichten zu erzählen. „Ich hatte also keine Chance, als ich Josh kennenlernte?"

Leo schüttelte kichernd den Kopf. „Gut, dass du das einsiehst. Gib einfach nach."

„Wie lange seid ihr schon verheiratet?", fragte Tori Ellie und Leo.

„Oh, wir sind nicht mehr verheiratet." Ellie stieß sich von der Bar ab und machte sich daran, das Glas eines Gastes nachzufüllen.

Stirnrunzelnd sah Tori erst sie und dann Leo an. „Was?"

Leo schüttelte den Kopf. „Aber wir waren es dreißig Jahre lang."

„Einunddreißig", korrigierte Ellie ihn.

Leo nickte. „So ungefähr."

„Nein", widersprach Ellie. „Genau einunddreißig. Einunddreißig *und einen Monat*, um genau zu sein."

Leo verdrehte die Augen. „Wir sind schon seit einer Weile geschieden."

Tori war fassungslos. Und enttäuscht. „Das … tut mir leid." Sie runzelte die Stirn. „Aber ihr seid offensichtlich immer noch gut befreundet."

Leo grinste Ellie an. „Sie ist immer noch das temperamentvollste Mädchen mit dem größten Herzen, das ich kenne."

„Was ist passiert?" Tori war plötzlich völlig in die Geschichte der beiden vertieft. Vielleicht konnte sie die beiden wieder zusammenzubringen. Ihr war zwar bewusst, dass dieser Gedanke ein wenig abwegig war, schließlich waren die beiden sozusagen Fremde für sie. Aber sie strahlten eine solche Aufrichtigkeit und Warmherzigkeit aus, die sie völlig in ihren Bann zog.

„Da ist immer noch eine gewisse Chemie zwischen uns", sagte Leo.

„Und Respekt", stimmte Ellie zu.

„Aber wir lachen mehr, wenn wir nicht zusammenwohnen", erklärte Leo. „Also haben wir versucht, getrennt zu leben. Aber dann wurden die steuerliche Situation kompliziert."

„Und ich wollte mit Trevor schlafen", fügte Ellie hinzu.

„Das auch." Leo nickte.

„Trevor?", fragte Tori, deren Augenbrauen inzwischen fast in ihrem Haaransatz verschwunden waren.

„Trevor ist mein Freund", antwortete Ellie.

Tori beugte sich vor, schaute die Bar hinunter und fragte sich, ob einer dieser Männer Trevor war.

„Er ist nicht hier", sagte Ellie. „Er ist bei der Arbeit. Er ist Banker in New Orleans."

„Oh." Aus irgendeinem Grund überraschte Tori das.

„Er ist ein hohes Tier", erklärte Leo. „Hat meine Rente geregelt und uns geholfen, das Geschäft auf die Jungs zu übertragen. Außerdem ist er sehr gut aussehend."

Auch wenn es seltsam war, dass der Ex-Mann einer Frau ihrem neuen Freund ein Kompliment machte, ließ niemand in der Bar erkennen, dass er das so sah. Tori nickte, als ob sie das vollkommen verstehen würde.

„Außerdem ist er zwanzig Jahre jünger als ich", fügte Ellie

mit einem verschmitzten Grinsen hinzu. „Wir haben uns vor fünf Jahren kennengelernt. Er war erst vierundvierzig, als ich ihn verführt habe."

Tori schluckte schwer. „Oh." Sie hatte keine Ahnung, was sie dazu sagen sollte.

Ellie schien das zu merken und lachte. „Wenn es dein Herz nicht zum Klopfen bringt, ist es die Sache nicht wert."

Leo nickte. „Hier wird niemand vor Langeweile sterben."

„Oder voller Reue", fügte Ellie hinzu.

„Wow." Tori ließ ihre Aussagen auf sich wirken. Das war faszinierend. Und vollkommen anders als ihr Leben. Die meisten Menschen, die sie kannte – ihre Familie zumindest – waren eher darum bemüht, Aufregung zu vermeiden. Da, wo sie herkam, bedeutete Herzklopfen Angst oder Stress. Sie wusste mit Sicherheit, dass ihr Vater Dinge vermied, die sein Herz zum Klopfen brachten. Ruhig und solide waren Patrick Kramers Lieblingswörter. „Das letzte Mal, dass mein Herz geklopft hat, war, als eine unserer Kühe Zwillinge bekommen hat."

Sie sah von ihrem Glas Tee auf und bemerkte, dass alle sie beobachteten.

„Ich bin Tierärztin", sagte sie. „Zwillingsgeburten sind oft ein Problem für Kühe. Sie brauchen fast immer Hilfe." Keiner sagte etwas. „Bei Schafen und Ziegen sind Zwillinge in der Regel kein Problem, aber bei Kühen sieht die Sache anders aus." Sie hielt inne, und wieder sagte niemand etwas. „Zwei Köpfe und acht Beine aus demselben Loch zu holen, kann kompliziert werden." Sie sollte besser aufhören zu reden. „Ziegen können übrigens auch Drillinge bekommen. Im letzten Frühjahr war ich bei einer Drillingsgeburt dabei."

Schließlich streckte Ellie die Hand aus und drückte sie. „Ich hoffe wirklich, dass mein Enkel dein Herz mehr zum Klopfen gebracht hat als die Entbindung von Zwillingskälbern."

Tori lächelte. „Ja." Sie nickte. „Ja, das hat er definitiv."

„Große Liebesgeschichten haben in unserer Familie Tradition", sagte Ellie.

Tori spürte, wie ihr Herz in diesem Moment mindestens einen kräftigen Schlag machte. Sie sprachen bereits über eine Liebesgeschichte zwischen ihr und Josh? Das war schnell. Und verrückt. Und … toll. Auch wenn sie das Ganze etwas übertrieben fand, konnte sie sich ein Lächeln nicht verkneifen. Es fühlte sich an wie ein Zug, in den sie einfach einsteigen und sich festhalten musste, solange er fuhr.

„Ähem." Jeremiah räusperte sich. „Du hast ihr noch nicht einmal die beste Geschichte erzählt."

Tori schaute ihn an. „Die würde ich sehr gern hören."

„Es geht um mich und Joshs Mom", sagte er. „Die Geschichte ist hier eine Legende."

Tori war sofort neugierig. „Eine Legende, hm? Die muss ich hören."

„Ich habe Hannah bei einem Tanzabend kennengelernt …"

„Du erzählst die Geschichte bei weitem nicht so gut wie Cora", unterbrach Ellie ihn. „Cora!", rief sie in Richtung der Schwingtür hinter der Bar. „Cora! Komm mal her!"

„Gütiger Gott, warum schreist du denn so?" Eine Frau mit kurzen salz- und pfefferfarbenen Locken und einem runden Gesicht kam durch die Schwingtür und wischte sich die Hände an ihrer roten Schürze ab.

„Das ist Tori", sagte Ellie und zeigte auf sie. „Joshs Tori."

Coras Augen wurden groß. „Die, für die er so schwärmt?"

Tori verdrehte Augen, lächelte aber. Vielleicht war an dieser Schwärmerei doch etwas dran.

„Ja", sagte Ellie fröhlich. „Sie ist heute hergekommen, um ihn zu sehen und nimmt ihn mit zu einer Hochzeit in Buckworth."

„Schön." Cora musterte Tori. „Du bist eine Schönheit."

Tori errötete. „Ähm, danke."

„Gus mochte sie auch", fügte Jeremiah hinzu.

Cora nickte. „Dann ist es offiziell. Du bist was Besonderes."

„Wer ist Gus?", fragte Tori und warf wieder einen Blick auf die anderen Männer an der Bar.

„Der Otter", antwortete Jeremiah. „Um die meisten Menschen macht er einen großen Bogen."

„Oh." Tori hatte sich gefreut, den Otter zu sehen. Als er auf das Deck geklettert war und sich dann neben ihre Füße gesetzt hatte, hatte sie ihn sofort ins Herz geschlossen. In Iowa hatte sie noch nie einen Otter gesehen.

„Tiere sind hervorragende Menschenkenner", sagte Cora.

Tori nickte. „Ich stimme ihr hundertprozentig zu."

„Sie ist Tierärztin", sagte Ellie, mit einem Anflug von Stolz, wenn Tori sich nicht irrte.

Cora lächelte schließlich. „Und Menschen, die Tiere lieben, sind die besten Menschen."

Tori erwiderte ihr Lächeln. „Danke. Und auch da stimme ich dir zu."

„Es freut mich sehr, dich kennenzulernen", sagte Cora. „Wie wäre es mit etwas Flusskrebspastete?"

Ah, die Flusskrebspastete. War sie bereit, das Risiko einzugehen, etwas zu essen, das sie ihre Heimat vergessen lassen und dafür sorgen würde, dass sie für immer hierbleiben wollte? „Sehr gerne", sagte sie und spürte, wie sich ihr Magen umdrehte.

Es war nur ein Mittagessen, keine wichtige Lebensentscheidung. Trotzdem fühlte es sich irgendwie wichtig an.

„Ich habe dich hierhergerufen, damit du ihr die Geschichte von Jerry und Hannah erzählst", sagte Ellie. „Ich werde den Kuchen holen."

„Oh, Jerrys und Hannahs Geschichte", sagte Cora und ihre Augen funkelten. „Sie ist legendär."

Tori lachte. „Das habe ich schon gehört."

Cora ging zur Bar und lehnte sich vor, so wie Ellie es zuvor getan hatte. Angefangen hat alles auf dem Straßenfest drüben in Sutton", begann sagte sie. „Ich war dort mit meinem Mann Danny und Jerry, und mein Sohn Luke kam vorbei. Wir saßen einfach nur da, hörten Musik und tranken Limonade."

Leo schnaubte und Cora warf ihm einen scharfen Blick zu. „Was?"

„Limonade?", fragte Leo. „Das letzte Mal, als du diese Geschichte erzählt hast, war es Root Beer."

Cora sah ihn böse an. „Ich hatte Limonade und Danny hatte Root Beer."

Leo lachte lauthals los. „Ich kannte Danny mein ganzes Leben lang. Auf keinen Fall hat er Root Beer getrunken."

Cora winkte ab. „*Jedenfalls* saßen wir da, tranken und plauderten, und plötzlich setzte sich Jerry aufrecht hin, sein Mund stand offen und es war, als wäre er in Trance."

Jerry – Jeremiah – lächelte nur, als Cora seine Geschichte erzählte und nahm einen Schluck von seinem Tee.

„Wir schauten also alle rüber und sahen da dieses hübsche Mädchen. Sie trug ein süßes Sommerkleid und unterhielt sich mit einer Gruppe von Freunden. Als sie sich umdrehte und Jerry ansah, machte sie das Gleiche – ihr fiel die Kinnlade herunter und sie starrte ihn einfach nur an." Cora schüttelte den Kopf. „Das war das Schlimmste, was ich je gesehen habe."

Tori sah Jeremiah an. Er zwinkerte ihr zu.

„Also stupste Luke ihn an", fuhr Cora fort. „Als das nicht klappte, gab Luke ihm eine Ohrfeige, und Jerry kam zu sich. Doch er sagte kein Wort. Er stand einfach auf und ging direkt auf das Mädchen zu. Sie tanzten und redeten, nur die beiden, den ganzen restlichen Abend."

„Wow", sagte Tori. „Wie im Film."

Cora nickte. „Es wird noch besser. Sie haben sich jeden Abend getroffen, bis er eines Abends, etwa zwei Wochen später, nach Hause kam, mit ihr in seinem Wagen und ihren Koffern auf dem Rücksitz."

Tori blickte wieder zu Jeremia. „Ihr seid durchgebrannt?", fragte sie.

Er schüttelte den Kopf. Das Grinsen war aus seinem Gesicht verschwunden.

„Er war zu ihr gefahren, um sie zu sehen. Doch als er an ihrem Haus ankam, hat er mitbekommen, wie ihr betrunkener Vater sie anschrie. Er hielt sie am Arm fest und schüttelte sie." Auch Coras Gesichtsausdruck hatte sich verhärtet. „Jerry sprang aus dem Wagen und stürmte zu ihr. Er schubste ihren Dad weg, und als der Trottel auf ihn losgehen wollte, schlug Jerry ihn so fest, dass er zu Boden fiel. Er sagte Hannah, dass sie zwei Minuten Zeit hätte, um ihre Sachen zu holen, aber dass sie nicht wieder nach Hause kommen bräuchte. Er stand neben ihrem plärrenden Arschloch-Vater, während sie ihre Sachen packte. Dann verfrachtete er sie in seinen Pick-up und fuhr mit ihr nach Autre."

Tori war sich sicher, dass ihre Augen so groß wie Untertassen waren. Ihr Herz raste, während sie die Geschichte hörte. Sie war schrecklich und romantisch zugleich. „Wow", flüsterte sie.

Jeremiah schenkte ihr ein kleines Lächeln und nickte. „Ich hätte alles für sie getan. Das würde ich immer noch."

„Wie dem auch sei", sagte Cora, die offensichtlich noch nicht fertig mit ihrer Geschichte war. „Ihr Dad kam nach Autre, um sie zurückzuholen. Mit einem Haufen ihrer Verwandten. Sie kamen mit Pick-ups und Schrotflinten hierher und wollten eine Art Krieg anzetteln."

Jetzt stand Tori der Mund auf. „*Wirklich?*"

„Oh ja", sagte Leo. „Vollidioten." Die anderen Jungs an der Bar nickten.

„Was ist passiert?", fragte Tori. Sie wollte unbedingt den Rest der Geschichte hören.

„Der Sheriff rief Leo an, um ihm zu sagen, dass sie unterwegs zu ihm waren. Er wollte keinen Ärger, aber er konnte nichts tun, bevor nicht etwas passiert war. Also rief Leo ein paar Leute an, die wiederum ein paar Leute anriefen, und schon bald waren alle Männer von Autre im Alter zwischen sechzehn und sechzig Jahren auf der Straße außerhalb der Stadtgrenzen und warteten auf sie", erzählte Cora.

„Wir haben ihnen den Weg in die Stadt versperrt", sagte Leo. „Keiner von den Arschlöchern aus Martin kam hier rein."

„Und das war's?", fragte Tori. „Haben sie umgedreht?"

Alle kicherten.

„Nicht ganz", sagte Cora. „Es gab ein paar blutige Nasen, blaue Augen, zerschossene LKW-Reifen und ein paar kaputte Scheinwerfer, bevor alles vorbei war. Letztendlich haben sie umgedreht."

„Ich war so verdammt froh, dass sie gekommen sind", sagte Jeremiah.

Leo nickte.

„Ach ja?"

„Hannah hat mir erzählt, dass er sie und ihre Mom schon lange geschlagen hat." Selbst jetzt, nach all diesen Jahren verkrampfte sich seine Hand um den Bierkrug. „Ich brauchte unbedingt eine Gelegenheit, um ihn zu verprügeln. Er hat sogar zuerst zugeschlagen, also hatte ich eine gute Entschuldigung."

„Eine gute Entschuldigung?", fragte Tori.

„Er kann immer noch nicht normal durch die Nase atmen", erklärte Jeremiah. Sein Tonfall war dunkel und unentschuldigend. Es war das erste Mal, dass Tori von einem dieser Leute etwas hörte, das nicht fröhlich und neckisch war.

„Und *das* war's dann?", fragte Tori. „Hannah ist einfach hiergeblieben und ihr habt geheiratet?"

„Nein, sie haben es noch ein paar Mal versucht. Ich habe ihren Bruder verprügelt und er hat mich verprügelt. Ein paar von ihnen sind ein- oder zweimal bei mir zu Hause aufgetaucht", berichtete Jeremiah.

„Aber das hat nichts gebracht", sagte Leo. „Einige unserer

Leute haben dort draußen kampiert und das Haus beobachtet. Sie konnten sich dem Haus auf nicht mehr als dreißig Meter nähern.

„Die Jungs von Autre haben vor deinem Haus kampiert, um dich und Hannah zu beschützen?", fragte Tori.

Jeremiah nickte. „Natürlich."

Ja, natürlich. Er sagte es mit einer Selbstverständlichkeit, als ob jeder das Gleiche getan hätte. Und vielleicht stimmte das hier unten ja auch. „Und was hat sie dazu gebracht, dich endlich in Ruhe zu lassen?", fragte sie. „Ich nehme mal an, dass sie dir mittlerweile nicht mehr das Leben schwer machen, oder?"

„An ihrem achtzehnten Geburtstag habe ich sie gebeten, mich zu heiraten. Natürlich sagte sie ja, und bei Sonnenuntergang waren wir verheiratet", sagte Jeremiah. „Danach hatte ihr Dad keinen Anspruch mehr auf sie."

„Ja, genau so war es", stimmte Leo zu.

Jeremiah warf ihm einen Blick zu und gluckste. „Ja. Das habe ich auch immer gedacht."

Tori runzelte die Stirn und sah zwischen den Männern hin und her. „Irgendwie habe ich das Gefühl, dass das noch nicht alles war."

„Na ja, es gibt da dieses *Gerücht*", sagte Cora. „Dass jemand in der Nacht nach der Hochzeit in das Haus ihres Dads geschlichen ist, ihn mit Handschellen ans Bett gefesselt hat und dann den Küchentisch angezündet hat. Sie ließen ihn etwa zwanzig Minuten lang schwitzen, damit er dachte, er würde sterben. Dann löschten sie das Feuer und sagten ihm, dass er beim nächsten Mal nicht so viel Glück haben würde, wenn ihn jemand aus Autre im Umkreis von zehn Kilometern um die Stadt oder Hannah sehen würde."

„Das ist ein Gerücht?", fragte Tori.

„Nun, es gab wirklich ein Feuer in seinem Haus. Aber er war nie in der Lage, Namen zu nennen. Offenbar trugen die Typen Masken. Aber jeder weiß, dass er ein verrückter Säufer ist und dass er seinen Schuppen schon zweimal allein angezündet hat. Also weiß niemand so recht, was er davon halten soll." Cora sah sich um. „Aber dieser Mann war noch nie auch nur im Umkreis von zwanzig Kilometern um diese Stadt."

Auch Tori sah sich um. Sie hatte den Eindruck, dass diese Männer, auch wenn sie vielleicht nicht persönlich beteiligt waren, genau wussten, wer es getan hatte. Vermutlich würden sie dieses Geheimnis mit ins Grab nehmen. Es war seltsam, eine ganze Gruppe von Fremden so gut einschätzen zu können Es musste an der besonderen Atmosphäre hier liegen.

„Das ist wirklich eine unglaubliche Geschichte", sagte sie zu Jeremiah. „Du hast eine ganze Menge riskiert, für ein Mädchen, das du gerade erst kennengelernt hast."

„Ich hätte jedem in dieser Situation geholfen, wenn ich gekonnt hätte", sagte Jeremiah. „Aber ..." Er zuckte mit den Schultern und grinste. „Niemand und nichts hat mein Herz je so zum Klopfen gebracht wie diese Frau ... Und daran hat sich bis heute nichts geändert."

„Und wenn man einmal zur Landry-Familie gehört, ist man automatisch auch Teil der Autre-Familie. Und andersherum", sagte Ellie und stellte einen Teller vor Tori ab.

Tori dachte an ihre eigene Heimatstadt. Dort gab es eine Menge Leute, auf die sie zählen konnte. Sie würden ihr helfen, wenn sie darum bat. Sie würden ihr glauben, wenn sie ihnen sagte, dass sie ein Problem hatte. Aber würden sie so weit gehen? Würden sie ihretwegen ein blaues Auge oder eine gebrochene Nase in Kauf nehmen? Würden sie ihretwegen mit ihren Pick-ups die Straße versperren?

Nein.

Sie würden sie wahrscheinlich ermutigen, zur Polizei zu gehen. Oder schlecht über die anderen Leute reden, möglicherweise bei einem Kaffee im Diner. Sie würden ihr vielleicht Geld leihen und womöglich sogar die Polizei für sie rufen. Aber sie würden sich nicht für sie in Gefahr begeben.

Was ihr jedoch normal vorkam.

In einen Pick-up zu springen, sich eine Schrotflinte zu schnappen und sofort bereit zu sein, sich mit jemandem zu *prügeln*, war für die meisten Leute vermutlich nicht unbedingt die natürlichste Reaktion der Welt. Sie glaubte nicht, dass diese Montague-Capulet-Patt-Situation üblich war. Zumindest nicht als erste Reaktion auf etwas. Es war leidenschaftlich. So viel war sicher. Und ein wenig übertrieben.

Und, verdammt noch mal, auf eine gewisse Weise war es auch wirklich schön. Es war nicht rational, und ganz sicher auch nicht ganz rechtmäßig. Aber es hatte den Zweck erfüllt. Und es hatte durchaus etwas für sich, jemanden zu haben, der so sehr an einem hing, dass er alles tun würde, um einem zu helfen. Es hatte etwas für sich, jemanden auf seiner Seite zu haben, der eine so begeisterte Gruppe von Menschen auf seiner Seite hatte.

Es sagte viel über Jeremiah aus, dass die ganze Stadt bereit war, sich hinter ihn zu stellen, selbst wenn er überreagierte.

Vielleicht reagierten die Landrys einfach von Natur aus über.

Oder die Leute in Autre.

„Das ist ... krass", sagte sie schließlich.

„Jetzt verstehst du es", erwiderte Ellie. Sie reichte Tori eine Gabel.

„Was genau?", fragte Tori und nahm die Gabel. Der Duft der Krebspastete ließ ihr das Wasser im Mund zusammenlaufen.

„Dass es hier keine Überraschungen gibt", sagte Ellie.

„Bei Josh?", fragte Tori. „Oder in der Stadt generell?"

„Ja", kicherte Jeremiah.

„Sowohl als auch?" Tori nahm einen Bissen von der Pastete und stöhnte. Laut. Sie konnte es sich nicht verkneifen.

Cora sah erfreut aus.

„Sowohl als auch", sagte Leo. „Du kannst ... erstaunt sein. Aber sei nicht überrascht. Du wurdest gewarnt."

Tori nahm einen weiteren großen Bissen und dachte über den Unterschied zwischen erstaunt und überrascht nach. Ja, erstaunt klang gut. Sie nickte. „Ich werde es versuchen."

„Und jetzt solltest du besser gehen", sagte Ellie. „Wenn du nicht rechtzeitig zurück auf der Plantage bist, wird Leo einen kräftigen Anschiss von Josh bekommen."

Tori nahm einen weiteren Bissen, alles andere als begeistert, die Flusskrebspastete stehen zu lassen. Die flockige Kruste, die zarten Meeresfrüchte und die Gewürze ... sie könnte allein für diese Pastete hierherziehen. „Er würde sich mit seinem *Großvater* anlegen?", fragte sie, nachdem sie geschluckt hatte.

„Er wird ihn beim Pokern abziehen", sagte Ellie mit einem Augenzwinkern.

„Wirklich?", fragte sie an Leo gewandt.

Er zuckte mit den Schultern. „Ja. Normalerweise tun wir uns zusammen, um sicherzugehen, dass Kennedy verliert, aber wenn Josh mich auf dem Kieker hat, werde ich haushoch verlieren."

Tori wollte, dass sie weiterredeten, bis sie die Pastete aufgegessen hatte. „Ihr beide verbündet euch gegen Kennedy?"

„Das Mädchen muss so oft wie möglich besiegt werden", sagte Leo mit einem Nicken.

„Und beim Pokern kann man sie nur mit vereinten Kräften schlagen", sagte Jeremiah, der sichtlich stolz auf seine Tochter war.

„Es ist eure Schuld, dass sie so entschlossen ist." Ellie zeigte auf Jeremiah und Leo. „Sie ist furchtbar intelligent. Ihr beide und ihre Brüder habt sie *nie* bei etwas gewinnen lassen, deswegen ist sie jetzt so darauf versessen, nicht zu verlieren."

„Was ist schwieriger zu schlagen als klug?", fragte Tori und schaufelte sich eine weitere Gabel voll Pastete in den Mund. Sie würde es später bereuen, wenn sie ihr tailliertes Cocktailkleid trug, aber das war ihr egal.

„Sie ist entschlossen", sagte Ellie.

„Sie ist blutrünstig", sagte Leo zur gleichen Zeit.

Tori lachte. Sie hatte nur noch zwei Bissen Pastete übrig, also fragte sie: „Habt ihr um große Summen gespielt?"

„Wir spielen um Aufgaben", antwortete Leo. „Das ist viel mehr wert als Geld."

„Aufgaben rund um das Ausflugsunternehmen?"

„Eher darum, wer mit Sawyer zusammenarbeiten muss", sagte Leo.

„Ist Sawyer der Chef?" Das konnte sie sich vorstellen. Der Kerl strahlte Verantwortungsbewusstsein aus. Und Ernsthaftigkeit. Kennedy mochte sich um die Einteilung kümmern, aber Sawyer war der Mann für alles.

Leo nickte. „Tommy und er waren die Hauptpartner. Etwa zehn Jahre nach Dannys Tod haben sie meine Anteile gekauft." Er nickte Cora zu. „Cora, Danny, ich und El sind beste Freunde, seit wir Kinder waren. Danny und ich haben das Unternehmen fast zweiundvierzig Jahre lang gemeinsam geführt. Ich habe mit der Hilfe der Kinder und Enkel alles allein gemacht, bis die Jungs alt genug waren, um es zu übernehmen."

Diese Art von Geschichte war ihr auch nicht fremd. Viele Menschen, die ihr ganzes Leben in Elton verbracht hatten, gaben ihre Höfe und Geschäfte an die nächste Generation weiter. Ihr Dad und sein bester Freund, Dean, waren seit ihrer Kindheit befreundet. Ihre Mom und ihre beste Freundin Linda kannten sich seit der dritten Klasse. „Es ist wirklich schön, dass das Unternehmen in der Familie geblieben ist." Sie warf einen Blick auf Cora. „Hast du Enkelkinder?"

Ein Anflug von Traurigkeit huschte über Coras Gesicht. Dann lächelte sie. „Ja. Tommy und Sawyer hatten die Mehrheit der Unternehmensanteile, bis er letzten Sommer starb."

Der letzte Bissen der Flusskrebspastete fühlte sich wie Blei an, als Tori ihn herunterschluckte. „Oh, das tut mir so leid."

„Danke", sagte Cora. „Ich vermisse ihn jeden Tag."

„Das tun wir alle." Ellie legte einen Arm um Cora. „Tommy war ein richtiger Sonnenschein."

Einen Moment lang waren alle still. Dann schniefte Cora. „Und dann habe ich noch Madison, Tommys Schwester. Maddie zog mit zwölf Jahren zu ihren anderen Großeltern nach Kalifornien, nachdem ihre Mom gestorben war."

Tori legte ihre Gabel ab. Cora hatte schon viele geliebte Menschen verloren. „Das … tut mir leid", sagte sie erneut. Was sagte man zu einer Frau, die ein Kind und ein Enkelkind verloren hatte?

„Danke. Es war das Beste für Maddie", sagte sie. „Sie konnten ihr alles geben. Sie ist aufs College gegangen und arbeitet jetzt in einer Kunstgalerie in San Francisco." Es war deutlich zu sehen, dass Cora stolz auf Madison war, es sie jedoch schmerzte, dass sie so weit war.

„Tommys Tod ist der Grund, warum Sawyer so verdammt schwierig ist", sagte Leo.

Er klang wütend, doch er schien eher besorgt zu sein, als Tori ihn ansah.

„Er war immer der ernsthafte, organisierte Typ, der alles am Laufen hielt, aber seit Tommys Unfall …" Leo brach ab, schüttelte den Kopf und wischte sich über eines seiner Augen.

„Er lächelt nur noch selten. Er macht sich über alles und jeden Sorgen. Und er ist generell eine Nervensäge", sagte Ellie über ihren ältesten Enkel. „Es bricht uns das Herz. Wenn er uns nicht gerade auf die Nerven geht."

Tori holte tief Luft. Diese Familie war schon eine Nummer. Sie hatte das Gefühl, dass niemand Sawyer wirklich allein ließ, damit er in Ruhe nachdenken konnte. Vielleicht war das auch besser so. Sicherlich konnte das nervig sein, aber so … sehr geliebt zu werden musste auch schön sein

„Deswegen pokern wir darum, wer mit ihm zusammenarbeiten muss. Die Jungs machen die Touren und Kennedy kümmert sich um die Reservierungen, aber wenn es um die Instandhaltung geht, besteht Sawyer darauf, sich darum zu kümmern, und dann wird man am meisten angemeckert", sagte Jeremiah.

„Und ihr sorgt dafür, dass es Kennedy am häufigsten trifft?", fragte Tori.

Alle kicherten. „Glaub mir, Süße", sagte Ellie. „Kennedy kommt am besten damit klar. Sie ist eine harte Nuss. Sie ignoriert schon ein Leben lang die Scheiße, die sie von ihren Brüdern und Cousins zu hören bekommt. Außerdem ist sie seine kleine Schwester. Zu ihr ist er netter als zum Rest von uns."

Tori schüttelte den Kopf und lächelte trotz des unerfreulichen Themas. „Ich bin wirklich ... froh, dass ich Sie alle kennenlernen durfte", sagte sie.

„Komm bald wieder, meine Liebe." Cora stieß sich von der Bar ab. „Ich mache mich jetzt besser in der Küche nützlich."

Als Cora verschwand, runzelte Tori die Stirn. Es könnte das letzte Mal gewesen sein, dass sie Cora und die anderen gesehen hatte. Die Hochzeitsaktivitäten würden einen Großteil ihrer Zeit in Anspruch nehmen, während sie in Louisiana war. Und Josh würde bei ihr sein – ein Gedanke, der ihr Herz höherschlagen ließ –, aber sie würden auf der Plantage oder in New Orleans sein. Sie wusste, dass das Programm einige Touren und Ähnliches für die Gäste vorsah. Morgen würden sie eine Bustour durch New Orleans machen. An einem anderen Tag war eine Schaufelraddampferfahrt geplant. Vielleicht am Sonntag? Sie hatte sich nicht wirklich mit dem Programm beschäftigt. Sie hatte die ganze Veranstaltung bisher als notwendiges Übel betrachtet. Doch jetzt, da Josh da sein würde, sah sie das Ganze viel optimistischer.

Aber sie war ein bisschen traurig bei dem Gedanken, dass sie Ellie und Leo und Cora und Jeremiah vielleicht nicht wiedersehen würde. Das war so seltsam. Genauso wie ihre Enttäuschung darüber, dass sie Kennedy und Owen und sogar den mürrischen Sawyer nicht besser kennenlernen konnte.

Leo rutschte von seinem Hocker und zog den Busschlüssel aus seiner Tasche.

Tori trank ihren Eistee aus und wollte sich dann von der Bar wegdrehen. Aber Ellie hielt sie auf. Die kleine Frau beugte sich über den Tresen und umfasste Toris Gesicht mit beiden Händen.

„Die Leute hier sind schon ein wenig verrückt, aber wir können jeden verrückt machen, wenn wir die Chance dazu bekommen."

Tori lachte. „Soll das ein Verkaufsargument sein?"

„Das ist es, wenn du merkst, wie verdammt viel Spaß es macht, wenn die Leute verrückt nach einem sind und man selbst nach ihnen."

Tori schluckte schwer. Ihre Eltern liebten sie. Auch ihre Großeltern, die inzwischen tot waren, hatten sie geliebt. Ihre Tanten und Cousins und Cousinen liebten sie. Sie hatte Bekannte und Klassenkameraden, die sie immer noch regelmäßig traf, wenn auch mittlerweile mehr als Kunden denn als Freunde. Aber sie war sich nicht sicher, ob jemals jemand *verrückt* nach ihr gewesen war. Andrew war ihr bester Freund, und er hatte nie etwas wirklich Verrücktes getan oder sich für sie ins Zeug gelegt. Und sie hatte ihm auch keinen Grund dazu gegeben, wenn sie es recht bedachte. Sie stellte keine Ansprüche an die Leute in ihrem Leben, daher waren keine Verrücktheiten erforderlich.

Trotzdem hatte sie bei dem Gedanken, dass jemand bereit sein könnte, ein wenig den Kopf zu verlieren, Schmetterlinge im Bauch.

„Danke", sagte sie leise und sah Ellie in die Augen. „Ich hatte eine tolle Zeit hier."

„Du bist jederzeit willkommen." Die ältere Frau gab ihr zum Abschied einen sanften Kuss auf die Wange.

Tori drehte sich um und rutschte vom Hocker. Dann sah sie zu Jeremiah hinüber. „Es hat mich gefreut, dich kennenzulernen."

„Du musst unbedingt wiederkommen", sagte er und hob eine Schulter. „Hannah wird *sauer* sein, weil sie Joshs Karneval-Mädchen nicht kennengelernt hat."

Jedes Mal, wenn jemand sie als *Joshs* Mädchen oder Freundin bezeichnete, spürte sie ein Flattern in ihrer Brust. „Wo ist sie gerade?"

„Bei der Arbeit", antwortete er. „Sie ist Lehrerin in N'Awlins."

„Ich hätte sie gerne kennengelernt."

Er zwinkerte ihr zu. „Wir werden uns wiedersehen, Tori." Es klang wie ein Versprechen.

Schließlich holte sie tief Luft und machte sich mit Leo auf den Weg zum Tourbus.

Kapitel Sechs

Josh wischte sich die Hände an den Oberschenkeln seiner Hose ab und atmete tief ein.

War er nervös? Warum war er nervös?

Vielleicht, weil seine Familie Tori gestern ihre gesamte Familiengeschichte – und eine gesunde Dosis ihrer Verrücktheit – erzählt hatte.

Sie hatten ihr erzählt, wie seine Mom und sein Dad sich kennengelernt hatten.

Das war nichts, was man einem Mädchen erzählte, das man gerade erst kennengelernt hatte.

Und sie hatten ihr die Geschichte von Leo und Ellie erzählt.

Beide Geschichten. Am ersten Tag. Das war eine Menge für jemanden, den er auf keinen Fall verschrecken wollte.

Natürlich waren diese beiden Geschichten unglaublich unterhaltsam.

Okay, seine Familie war nicht wirklich *verrückt*. Sie waren nur ein wenig exzentrisch und überdreht. Besonders als Gruppe. Und wenn all diese ausgefallenen Persönlichkeiten zusammenkamen, vervielfachte sich die Verrücktheit eben.

Aber jetzt wusste Tori, dass es für die Landrys nicht ungewöhnlich war, sich innerhalb von zehn Minuten zu verlieben, und dass er seit einem Jahr für sie schwärmte.

„Mach dir keine Sorgen, Schätzchen, sie weiß, dass du auf eine Beziehung mit ihr hoffst", hatte Cora ihm gesagt.

Ja, ganz toll dem Mädchen zu sagen, dass er innerhalb von einer Stunde, nachdem er sie wiedergesehen hatte, Diamantringe im Kopf hatte. Das war völlig normal. Das würde sie überhaupt nicht nervös machen.

Und, fürs Protokoll, er hatte *keine* Diamantringe im Kopf. Nicht ganz. Er wollte zuerst mit ihr ausgehen. Zeit mit ihr verbringen. Vielleicht mit ihr tanzen. Sie auf jeden Fall noch öfter küssen. Mehr über ihre Familie und ihre Arbeit erfahren. Über Dinge wie ihre Lieblingsfeiertage und Pizzabeläge sprechen. Natürlich war das irgendwie langweilig und spielte keine Rolle. Ob sie nun Peperoni mochte oder nicht, würde sich nicht auf seine Gefühle für sie auswirken. Aber er hatte gehofft, dass sie sich wie ein ganz normales Paar kennen und mögen lernen könnten, bevor er sie überredete, in Louisiana zu bleiben. Für immer.

Natürlich war die Tatsache, dass er überhaupt daran dachte, das zu tun, wahrscheinlich nicht normal.

Aber das hatte er seiner Familie und allen Stammgästen in der Bar erzählt, als er essen gegangen war, da er sich nicht sicher war, ob es auf dieser Cocktailparty richtiges Essen oder nur kleine Teigtaschen mit Spinat geben würde.

Nicht dass es ihnen etwas ausgemacht hätte, dass er verärgert war. Sie alle liebten Tori, obwohl sie sie erst seit kurzem kannten. Und sie wollten, dass er sie bald zurückbrachte.

Was natürlich bedeutete, dass er das auf keinen Fall tun konnte.

Wenn er sie zurückbrachte, würden sie mit Sicherheit die Diamantringe erwähnen.

Womöglich sogar *die* Diamantringe. Ja, in seiner Familie gab es mehrere bedeutungsvolle Eheringe, die von Generation zu Generation weitergegeben wurden. Natürlich.

Er hatte keinen Zweifel daran, dass jemand erzählen würde, wie sein Urgroßvater seiner Urgroßmutter einen Heiratsantrag gemacht hatte, nachdem er einen Brief von ihr erhalten hatte, der für jemand anderen bestimmt war. Anschließend waren drei weitere Briefe hin und her geschrieben worden und er war den ganzen Weg nach Savannah getrampt, um sie zu treffen. Ja, als er sie das erste Mal persönlich gesehen hatte, hatte er ihr einen Antrag gemacht. Das war definitiv einer *der* Ringe.

Josh fuhr sich mit der Hand durch sein Haar.

Verdammt, er war sich nicht einmal sicher, ob *er* in nächster Zeit nach Autre zurückkehren würde. Mitch vertrat ihn in den nächsten Tagen auf den Touren, und seine Mutter würde stinksauer sein, wenn sie ihr erzählten, dass sie nicht nur „das Mädchen" kennengelernt hatten, von dem er in den letzten Monaten regelrecht besessen war, sondern dass sie sich auch noch eine ganze Stunde lang mit ihr unterhalten hatten.

Ehrlich gesagt, würde er Tori gerne seiner Mom vorstellen. Aber das war eine ernste Angelegenheit. Er hat seiner Familie noch nie eine Frau vorgestellt. Wegen, naja, der Hochzeitsglocken in ihren Köpfen und so.

Also ja, es wäre großartig, wenn er sich von Autre *fernhalten* und mit Tori Zeit verbringen könnte, ohne dass seine Familie darüber debattierte, ob *ihre* Hochzeit im Garten seiner Mutter oder in der Autre Community Church stattfinden sollte.

Er hoffte auf jeden Fall, dass er einen Schlafplatz in Buckworth haben würde. Mit einer gewissen hinreißenden Brünetten aus Iowa neben ihm.

Dieser Gedanke brachte ihn schließlich dazu, die Tür seines Pick-ups zu öffnen und auf den riesigen Vordereingang der Plantage zuzugehen, obwohl Tori noch nicht auf seine *Ich bin hier*-Nachricht geantwortet hatte.

Ein echter Pförtner im Smoking öffnete ihm die Tür, und Josh trat in das Foyer einer der ältesten und prächtigsten Plantagen Louisianas.

Wie es sich gehörte, führte direkt vor ihm eine geschwungene Treppe nach oben und über ihm hing ein Kronleuchter. Zu beiden Seiten befanden sich riesige Räume, die voller Menschen waren. Auf der einen Seite waren Hors d'oeuvres angerichtet, auf der anderen spielte eine Live-Jazzband. Die Stimmung war fröhlich und ausgelassen, aber auch sehr elegant.

Josh fuhr mit der Hand über sein Sakko und das Hemd darunter. Er war es gewöhnt, sich schick zu machen. Im Bourbon O hatte er jeden Abend Hemd und Fliege getragen. Er war froh, dass die Kleiderordnung im Trahan's lockerer war. Und sicherlich erwarteten die Alligatoren und Touristen keine Sakkos. Er hatte trotzdem eins angezogen und es machte ihm nichts aus, eins zu tragen. Ab und zu. Wenn es darum ging, den vernarrten Freund eines süßen Mädchens aus Iowa zu spielen, dann zog er sogar eine Krawatte an.

Doch er musste zugeben, dass er ein wenig enttäuscht war, als er so im Foyer des Plantagenhauses stand. Er hatte sich vorgestellt, dass Tori am oberen Ende der Treppe stehen und auf ihn warten würde, wie in einer Szene aus einem Liebesfilm. Dann würde sie mit einem umwerfenden Lächeln die Stufen hinabsteigen, bis sie vor ihm stand, während er sie mit offenem Mund ehrfürchtig anstarrte. Er würde ihre Hand nehmen, sie nach hinten beugen und sie küssen, wobei er darauf achten würde, dass jeder einzelne Mensch in diesem Gebäude es sehen konnte.

Für eine Liebesfilmszene brauchte man allerdings eine Heldin. Und Tori war nirgends zu sehen.

Josh atmete tief durch. Er war hier. Weiter hatte er nicht gedacht.

„Hallo."

Josh drehte sich zu einer wunderschönen Blondine um, die ihn anlächelte.

Er konnte nicht umhin, das Lächeln zu erwidern. Hübsche Mädchen hatten diese Wirkung auf ihn. „Hallo."

„Bitte sag mir, dass du Trauzeuge Nummer vier bist", sagte sie.

Josh schüttelte den Kopf. „Tut mir leid, nein."

Sie schürzte die Lippen. „Verdammt. Ich soll mit ihm zum Traualtar schreiten, und er ist noch nicht hier."

„Tut mir leid, dass ich dich enttäuschen muss."

Sie lächelte und machte einen Schritt auf mich zu. „Ich bin Courtney."

„Josh. Er wird sich ärgern, wenn ihm klar wird, dass er die Chance verpasst hat, dich vorher kennenzulernen", sagte Josh. Ja, er flirtete. Aber er meinte es nicht so. Es war einfach ein natürlicher Reflex.

„Hi, Josh. Vielleicht bin ich doch nicht so enttäuscht, wie ich es noch vor einer Minute war."

Er lachte. „Nun, danke, aber ich bin mit jemandem hier."

Ihr Schmollmund sah auf einmal noch authentischer aus. „Wirklich? Mit wem?"

„Victoria Kramer", antwortete er.

Courtneys Augen weiteten sich. „Ach wirklich?"

Er nickte. „Ja. Warum?"

„Sie ist ..." Courtney schüttelte den Kopf. „Weißt du, dass sie gestern Abend den Bräutigam geküsst hat?"

Er lachte. „Davon habe ich gehört. *Großer* Fehler. Sie dachte, er wäre ich."

Courtney trat zurück und musterte ihn von oben bis unten. Langsam. Dann nickte sie. „Ja, okay, mit einer Maske auf dem Kopf, im Dunkeln, und ein paar Drinks intus, ist da vielleicht eine gewisse Ähnlichkeit."

Josh grinste. „Ich verspreche dir, ich werde dafür sorgen, dass das nicht noch einmal passiert."

„Also ... gibt es dich wirklich."

„Allerdings."

„Na, das kann ja interessant werden", sagte sie.

„Ach ja?"

Sie lächelte, diesmal jedoch eher verschmitzt als kokett.

„Alle denken, sie hätte dich erfunden."

„Sie hat mich ganz sicher nicht erfunden. Ich bin echt, und ich bin hier", erwiderte er.

„Na, dann komm mit. Ich bringe dich zu ihr."

„Oh, danke", sagte er aufrichtig.

Sie schenkte ihm ein weiteres verschmitztes Lächeln. „Nichts zu danken. Ich bin froh, einen Platz in der ersten Reihe zu haben."

„Bei was?", fragte Josh und folgte ihr durch einen kurzen Flur in den hinteren Teil des Hauses.

„Du wirst schon sehen", antwortete sie.

Josh runzelte die Stirn, bog aber hinter der Blondine um die Ecke. Und blieb abrupt stehen.

Hinter der Treppe, kurz vor der Küchentür, befand sich eine kleine Nische. Josh vermutete, dass sich unter der Treppe ein Schrank befand, da Tori an einer Tür lehnte. Seine ganze Aufmerksamkeit war auf sie gerichtet. Und auf den großen Mann mit dem dunklen Haar und dem kurzen Bart, der *sehr* nah bei ihr stand. Sie unterhielten sich mit gedämpften Stimmen, ohne etwas von ihrer Umgebung wahrzunehmen.

Josh hatte recht gehabt. Sie sah atemberaubend schön aus in dem glitzernden, karmesinroten Cocktailkleid, das sich an ihren Körper schmiegte und nur einen winzigen Hauch von Dekolleté zeigte. Es hatte kurze Ärmel und endete knapp über den Knien, was ihre gebräunten, straffen Arme und Beine zur Geltung brachte. Außerdem trug sie hohe Schuhe, die ihre Wadenmuskeln und die sexy Wölbung ihres Fußes betonten.

Er fand ihre hohen Absätze toll und sie sah verdammt sexy aus. Trotzdem hatte sie ihm in ihren Shorts und Turnschuhen von vorhin besser gefallen. Darin hatte sie mehr wie sie selbst ausgesehen. Allerdings war er sich nicht sicher, ob er sie gut genug kannte, um das beurteilen zu können.

„Das ist Andrew", flüsterte Courtney ihm zu. „Der Bräutigam."

„Das dachte ich mir", erwiderte er trocken.

Sein männlicher Instinkt weckte in ihm den Wunsch, aufzustampfen und sie von dem Kerl wegzureißen. Aber hier ging es um mehr als nur um den Bräutigam. Und auch um mehr als um den Kerl, den sie gestern Abend – aus Versehen – geküsst hatte. Er war ihr bester Freund.

Ihr bester Freund, der ihr gerade eine verirrte Locke hinters Ohr gestrichen hatte.

Josh spürte, wie sich seine Hände zu Fäusten ballten, und bemühte sich, ruhig zu bleiben.

Wenn hier jemand ein Außenseiter war, dann war er es.

Was zum Teufel machte er hier überhaupt?

„Lassen wir ihnen eine Minute Zeit", sagte er zu Courtney.

Sie hob eine Augenbraue. „Wirklich? Willst du sie nicht unterbrechen?"

Er wollte sie unbedingt unterbrechen. Aber das konnte er nicht tun. Offensichtlich war Andrew der Grund dafür, dass Tori nicht auf Joshs Nachricht geantwortet hatte. Wahrscheinlich wusste sie nicht einmal, dass er hier war.

Aber er wollte auf keinen Fall weiter mit *ansehen*, wie Tori und Andrew miteinander tuschelten.

„Sie sind Freunde", sagte er. Freunde, die sehr dicht beieinanderstanden. „Wenn sie etwas zu besprechen haben, dann geht mich das nichts an."

Das war völlig richtig. Und trotz der Eifersucht, die er verspürte – oder vielleicht *wegen* der Eifersucht, die er verspürte – sollte er das nicht vergessen.

Courtney war sichtlich überrascht. „Es geht dich nichts an, wenn deine Freundin mit einem anderen Kerl kuschelt?"

Josh wandte sich von Tori und Andrew ab. „Sie kuscheln nicht", sagte er und spürte einen Stich der Verärgerung. Das taten sie nicht. Ganz genau. Sie unterhielten sich. Unter vier Augen.

„Ich weiß nicht, ob Paisley das auch so sehen würde", meinte Courtney.

„Wenn du dir Sorgen machst, warum unterbrichst *du* sie dann nicht?", fragte er.

„Das Letzte, was wir brauchen, ist, dass der Bräutigam auch noch auf eine Brautjungfer sauer ist."

„Auch?"

„Paisley ist offensichtlich ziemlich wütend auf Tori. Und die Tatsache, dass Andrew sich geweigert hat, sie auszuladen."

„Der Kuss war ein Versehen", sagte Josh. Sie deswegen gleich auszuladen, kam ihm etwas übertrieben vor.

„Ja, vielleicht." Courtney legte ihren Kopf schief. „Ich meine, jetzt, wo du hier bist, sieht die Sache schon anders aus. Aber das ist nicht der *einzige* Grund, warum Paisley durch den Wind ist."

„Sie ist eine Braut", sagte Josh. „Soweit ich weiß, sind alle Bräute kurz vor ihrer Hochzeit ein wenig durch den Wind." Es gab doch sogar Fernsehsendungen über aufgebrachte Bräute.

„Ich meine wegen Andrew und Tori", erklärte Courtney ihm. „Paisley glaubt, dass Tori versucht, Andrew die Hochzeit auszureden."

Josh spürte ein Engegefühl in seiner Brust. Ging es bei dem Gespräch der beiden etwa darum? Tori hatte ihm erzählt, dass sie schon seit einer Ewigkeit befreundet waren und dass sie in der High School in Andrew verknallt gewesen war. Womöglich war hier eine Eifersucht im Spiel sein, die nichts damit zu tun hatte, dass Tori in ihn verliebt war. Wenn Andrew von Iowa nach Louisiana gezogen war und jetzt eine Verlobte hatte, hatte er natürlich nicht mehr so viel Zeit für Tori. Vielleicht vermisste sie ihn einfach. Als Freund.

Josh wusste wirklich nicht, wie er reagieren sollte. Tori hatte ihn gebeten, zu kommen. Sie wollte ihn hier haben, um alle zu überzeugen, dass sie *ihn* gestern küssen wollte. Dass es ihn wirklich gab. Und sie wollte, dass alle glaubten, sie seien mehr als zwei Fremde, die sich beim letzten Karneval kennengelernt und seitdem keinen Kontakt mehr gehabt hatten. Sie wollte, dass er so tat, als wäre er ihr fester Freund. Sie wollte, dass er ihr half, alle davon zu überzeugen, dass sie Gefühle für *ihn* hatte.

Ja, das konnte er tun. Auf jeden Fall. Und wenn *Tori* eine der Personen war, die er überzeugte, umso besser.

„Wie wäre es, wenn du mich Paisley vorstellst? Das wird sie von dem hier fernhalten." Er deutete mit dem Daumen in Richtung Andrew und Tori, die sich immer noch unterhielten. „Dann weiß sie, dass es mich gibt und dass ich hier bin. Vielleicht beruhigt sie das etwas."

Courtney nickte. „Ja, das ist eine gute Idee." Sie warf noch einen Blick in die Richtung der beiden Freunde unter der Treppe. Ihre Miene verfinsterte sich, aber Josh weigerte sich, in diese Richtung zu schauen.

Tori kannte Andrew schon ihr ganzes Leben. Es war also ganz normal, dass sie sich wohl mit ihm fühlte. Außerdem hatte sie Josh gestern in seinem Büro geküsst. Sie hatte sich ihm *geöffnet*. Und er hatte vor, dafür zu sorgen, dass sie sich ihm noch mehr öffnete.

Er folgte Courtney den Flur hinunter und in den großen Ballsaal des Hauses. Ein Ballsaal. Er war nicht so groß, wie er es von einem *Ballsaal* erwartet hätte, aber trotzdem beeindruckend. Die gewölbte Decke war gut und gerne sechs Meter hoch und riesige Gemälde zierten die Wände. Der Fußboden war aus poliertem Holz, und die Wände an den beiden Enden des Raumes bestanden aus raumhohen Fenstern, die einen Blick auf das hügelige Land der Plantage boten. Es war wunderschön. Und genau in der Mitte des Saals hielt die Prinzessin Hof.

Okay, es war die Braut, aber sie beherrschte den Raum, als wäre es ihr Thronsaal. Die Leute wuselten um sie herum, lächelten und gratulierten ihr, nippten an Champagnerflöten und bedienten sich an ausgefallenen Hors d'oeuvres, die von

Kellnern in Smokings serviert wurden. Diesbezüglich hatte er also recht gehabt. Zum Glück hatte er vorher etwas gegessen. Paisley nickte und lächelte ihren Gästen zu, einige umarmte sie sogar. Sie sah zufrieden aus, im Mittelpunkt der Aufmerksamkeit zu stehen. Ohne ihren Bräutigam an ihrer Seite.

Und sie war schön. Das ließ sich nicht leugnen. Sie trug ein weißes, nun ja, Prinzessinnenkleid. Der Stoff schmiegte sich eng an ihren Oberkörper und ging an der Taille in ausgestellte, fließende Stoffschichten über. Das Mieder glitzerte. Ebenso wie das Diadem auf ihren blonden Locken, die auf ihrem Kopf aufgetürmt waren.

Es war das absolute Gegenteil von dem, was die Frauen in seinem Leben tragen würden.

Oder was Tori tragen würde.

Er hatte keine Ahnung, woher er das wusste. Er wusste es einfach.

Mädchen, die Diademe trugen, spielten nicht mit Flussottern.

Nicht, dass Tori mit Gus *gespielt* hätte. Sie wusste es besser. Sie kannte sich mit Tieren aus. Aber Gus hatte sie als Freundin auserwählt. Und Josh war überzeugt, dass Otter keine Tiaras mochten.

„Stell mir die Frau der Stunde vor", sagte Josh zu Courtney.

„Die Frau der Woche, meinst du wohl", erwiderte sie lachend.

Courtney führte ihn durch den Ballsaal und sie warteten ein paar Sekunden, bis Paisley das Gespräch mit den Leuten, die sie umringten, beendet hatte. Als sie sich von ihr entfernten, ging Josh auf sie zu.

Er streckte seine Hand aus. „Hi, Paisley. Ich bin im Begriff, heute Abend dein Lieblingsmensch zu werden."

Die Braut zog eine perfekt gezupfte Augenbraue hoch, und musterte ihn von Kopf bis Fuß mit ihren blauen Augen. „Ist das so?"

„Ja. Ich bin Josh Landry. Und ich bin Victoria Kramers Begleitung für heute Abend. Und für deine Hochzeit."

Jetzt weiteten sich Paisleys Augen und sie nahm seine Hand. „Du existierst also wirklich."

Das schien heute Abend die allgemeine Reaktion auf ihn zu sein. „Allerdings."

Sie musterte ihn noch einmal von Kopf bis Fuß. „Ich schätze, deine Statur ist ein bisschen so wie die von Andrew."

Wohl kaum. Er war viel muskulöser als Andrew. Und, okay, Andrew war ein paar Zentimeter größer als er. Aber er würde nicht widersprechen. Es war gut, dass Paisley zustimmte, dass der Kuss von Tori mit Andrew tatsächlich ein Versehen gewesen sein könnte.

„Ich verspreche dir, dass es keine weiteren versehentlichen Küsse zwischen Tori und … irgendjemand anderem geben wird", sagte er ihr und ließ ihre Hand los.

„Ich bin sehr froh, das zu hören." Sie sah Courtney an. „Oh, hey, Court, Sam ist jetzt hier." Sie zeigte quer durch den Raum auf einen Mann, der den Saal gerade betreten hatte und von den anderen Mitgliedern der Hochzeitsgesellschaft begrüßt wurde.

Courtney blickte hinüber schenkte Josh ein Lächeln. „Trauzeuge Nummer vier."

Er grinste und nickte. „Hat mich gefreut, dich kennenzulernen."

Courtney zwinkerte ihm zu und drehte sich dann um, um auf den Neuankömmling zuzugehen, während Josh sich auf Paisley konzentrierte. Offensichtlich wollte sie unter vier Augen mit ihm sprechen. Sie packte ihn am Arm und zerrte ihn auf die Seite, wobei sie sich nicht wirklich verstecken konnte. Sie war die Braut. Und sie trug das größte Kleid, das er je gesehen hatte. Und ein Diadem, verdammt noch mal. Aber Josh nahm an, dass Paisley Darbonne daran gewöhnt war, einen Raum wie diesen zu beherrschen. Und wenn sie nicht gestört werden wollte, war Josh sicher, dass sie nicht gestört werden würden.

Paisley blieb an einem der großen Fenster stehen und sah ihn mit verschränkten Armen an. „Hör zu, wenn du Tori für den Rest der Woche und bis zu meiner Hochzeit von Andrew fernhältst, gebe ich dir eine Million Dollar."

Er blinzelte sie an. Vermutlich sagte sie das nur so, aber er hielt es durchaus für möglich, dass sie tatsächlich eine Million Dollar hatte, von der sie sich zu diesem Zweck trennen würde. „Glaub mir, ich brauche keinen Anreiz, um Tori von Andrew fernzuhalten. Oder von irgendeinem anderen Mann." Er schenkte ihr ein Grinsen, um die angespannte Stimmung etwas aufzulockern. Er würde nicht zulassen, dass eine zukünftige Braut, die mit Adrenalin und Champagner vollgepumpt war, ihn dazu überredete, aus der Sache eine Krise zu machen.

„Gut", sagte Paisley. *Nicht* locker.

„Aber", fügte Josh hinzu. „Natürlich kann ich sie nicht völlig von ihm fernhalten. Sie sind beste Freunde."

Paisley verdrehte die Augen. „Wie auch immer."

„Du glaubst also nicht, dass sie sich nahestehen?", fragte Josh. Er hatte nicht vor, ihr von ihrem kleinen Treffen im Flur zu erzählen, das stand fest.

„Na ja, wenn man achtzehn Jahre in einem Radius von vierzig Kilometern und mit denselben zwölfhundert Leuten verbringt, nehme ich an, dass man allen in gewisser Weise ,nahesteht'.

Josh runzelte die Stirn. „Das heißt aber nicht, dass sie keine Freunde sind." Auf die meisten Leute, die er kannte, traf genau das zu, was Paisley gerade beschrieben hatte. Vielleicht war der Radius etwas größer, und wenn man New Orleans und all die Touristen in Autre dazurechnete, war die Zahl der Menschen, mit denen sie zu tun hatten, größer, aber Autre war eine kleine Stadt, und die meisten blieben ihr ganzes Leben lang in der Nähe.

„Ich glaube, die beiden machen eine größere Sache aus ihrer Beziehung, als sie in Wahrheit ist", sagte Paisley.

„Warum sollten sie das tun?"

„Weil sie *glauben*, dass sie sich nahestehen. Aber das ist zu einem Großteil nur Nostalgie." Sie seufzte. „Andrew war ein Jahr lang von zu Hause weg, und jetzt begreift er, was für eine große Veränderung das sein wird … für immer. Dann ist Tori aufgetaucht und hat ihn dazu gebracht, über sein Zuhause und die Vergangenheit nachzudenken, und jetzt hat er Heimweh."

Josh runzelte die Stirn. „Du meinst also, die Lösung ist, sie einfach zu trennen?"

„Ja." Sie warf ihre Hände in die Luft. „Offensichtlich. Das ist alles nur Toris Schuld. Wenn er seine Eltern sieht, wird er nicht so emotional. Wir waren schon ein paar Mal in Iowa, und manchmal wird er zwar nostalgisch, aber er will jedes Mal wieder mit mir hierherkommen. Er *will* hier unten leben. Er will die tolle Stadt, den tollen Job, die tolle Frau." Sie warf Josh einen Blick zu, als wollte sie ihn herausfordern, ihr zu widersprechen.

Josh hob seine Hände. „Ich sage nicht, dass er es nicht will."

„Tori ist einfach eine Person, die … nicht mehr im Leben will. Weder für sich noch für ihn."

„Was meinst du?" Tori war Tierärztin. Sie war eindeutig klug, und jeder, der Tiere liebte, stand bei ihm hoch in der Gunst. Außerdem hatte seine Familie sie sofort ins Herz geschlossen. Paisleys Beschreibung ließ Tori unmotiviert klingen. Oder so ähnlich.

„Sie ist bequem. Sie mag alles so, wie es ist. Sie strebt nicht nach etwas Neuem oder Größerem. Wo sie herkommt, lernt jeder im Kindergarten jemanden kennen, geht mit ihm zum Abschlussball, heiratet ihn, bekommt drei Kinder und bewirtschaftet den Hof seines Dads."

Wow! Paisley hatte wirklich eine klare Meinung. „Hast du

Angst, dass er dich verlässt, Paisley?", fragte Josh. „Wirklich? Glaubst du, er bekommt kalte Füße, jetzt wo Tori hier ist?" Bei dieser Vorstellung bekam Josh ein flaues Gefühl im Magen.

„Ich glaube, sie repräsentiert alles, was für ihn einfach und vertraut ist."

„Und seine Eltern repräsentieren das nicht? Wenn er in seine Heimatstadt zurückkehrt, fühlt er sich nicht so?"

Sie zuckte mit den Schultern. „Anscheinend nicht so sehr wie sie."

„Und du glaubst, dass er sich tief im Inneren nach einem einfachen Leben in seiner vertrauten Umgebung sehnt?" Josh gefiel es nicht, wie das klang. Nicht nur, weil er glaubte, dass Andrew Tori tatsächlich auf einer gewissen Ebene liebte, sondern weil Tori mehr als nur eine einfache und vertraute Lösung sein sollte, egal mit wem sie zusammen war.

Obwohl er zugeben musste, dass vertraut, bequem und beruhigend durchaus positive Dinge waren. Dinge, die *Heimat* bedeuteten. Und ja, er wollte, dass die Frau, die am Ende des Tages zu Hause auf *ihn* wartete, all diese Dinge war.

„Ich glaube, er ist nervös. Ich fordere ihn heraus", sagte Paisley und hob ihr Kinn. „Ich glaube, dass er zu erstaunlichen Dingen fähig ist. Und ich motiviere ihn. Er verdient jemanden, der ihm hilft, nach größeren Dingen zu streben. Aber, wie bei jeder Herausforderung im Leben, ist es manchmal ein wenig beängstigend. Und es ist verlockend, sich auf das zu verlassen, was man kennt. Tori ist ... wie ein Teddybär oder ein Paar ausgelatschte Pantoffeln für ihn", sagte Paisley. „Beruhigend. Vertraut. Sie verlangt nichts von ihm. Aber sie sieht nicht, was er alles erreichen kann."

Ein Teddybär oder ein Paar ausgelatschte Pantoffeln. Okay, das war ziemlich deutlich. „Tori verdient es, mehr zu sein als jemandes ... Pantoffeln", sagte Josh.

„Ganz deiner Meinung."

Er war sich nicht sicher, ob Paisley sich auch nur im

Geringsten für Tori interessierte, aber er hatte nicht vor, sich zu streiten. Letztendlich waren sie auf der gleichen Seite. Tori und Andrew waren nicht gut genug füreinander.

„Also, ich will, dass du dafür sorgst, dass sie in den Tagen vor der Hochzeit anderweitig beschäftigt ist, damit Andrew sieht, dass es ihr gut geht und er sich nicht gezwungen fühlt, viel Zeit mit ihr zu verbringen oder überhaupt an sie denkt", sagte Paisley. „Ich werde dafür sorgen, dass er sich auf unsere Hochzeit und unsere gemeinsame Zukunft konzentriert. Die Hochzeit ist nächsten Samstag. Dann kann Tori nach Iowa zurückkehren und Andrew kann sein Leben weiterleben."

Wow, das war kalt. Paisley erwartete eindeutig nicht, dass Tori und Andrew in Zukunft ein Teil des Lebens des jeweils anderen sein würden. Hatte sie recht mit ihrer Annahme, dass die beiden nur Freunde waren, weil es in ihrer kleinen Stadt nicht viele andere Möglichkeiten gab, oder standen sie sich tatsächlich so nahe, wie Tori glaubte? Josh hatte keine Ahnung. Aber er wusste, dass es eine gute Idee war, Tori für die nächsten Tage zu beschäftigen. Unabhängig von seinen Gefühlen für Tori würde Andrew am Samstag heiraten, und er musste seine gesamte Aufmerksamkeit auf Paisley richten. Wenn er kalte Füße bekam, dann war das ganz allein seine Angelegenheit. Und er musste sie regeln. Nicht Tori. Und schon gar nicht Josh.

„Ich bin dabei", sagte er.

„Gut." Paisley wirkte so, als hätte sie nichts anderes erwartet.

Josh unterdrückte ein Lächeln. Er fragte sich, wie oft, wenn überhaupt, Paisley ein Nein zu hören bekam.

„Du bist hiermit zu allen Hochzeitsaktivitäten eingeladen", sagte sie. „Du darfst überall dabei sein, wo Tori ist."

„Klingt perfekt." Das tat es wirklich. Andrew war ihm scheißegal. Aber er sorgte sich um Tori, und der Feind Nummer eins der Braut zu sein, würde für sie nicht besonders angenehm sein. Josh konnte ihr dabei zur Seite stehen.

„Wenn man vom Teufel spricht", sagte Paisley und richtete ihren Blick auf eine Stelle hinter Josh. „Ich schwöre, das ist das letzte Mal, dass die beiden allein losziehen."

Josh drehte sich um und sah, wie Tori und Andrew gemeinsam den Ballsaal betraten. Tori sah umwerfend aus. Sie war der einzige Farbtupfer in einem Raum voller Schwarz, Weiß, Dunkelblau und Lila. Alle trugen dunkle Anzüge oder Kleider. Toris rotes Kleid mit den Pailletten, die das Licht einfingen und funkelten, sah aus wie ein Juwel.

Andrew wurde von einer Traube von Leuten in der Tür aufgehalten. Er lächelte, schüttelte Hände und sah aus wie der perfekte Gastgeber. Tori hingegen runzelte die Stirn und zupfte an der Taille ihres Kleides, als würde sie etwas Unangenehmes zurechtrücken.

Josh machte einen Schritt auf sie zu, aber Paisley legte ihre Hand auf seinen Arm und hielt ihn auf. „Er wird gleich hier sein."

Richtig. Die Prinzessin ging nicht zu den Leuten. Sie kamen zu ihr.

Und tatsächlich, Andrew löste sich bereits von seinen Gästen und machte sich auf den Weg zu Paisley. Er ließ Tori zurück, die den Ausschnitt ihres Kleides zurechtrückte und aussah, als würde sie versuchen, sich unbemerkt zwischen ihren Brüsten zu kratzen. Nun, Josh bemerkte es, weil er seinen Blick nicht von ihr abwenden konnte. Und daran würde sich in den nächsten *Tagen* vermutlich nichts ändern.

Josh machte sich erneut auf den Weg in ihre Richtung. Es war ihm egal, wie Andrew und Paisley die Sache handhabten. *Er* würde zu *Tori* gehen. Auf dem Weg zu ihr ging er an Andrew vorbei und nahm nicht einmal Blickkontakt mit dem anderen Mann auf. Er würde Andrew jetzt Paisley überlassen.

Tori sah ihn, als er den Saal zur Hälfte durchquert hatte. Ein breites Lächeln breitete sich in ihrem Gesicht aus und Josh spürte, wie sein Herz hart gegen sein Brustbein hämmerte. Das war alles, was er sehen musste. Wenn er dafür sorgen konnte, dass dieses Lächeln während der ganzen Hochzeit und dieser seltsamen Situation mit Andrew und Paisley auf ihrem Gesicht blieb, dann würde er das Gefühl haben, etwas sehr Gutes getan zu haben.

„Hey", sagte er und blieb erst stehen, als er genauso dicht bei ihr stand wie Andrew vorhin. Und es gab keine Nische oder Schatten, die sie verbargen.

„Hi."

Dann überraschte sie ihn, indem sie seine Hand nahm, ihn an sich zog und sich auf die Zehenspitzen stellte, um ihn zu küssen. Und es war nicht nur ein kurzer, süßer Schmatzer. Sie umklammerte das Revers seines Sakkos und *küsste* ihn. Mitten im Ballsaal, vor allen Gästen, vor Andrew.

Durch ihre Absätze war sie sechs Zentimeter größer, sodass Josh sich nicht bücken musste, was er überaus angenehm fand.

Nach ein paar Sekunden hob er den Kopf. Nicht, weil er den Kuss abbrechen wollte, sondern weil er noch nicht für eine derart öffentliche Zuschaustellung von Zuneigung bereit war. „Du siehst umwerfend aus", sagte er zu ihr.

„Danke. Ich bin so froh, dass du hier bist." Sie umklammerte immer noch die Vorderseite seines Sakkos, als hätte sie nicht die Absicht, ihn loszulassen. Vielleicht nie wieder.

Kein Problem.

Diese Gedanken sollten ihn eigentlich beunruhigen. Nicht nur, weil Tori und er sich gerade erst kennengelernt hatten, sondern vor allem, weil Paisley darauf hingewiesen hatte, dass Tori wahrscheinlich nicht der Typ war, der sein Leben zusammenpackte und nach Louisiana zog. Tori fühlte sich wohl in Iowa. Auch wenn sie für Andrew nicht wie ein altes Paar Pantoffeln sein sollte, vielleicht war Iowa, oder ihre Farm, oder was auch immer, für *sie* wie ein altes Paar Pantoffeln. Vielleicht war sie eher die Art von Mädchen, die auf ausgelatschte Pantoffeln stand, anstatt sich jedes Wochenende in ein Paar neues Tanzschuhe zu schwingen.

Josh kannte sie nicht gut genug, um das beurteilen zu können. Nicht, dass Tori und Paisley sich besonders nahestanden, aber er musste davon ausgehen, dass das, was sie von Andrew über Tori gehört hatte, oder auch nur das Wissen über Andrews Hintergrund, Paisley zu relativ genauen Vermutungen führen würde.

„Ich bin froh, dass du dich freust, mich zu sehen", sagte er aufrichtig.

Ihre Augen weiteten sich. „Machst du Witze? Natürlich freue ich mich. Dann ist wenigstens *eine* Person hier, die mich mag."

Er lachte. „Ich bin also der Einzige?" Sein Lächeln verblasste, als er ihren ernsten Gesichtsausdruck bemerkte. „Wirklich? Wovon sprichst du?"

Sie schnitt eine Grimasse. „Den Bräutigam zu küssen ist offenbar ein guter Weg, um verstoßen zu werden."

„Ach komm schon."

„Doch, wirklich. Und dann noch das rote Kleid …" Sie seufzte. „Irgendwie mache ich alles falsch."

„Was ist mit dem roten Kleid?" Er lehnte sich zurück, um es noch einmal genau zu betrachten. Ja, er fand es immer noch verdammt sexy.

„Ist es dir nicht aufgefallen?", fragte sie.

„Dass du verdammt gut aussiehst? Doch, das ist mir aufgefallen."

Sie lächelte. „Ich bin froh, dass du das so siehst. Aber es ist ganz schön … bunt."

„Na und?"

Sie schaute sich um. „Ist dir nicht aufgefallen, dass alle anderen in dunklen Farben gekleidet sind? Außer Paisley, natürlich. Weil sie diejenige ist, die herausstechen soll."

Josh schaute zu der Braut hinüber, die ein ernstes Gespräch mit ihrem Verlobten zu führen schien. „Nun, Paisley ist wohl kaum zu übersehen", sagte er und sah wieder zu Tori.

„Aber du siehst umwerfend aus. Haben sie dir nichts von der Kleiderordnung gesagt?"

Tori hob eine Schulter. „Ich hätte es wohl einfach wissen müssen, nehme ich an. Ich kaufe nie Cocktailkleider. Also habe ich einfach etwas genommen, das mir gefiel, und nicht weiter darüber nachgedacht."

„Mach dir nichts draus."

Sie sah zu ihm auf. „Hast du dir wirklich nichts dabei gedacht, dass ich inmitten von all dem hier knallrot trage?", fragte sie.

„Nicht wirklich."

Sie lächelte. „Weil du daran gewöhnt bist, mit Leuten zusammen zu sein, die ... lebhaft sind und denen es nichts ausmacht, aufzufallen."

Er lachte. „Da könntest du recht haben." Er hatte sich keine Gedanken darüber gemacht, aber er dachte generell nicht darüber nach, wenn jemand etwas tat, durch das er sich von der Masse abhob. Jeder aus seinem Umfeld tat das auf die eine oder andere Weise.

„Und mit Leuten, denen es nichts ausmacht, eine Szene zu machen."

„Das auch", stimmte er zu. „Aber du hast keine Szene gemacht. Du hast nur ein rotes Kleid angezogen."

„Nun, Paisley und alle anderen hier scheinen da anderer Meinung zu sein." Tori schien sich tatsächlich zu schämen.

Dabei war Scham das Letzte, was diese Frau in Bezug auf ihr Aussehen empfinden sollte.

„Es sind doch bestimmt ein paar Leute aus eurem Heimartort hier, oder?", fragte er. „Andrews Freunde und Familie? Die kennen dich doch sicher gut genug, um zu wissen, dass du Paisley nicht die Show stehlen wolltest und dass du dich nie an ihren Verlobten ranmachen würdest. Schon gar nicht kurz vor einer Hochzeit, bei der du Brautjungfer bist."

Sie zuckte mit den Schultern. „Na ja, nur ein Typ aus der

Highschool kommt zur Hochzeit. Der Rest der Hochzeitsgesellschaft sind Freunde von hier."

„Aber seine Mom und sein Dad sind doch hier, oder?"

„Ja."

„Und die kennst du schon dein ganzes Leben."

„Ja."

Er hob ihr Kinn an, sodass sie gezwungen war, ihm in die Augen zu schauen. „Diese Leute wissen, was für ein Mensch du bist. Glaubst du nicht, dass sie verstehen, dass der Kuss ein Versehen war?"

Sie seufzte. „Das würde ich gerne glauben. Aber sie *kennen* mich nicht wirklich", erwiderte sie. „Ich meine, es ist nicht so, dass wir viel miteinander geredet hätten."

„Ich dachte, du und Andrew wärt zusammen aufgewachsen?"

„Das sind wir auch. Aber ich habe immer nur mit Andrew geredet."

„Warst du nie zum Essen bei seinen Eltern zu Hause? Oder an den Feiertagen? Oder zu einem Grillfest?"

Sie legte den Kopf schief. „Hast du das mit den Familien deiner Freunde gemacht?"

„Klar. Und umgekehrt. Wir waren zusammen jagen und fischen. Der Dad meines Kumpels Garrett hat mir das Baseballspielen beigebracht. Die Mom meines Freundes Matthew hat mir gezeigt, wie man mit Pfeil und Bogen schießt. Und ich habe Sawyers Freund Carter ein paar Jahre lang geholfen, Jagdhunde auszubilden. Wir waren immer eine eingeschworene Gemeinschaft."

Sie hörte ihm aufmerksam zu, dann stieß sie einen leisen Seufzer aus. „Das klingt schön."

„War das bei Andrew und dir nicht so?"

„Nein. Als wir klein waren, habe ich ihn immer zu Dingen überredet, nach denen wir schlammig oder nass waren, und seine Mom konnte es nicht leiden, wenn er mit seinen dreckigen Stiefeln ins Haus gelaufen ist. Als wir älter waren, war er oft bei mir auf dem Bauernhof, aber seine Mom fand es komisch, dass ich so viele Tiere hatte ... und so ..." Sie schluckte und ihr Blick wanderte zurück zum Ansatz seines Halses, wo er den Knoten seiner Krawatte gelöst und den obersten Knopf aufgeknöpft hatte. „Sie wollten, dass er Sport macht, sich dem Debattierclub anschließt und Klassensprecher wird. Ich hatte mit all dem nichts am Hut. Ich glaube, sie fand unsere Freundschaft einfach seltsam und hat sie nicht wirklich unterstützt."

Irgendetwas daran störte Josh sehr. Er konnte nicht genau sagen, was es war, doch er mochte Andrew deswegen noch weniger. „Was fand sie noch seltsam?", fragte er.

Sie schaute auf. „Was?"

„Du meintest, sie fand es seltsam, dass ihr so viele Tiere hattet ... und so." Er schenkte ihr ein Grinsen, mit dem er im Laufe der Jahre an die Telefonnummern so einiger Frauen gekommen war.

Tori schüttelte den Kopf. „Frag lieber nicht."

Er schnappte sich zwei Gläser Champagner und reichte ihr eines. „Aber ich würde es gerne wissen."

„Und deswegen willst du mich betrunken machen, damit ich meine Geheimnisse ausplaudere?", fragte sie und lächelte.

„Hey, ich fahre heute Abend nicht. Wir können uns total zudröhnen. Solange wir es noch nach oben schaffen." Er nahm an, dass ihr Zimmer oben war.

„Ach, du fährst heute Abend nicht zurück nach Autre?", fragte sie mit einer hochgezogenen Augenbraue, und nahm einen Schluck von ihrem Champagner.

Er grinste und leerte die Hälfte des Glases in einem Zug. „Nein. Ich habe dir – und meiner Familie – gesagt, dass ich die nächsten Tage mit dir verbringen werde."

Sie nickte langsam. „Ja, das hast du."

Er beugte sich vor und flüsterte ihr ins Ohr: „Und ich bin gerne bereit, andere Methoden auszuprobieren, um dich dazu zu bringen, mir alles über dich zu erzählen."

Er spürte, dass sie erschauderte, und grinste zufrieden, als er sich zurücklehnte.

„Nun, du kannst es ja mal versuchen." Sie setzte das Sektglas an ihre Lippen und trank es in einem Zug aus. Dann brachte sie sein Herz noch ein wenig mehr zum Klopfen, als sie zwei weitere von einem Tablett nahm.

Lachend nahm Josh mit der einen Hand das Glas, das sie ihm hinhielt und mit der anderen ihre Hand, um sie zur hinteren Veranda des Hauses zu führen. Er wollte wohin, wo es ruhiger war, ohne sich zu weit von der Party zu entfernen. Diese Leute mussten wissen, dass Tori heute Abend *mit* jemandem hier war.

Kapitel Sieben

Tori hatte sich noch nie in ihrem Leben so gefreut, jemanden zu sehen wie bei Josh, der mitten im Ballsaal der Buckworth Plantage stand.

Sie hatte nicht gelogen, als sie gesagt hatte, dass er wahrscheinlich die einzige Person war, die sich über ihre Anwesenheit hier freute. Sicher, Andrew mochte sie immer noch, aber sie war sich ziemlich sicher, dass er sich aufgrund der angespannten Situation mit Paisley nicht so darüber freute, dass Tori hier war, wie er es normalerweise getan hätte.

Dieses Kleid. Igitt. Es war das Letzte, was sie jemals tragen würde. Aber aus irgendeinem Grund hatte sie es im Laden gesehen und gedacht, es wäre perfekt für eine Cocktailparty in New Orleans. Es war bunt und anders. Genau wie New Orleans.

Ja, da hatte sie sich wirklich getäuscht. Elegante Feiern auf Plantagen waren etwas vollkommen anderes als die Partys im französischen Viertel. So viel war klar.

Tori ließ sich von Josh zu der großen Flügeltür am Ende des Ballsaals führen, die auf die riesige Steinterrasse an der Rückseite des Anwesens hinausführte. Sie hoffte, dass alle Leute in diesem Raum sie beobachteten. Verdammt richtig,

Josh war echt. Und verdammt richtig, dieser Kuss war auch echt gewesen.

Es war ein langer Nachmittag gewesen. Leo hatte sie auf der Plantage abgesetzt, nachdem das Mittagessen für die Hochzeitsgesellschaft bereits zu Ende gewesen war. Alle hatten sich in ihren Zimmern ausgeruht und entspannt, also hatte Tori dasselbe getan, mehr als glücklich darüber, den anderen Brautjungfern und Paisley aus dem Weg zu gehen.

Das bedeutete jedoch, dass sie die Gesichtsbehandlung mit den anderen Brautjungfern verpasst hatte. Nicht, dass ihr das etwas ausgemacht hätte, aber es war eine weitere Sache, von der sie ausgeschlossen worden war. Sie war nur wegen Andrew Brautjungfer. Die anderen Mädchen konnten sie nicht leiden und sie fühlte sich unwohl.

Dann hatte sie sich das kratzigste Kleid anziehen müssen, das sie je getragen hatte, und ihr Haar zu einer Hochsteckfrisur hochgesteckt, so ähnlich wie sie es manchmal unter den Schirmmützen bei der Arbeit trug. Dazu war allerdings eine exorbitante Anzahl von Haarnadeln nötig, die ihr Kopfschmerzen bereiteten.

Aber jetzt war Josh hier. Und er gab ihr einen guten Grund, den Ballsaal zu verlassen, ohne wie eine seltsame Introvertierte auszusehen, die sich in ihr Zimmer schlich, um allein zu sein.

Wenn sie es sich recht überlegte, klang es nach einer großartigen Idee, sich *mit Josh* auf ihr Zimmer zu schleichen, um alles andere als allein zu sein.

„Weißt du, wir könnten diese Gläser mit auf mein Zimmer nehmen", sagte sie und zog an Joshs Hand.

Er schenkte ihr ein sexy Grinsen. „Ich würde mich gerne noch ein wenig unterhalten."

„Wir könnten uns auch oben unterhalten."

Er blieb in der Mitte des Innenhofs stehen. Hier draußen war es ruhiger. Die Musik, das Lachen und die Gespräche waren nur noch gedämpft im Hintergrund zu hören. Es war dunkel, abgesehen vom Licht, das aus dem Ballsaal drang und den Innenhof, einschließlich der Steinbänke, eine Seite des Springbrunnens und die vielen Formschnittbäume in ein goldenes Licht tauchte, das sich mit gelegentlichen Schatten vermischte.

Als Josh näherkam und ihr einen heißen Blick zuwarf, bei dem sich ihre Zehen krümmten, standen sie innerhalb des Lichtkreises wie im Scheinwerferlicht, sodass jeder sie von drinnen sehen konnte.

„Nein, ich glaube nicht, dass wir auf dein Zimmer gehen und uns dort unterhalten können", sagte er mit leiser Stimme.

„Nein?"

„Reden wird mir dort nicht unbedingt als Erstes in den Sinn kommen. Und vielleicht sollten wir uns genau *darüber* unterhalten." Er rückte näher an sie heran. „Ich würde gerne die Nacht mit dir verbringen. Aber ich möchte sicher sein, dass du damit einverstanden bist. Ich kann bestimmt ein anderes Zimmer finden, falls du das nicht möchtest."

Oh, er würde ganz sicher in keinem anderen Zimmer übernachten.

„Du kannst nicht nach einem anderen Zimmer fragen", sagte Tori schnell. „Die anderen müssen denken, dass wir *zusammen* sind. Wirklich zusammen."

Er nickte. „Okay. Ich kann auf dem Boden schlafen."

„Ich werde auf keinen Fall zulassen, dass du auf dem Boden schläfst", entgegnete sie. „Du bist hier, um mir zu helfen."

Er sah aus, als ob er sich ein Lächeln verkneifen würde. „Okay, dann schläfst du eben auf dem Boden."

Sie zog beide Augenbrauen hoch. „Ich schlafe nicht auf dem Boden."

„Hast du Rückenprobleme?" Jetzt lächelte er.

„Nein. Mein Rücken ist einwandfrei."

„Auch deine Vorderseite ist einwandfrei." Er lachte über seinen eigenen Scherz.

Tori schnaubte leise. Dann lehnte sie sich näher zu ihm und grinste ihn an. „Ich werde auf keinen Fall auf dem Boden schlafen, wenn ein heißer, sexy, lustiger, *gefährlicher* Bayou-Boy in meinem Bett liegt."

Er lächelte immer noch, als er sich vorbeugte. Ein heißer, schelmischer Blick lag in seinen Augen. „Ah, du bist risikofreudig. Das gefällt mir."

„In bestimmten Situationen", sagte sie mit einem Nicken. „Was genau riskiere ich denn hier?"

Er hob eine Hand zu ihrem Gesicht. Sein Gesichtsausdruck war immer noch neckisch, doch jetzt gesellte sich ein Hauch von Ernsthaftigkeit dazu. „Dass ich dich für alle anderen Männer ruiniere."

Ein Hitzestoß durchzuckte sie. Sie schluckte. „Ja. Wenn das so ist, fühle ich mich besonders risikobereit."

Er strich mit seinen Lippen über ihre. Tori wollte sich auf die Zehenspitzen stellen, um ihre Münder näher aneinander zu bringen, doch er hob den Kopf, bevor sie ihn küssen konnte.

„Also, lass uns ein bisschen reden", sagte er.

Der Pfeil der Enttäuschung war überraschend. Tori seufzte. „Okay."

Josh lachte. „Ist das eine schlechte Idee?"

„Na ja ... "Sie zuckte mit den Schultern. „Nein. Vermutlich nicht."

„Redest du nicht gerne?", fragte er.

„Nur wenn du vier Beine und einen Schwanz hast."

„Sind die Tiere, mit denen du arbeitest, gute Zuhörer?" Er zog sie zu einer der Steinbänke hinüber. Vom Ballsaal aus waren sie noch zu sehen, doch aus bestimmten Blickwinkeln wurden sie von einem Baum in der Form eines Schwans verdeckt.

„Sie finden mich brillant, witzig und unglaublich interessant", sagte sie mit einem Nicken. „Zumindest haben sie nie etwas anderes behauptet."

Er lachte wieder. „Ja, vermutlich solltest du dir Sorgen machen, wenn sie anfangen, zu antworten."

Wow, sie liebte den Klang seines Lachens. Es war ein tiefes, sexy Grollen, das aus seinem Bauch zu kommen schien. Aufrichtig und heiter. Als ob er das, was in diesem Moment passierte, einfach nur genoss.

Nachdem sie eine Stunde mit seiner Familie verbracht hatte, hatte sie die Vermutung, dass das genetisch bedingt war. Sie alle schienen wirklich gut darin zu sein, sich an den kleinen Momenten und Details zu erfreuen. Sicher hatten sie offenbar ein Erbe von großen Gesten und tollen Geschichten, aber da war diese ganz besondere Art, wie sie sich gegenseitig neckten und lächelten und Wert auf gutes Essen und langfristige Beziehungen legten. Es war nicht zu übersehen, dass sie es genossen, in Ellies Bar zu sitzen und einfach nur beieinander zu sein, genauso wie manche Leute besondere Ereignisse oder aufwendige Partys genossen. Tori dachte an die Villa hinter ihr, den großen Ballsaal und die Frau mit dem Diadem – verdammt noch mal. Ja, manche Leute brauchten mehr, um sich zu amüsieren. Aber nicht die Landrys.

„Okay, was willst du wissen?", fragte sie, drehte sich zu ihm um und schob ein Bein unter sich auf die Bank. Sie konnten reden. Aber je schneller sie mit dem reden fertig waren, desto besser.

Er sah sie einen langen Moment lang mit einem sanften Lächeln an.

„Was?", fragte sie.

„Ich finde es *wirklich* toll, dass du lieber mit mir auf dein Zimmer gehen würdest."

„Hast du deine Meinung geändert?" Sie stellte ihren Fuß wieder auf den Boden, sodass sie jeden Moment aufstehen könnte.

Ihre Finger waren noch immer miteinander verschränkt, und er hob ihre Hand an seine Lippen und küsste sie. „Noch nicht."

Ein Kribbeln zog sich von der Stelle, wo seine Lippen sie berührten, bis hinunter zwischen ihre Beine. Diese Unterhaltung sollte besser nicht lange dauern. Sie hoffte, dass Josh Landry ein gewisses Durchhaltevermögen hatte, denn sie war sich nicht sicher, ob ihr ein Mal mit ihm heute Abend reichen würde.

„Erzähl mir, warum Andrews Eltern dich seltsam finden", sagte er.

Ach das. Verdammt noch mal. Warum hatte sie das gesagt? Sie schämte sich nicht gerade dafür, aber sie war daran gewöhnt, dass die Leute sie merkwürdig fanden. Und sie wollte warten und Josh ihre Merkwürdigkeit erst offenbaren, *nachdem* er ihr ein paar Orgasmen verpasst hatte.

„Ach es ist nicht –"

„Tori", unterbrach er sie. „Sag es mir."

Ach, scheiße. Okay. Sie hatte nicht vor, ihn *anzulügen*. Er war heute Abend hierhergekommen, um ihr bei einem etwas seltsamen Problem zu helfen.

„Ich habe eine Farm", begann sie. „Zusätzlich zu meiner Tierarztpraxis. Meine Tierarztpraxis, besser gesagt meine Klinik, ist in einem Gebäude auf dem Bauernhof untergebracht."

„Okay."

„Sie gehörte meiner Mom und meinem Dad, und ich bin dort aufgewachsen, aber meine Eltern sind vor etwa zwei Jahren in die Stadt gezogen, also gehört sie jetzt mir."

Er hielt immer noch ihre Hand, und sie genoss das Gefühl. Sie war groß und warm, seine Haut war rau, weil er jeden Tag mit seinen Händen im Freien arbeitete. Das gefiel ihr an ihm. Sie machten zwar nicht dieselbe Art von Arbeit, aber Josh hatte offensichtlich keine Angst, sich ein wenig schmutzig zu machen, und er feilte sich die Schwielen nicht von den Handflächen.

Sie wollte seine Hände unbedingt auf ihrem *ganzen* Körper spüren.

Sie hatte schon viel zu lange keinen Sex mehr gehabt. *Wirklich* lange. Aber es war die Sehnsucht danach, die sie jetzt so sehr quälte. Sie hatte noch nie so oft an Sex gedacht. Doch jetzt konnte sie an nichts anderes mehr denken.

„Tori?"

Sie konzentrierte sich auf Joshs Gesicht. Ach ja, richtig. Sie hatten sich ja gerade unterhalten.

„Warum finden Andrews Eltern deine Farm seltsam?"

Sie wollte das Reden hinter sich bringen. „Weil dort vor allem Tiere mit besonderen Bedürfnissen eben."

Er sah sie einfach nur an. Mehrere lange Augenblicke lang.

„Ungefähr neunzig Prozent meiner Tiere haben irgendeine Art von Problem. Manchen fehlt ein Bein. Oder ein Zeh. Eine meiner Katzen ist an den Hinterbeinen gelähmt. Eine Katze hat nur ein Auge. Die Milchkuh gibt keine Milch. Einer meiner Hunde hat eine PTBS. Mein Huhn ist psychisch krank. Sie alle haben … etwas."

Er sah sie immer noch an.

„Siehst du? Seltsam."

„Du hast eine Farm voller Tiere mit besonderen Bedürfnissen", sagte er.

Es war keine Frage, aber sie nickte.

„Okay. Wie ist es dazu gekommen?"

Er wollte mehr darüber erfahren? „Ähm … na ja, im Grunde genommen begann es damit, dass ich mich geweigert habe, Frank einzuschläfern. Er wurde mit einer Gaumenspalte geboren", erklärte sie. „Niemand wollte ihn, also nahm ich ihn mit nach Hause, fütterte ihn mit einer Sonde und kümmerte mich um ihn, bis er alt genug war, um operiert zu werden. Dann haben wir die Spalte so gut es ging korrigiert. Er braucht immer noch Hilfe beim Essen, aber er ist einer meiner besten Freunde."

Tori zuckte zusammen. Das waren die Dinge, wegen denen sie jahrelang gehänselt worden war.

„Und Frank ist?", fragte Josh.

Er sah sie ... liebevoll an. Das war ungewöhnlich.

„Eine englische Bulldogge", antwortete Tori. Josh sah sie nicht an, als wäre sie seltsam. Er lehnte sich nicht einmal zurück. Wenn überhaupt lehnte er sich sogar näher zu ihr. Also holte sie tief Luft und sagte: „Okay, *offiziell* begann alles, als ich acht Jahre alt war und ein Baby-Eichhörnchen fand, das aus seinem Nest gestoßen worden war. Ich habe es mit einer kleinen Puppenflasche aufgezogen und in meinem Zimmer vor meinen Eltern versteckt, bis es alt genug war, um es freizulassen. Aber er ging nie wirklich weg. Es blieb immer in der Nähe und kletterte an meinem Fenster hoch. Also ließ ich es nachts rein und baute ihm draußen ein kleines Häuschen und fütterte es noch eine Weile lang."

„Eine Weile lang?" Josh neigte seinen Kopf, damit sie ihn ansah.

Sie nickte. „Ungefähr vier Jahre."

Er war sichtlich überrascht. „Eichhörnchen leben so lange?"

„Die meisten werden etwa sechs Jahre alt – vorausgesetzt, sie haben Nahrung und einen Unterschlupf und werden nicht von Raubtieren angegriffen –, aber sie können bis zu zwölf Jahre alt werden."

„Wow."

Sie konnte sich ein Lächeln nicht verkneifen. Wenn er das interessant fand, hatte sie alle möglichen verrückten Fakten über Tiere auf Lager. „Drei Jahre lang hatte ich einen Waschbären."

Joshs Augen weiteten sich. „In deinem *Schlafzimmer*?"

„Nur für eine Woche. Als sie noch ein Baby war. Bis meine Mom sie fand. Dann habe ich sie in unserer Scheune untergebracht."

Er lächelte. „Was noch? Wie viele Tiere hattest du noch als Pseudo-Haustiere?"

„Eine Kaninchen-Familie. Streifenhörnchen. Mäuse."

Er schüttelte den Kopf. „Wow."

„Ja. Und ich habe ihnen Unterschlüpfe gebaut und ihnen Essen gemacht –"

„Ihnen Essen *gemacht*?"

Nachdem sie ihm schon so viel erzählt hatte, konnte sie ihm das auch noch verraten. „Kleine Kuchen aus Samen und solche Dinge."

„Und du warst noch ein Kind?"

Sie nickte. „Und ich fand das richtig cool. Bis ich in der Schule davon erzählt habe und alle anfingen, mich Aschenputtel zu nennen."

„Warum Aschenputtel?"

„Nachdem ich zugegeben hatte, dass ich mit den Tieren spreche, haben sie mich damit aufgezogen, dass ich mir von den Vögeln und Mäusen beim Nähen meiner Kleider und bei der Hausarbeit helfen ließe."

Er lachte leise, aber es klang nicht spöttisch, sondern eher so, als ob er eine Erinnerung mit ihr teilen würde.

Mittlerweile konnte sie über das Ganze lächeln. Und er wirkte aufrichtig interessiert und schien sie nicht zu verurteilen. Sie entspannte sich und erzählte weiter. „Das war also mein Ruf als kleines Mädchen. Ich hatte natürlich auch Hunde und Katzen. Und mein Dad züchtete alle Arten von Nutztieren. Ich kümmerte mich um alle Ausreißer und verletzte Tiere. Ich habe einen Wagen für unseren Hund gebaut, der sich das Bein gebrochen hatte und habe mehr Katzen mit der Flasche aufgezogen, als ich zählen kann. Eine Mutterkuh ist bei der Geburt gestorben, und ich habe mich um das Kalb gekümmert. Es wurde wie ein Hund, ist mir überall hin gefolgt, und hat am Zaun auf mich gewartet, wenn es wusste, dass ich von der Schule nach Hause kam." Sie nahm einen langen Schluck von ihrem Sekt. „Aber das war der Grund, warum ich nach der Schule nicht viel mit anderen Kindern unternommen habe. Ich musste direkt nach Hause, um mich um meine Tiere zu kümmern."

„Außerdem war dir das lieber, oder?", fragte er. „Du wolltest nie Basketball spielen oder bei der Schulaufführung mitmachen."

Sie blickte auf. „Nein, nicht wirklich. Ich habe mich lieber um die Tiere gekümmert. Und meine Klassenkameraden fanden das komisch."

„Ich kann nicht für die Mädchen sprechen, aber ich vermute, dass zumindest einige der Jungs einfach nur eifersüchtig waren, weil du keine Zeit mit ihnen verbringen wolltest."

Sie lachte. „Du kannst gar nicht anders als charmant zu sein, oder?"

Er schenkte ihr ein verlegenes Grinsen. „Während du die Tierwelt gerettet hast, habe ich mich *meinem* Lieblingshobby gewidmet."

„Mädchen."

„Ganz genau."

Sie konnte ihm nicht einmal einen Vorwurf machen, weil er es so offen zugab. Außerdem war er extrem niedlich. Diese Kombination brachte sie dazu, ihm alles zu erzählen.

„Zu guter Letzt sind da noch die Tiere mit besonderen Bedürfnissen, die ich jetzt habe. Ich nehme verletzte Tiere auf, oder solche, die mit Missbildungen geboren werden oder die einfach niemand will. Ich habe alles, von Hühnern über Pferde bis hin zu Katzen und ..." Sie zögerte kurz.

Josh lehnte sich vor, und zog die Augenbrauen hoch. „Komm schon ... was hast du noch?"

Sie grinste. Irgendwie dachte sie, dass Josh das gefallen könnte. „Ich habe ein Schwein, das Angst vor Donner hat, ein unglaublich niedliches Alpaka, das es liebt, wenn ich ihm etwas vorsinge. Und ... einen Berglöwen."

Er starrte sie mit großen Augen an. Allerdings nicht so, als würde er sie für schräg halten, sondern eher so als würde er das ziemlich cool finden. Es war ein schmaler Grat zwischen diesen beiden Extremen, wie sie fand.

„Du singst deinen Tieren also etwas vor", sagte er schließlich.

„Ganz genau."

„Vielleicht bist du tatsächlich ein bisschen wie Aschenputtel." Er schenkte ihr ein Grinsen, bei dem sie am liebsten in seinen Schoß gekrochen wäre und unprinzessinnenhafte Dinge mit ihm gemacht hätte.

Bei ihm kam das Ganze völlig anders rüber als bei den Kindern in der Schule. Sie war über die Hänseleien in der Grundschule hinweg. Natürlich erinnerte sie sich daran, aber sie war jetzt achtundzwanzig. Sie arbeitete mit Tieren und war vollkommen glücklich. Außerdem war ihr inzwischen klar geworden, dass sie keine Menschen brauchte, die sie verstanden.

Natürlich war es schön, wenn sie es taten. Oder wenn sie sie einfach akzeptierten.

Sie war nicht mehr das kleine Mädchen, das gehänselt worden war. Sie war nicht mehr die Teenagerin, die sich Kommentare darüber anhören musste, dass sie ihre einzigen Freunde in ein Gehege sperren musste, damit sie bei ihr blieben. Jetzt war sie die Frau, zu der alle kamen oder die angerufen wurde, wenn ihre Haustiere oder ihr Vieh Hilfe brauchten. Das verschaffte ihr eine gewisse Genugtuung. Und sie war verdammt gnädig, um ehrlich zu sein. Es war nicht die Schuld der Tiere, dass ihre Besitzer als Kinder Idioten gewesen waren.

„Einen Berglöwen?", fragte Josh. „Im Ernst?"

„Ja, im Ernst. Ich habe ihn als Jungtier gefunden. Er war schwer verletzt. Angeschossen, um genau zu sein. Ich weiß nicht, ob es ein Unfall war oder ob jemand absichtlich auf ihn geschossen und ihn einfach liegen gelassen hat. Ich habe ihn operiert und gesund gepflegt."

„Und dann wollte er nicht mehr weg, stimmt's?", fragte Josh. Seine Stimme war jetzt weicher und ein wenig heiserer.

Tori spürte, wie ein angenehmer Schauer sie durchzuckte.

„Ich glaube nicht. Er ist immer wieder zu mir gekommen."

„Ja. Ich kann verstehen, warum." Seine Stimme war jetzt noch tiefer.

Sie beobachtete, wie er sich näher zu ihr beugte, spürte, wie er seine Hand über ihren Arm, ihre Schulter und ihren Hinterkopf gleiten ließ, und roch den Duft seines Rasierwassers, gemischt mit einem Hauch von Champagner.

„Nichts davon ist seltsam, Tori", sagte er sanft. „Nur verdammt liebenswert."

Dann küsste er sie. Zärtlich. Aber leidenschaftlich. Ihr war nie bewusst gewesen, wie reizvoll ein Kuss sein konnte, bei dem nur die Lippen zum Einsatz kamen. Keine Zunge, keine tastenden Hände. Nur Lippen. Trotzdem war dieser Kuss auf eine Art und Weise erregend, wie sie es noch nie zuvor empfunden hatte.

Und sie wollte mehr. So viel mehr. Nicht auf körperlicher Ebene. Sie wollte Josh von Fergie und Frodo und Fiona erzählen, ihren drei Fainting Goats. Diese besondere Hausziegenart verfiel aufgrund von einer Erbkrankheit bei Gefahr in eine Schreckstarre. Sie wollte sehen, wie sich seine Augen weiteten, wenn sie ihm erzählte, dass sie eine Zeit lang ein Faultier gehabt hatte. Und sie wollte auch etwas über seine Kindheit erfahren. Obwohl sie sich zu neunundneunzig Prozent sicher war, dass er ein aufgeschlossenes Kind gewesen war, das sich bei jeder Gelegenheit im Bayou schmutzig gemacht hatte.

Natürlich wollte sie auch auf der körperlichen Ebene mehr. Auf jeden Fall.

Langsam glitt Tori auf seinen Schoß, ohne die Lippen von seinen zu lösen. Sie setzte sich rittlings auf seine Oberschenkel und genoss sein Stöhnen und das Gefühl seiner Hände, die ihre Hüfte umfassten. Nicht, um sie von seinem Schoß zu heben, sondern um sie noch fester an seinen Schritt zu drücken.

Er war hart. Richtig hart. Und groß. Und plötzlich verwandelte sich das warme Gefühl, das er durch sein aufrichtiges Interesse an ihren Tieren ausgelöst hatte, in heiße, lodernde Flammen.

Sie fuhr mit ihren Händen seitlich an seinem Hals entlang und durch sein Haar, woraufhin er erneut stöhnte. Sie wollte ihn ausziehen und ihren Körper an ihm reiben, so wie Webster es mit seinem mit Katzenminze gefüllten Delphin tat, den er vor allen anderen Tieren versteckte. So etwas hatte sie schon *sehr* lange nicht mehr für einen Mann empfunden.

Schließlich zog er sich schwer atmend zurück.

Sie starrte auf ihn herab.

„Verdammt. Du bist so verdammt süß. " Seine Stimme war rau.

Tori lächelte. „Danke."

„Und ich weiß nicht, was ich davon halten soll, aber genau das motiviert mich dazu, herauszufinden, wie unartig du sein kannst. Egal, wie schlecht ich mich am nächsten Tag fühlen würde, weil ich dich verdorben habe."

Verdorben. *Das* war ein tolles Wort. Sie wand sich auf seinem Schoß.

Seine Hände umklammerten sie und hinderten sie daran, sich zu bewegen.

„Ich bin nicht so süß, wie ich aussehe", sagte sie ihm.

„Ach nein?" Es war klar, dass er ihr nicht glaubte.

„Ich habe ein paar Typen auf die Nase gehauen. Ich habe das Ballkleid eines Mädchens mit Kuhscheiße ruiniert. Ich habe ... einmal ein paar Sachen gestohlen. Und ich stecke meine Hände an unaussprechliche Stellen und laufe buchstäblich jeden Tag durch Scheiße."

Er lachte, fast so, als wäre er überrascht. „Okay, aber lass mich raten. Bestimmt waren irgendwelche Tiere der Grund, warum du die Jungs verprügelt und das Kleid des Mädchens ruiniert hast. Und vermutlich hast du Tierfutter oder so gestohlen."

Ah, er war aufmerksam. Sie grinste. „Fast. Das Mädchen hatte zwei Hunde, die seit drei Jahren zusammen waren.

Schon seit sie Welpen waren. Dann hat sie einen verkauft – nur *einen* – und sie getrennt, damit sie sich ein Kleid kaufen konnte. Die Jungs waren ihre Brüder. Als ihre Katze Nachwuchs bekam, war ihr Dad dagegen, dass sie die Kätzchen behielten. Er befahl den Jungs, sie aufs Land zu bringen und sie dort auszusetzen."

Joshs Finger gruben sich in ihre Hüften. „Also bist du ihnen nachgegangen, hast sie verprügelt und die Katzen gerettet?"

„Ich habe sie nach der Schule auf dem Parkplatz verprügelt", erklärte sie ihm. „Dann bin ich zu ihrem Haus gegangen und habe die Kätzchen gestohlen."

„Das waren also die Dinge, die du dieses eine Mal gestohlen hast?" Sein Mund verzog sich zu einem Lächeln.

Sie nickte.

„Zählt es als Diebstahl, wenn du etwas nimmst, das sie gar nicht haben wollten?"

Sie lachte. „Hey, ich versuche, dir zu zeigen, dass ich knallhart sein kann, damit du mich verderben kannst."

Ein heißer Blick trat in seine Augen und sein Lächeln verblasste. Seine Miene war vollkommen ernst, als er sagte: „Ich bin mir nicht sicher, ob mich irgendetwas davon abhalten könnte, das zu tun. Außer du sagst nein, natürlich."

„Ich werde auf keinen Fall nein sagen", gestand sie aufrichtig.

Er nahm einen tiefen Atemzug. „Okay, dann gibt es nur noch eine Sache, über die ich reden möchte."

„Ich habe einmal einen Kojoten erschossen", sagte sie. Das war ihrer Meinung nach ziemlich krass. „Und ich habe die Benzinpumpe aus dem Auto eines Typen gestohlen, damit er mich nicht verfolgen konnte, als ich die Vögel, die er eingesperrt hatte, freiließ."

„Du kannst schießen?" Das schien ihn wirklich zu überraschen.

„Ja. Ich gehe schon mein ganzes Leben lang auf die Jagd."

„Du gehst auf die *Jagd*?", fragte er.

„Ja. Meistens Enten und Fasane, aber ich habe auch schon Hirsche geschossen."

„Aber ... du liebst doch Tiere."

„Jagen bedeutet nicht, dass man Tiere *nicht* liebt. Dort, wo wir leben, ist es wichtig, ihre Populationen zu kontrollieren. Zu verhungern oder von Autos überfahren zu werden, ist auch keine schöne Art zu sterben. Wenn ich sie erschieße, müssen sie wenigstens nicht leiden."

Ein Hauch von Bewunderung war in Joshs Augen getreten. Oder vielleicht war es Verwirrung. „Und du kennst dich mit Autos aus?"

Sie zuckte mit den Schultern. „Mit den Grundlagen. Es ist viel einfacher und billiger, sich selbst darum zu kümmern, wenn man etwas Ahnung hat. Und wir haben verschiedene Arten von Fahrzeugen auf der Farm. Lastwagen, einen Traktor und einen Löffelbagger."

Josh schüttelte den Kopf. „Wow."

„Alles in Ordnung?" Sie konnte seinen Gesichtsausdruck nicht deuten.

„Ja, ich hatte nur keine Ahnung, dass ein Mädchen, dass sich mit Jagen und Autos auskennt, das Bedürfnis in mir wecken würden, sie über das Bettende zu beugen und sie von Kopf bis Fuß abzulecken."

Das entlockte ihr ein Lachen, während ein weiterer heißer Schauer ihren Körper durchzuckte. „Vielleicht, weil die meisten Leute, die sich mit diesen Dingen auskennen, Männer sind?"

„Unter anderem", stimmte er zu. „Meine Mom und meine Schwester sind nicht wirklich ... naturverbunden."

Tori lächelte. Sie war überrascht, wie sehr sie Joshs Mom kennenlernen wollte.

„Aber meine Großmutter Ellie jagt Alligatoren", fügte er hinzu.

Tori spürte, wie sich ihre Augen weiteten. „Wow,

wirklich?"

„Ja. Sie behauptet, ihre schmecken am besten."

Es fiel Tori nicht schwer, sich Ellie beim Jagen vorzustellen. „Schmeckt Alligatorfleisch gut?"

„Möchtest du es probieren?", fragte er.

„Klar. Warum nicht?"

Er schüttelte den Kopf. „Im Moment bin ich völlig ratlos. Ich glaube, ich gewöhne mich gerade an den Gedanken, mit einem Wildfang zusammen zu sein. Ich glaube, das ist Neuland für mich."

Tori war sich nicht sicher, ob sie sich als Wildfang bezeichnen würde, aber mädchenhaft war sie ganz sicher nicht. „Ist deine Oma ein Wildfang?"

„Auf jeden Fall. Sie ist ein hartes Mädchen. Sie flucht und hat uns genauso oft oder sogar öfter einen Klaps verpasst als unsere Eltern. Sie ist nicht gerade zimperlich und es gibt so gut wie nichts, wovor sie sich fürchtet."

„Und zu solchen Mädchen fühlst du dich normalerweise nicht hingezogen?"

„Ich schätze ..." Er seufzte. „Vielleicht sind solche Mädchen einfach seltener und ich bin noch nicht vielen begegnet."

Das konnte Tori sich nicht vorstellen. „Oder vielleicht *redest* du nicht mit den Mädchen, die du sonst so kennenlernst." Das war eine nette Art, auszudrücken, dass sie ziemlich sicher war, dass Josh ein ziemlicher Aufreißer war. Deshalb war es seltsam gewesen, dass er sie letztes Jahr allein in ihr Hotel zurückgeschickt hatte. Und auch jetzt schien er es nicht eilig zu haben, in ihr Schlafzimmer zu kommen. „Vielleicht weißt du einfach nicht, was sie außerhalb des Schlafzimmers so treiben."

Er schien darüber nachzudenken und nickte dann, diesmal langsamer. „Das könnte auch sein." Er hielt inne. „Oder vielleicht liegt es auch daran, dass ich bisher noch keinem Mädchen wie *dir* begegnet bin."

Sie lachte, und ihr Herz machte einen Sprung. „Du und dein Süßholzgeraspel."

Das er noch nicht in die Tat umgesetzt hatte. Jetzt, wo sie darüber nachdachte, fragte sich Tori, ob sie sich Sorgen machen sollte. Vielleicht konnte er nicht aufhören, darüber nachzudenken, wie unsexy ihr Job war oder dass sie als Kind wilde Tiere in ihrem Kleiderschrank versteckt hatte. Womöglich summierten sich diese ekligen, peinlichen, seltsamen Dinge.

Josh nickte. „Ja, nennen wir es Süßholzgeraspel."

„Wie sollten wir es sonst nennen?", fragte sie.

„Eine genetische Veranlagung, sich lächerlich schnell zu verlieben."

Als ihr Herz diesmal einen Sprung machte, war sie sich nicht sicher, ob es auf seinen üblichen Platz zurückkehrte. Es fühlte sich plötzlich größer in ihrer Brust an. Er wirkte so aufrichtig. Fast schon selbstironisch. Als ob er glaubte, dass das hier geschah, ob er es wollte oder nicht. Ob *sie* wollte oder nicht. Sie glaubte zwar nicht, dass Josh Hals über Kopf in sie verliebt war, aber ihr gefiel die Vorstellung, dass er sie *mochte*. Und dass er all diese Dinge an ihr verdammt liebenswert fand. Um es mit seinen Worten auszudrücken.

Ja, das gefiel ihr sehr.

„Heißt das, wir können jetzt reingehen und uns ausziehen?", fragte sie. Denn es gefiel ihr auch sehr, ihn zu küssen. Und sie wollte ihn unbedingt endlich nackt sehen. Bevor sie noch mehr darüber sagte, wer sie war, was ihn dazu bringen könnte, sich zu fragen, was zum Teufel er hier mit ihr machte.

Er gab einen Laut von sich, der wie eine Mischung aus einem Stöhnen und einem Lachen klang. „Gleich. Es gibt da noch eine Sache, die ich dich fragen möchte."

„Okay." Wieder rutschte sie ein wenig auf seinem Schoß herum, diesmal absichtlich. Sie genoss es, wie sich seine Finger in ihre Hüften krallten, als könnte er es kaum ertragen.

„Du und Andrew", sagte Josh.

Tori legte ihren Kopf schief. „Was ist mit mir und Andrew?"

„Paisley ist der Meinung, dass er deinetwegen Heimweh hat."

Tori lächelte sanft. „Oh. Das ist irgendwie nett."

„Findest du?"

„Findest du nicht?", fragte sie. „Es ist doch schön, dass er sein Zuhause vermisst."

Josh schüttelte den Kopf. „Ich glaube, sie meint, dass du eine *Sehnsucht* nach etwas in ihm weckst, von dem er sich gar nicht bewusst war, dass er es will."

Tori runzelte die Stirn. „Ich glaube nicht, dass Andrew nach Hause zurückkehren will. Nicht für immer. Er liebt New Orleans und seinen neuen Job."

„Naja, den Job, wohl eher nicht."

„Was dann?"

Er sah sie an, als ob sie schwer von Begriff wäre.

Sie runzelte die Stirn. „*Was?*"

„Dich, Tori. Sie glaubt, dass du den Wunsch in ihm weckst, mit *dir* zusammen zu sein."

Tori verdrehte die Augen. „Nun, das ist lächerlich. Wahrscheinlich liegt das nur an ihrer Unsicherheit."

„Bist du sicher?"

„Natürlich."

Er holte tief Luft. „Ich habe gesehen, wie ihr euch allein auf dem Flur unterhalten habt. Es sah irgendwie … emotional aus."

„Du hast mich mit Andrew gesehen?", fragte Tori.

„Ja."

„Und du hast uns nicht unterbrochen?"

„Ich wollte nicht stören", sagte er. „Er ist dein bester Freund. Du bist wegen seiner Hochzeit hier. Ihr habt eine gemeinsame Vergangenheit. Ich bin … neu."

Das stimmte. Er war neu. Aufregend. Lustig. Anders. Tori schenkte ihm ein Lächeln und nahm sein Gesicht in ihre

Hände. „Ein Grund mehr, mir zu glauben, wenn ich sage, dass Andrew nur versucht hat, sich möglichst freundlich von mir zu verabschieden."

„Sich von dir zu verabschieden?"

„Er fing an, das Zeug zu glauben, das Paisley beunruhigt. Dass ich in ihn verliebt bin und sie auseinanderbringen will", erklärte Tori. „Er hat mir mitgeteilt, dass er mich mag, *aber nicht so.*"

„Und was ist mit dem Kuss?", fragte Josh.

Sie zuckte mit den Schultern. „Zuerst hat er mir wohl geglaubt, dass es eine Verwechslung war, doch dann hat Paisley nicht mehr aufgehört, ihn damit zu nerven. Also hatte er das Bedürfnis, mit mir darüber zu reden."

„Was hat er gesagt?"

„Dass der Kuss unglaublich war und dass er schon immer ein Mädchen wie mich wollte – natürlich nicht mich, aber jemanden wie mich. Jemanden von zu Hause. Er hatte sich immer vorgestellt, in Iowa zu leben und zu arbeiten. Doch dann hat er Paisley kennengelernt und plötzlich war alles anders."

Joshs Miene verfinsterte sich. „Er sagte, der Kuss war unglaublich?"

„Ja." Auch wenn sie nicht beabsichtigt hatte, *ihn* zu küssen, musste sie zugeben, dass es schön war, wenn man gesagt bekam, dass man gut küssen konnte.

„Und er sagte, er wollte schon immer ein Mädchen wie dich, aber nicht dich?"

„Na ja, er hat nicht gesagt, dass er nicht mich wollte, aber das war irgendwie klar."

„Er hat also gesagt, dass er schon immer ein Mädchen wie dich wollte. Punkt. Er hat es nicht weiter spezifiziert?"

Tori warf Josh einen Blick zu. „Er hat nicht mich gemeint."

„Bist du dir sicher?"

„Josh, Andrew hatte tausend Gelegenheiten, mit mir

zusammen zu sein, wenn er es gewollt hätte. Und er hat nie etwas gesagt oder getan."

„Er hatte tausend Gelegenheiten? Was soll das heißen?"

Sie zuckte zusammen. Sie hatte nicht wirklich darüber sprechen wollen. Aber hey, Josh wusste von ihrer verrückten Menagerie und dass niemand auf der Hochzeit sie mochte, und er war trotzdem noch hier.

„Nun, wir sind schon ewig befreundet. Wir haben viel Zeit allein verbracht. Aber wir haben uns nur ein einziges Mal an Silvester geküsst."

„Und in der achten Klasse", fügte Josh hinzu.

„Du hast gut aufgepasst." Sie spürte ein kleines Flattern in ihrer Magengegend.

Er nickte knapp.

„Nun, also …" Sie errötete. „Kurz nachdem wir unseren Abschluss gemacht haben, habe ich ihm einen Brief geschrieben. Darin habe ich im Grunde genommen vorgeschlagen, dass wir heiraten sollten, wenn wir beide noch Single sind, wenn wir dreißig sind."

Tori spürte, wie sich Joshs Finger wieder in ihre Hüften gruben, diesmal ein wenig fester. „Wie hat er reagiert?"

„Ungefähr genauso wie jetzt. Er meinte, dass ihm unsere Freundschaft viel bedeute und er für immer mein Freund sein wolle, und dass er wisse, dass er irgendwann einmal mit jemandem wie mir zusammen sein würde, aber dass er nicht glaube, dass *wir* heiraten sollten."

„Du glaubst also nicht, dass er jetzt Gefühle für dich haben könnte?", fragte Josh.

Sie lachte. „Nein. Das hatte er noch nie und jetzt ist er offensichtlich mit einer Frau zusammen, die mir überhaupt nicht ähnlich ist."

Josh sah nicht überzeugt aus. „Ich habe mit Paisley gesprochen, während du mit Andrew beschäftigt warst. Sie denkt, dass Andrew nervös wird, weil sein Leben jetzt anders sein wird, und dass du … seine vertraute Heimat repräsentierst."

Tori dachte darüber nach. „Nun, das macht Sinn. Aber er steht vor dem größten Tag seines Lebens. Es ist ganz natürlich, dass er noch einmal über alles nachdenkt. Das hat nichts zu bedeuten."

„Oder vielleicht hat ihm der Kuss in der Bar gezeigt, dass er sich doch zu dir hingezogen fühlt, und das hat ihn zum Nachdenken gebracht", wandte Josh ein.

Eine Sekunde lang dachte sie an die Bar und den Kuss mit Andrew zurück. Er hatte ihren Kuss erwidert. Und er hatte gewusst, wer sie war. Ja, sie hatte ihn mit dem Kuss überrumpelt, und möglicherweise hatte er nur instinktiv reagiert. Wenn man geküsst wurde, erwiderte man den Kuss automatisch. Trotzdem hatte sie sofort gewusst, dass etwas nicht stimmte. Wenn jemand sie plötzlich küsste, ohne dass sie es erwartete, war sie sicher, dass sie denjenigen instinktiv wegstoßen würde. Sie runzelte die Stirn. „Vielleicht war da der ein oder andere Moment, in dem er mich nicht abstoßend fand", meinte sie.

Josh gluckste leise vor sich hin.

„Aber heute Abend im Flur war das erste Mal, dass ich ihn seither überhaupt gesehen habe. Er hat nicht nach mir gesucht."

„Woher weißt du, dass er nicht nach dir gesucht hat?"

„Er hat mir keine einzige Nachricht geschrieben, um zu fragen, wo ich bin."

„Vielleicht hat Paisley ihn beschäftigt, *damit* er dir nicht schreibt."

„Okay, vielleicht. Aber ganz ehrlich, Josh, vielleicht hat er kalte Füße, vielleicht ist er ein wenig nostalgisch, vielleicht überlegt er sich das alles noch einmal. Das *sollte* er auf jeden Fall. Er sollte am Samstag nur vor den Traualtar treten, wenn er sich ganz sicher ist, dass er das will."

„Und du findest, dass er das nicht tun sollte."

Tori zögerte. Nein, das fand sie nicht. Paisley war ganz anders als die Frau, mit der Tori sich Andrew immer vorgestellt hatte. New Orleans war ein ganz anderer Ort als der, an dem Tori sich Andrew immer als Anwalt vorgestellt hatte. „Das ist seine Entscheidung."

„Du wirst also nicht versuchen, sie auseinander zu bringen?"

Sie holte tief Luft. „Du wirst mir helfen, das *nicht* zu tun." Sie lächelte. „Du wirst mich ablenken und mich, wenn nötig, daran erinnern, dass er ein intelligenter Mann ist und dass er diese Entscheidung selbst treffen muss."

Josh drückte ihre Hüfte. „Das tue ich sehr gern. Solange du denkst, dass dies der richtige Weg ist, mit der Sache umzugehen."

„Auf jeden Fall. Ich brauche nicht nur jemanden, der mir hilft, einen klaren Kopf zu bewahren, sondern ich muss auch beweisen, dass der Kuss mit Andrew ein Fehler war, und ich muss meinen Stolz wiederherstellen. Ich muss allen zeigen, dass es jemanden gibt, der mich *sehr wohl* küssen will."

„Küssen ist nicht alles, was ich mit dir machen möchte", sagte Josh mit rauer Stimme. Er beugte sich vor und presste seine Lippen auf ihre.

Ja. Genau das wollte sie. Eine ganze Menge davon. Tori lehnte sich in den Kuss, fuhr mit ihren Händen durch sein Haar und wand sich wieder auf ihm. Josh schien sie wirklich zu wollen. Sicherlich konnte sie ihn heute Abend aus diesen Klamotten herausholen. Er würde hier übernachten. Bei ihr. Er konnte sie nicht allein auf ihr Zimmer zurückschicken.

Aber er musste hier wirklich die Führung übernehmen. Sie war keine große Verführerin. Sie hatte ihre Jungfräulichkeit an Chad Winer verloren. Er hatte damals die ganze Arbeit gemacht. Auf dem College hatte sie zweimal mit einem Typen geschlafen. Und auch damals hatte er die Initiative ergriffen. Im Biologielabor. Wie es schien, hatte er es heiß gefunden, wie sie einen Schweinefötus seziert hatte. Was natürlich ein Warnsignal hätte sein müssen. Sie war stolz auf ihre Arbeit und mochte Männer, die Tiere liebten. Aber das Sezieren sollte wahrscheinlich auf keiner Ebene heiß sein.

Und dann war da noch Anthony gewesen. Er war auf der Tierarztschule in ihrer Klasse gewesen. Und wenn sie es sich recht überlegte, hatte sie beschlossen, mit ihm zu schlafen, als seine Hände blutig waren, weil er einen Hund operiert hatte, der von einem Auto angefahren worden war. Es war nicht so makaber, wie es sich anhörte. Sie hatte es einfach anziehend gefunden, dass er so souverän und kompetent das Leben eines Tieres gerettet hatte. Natürlich war das heiß. Zumindest fand sie das. Also hatte sie etwa ein Semester lang immer wieder mit ihm geschlafen.

Doch seit diesem Semester war *sehr*, sehr viel Zeit vergangen. Und seit sie Josh kennengelernt hatte, hatte sie nicht einmal mehr daran gedacht, mit einem anderen Mann intim zu werden. Vor einem Jahr. Ohne zu wissen, ob sie ihn jemals wiedersehen würde. Sie hatte sich nur ein paar Stunden in einer Bar mit ihm unterhalten und ihn ein paar Mal geküsst und das hatte ausgereicht, um sie für andere Männer zu ruinieren.

Verdammt. Vielleicht sollte sie ihn heute doch *nicht* mit auf ihr Zimmer nehmen.

Aber dann neigte er den Kopf, vertiefte den Kuss, drückte sie gegen seinen harten Schwanz und ließ eine Hand an ihrer Seite hinaufgleiten, um ihre Brust zu umfassen und mit dem Daumen über ihren Nippel zu streichen.

Oh, sie würde ihn heute auf jeden Fall mit auf ihr Zimmer nehmen.

Genau genommen wäre jetzt der perfekte Zeitpunkt.

Tori unterbrach den Kuss und keuchte: „Zimmer 206."

Er holte tief Luft. „Ja."

Sie stieg von seinem Schoß und hoffte, dass sie das, was ihr an Anmut fehlte, mit Eifer wettmachen konnte. Josh umfasste ihre Taille mit beiden Händen, damit sie nicht stolperte. Dann drückte er sie an seine Seite und ging auf die Tür zu, als wäre es seine Aufgabe, dafür zu sorgen, dass sie nicht stürzte.

Anstatt durch die Tür zurück in den Ballsaal zu gehen,

versuchte Tori, ihn über den Innenhof zu einer Seitentür zu ziehen, die, wie sie wusste, zur anderen Seite des Treppenhauses führte. So konnten sie in die oberen Stockwerke gelangen, ohne durch den Ballsaal gehen zu müssen.

Aber Josh wollte sich nicht von ihr führen lassen.

„Komm mit. Hier entlang", sagte er.

„Aber wir können das alles umgehen", protestierte sie.

„Warum sollten wir? Wir wollen doch, dass jeder weiß, dass ich hier bin … und warum, oder?"

Nun … das war kein schlechtes Argument. Doch die Wahrscheinlichkeit, dass sie aufgehalten wurden, war natürlich größer, wenn sie sich einen Weg durch die Menschenmenge bahnten.

„Wir können uns morgen unter die Leute mischen", sagte sie. „Das werden wir sogar müssen."

Seine große Hand glitt über ihren Rücken zu ihrem Po, dann flüsterte er ihr ins Ohr: „Ja, aber ich möchte, dass jeder weiß, wo ich die Nacht verbringe."

Sie schluckte. „Werden sie das nicht einfach annehmen?"

„Ich will, dass sie sich sicher sind."

Er zog sie zur Tür und riss sie auf, bevor sie protestieren konnte. Okay, gut, aber diese Leute mochten sie sowieso nicht wirklich, also musste sie nicht übermäßig freundlich sein.

Sie hatte allerdings vergessen, mit wem sie zusammen war. Und nur etwa eine Minute später erinnerte sie sich wieder. So sehr sie Tiere liebte und nicht an einem vorbeigehen konnte, ohne stehenzubleiben, so sehr liebte Josh Menschen. Er grinste und grüßte mehrere Leute, die direkt vor den Türen standen. Einem Mann klopfte er auf den Rücken, als wären sie Freunde, die sich schon seit einer Ewigkeit nicht mehr gesehen hatten. Er neigte seinen Kopf mit seinem Südstaaten-Grinsen zu mehreren Damen, die so alt waren, dass sie seine Mutter hätten sein können, schüttelte einem der Trauzeugen die Hand und zwinkerte Courtney, einer der Brautjungfern, zu, die gerade mit einem anderen Trauzeugen tanzte.

„*Kennst* du die Leute hier?", fragte Tori. Fast hätte sie nicht bemerkt, dass Josh auf der Tanzfläche stehengeblieben war und sich umgedreht hatte, um sie in seine Arme zu ziehen.

„Nicht wirklich. Aber sie wissen alle, wer ich bin", erklärte er ihr mit einem verschwörerischen Lächeln.

Dann fiel ihr auf, dass sie tanzten. Sie kniff die Augen zusammen. „Du wolltest also hier rein, um mit mir zu tanzen."

„Ganz genau."

„Aber ... Schlafzimmer", sagte sie. Verdammt, vielleicht wollte er wirklich nicht nach oben gehen.

„Du musst hier mitten im Geschehen sein und allen zeigen, dass du dich pudelwohl fühlst und glücklich bist."

Da hatte er recht. Wenn Tori Paisley davon überzeugen wollte, dass sie *nicht* versuchte, ihre Hochzeit zu ruinieren, musste sie die Rolle der glücklichen Brautjungfer spielen.

Aber ... Josh und das Hotelzimmer ...

„Ich werde eine Weile tanzen, wenn du mir versprichst, dass du mich irgendwann über deine Schulter wirfst, so wie du es heute Morgen getan hast, und mich nach oben trägst", sagte sie.

Josh stolperte über seinen nächsten Schritt, bevor er stehenblieb und sie fest umklammerte.

„Das lässt sich machen", flüsterte er.

Sie lächelte ihn an. „Okay."

Es war vielleicht kein Zeichen von Reife und Selbstvertrauen, aber die Vorstellung, dass Josh sie vor den Augen aller aus dem Saal tragen und mit ihr nach oben verschwinden würde, weil er sie einfach haben musste, war unglaublich verlockend.

Und ja, sie war froh, dass ihre Eltern nicht hier waren, und das mitbekamen. Sie hoffte auch, dass Andrews Eltern es ihnen nicht erzählen würden. Sie war achtundzwanzig und ihre Eltern hatten natürlich kein Mitspracherecht, mit wem sie ihre Nächte verbrachte. Trotzdem stand sie nicht gerne im

Mittelpunkt. Jedenfalls nicht so. Einmal hatte sie einen Wutanfall bekommen, weil ihr Biologielehrer im Unterricht Mäuse an eine Schlange verfüttern wollte. Ja, sie hatte die Mäuse freigelassen, aber sie hatte auch die Schlange freigelassen. Und natürlich damals, als sie die Nelson-Jungs wegen der Kätzchen verprügelt hatte. Und sie würde nie ihre große Geste gegenüber Marcus Turner am Valentinstag in ihrem ersten Studienjahr vergessen. Doch im Allgemeinen war sie zurückhalten, vor allem, wenn es um Beziehungen ging.

Und jetzt wollte Josh sie zum Mittelpunkt der Aufmerksamkeit machen? Sie war sich nicht sicher, was sie davon halten sollte. Trotzdem ließ sie sich von ihm über die Tanzfläche führen. In ihrem leuchtend roten, glitzernden Kleid.

Hey ... er konnte tanzen? „Du kannst tanzen?", fragte sie laut. Dumm gelaufen.

Seine Lippen zuckten. „Natürlich."

Sie verstand sofort. „Weil Frauen auf Männer stehen, die tanzen können."

„Aus demselben Grund kann ich auch kochen", stimmte er zu und drehte sie, bevor er sie wieder an seine Brust drückte.

„Wirklich?"

„Ja, dank Ellie, Cora und Kennedy besteht allerdings nicht oft Bedarf an meinen Kochkünsten. Aber ich kann es. Und tue es auch ..., wenn die Umstände es erfordern."

„Du meinst, wenn es dir hilft, eine Frau aufzureißen", sagte Tori.

Er lachte. „Ähm ... ja."

„Kennedy kocht?" fragte Tori. Seine Schwester hatte auf sie keinen sonderlich häuslichen Eindruck gemacht, doch sie hatte natürlich gerade mal ein paar Minuten mit ihr verbracht.

„Sie ist fantastisch. Sie hat es von Ellie gelernt. Ich glaube, Ellie und Cora hoffen, dass sie die Bar oder zumindest die Küche übernehmen wird."

„Warum nennst du deine Großmutter Ellie?", fragte Tori.

„Weil sie eine von drei Großmüttern ist, die ich in Autre habe", sagte er mit einem schiefen Lächeln. „Als ich noch ein Junge war, gab es vier Frauen, die ich als Großmütter betrachtete. Oh, und eine Urgroßmutter. Es war zu verwirrend, sie alle Oma zu nennen, und Ellie ist nicht wirklich eine ‚Oma', also war sie immer nur Ellie."

Tori nickte und genoss das Gefühl, sich einfach zu entspannen und sich von Josh über die Tanzfläche führen zu lassen. „Und du glaubst nicht, dass Kennedy das Geschäft übernehmen will?"

Josh lachte.

„Was?"

„Dein Verstand arbeitet schnell und ohne Unterbrechung, oder?"

Tori schnitt eine Grimasse. „Ja. Tut mir leid."

„Muss es nicht. Außerdem finde es toll, dass du gleich durchschaut hast, dass ich bestimmte Dinge nur kann, um Frauen aufzureißen."

Tori zuckte mit den Schultern. „Nun, es ist ziemlich offensichtlich, dass ich nicht das erste Mädchen bin, das sich in der Bar in dich verknallt hat."

Joshs Blick wurde weicher. „Du hast dich in mich verknallt?"

Sie lachte. „Das wusstest du nicht?"

Er lächelte. „Es ist einfach nur … ein süßes Wort. Ja, ich hatte Sex, One-Night-Stands, so was in der Art. Aber das hier … ist mir noch nie passiert."

Sie sah zu ihm auf. „Das hier? Was genau meinst du damit?"

„Ich bin mir nicht ganz sicher." Er beugte sich vor und fuhr mit seinen Lippen über ihre. „Aber es gefällt mir sehr."

Ihr gefiel es auch. Sie drückte ihren Mund an sein Ohr. „Ich tanze gern mit dir, aber noch lieber sitze ich auf deinem Schoß. Und ich würde es gerne ohne Klamotten tun."

Er hustete und stolperte über einen Schritt. Tori grinste in sich hinein.

„Flirten Sie etwa mit mir, Miss Kramer?", fragte er.

„Ich bin mir nicht sicher. Eigentlich nicht. Tu ich das?"

„Ich glaube schon."

„Und funktioniert es?"

„Was meinst du denn?"

Sie zuckte mit den Schultern. „Du hast keinen Schwanz, mit dem du wedeln kannst, und du hast deinen Kopf nicht an meinen geschmiegt. So zeigen mir die Lebewesen, mit denen ich die meiste Zeit verbringe, dass sie mich mögen."

Er drückte seine Handfläche gegen ihren unteren Rücken und presste sie an seinen heißen, harten Körper. „Ich könnte jetzt etwas über deinen Hintern und meinen *Kopf* sagen, aber ich werde einfach sagen, dass es definitiv Möglichkeiten gibt, zu erkennen, ob du mir gefällst."

Sie lachte. „Dann muss ich wohl aufmerksamer sein."

„Nun, hier ist zum Beispiel eine." Er blieb abrupt stehen – mitten auf der Tanzfläche –, umfasste ihr Gesicht mit beiden Händen und *küsste* sie.

Leidenschaftlich, tief, mit Zunge, das volle Programm. Sie stand auf Zehenspitzen, seine Hände waren in ihrem Haar, und ihre Körper pressten sich aneinander. Es bestand kein Zweifel daran, dass dies echt war. *Das* war der Kuss, auf den sie im Bourbon O gehofft hatte.

Nach ein paar langen, köstlichen Momenten zog sich Josh zurück, schaute auf sie herab, zwinkerte ihr zu und löste dann sein Versprechen ein, indem er sich bückte, sie über seine Schulter hob und dann auf die große Treppe im vorderen Teil des Hauses zuging, die für achtzig Prozent der Partygäste in Sichtweite lag.

Kapitel Acht

Sie waren gerade am Fuß der Treppe angelangt, als Josh einen Schrei hörte: „Hey! Wartet!"

Er drehte sich um und schwang Tori von demjenigen weg, der hinter ihnen herlief.

Andrew.

Natürlich, wer sonst. Verdammt.

Doch er hatte Paisley im Schlepptau. Die Braut sah nicht besonders erfreut aus, aber es war schwer zu sagen, weswegen sie genau verärgert war.

Josh veranstaltete ein Spektakel. Das war ihm bewusst. Es war durchaus beabsichtigt. Er konnte sich durchaus vorstellen, dass Paisley sich aufregte, wenn ein Mann ein Mädchen auf ihrer großen Party die Treppe hinauftrug. Nicht so sehr, weil es ein bisschen gewagt war, sondern eher, weil es die Aufmerksamkeit von Paisley ablenkte. Es könnte jedoch genauso gut sein, dass sie sich darüber ärgerte, dass Andrew mit offensichtlicher Besorgnis und Neugierde auf Tori zuging.

„Was gibt's?", fragte Josh Andrew.

„Tori?" Andrew sah Josh stirnrunzelnd an, sprach ihn aber nicht direkt an. „Geht es dir gut?"

Josh drehte sich zur Seite, sodass Tori Andrew ansehen konnte. Sie kicherte. „Mir geht's ausgezeichnet."

„Ich habe dir doch gesagt, dass das ihr *Date* ist." Paisley packte Andrew am Ärmel. „Das ist der Typ, den sie gestern Abend treffen sollte."

„Ah, okay." Andrew sah Josh böse an. „Das ist einfach ... nicht Toris Stil."

„Was dachtest du denn? Dass er sie vor all diesen Leuten entführt?", fragte Paisley verärgert.

„Vielleicht, wenn niemand sie aufhält und Fragen stellt", antwortete Andrew.

„Ich werde nicht entführt", wiederholte Tori. „Alles ist gut."

„Siehst du? Alles ist gut." Paisley zupfte an Andrews Ärmel.

„So habe ich dich noch nie gesehen", sagte Andrew zu Tori.

„Auf dem Kopf?", fragte Tori.

Josh konnte sich ein Lächeln nicht verkneifen.

„*So*. Mit einem Mann", sagte Andrew.

„Vielleicht sind die Typen, die sie sonst so kennt, nicht stark genug", sagte Josh.

„Stark genug?", wiederholte Andrew stirnrunzelnd.

„Um sie über ihre Schultern zu werfen." Josh legte seine Hand auf Toris Hintern. Besitzergreifend. „Das ist schade. Denn das macht sie richtig heiß."

Er hörte, wie Tori leise keuchte. Sie gab ihm einen Klaps auf den Hintern und er lachte.

Andrew schien es die Sprache verschlagen zu haben. „Kannst du sie ... runterlassen? Bitte? Damit ich mit ihr reden kann?"

„Ich bin mir nicht sicher, ob sie gerade in der Stimmung ist, zu reden", sagte Josh. In der Tat versuchte Tori ihn seit einer Stunde zu überreden, mit ihr nach oben zu gehen, weil sie definitiv *nicht reden* wollte.

Andrew schaute finster drein und Josh merkte, dass es ihm wirklich Spaß machte, diesen Kerl zu ärgern. Er war noch nie zuvor besitzergreifend gegenüber einer Frau gewesen, aber verdammt, es passte zu allem anderen, was er bei Tori zum ersten Mal empfand. Dies war die Art von Aufruhr und sich selbst zum Narren machen, auf die seine Familie spezialisiert war.

„Tori", sagte Andrew. „Bitte."

Josh hörte Tori seufzen und wusste, dass sie gleich kapitulieren würde.

„Morgen wäre besser", sagte Josh und ging einen Schritt auf die Treppe zu.

Andrew verschränkte die Arme. „Eigentlich müssen wir unter anderem über morgen reden."

Paisley sah Josh eindringlich an, mit einem Blick, der eindeutig sagte: *Bring das in Ordnung.*

Was genau er in Ordnung bringen sollte, wusste Josh nicht. Aber ja, okay, er würde tun, was er konnte. Er öffnete den Mund, um Andrew zu sagen, dass er Tori jetzt nach oben bringen würde und er morgen mit ihr reden könnte, aber Tori sprach zuerst.

„Ja, okay." Tori zappelte auf seiner Schulter. „Wir können kurz reden."

Verdammt.

Josh wurde klar, dass sein Vorhaben, eine große Show abzuziehen, ein Fehler gewesen war. Wenn er einfach Toris Hand genommen hätte und nach oben gegangen wäre .... oder wenn er sich von ihr durch die Seitentür hätte ziehen lassen ... dann würden sie jetzt nackt in ihrem Bett liegen und sie würde atemlos seinen Namen stöhnen. Aber er hatte unbedingt einen großen Auftritt gewollt. Er hatte gedacht, sie würde die Geste verstehen. Sie hatte Fliegen und Käfer gesammelt, um Frösche zu retten, um Himmels willen. Sie hatte zwei Typen verprügelt, weil sie kleine Kätzchen aussetzen wollten. Sie hatte das Ballkleid eines Mädchens mit

Kuhscheiße besudelt. Sie verstand, dass Leute zu extremen Maßnahmen griffen, wenn man sich für etwas einsetzte. Tori hatte es verdient, dass jemand ihretwegen eine Szene machte.

Widerstrebend stellte Josh sie wieder auf die Füße und hielt sie fest, während sie sich orientierte. Dann strich er ihr eine Haarsträhne hinters Ohr und schenkte ihr ein Lächeln. „Eine Minute", raunte er ihr heiser zu.

Er wusste, dass er die Rolle des verliebten Freundes verdammt gut spielte. Es machte ihm sogar Angst, wie leicht ihm das fiel. Und dass es sich alles andere als gespielt anfühlte.

Andrew blickte immer noch finster drein, als Tori sich zu ihm umdrehte.

„Also, was gibt's?", fragte sie.

„Ich will nur sichergehen, dass sich die Aktion vom Valentinstag 2006 nicht wiederholt", sagte Andrew.

Josh schaute zu Tori und sah, wie sie zusammenzuckte. „Wa–", begann er.

„Nein. Tut sie nicht." Tori warf Josh einen Blick zu. „Zumindest nicht wirklich."

„Es gibt da einige Ähnlichkeiten", sagte Andrew.

Es war klar, dass Tori und er über eine gemeinsame Erinnerung sprachen und dass Andrew etwas klarstellen wollte, was nur die beiden verstanden.

Josh gefiel das nicht.

„Es ist alles in Ordnung", sagte Josh zu Andrew. Mit Nachdruck.

„Es ist meine Aufgabe, auf sie aufzupassen", sagte Andrew, der sich von Joshs Tonfall offensichtlich nicht beeindrucken ließ. „Tori ist nicht wirklich der Typ für rote Kleider und Champagner."

Josh warf ihm einen finsteren Blick zu und schaute dann wieder zu Tori. Sie kaute auf ihrer Unterlippe.

„Das rote Kleid steht ihr verdammt gut und ihre Champagnerküsse schmecken fantastisch", teilte Josh Andrew mit. Er sah dem anderen Mann direkt in die Augen. *Ja, ich habe den*

Champagner geschmeckt, als ich meine Zunge in ihren Mund gesteckt habe. Finde dich damit ab. „Es ist alles in Ordnung", wiederholte er.

„Wie ich schon sagte, ich passe einfach auf sie auf", erklärte Andrew ihm.

„Mir geht es gut, Andrew", sagte Tori mit etwas sanfterer Stimme. „Aber danke."

Danke? Dafür, dass er Josh aufgehalten hatte, als er sie gerade ins Bett tragen wollte? Das war wohl kaum etwas, wofür sie sich bedanken sollte.

„Ich ...", begann Josh.

„Was ist mit morgen?", fragte Tori.

„Die Tour wurde abgesagt", antwortete Andrew. „Einer der Busse ist wohl kaputt. Wie auch immer, der Plan hat sich geändert. Wir gehen golfen. Möchtest du mitkommen?"

Josh musste sich ein Lachen verkneifen, als er sah, wie Tori kurz das Gesicht verzog, bevor sie rasch die Kontrolle über ihre Mimik wiedererlangte. „Ähm ... klar."

Sie war eindeutig kein Fan von Golf. Sollte Andrew das nicht eigentlich wissen? Aber warum hatte sie nicht einfach nein gesagt?

„Nein, nein. Ich habe dir doch gesagt, dass sie zum Brautjungfernbrunch kommen soll", warf Paisley ein. „Wir treffen uns direkt danach mit der Visagistin."

„Der Visagistin?", fragte Tori.

„Die Frau, die uns zeigt, wie wir uns für die Hochzeit schminken sollen", sagte Paisley. „Sie will alle kennenlernen, um sich ein Bild von der Farbgebung zu machen, damit sie weiß, wie sie uns am Samstag schminken wird."

„Oh."

Diesmal verzog Tori nicht das Gesicht, aber Josh konnte erkennen, dass sie von der Visagistin noch weniger begeistert war als vom Golfspielen.

„Das haben wir doch besprochen", sagte Andrew zu Paisley. Er runzelte die Stirn. „Tori ist *mein* Gast. Sie kennt die anderen Mädchen nicht einmal. Sie kann mit mir, meinen Eltern und den Jungs golfen gehen."

„Aber sie ist trotzdem eine *Brautjungfer*, Andrew", entgegnete Paisley mit zusammengebissenen Zähnen.

„Ich kann nicht glauben, dass wir diese Tour nicht verschieben können", schimpfte Andrew.

„Ich habe gefragt, aber es ist zu spät." Paisley hob eine Schulter. „Es war kein Platz mehr für eine so große Gruppe."

„Welche Tour?", fragte Josh schließlich.

„Wir wollten eine Stadtrundfahrt durch New Orleans machen", erklärte Andrew.

Josh runzelte die Stirn. „Mit einem dieser großen Busse, die durch die Stadt zu allen berühmten Orten fahren und einem die Geschichte erzählen?"

„Ja. Wir dachten, das wäre schön für alle, die noch nie hier waren", sagte Andrew.

„Aber es war sowieso nicht ideal", fügte Paisley schnell hinzu. „Sie wären den *ganzen Tag* unterwegs gewesen und hätten es vielleicht nicht rechtzeitig zum Abendessen zurück auf die Plantage geschafft. Und Tori hätte die Make-up-Beratung verpasst." Sie schenkte Tori ein angespanntes Lächeln.

Josh war sich ziemlich sicher, dass Paisley sich weniger um Toris Make-up als vielmehr dafür interessierte, dass sie den ganzen Tag mit Andrew unterwegs war, ohne dass Paisley sie im Blick behalten konnte. Einen Moment lang fragte er sich, ob Paisley womöglich so weit gegangen war, dass sie die Tour abgesagt und sich das mit dem kaputten Bus nur ausgedacht hatte. Er kam zu dem Schluss, dass sie auf jeden Fall dazu fähig war.

Plötzlich hatte Josh eine Idee. Es war ihm egal, ob Paisley glücklich darüber sein würde, aber es war der perfekte Kompromiss. So musste Tori weder zur Visagistin noch zum Golf, und Paisleys heimwehkranker Verlobter hätte gleichzeitig einen Aufpasser, während er den Tag mit der widerwilligen Brautjungfer verbrachte, die für sein Heimweh verantwortlich war.

„Ich werde die Tour übernehmen."

Alle drei drehten sich gleichzeitig zu ihm um.

„Was?", fragte Andrew.

„Das würdest du tun?", fragte Tori im selben Moment.

Josh sah sie an. „Natürlich."

„Was meinst du damit, du übernimmst die Tour?", fragte Andrew.

„Ich fahre euch durch die Stadt", erklärte Josh. „Und ich kann euch alles Mögliche erzählen. Wahrscheinlich Dinge, die ihr bei einer normalen Tour nicht erfahren würdet. Wir können sogar ein paar zusätzliche Stopps einlegen. Und zum Abendessen gehen wir ins Trahan's."

„Willst du uns etwa alle in deinen Pick-up laden?", fragte Andrew trocken.

Josh schenkte ihm ein breites Grinsen. Er hatte es verstanden. Das bedeutete, dass *er* den ganzen Tag bei Tori sein würde, und dieser Gedanke gefiel Andrew offensichtlich nicht. „Ich habe einen Bus. Und einen Fahrer, der diese Stadt wie seine Westentasche kennt."

„Leo?", fragte Tori. „Und du würdest einen *eurer* Busse zur Verfügung stellen? Was ist mit den Sumpfboottouren?"

„Das kriegen wir schon hin", versicherte er ihr. „Das wird ein Spaß. Kein Problem."

Und das strahlende Lächeln, das Tori ihm schenkte, war den Mist wert, den er sich von Sawyer anhören müssen würde, weil sie seinetwegen mit einem Busfahrer weniger auskommen mussten.

„Nun, das ist sehr … nett", sagte Paisley zögernd. Sie wirkte etwas entspannter.

Ja, sie konnte sich darauf verlassen, dass nichts zwischen Tori und Andrew passieren würde, solange Josh in der Nähe war. Ihm ging es hingegen eher darum, Tori glücklich zu machen. Josh musste Ellie nur dazu bringen, Sawyer zu erklären, warum das so wichtig war. Seine Großmutter übernahm das bestimmt liebend gerne.

„Das wird lustig", sagte Josh. „Und danach fahren Tori und ich vielleicht nach Autre."

Paisleys Augen wurden groß. „Wie bitte?"

Er nickte. „Ich habe sie so lange nicht gesehen, und ich möchte, dass sie meine Familie besser kennenlernt. Also denke ich, wir sollten den Freitag dort verbringen."

„Du willst sie deiner Familie vorstellen?", fragte Andrew, sichtlich überrascht.

Josh schenkte ihm ein selbstgefälliges Lächeln. „Oh, sie hat meine Familie bereits kennengelernt. Aber sie wollte unbedingt etwas mehr Zeit mit ihnen verbringen." Das war nichts als die Wahrheit. Und er genoss es so richtig, Andrew das unter die Nase zu reiben.

„Du hast seine Familie kennengelernt?", fragte Andrew Tori.

Dachte er etwa, Josh würde *lügen*? Arschloch.

„Ja. Sie sind wundervoll", bestätigte Tori ihm. Dann lächelte sie Josh an.

Und Josh wusste, dass auch dies wahr war. Denn Tori log nicht. Sie würde sich eher die Zunge abbeißen. Sie sagte vielleicht nicht immer alles, was sie dachte oder fühlte. Aber wenn sie es tat, log sie nicht.

Mann, er mochte sie wirklich.

„Aber sie muss am Freitagabend zurück sein. Sie muss sich Samstagmorgen in aller Frühe frisieren und schminken", sagte Paisley.

Josh konnte nicht umhin, Toris kleines Schaudern zu bemerken. Josh legte seinen Arm um sie und drückte sie an seine Seite. „Das kriegen wir schon hin."

„Du meinst: ‚Ich werde dafür sorgen, dass sie rechtzeitig zurück ist'", sagte Paisley mit zusammengekniffenen Augen.

Josh nickte. „So ähnlich."

„Josh –"

„Ich werde da sein", sagte Tori schnell. „Josh und ich wissen doch, dass das dein großer Tag ist."

Paisley schnaubte auf die hochmütigste Art, die Josh je gehört hatte.

„Gut", willigte sie schließlich ein.

Offensichtlich war es Paisley wichtiger, dass Tori aus dem Weg war und von Josh und nicht von Andrew beschäftigt wurde, als dass Tori die perfekte Frisur hatte.

„Wenn ihr uns jetzt entschuldigen würdet", sagte Josh und sah Andrew direkt an. „Ich werde Tori jetzt nach oben bringen."

Andrews Kiefer verkrampfte sich und er sagte nichts.

„Natürlich. Entschuldigt die Störung", sagte Paisley und griff nach Andrews Arm.

„Wir wollen morgen früher los", sagte Andrew, der seine Verlobte völlig ignorierte.

„Auf jeden Fall", sagte Josh. „Ich bin lange Nächte und frühes Aufstehen gewohnt." Er arbeitete ein paar Mal in der Woche als Barkeeper im Viertel und hatte jeden Tag Aufgaben für das Reiseunternehmen zu erledigen. Trotzdem er ließ er Andrew gerne in dem Glauben, dass Frauen der Grund für seine langen Nächte waren.

Manchmal waren sie das auch. Aber er verbrachte nie die Nacht mit einer Frau. Die meisten waren Touristinnen oder Frauen, die er aus den Bars in New Orleans kannte. Sie waren nicht der Typ Frau, mit der man am nächsten Tag frühstückte.

Mit Tori wollte er unbedingt frühstücken. Ob sie Maisgrütze mochte? Denn süße Grütze war eine seiner Lieblingsspeisen, und er würde sie gerne für sie zubereiten. Natürlich war er sich sicher, dass Sex unter der Dusche mit Victoria Kramer die Grütze von der Spitze seiner morgendlichen Lieblingsbeschäftigung verdrängen würde.

„Möchtest du mit uns frühstücken?", fragte Andrew Tori.

Sie verlagerte ihr Gewicht von einem Fuß auf den

anderen und kratzte sich erst am Brustkorb und dann am Oberschenkel. „Ähm", war alles, was sie sagte.

Dieser verfluchte Andrew schien tatsächlich zu glauben, dass sein Frühstück besser war als das, was Josh ihr anbieten würde.

„Ich kümmere mich schon um Tori", sagte Josh und drückte ihre Taille. „Wir treffen uns einfach um neun vor der Tür."

Andrews Augen verengten sich und er schaute von Tori zu Josh und wieder zurück. „Es gibt Blaubeermuffins."

Glaubte dieser verfluchte Andrew wirklich, dass seine Blaubeermuffins Joshs süße Grütze übertreffen könnten?

„Ich liebe Blaubeermuffins." Tori lächelte, während sie ihre Fingernägel in die offenbar stark juckende Stelle an ihrer Seite grub.

Josh hasste Andrew dafür, dass er von ihrer Vorliebe für Blaubeermuffins wusste. „Ich besorge dir, was immer du willst", sagte Josh.

Es ging hier nicht um ihn. Er wollte Tori wirklich mit einem leckeren Frühstück verwöhnen. Es war das erste Mal, dass es ihn interessierte, was eine Frau zum Frühstück aß. Doch es passte zu der Rolle von Toris verliebtem Begleiter, also nahm er das Angebot nicht zurück.

„Ich verspreche dir, dass meine Maisgrütze das Beste sein wird, was du je in deinem Mund hattest", versicherte er ihr.

Toris Augen weiteten sich, und Paisley gab tatsächlich einen leisen Würgelaut von sich.

Er beeilte sich nicht, zu erklären, dass er wirklich Maisgrütze meinte. Außerdem konnten sie sich nach dem Essen auf weitere tolle Möglichkeiten konzentrieren, den Tag zu beginnen. Dinge, die auch ihren Mund einschlossen.

„Wie willst du ihr Maisgrütze zubereiten?", fragte Andrew. „Hier gibt es eine Köchin, und ich glaube nicht, dass sie dir so einfach ihre Küche überlassen wird."

Josh schenkte ihm ein langsames Grinsen. „Wenn es

darum geht, Tori glücklich zu machen, gibt es für mich keine Grenzen."

Dieser Spruch war typisch Landry. Ellie wäre stolz auf ihn. Sie würde auch die Grütze machen und sie Leo in einer Tupperbox mitgeben. An süße Grütze heranzukommen war die geringste Herausforderung, mit der Josh hier konfrontiert war.

„Sie liebt Blaubeermuffins", sagte Andrew.

Josh musste sich bemühen, die Augen nicht zu verdrehen. Stritten sie sich gerade wirklich darüber, was Tori morgen früh essen würde? Scheinbar. Aber Josh wusste, dass es um mehr als das ging. Es ging darum, wer sie kannte und mit wem sie lieber frühstücken wollte.

„Blaubeermuffins sind toll", sagte Josh leichthin. „Aber ich will sie für die Südstaaten gewinnen, und Grütze gehört definitiv dazu."

„Du willst sie für die Südstaaten gewinnen?", fragte Andrew. „Bist du dir da sicher?"

Josh warf Tori einen Blick zu. Sie starrte Andrew und ihn an, als ob sie nicht wüsste, was los war oder was sie tun sollte.

„Ich gebe mein Bestes", sagte Josh und während er das sagte, wurde ihm bewusst, dass es wahr war. Er wollte, dass es ihr hier gefiel. Und dass sie blieb.

Wow, das Ganze hatte sich schnell zu einer ernsten Angelegenheit entwickelt.

„Tori liebt Iowa", erklärte Andrew. „Karneval ist eine Sache, aber ihr Zuhause, ihre *Tiere*", betonte er, als ob Tori das vergessen hätte, „sind in Iowa."

Die Tiere. Sie waren der Schlüssel zu Toris Herz.

Scheiß auf Andrew.

Josh öffnete den Mund, um zu antworten, aber Tori sprach zuerst.

„Josh hat einen Flussotter."

Vergnügen durchströmte ihn bei Toris Antwort.

Andrew runzelte die Stirn. „Was?"

Tori nickte. "Josh hat einen Flussotter. Gus. Er lebt am Steg. Er ist ziemlich niedlich."

„Du würdest deine Kühe für einen Flussotter verlassen?", fragte Andrew. Seine Miene wurde noch finsterer.

Und so wie sie vorhin nicht wirklich über Maisgrütze und Muffins gesprochen hatten, ging es jetzt nicht um Otter und Kühe.

„Wir haben Kühe in Louisiana", sagte Josh. Er würde sorgen, dass Tori hier alles hatte, was sie in Iowa hatte und liebte. Er würde ihr ein Dutzend Kühe besorgen, wenn es das war, was sie wollte. Und *das* war viel verrückter, als ihr Maisgrütze zu besorgen.

Doch ihm entging nicht, dass Toris Stirn jetzt leicht gerunzelt war. Verdammt noch mal. Wegen Andrew dachte sie jetzt an ihr Leben in Iowa und an all die Gründe, warum sie nicht einfach von dort weg und nach Louisiana ziehen konnte.

„In Louisiana gibt es nicht *Toris* Kühe", sagte Andrew, der sich von Toris Gesichtsausdruck offensichtlich bestärkt fühlte.

Er hatte es geschafft. Auch wenn Toris Ich-liebe-Louisiana-Blase nicht zum Platzen gebracht hatte, hatte er doch zumindest ein kleines Loch hineingebohrt, das sich leicht zu einem Leck entwickeln konnte.

„Der beste Freund meines Großvaters hat einen Hund, der sich für eine Ente hält."

Andrew, Tori und Paisley sahen ihn an. Josh seufzte. Okay, das klang ziemlich verzweifelt. Aber es war wahr. Und er war tatsächlich ein wenig verzweifelt, weil er unbedingt wollte, dass Tori sich in Louisiana wohlfühlte.

Er zuckte mit den Schultern. „Sie haben ihn als Welpen gefunden und mit nach Hause genommen. Vermutlich wurde er ausgesetzt. Auf dem Grundstück gab es eine Ente mit Küken, die herumlief, und der Welpe begann, wie eines der Entenküken mitzugehen. Er schlief bei ihnen und die Entenküken kuschelten sich an ihn, um sich warm zu halten. Mittlerweile gehört er einfach zur Familie."

Toris braune Augen waren so groß und mit so viel Liebe erfüllt, dass Josh sich ein Lachen verkneifen musste.

„Wirklich?"

Josh nickte. „Ich werde ihn dir vorstellen. Der Hund heißt Duck."

Sie lachte.

Andrew räusperte sich. „Ich will damit nur sagen, dass Fiona, Travis und Bert dich vermissen würden."

Verdammt, Andrew kannte sogar die Namen von Toris Tieren. Okay, Andrew *kannte* Tori. Er war schon lange ein Teil ihres Lebens. Josh hatte es verstanden. Aber das hatte nichts zu bedeuten.

Vor allem, weil Andrew in zwei Tagen eine andere Frau *heiraten* würde.

Josh warf ihm einen „Du kannst mich mal"-Blick zu und sagte: „Fiona, Travis und Bert?"

„Die Fainting Goat, das Schwein und das Alpaka", sagte Andrew süffisant.

Und Josh vermutete, dass Andrew geholfen hatte, die Namen auszusuchen. Na toll. Sie waren alte Freunde. Aber was soll's? Josh würde sie heute nach oben bringen. Und zwar sofort.

„Ich kann es kaum erwarten, alles über sie zu erfahren", sagte Josh zu Tori. Und das stimmte auch. Er liebte es, ihr zuzuhören, wenn sie über Tiere sprach. Sie strahlte dann regelrecht, und sah noch hinreißender aus als sonst. Das berührte ihn wirklich. Das und ihr süßes, heiseres Lachen, und die Art, wie sie so selbstironisch und doch leidenschaftlich über Tiere sprach, und die Tatsache, dass sie das größte Herz aller Frauen hatte, mit denen er je zusammen gewesen war. Und eine gehörige Portion Mut. Wenn das Wohl eines Tieres auf dem Spiel stand, würde sie es mit jedem aufnehmen.

Wie wäre es, wenn sich all diese Leidenschaft und Liebe auf *ihn* richten würde?

Der Gedanke schien aus dem Nichts zu kommen, doch

sobald er in seinem Kopf Gestalt angenommen hatte, wurde ihm klar, dass … er kein Problem damit hätte.

Er hatte schon Freundinnen gehabt. Es hatte Frauen in seinem Leben gegeben, die er sehr gemocht und die ihn sehr gemocht hatten. Doch er war sich nicht sicher, ob jemals eine Frau in seinem Leben wirkliche *Leidenschaft* für ihn empfunden hatte. Vielleicht ging es ihm nicht nur darum, jemanden zu finden, für den er sich zum Narren machte … vielleicht wollte er jemanden, der das Gleiche für ihn tun würde.

Er verdrängte den Gedanken und griff nach Toris Hand. Eins nach dem anderen, verdammt. Erst einmal musste er sie von Andrew wegbringen und sie von Iowa ablenken und davon, wie verrückt das alles für sie war.

„Wir werden über Fiona reden, sobald ich dir einen weiteren Vorgeschmack auf den Süden gegeben habe." Ja, das sollte schmutzig klingen, und den Gesichtern der anderen nach zu urteilen, war es ihm gelungen.

Er drehte Tori in Richtung Treppe und sie hielt ihn nicht auf. Sogar Andrew hielt wie durch ein Wunder seinen Mund.

Doch als sie vor Zimmer 206 standen, merkte Josh, dass er sie verloren hatte. Oder zumindest die Stimmung. Verdammt.

„Bitte, sag mir, dass ich den Schlüssel unter deinem Rock hervorholen muss", sagte er zu ihr und versuchte, die Situation aufzulockern und sie wieder in eine heiße, kokette Richtung zu bringen.

Tori fingerte an besagtem Rock herum. „Es ist nicht abgeschlossen."

Er drehte den Knauf und stieß die Tür auf. Er wollte sie wieder über seine Schulter werfen, aber irgendwie spürte er, dass das unangebracht wäre.

Dieser verdammte Andrew.

Josh folgte ihr ins Zimmer und bemerkte, wie sie den oberen Teil des Kleides wieder von ihrem Körper wegzog und dann in den Ausschnitt griff, um sich zu kratzen.

„Geht es dir gut?", fragte er. Er war sich nicht sicher, was er tun sollte. Das war neu. Er wusste immer, was er mit Frauen im Schlafzimmer zu tun hatte. Entweder küsste er sie und machte von da an weiter. Oder er schob die große, schwere Erbstück-Kommode von einer Seite auf die andere. Das geschah, wenn er in Kennedys Schlafzimmer war. Abgesehen von ihr war er noch nie mit einer Frau in einem Schlafzimmer gewesen, die er nicht küssen wollte.

Und Victoria Kramer wollte er definitiv küssen. Dennoch hielt er sich zurück. Was zum Teufel war hier los?

„Dieses Kleid scheuert an der Haut." Sie kratzte sich an der Hüfte. „Und der Bügel-BH sticht in meine fünfte Rippe. Außerdem bin ich mir sicher, dass ich Kratzer von den Pailletten habe."

„Klingt schrecklich." Auf der Veranda hatte sie gar nicht den Eindruck gemacht, als hätte sie sich in dem Kleid unwohl gefühlt. „Vielleicht solltest du es ausziehen."

„Ja, das sollte ich wahrscheinlich."

Es klang jedoch nicht verführerisch. „Soll ich dir dabei helfen?", fragte er mit einem frechen Grinsen. Doch es wirkte gezwungen. Und sie standen etwa zwei Meter voneinander entfernt.

All das war sehr ungewöhnlich für ihn.

„Ich wollte eigentlich ein trägerloses Kleid", sagte sie.

Er hatte keine Ahnung, warum sie das erwähnte, deswegen sagte er einfach: „Oh?"

Sie kaute auf ihrer Unterlippe, nickte und sah ihn an. „Ich habe ein wirklich wunderschönes gefunden, das perfekt gewesen wäre. Aber ich konnte es nicht anziehen, weil ich Bräunungsstreifen habe."

Sie arbeitete im Freien, und er wusste, dass es im Sommer in Iowa sehr heiß wurde. „Das macht Sinn. Du trägst wahrscheinlich Tanktops und T-Shirts, oder?"

Tori zuckte mit den Schultern. „Ich habe im Grunde genommen eine Bauernbräune."

Er grinste. „Du bist im Grunde genommen ein Bauer."

Daraufhin lächelte sie tatsächlich. „Es war Winter in Iowa und noch nicht wirklich warm genug für Tank-Tops, aber ich werde im Sommer ziemlich braun und die Streifen sind immer noch zu sehen."

Er trat einen Schritt vor. „Tori?"

„Ja?"

„Warum erzählst du mir das?"

Sie atmete tief durch. „Ich schätze, Andrew hat mich gerade daran erinnert, dass ich kein Mädchen bin, das trägerlose Kleider mit Pailletten trägt. Das war mir bewusst, als ich unterwegs war, um ein Kleid für heute Abend zu kaufen, aber ich … habe es kurzzeitig vergessen. Mit dir. Ich habe nicht an die Bräunungsstreifen gedacht. Ich habe nicht einmal das Jucken gespürt, bis wir an der Treppe standen."

Bis der verdammte Andrew sie aufgehalten hatte.

„Du hast an dem Kleid herumgezupft, als du in den Ballsaal kamst", sagte er. Auch damals war Andrew in der Nähe gewesen, wie Josh klar wurde. Andrew schien Tori daran zu erinnern, wer sie in Iowa war. Oder zumindest, wer *er* dachte, dass sie war. Josh wollte, dass Tori das auch merkte.

„Das ist dir aufgefallen?"

„Ich konnte meinen Blick nicht von dir abwenden, sobald ich dich sah", gab er ganz ehrlich zu.

Sie schenkte ihm ein kleines Lächeln. „Ich schätze, du hast mich von all dem abgelenkt."

Das war eine gute Sache. Es bedeutete, dass sie sich wohlfühlte und nicht über all die Kleinigkeiten nachdachte, wenn sie mit ihm zusammen war. Wie zum Beispiel darüber, dass sie kein Mädchen war, das Paillettenkleider trug.

Sie sah allerdings nicht so aus, als ob sie das gut finden würde.

Josh zuckte mit den Schultern und versuchte, lässig zu wirken. „Also, raus aus den Pailletten. Nichts ist authentischer als nackt zu sein, oder?" Aber was er wirklich fühlte, war ein

Haufen Emotionen, die sich in seiner Brust zu einem Ball zusammenballten.

Sie nickte. „Ja. Mit Bräunungsstreifen, Kratzern und einem Ausschlag."

„Das ist mir alles egal." Das war die Wahrheit. Tatsächlich wollte ein Teil von ihm all diese Dinge sehen. Denn vielleicht zum ersten Mal wollte er, dass die Frau in dem Kleid ihn ihre Unvollkommenheiten sehen ließ.

Ja, er wollte sie. Ja, er fand sie hinreißend. Aber er war an Frauen gewöhnt, die alles taten, um gut und verführerisch auszusehen und wie heißes Material für einen Wochenend-Flirt. Und er ließ sich darauf ein. Keine Frage. Das würde er nicht leugnen. Er stand auf Brüste. Und Beine. Und Ärsche. Und knallroten Lippenstift. Er stand auf all das. Doch hier ging es um mehr als das.

Tori hatte ihm von ihren Tieren erzählt und von den Dingen, wegen denen sie sich seltsam fühlte. Sie war hinreißend über ihre High Heels gestolpert und hatte von den Pailletten in ihrem Kleid einen Ausschlag bekommen. Sie hatte gestrahlt, als sie merkte, dass er tanzen konnte, was ihm sagte, dass sie gerne tanzte, es aber nicht oft tat. Sie hatte sich sichtlich gefreut, als er sie über seine Schulter geworfen hatte, was ihm sagte, dass Männer das normalerweise nicht mit ihr machten oder wie Höhlenmenschen mit ihr umgingen, sie es aber genoss, wenn er sie anders behandelte.

Sie hatte ihm einen kleinen Einblick in ihr wahres Ich gegeben. Sie war nicht hier, um heißen Sex mit einem Typen aus Louisiana zu haben, damit sie nach Hause gehen und ihren Freundinnen von ihrem wilden Wochenende in New Orleans erzählen konnte. Verdammt, sie wollte nicht einmal wirklich hier sein. Jedenfalls nicht auf der Plantage und der Hochzeit. Sie war keineswegs in ihrem besten oder selbstbewusstesten Zustand, und doch gab sie sich ihm gegenüber authentisch.

Er mochte sie mit jeder Minute, die sie miteinander

verbrachten, mehr und mehr, und ja, er wollte ihre Bräunungsstreifen sehen. Unbedingt.

„Wenn ich das Kleid ausziehe", sagte sie nach einem langen Moment. „Dann bin ich nackt."

„Genau."

„Auf einer *Plantage*. In Louisiana. Mit einem heißen Barkeeper, dem ich am Karneval begegnet bin und den ich kaum kenne."

Für die Frauen, mit denen er normalerweise zusammen war, *waren* das alles Gründe, sofort mit ihm ins Bett zu springen. Bei Tori waren es natürlich Gründe, zu zögern. Er musste akzeptieren, dass dieses Mädchen in fast jeder Hinsicht anders war als alle anderen.

„Du sagst also, dass es neben dem Kleid noch eine Menge anderer Dinge gibt, die nicht deinem üblichen Stil entsprechen", sagte er.

Sie nickte. „Genau."

„Und Andrew hat dich daran erinnert."

Sie nickte wieder. „Als mein bester Freund ist das seine Aufgabe. Er erinnert mich daran, wenn ich mich ein wenig zurücknehmen muss."

Dieser verdammte Andrew. Er konnte den Kerl wirklich nicht ausstehen. „Daran musst du erinnert werden?"

„Nicht mehr so sehr wie als Kind", sagte sie. „Damals habe ich Jungs ins Gesicht geschlagen und die Kleider von Mädchen mit Kuhmist beschmiert. Erinnerst du dich?"

Er konnte sich ein Grinsen nicht verkneifen. „Ich erinnere mich. Andrew hat diese Dinge also nicht gebilligt?"

Sie zuckte mit den Schultern. „Er hat meine Sicht der Dinge verstanden und konnte nachvollziehen, warum ich so reagierte. Aber diese Reaktionen haben mich in Schwierigkeiten gebracht. Ich habe zwar die Kätzchen gerettet und mich wegen ihres Hundes gerächt, aber ich musste auch in der Schule nachsitzen wegen der Schlägerei auf dem Parkplatz und ich musste das Ballkleid bezahlen."

Joshs Miene verfinsterte sich. „Du wurdest für diese Dinge bestraft? Und deine Eltern waren damit einverstanden?"

„Mein Dad hat mir zusätzlich zum Nachsitzen Hausarrest gegeben, und der Vorschlag, dass ich für das Kleid bezahlte, kam von ihm."

Wow. Josh starrte sie an. Okay, er verstand es. Irgendwie. Schließlich konnte man nicht einfach andere Leute verprügeln und ihre Sachen ruinieren, nur weil man nicht derselben Meinung war wie sie. Aber jemand hätte auf Toris Seite sein müssen. Josh wusste, dass er eine ganze Familie hatte, eigentlich eine halbe Stadt, die ihm den Rücken gestärkt hätte.

Josh versuchte, die Emotionen zu unterdrücken, die in ihm hochkochten. „Andrew war also derjenige, der dir das alles ausgeredet hat?"

Sie nickte. „Wenn er die Chance dazu hatte. Oder er übernahm die Rolle des Vermittlers, wenn es passierte, bevor er es mir ausreden konnte. Er erklärte den Leuten meine Ansichten oder sagte ihnen, dass es keine große Sache sei oder versicherte mir zumindest, dass ich im Recht sei oder was auch immer."

Verdammt noch mal. Josh stieß einen Atemzug aus. Dieser verdammte Andrew. Er war vielleicht der Einzige, der Tori den Rücken gestärkt hatte. Nun, da er das wusste, konnte er den Kerl nicht wirklich hassen.

„Und heute hat er versucht, dir auszureden, dich von einem Typen, den du kaum kennst, ins Bett tragen zu lassen."

Jetzt stimmte sie nicht mehr so schnell zu. „Er wollte nur … sichergehen, dass ich weiß, was ich tue und dass ich mir … der etwaigen Konsequenzen bewusst bin."

„Konsequenzen?", fragte Josh.

„Er will, dass ich bei allem, was ich tue, immer das schlimmste Szenario durchspiele."

Josh runzelte die Stirn. „Und was wäre hier das schlimmste Szenario?"

„Dass meine Eltern es von Andrews Eltern erfahren. Dass

Paisley sauer ist, weil wir ihr die Aufmerksamkeit gestohlen haben. Ein gebrochenes Herz, nachdem unsere Affäre vorbei ist." Sie hob eine Schulter. „Solche Sachen."

Josh fuhr sich mit einer Hand durchs Haar. „Deswegen hat er versucht, die Stimmung zu ruinieren." Daran bestand kein Zweifel. Andrew mochte zwar in ein paar Tagen heiraten, aber es gefiel ihm nicht, Tori mit einem anderen Mann zu sehen. Dafür mochte es alle möglichen Gründe geben, und vielleicht hatte es unter anderem etwas mit Freundschaft und damit zu tun, sie zu beschützen, aber Josh war ein Mann. Er wusste, wie Männer ticken. Viele von ihnen zumindest. Andrews Beweggründe waren nicht rein altruistisch. Oder platonisch.

„Vielleicht wollte er auch die Stimmung ruinieren", sagte Tori langsam. „Nur um sicherzugehen, dass ich eine Chance habe, über alles nachzudenken."

Aha. Na toll. Okay, gut … „Dann werde ich heute Nacht auf dem Boden schlafen."

Ihre Augen weiteten sich. „Nein." Sie sah sich im Zimmer um. „Nein. Du kannst nicht auf dem Boden schlafen."

„*Du* wirst auf keinen Fall auf dem Boden schlafen." Er würde nicht zulassen, dass sie auf dem Boden schlief, nur weil sie ihre Meinung darüber geändert hatte, was heute Abend hier passieren würde.

Sie sah ihn an, mit einem traurigen und resignierten Gesichtsausdruck. „Es tut mir leid."

„Was?"

„Dass ich dich heiß gemacht habe und jetzt einen Rückzieher mache."

Er prustete. „Du musst dich nicht entschuldigen, Tori."

„Doch. Ich habe dir allen Grund gegeben, zu denken, dass du heute Abend Sex haben wirst." Sie machte einen Schritt auf ihn zu. „*Ich* war absolut davon überzeugt, dass du heute Abend Sex haben würdest."

Er streckte seine Hand aus, nahm sie und zog sie an sich.

„Du hast mich gebeten, auf diese Plantage zu kommen und deine Begleitung für die Hochzeit zu sein. Das ist alles, worum du mich gebeten hast. Alles andere ist nur Extra."

„Dass ich mit deiner Oma Flusskrebspastete esse? Dass du mich vor dem morgigen Golfspiel bewahrst, indem du die Stadtrundfahrt organisierst?"

Er grinste. „Extras. Wie die Dekoration eines Mojitos." Er fand es schön, dass sie in Ellies Bar gesessen und ihre erste Flusskrebspastete in der Hütte auf der anderen Straßenseite gegessen hatte, die wie ein zweites Zuhause für ihn war.

Sie lachte. „Dass du morgen Stadtführer spielst, ist also das Gleiche wie ein Minzzweig und eine Limettenscheibe?"

„Du weißt doch, womit ich mein Geld verdiene, oder?"

„Du lässt deinen Charme spielen, damit die Leute sich in Louisiana verlieben."

Ihr Gesichtsausdruck und ihr Tonfall waren voller Zuneigung, und die Wärme, die sie ausstrahlte, war wie ein Schuss Whiskey. Und zwar ein wirklich Guter.

„Ganz genau. Und ich liebe es", sagte er mit heiserer Stimme. „Ich liebe Menschen. Ich liebe es, neue Leute kennenzulernen und ihnen New Orleans, meinen Heimatstaat, unsere Traditionen und unsere Geschichte näherzubringen. Ich freue mich auf morgen. Und Menschen vor Golf zu retten, ist eine wahrhaft noble Aufgabe."

Sie sah ihn unter ihren Wimpern hervor an. Ein klassischer verführerischer Blick. Josh wusste jedoch, dass Tori es mit diesem Blick nicht darauf anlegte, ihn zu verführen.

„Jetzt spüre ich den Juckreiz gar nicht mehr", sagte sie leise.

Sie fühlte sich also nicht unwohl, wenn sie mit ihm zusammen war. Das war gut zu wissen.

Er beugte sich vor, küsste sie auf die Nase und sagte: „Ich werde dir ein wenig Zeit und Raum geben. Ich gehe runter zu meinem Wagen und hole meine Tasche. Warum ziehst du dich nicht um, legst dich ins Bett und … alles andere klären wir, wenn ich wieder hier oben bin."

Sie dachte darüber nach und nickte schließlich. „Okay."

Er ließ sie los und ging zur Tür. Er brauchte etwas Luft. Das war eine großartige Idee. Luft und Raum. Denn etwas wirklich Verrücktes ging hier vor sich.

Er wollte plötzlich nicht mehr *mit* Victoria Kramer schlafen.

Aber er wollte *bei* ihr schlafen.

Einfach nur schlafen. Aneinander gekuschelt. Löffelchenstellung. Angezogen.

Was zum Teufel hatte das zu *bedeuten*?

Kapitel Neun

Tori tat genau das, was er vorgeschlagen hatte. Sie zog das kratzige Kleid aus, begutachtete die wunden Stellen, wo es ihre Haut aufgescheuert hatte, musterte ihre Bräunungsstreifen, putzte sich die Zähne und kuschelte sich unter die Decke.

Das einzige Problem war das Anziehen ihres Schlafanzugs.

Denn normalerweise schlief sie nackt.

Also trug sie jetzt ein Tank-Top und einen Slip und fragte sich, was sie mit Josh machen sollte. Nicht speziell im Bett – obwohl auch das – sondern allgemein.

Denn sie war sich ziemlich sicher, dass sie dabei war, sich in ihn zu verlieben.

Natürlich.

Sie war nicht gut darin, Beziehungen mit anderen Menschen einzugehen. Immer, wenn sie es versuchte, ging etwas schief. Natürlich musste sie sich in den Kerl verlieben, der *vorgab*, ihr Freund zu sein.

Genau wie das blöde rote Glitzerkleid hatte sie etwas im Grunde Einfaches in etwas Peinliches verwandelt. Wie beim Cocktailkleid für Andrews Party. Anstatt etwas Unauffälliges zu kaufen, hatte sie ein kirschrotes extravagantes Kleid gewählt, das die Braut in den Schatten stellte.

Und dann hatte es auch noch höllisch gekratzt und sie hatte sich den ganzen Abend über unwohl gefühlt.

Typisch.

Genau wie am Valentinstag 2006.

Andrews Erinnerung war gerade noch rechtzeitig gekommen.

Sie war nicht dieses Mädchen. Sie trug keine Pailletten und Absätze. Sie tanzte nicht in Ballsälen in hundertfünfundsiebzig Jahre alten Herrenhäusern auf Plantagen in Louisiana. Sie trank nicht einmal Champagner. Und sie ging definitiv keine Beziehungen mit Männern ein, die über tausend Kilometer von Elton, Iowa, entfernt lebten.

Aber sie verliebte sich offenbar in Typen, die sie anlächelten, ein paar nette Dinge sagten und sie ihrer Großmutter vorstellten.

Natürlich war die Begegnung mit Ellie nicht geplant gewesen.

Aber hier war sie, dabei, das Ganze zu übertreiben.

Mit einem lauten Stöhnen bedeckte Tori ihr Gesicht mit einem Kissen. Verdammt noch mal.

Sie hatte sich in etwas verrannt. Genau wie beim letzten Mal mit Josh. Die Bourbon Street im Karneval war eine andere Welt. Genauso wie die Buckworth Plantage. Und genauso wie ein Ballsaal voller Smokings und Abendkleider, in dem ein Streichquartett spielte. Nichts von alledem entsprach ihrem wirklichen Leben zu Hause.

Und das schloss Josh definitiv ein.

Selbst wenn nicht alles hundertprozentig gespielt war – denn Gott wusste, dass die Chemie zwischen ihnen stimmte und er sie aufrichtig zu mögen schien –, waren diese Umstände für sie beide nicht das wirkliche Leben.

Sie konnte sich nicht in ihn verlieben. Das war lächerlich. Na ja, nicht *lächerlich*. Es war ziemlich einfach, sich in einen

Typen wie Josh Landry zu verlieben. Er war der Inbegriff einer Urlaubsliebe. Aber das war alles wie ein Traum. Eine Fantasie. Und es konnte nicht von Dauer sein. Sie konnte sich nicht an Dinge gewöhnen wie in einem Ballsaal herumgewirbelt zu werden oder sich über die Schulter eines Mannes werfen zu lassen.

Sie wollte nach Hause zu ihren Kühen, wo sie Jeans tragen und vielleicht ab und zu in der Bar unten am Highway einen Two Step hinlegen konnte. Dort lernten Männer und Frauen einander kennen – vorausgesetzt, sie kannten sich nicht schon seit der ersten Klasse – gingen essen, ins Kino und zu Ballspielen und verbrachten langsam immer mehr Zeit miteinander, bis sie irgendwann zusammenzogen und schließlich heirateten. Alles passierte ganz natürlich, unauffällig und vorhersehbar. Es gab keinen Pomp und kein Aufsehen. Keine großen Überraschungen. Kein Rennen durch den Flughafen, um wegen einer Liebeserklärung ein Flugzeug aufzuhalten. Große Gesten waren in der realen Welt generell unangenehm. Selbst am Valentinstag. Selbst dann, wenn das Mädchen neu an der Highschool und alles eigentlich süß und unschuldig war.

Tori stöhnte noch lauter in ihr Kissen. Jetzt, wo sie darüber nachdachte, waren ihr die Ereignisse dieses Tages immer noch peinlich.

Sie konnte nicht auf große Gesten hereinfallen und sich im wahrsten Sinne des mitreißen lassen.

Josh konnte sie für andere Männer wirklich ruinieren. Und zwar nicht, was den Sex, sondern was das Umwerben betraf.

Sie genoss das Zusammensein mit Josh. Es raubte ihr den Atem, brachte ihr Herz zum Klopfen und entlockte ihr ein Lachen. Bei ihm fühlte sie sich sexy und hatte das Gefühl, dass ihre Macken liebenswert und nicht seltsam waren. Eine Überraschung jagte die andere.

So war das wirkliche Leben nicht.

Die beiden wichtigsten Männer in ihrem Leben, ihr Vater

und Andrew, hatten ihr beigebracht, dass es generell verpönt war, seine Gefühle zu zeigen und große Erklärungen abzugeben, von Gesten ganz zu schweigen. Andrew hatte sie immer gebremst, um sie zu schützen. Ihr Vater war immer darauf bedacht gewesen, Peinlichkeiten zu vermeiden.

Ein leises Klopfen an der Tür ertönte, kurz bevor Josh sie aufstieß. „Bist du angezogen?"

„Ja." Nun, sie war jedenfalls zugedeckt.

„Verdammt." Er grinste sie an, als er mit einer Reisetasche über der Schulter ins Zimmer kam.

Er hatte sich absichtlich Zeit gelassen. Es konnte nicht sein, dass es so lange gedauert hatte, zu seinem Wagen zu gehen, um seine Tasche zu holen. Die Tatsache, dass er sich bewusst war, dass sie etwas mehr Zeit brauchte, machte ihn ihr nur noch sympathischer. So ein Mist.

„Also, ich habe mir gedacht", sagte sie, stützte sich auf die Ellbogen und zog die Bettdecke bis zu ihrem Kinn hoch. „Wir könnten doch beide im Bett schlafen. Auch wenn wir nicht nackt sind."

Sie war so ein Idiot. Sie hatte den ganzen Abend davon gesprochen, Sex mit ihm zu haben. Sie hatte versucht, ihn nach oben zu zerren. Wenn er nicht aufgehört hätte, mit ihr zu tanzen, wären sie jetzt schon bei Runde zwei. Oder drei. Runde eins hätte wahrscheinlich nicht lange gedauert. Sie wollte ihn. Und sie wusste, dass er sie wollte. Die Chemie zwischen ihnen war explosiv. Ein erster, harter und schneller Fick gegen die Wand wäre genau nach ihrem Geschmack gewesen.

Sie stieß einen Atemzug aus. Wenn sie nicht mit ihm schlafen würde, musste sie aufhören, darüber nachzudenken, wie es wäre, mit ihm Sex zu haben.

„Ja, das könnten wir", stimmte er zu.

„Toll. Ich glaube, das wäre … gut." Es würde nicht gut sein. Es würde eine Tortur sein. Sie würde wahrscheinlich kaum schlafen. Josh Landry, der Mann, der ihr seit fast einem

Jahr nicht mehr aus dem Kopf ging, würde neben ihr liegen. In einem Bett.

„Ja. Das ist … gut." Er warf einen Blick in Richtung Badezimmer. „Ich gehe mir nur schnell die Zähne putzen. Ich bin gleich wieder da."

„Okay." Sie schenkte ihm ein strahlendes Alles-ist-gut-Lächeln.

Das Lächeln verblasste in dem Moment, als sich die Badezimmertür hinter Josh schloss.

Das würde eine lange Nacht werden.

Natürlich konnte sie ihre Meinung ändern. Sie könnte sich auf ihn rollen, ihn küssen, mit ihrer Hand über seine Bauchmuskeln streichen und ihn bitten, sie auszuziehen. Er würde es tun. Da war sie sich zu neunundneunzig Prozent sicher.

Aber wollte sie zurück nach Iowa, zu den guten, hart arbeitenden Männern in ihrer Kleinstadt, mit der Erinnerung an eine heiße Nacht in einer Villa mit einem Barkeeper, der ihr mit seinem sexy Südstaaten-Akzent schmutzige Dinge ins Ohr flüsterte?

Das war ihnen gegenüber wohl kaum fair.

Sie würde wollen, dass sie sie über ihre Schultern warfen. Sie würde ein heißes rotes Kleid tragen wollen, um hungrige Blicke von ihnen zugeworfen zu bekommen. Sie würde wollen, dass sie sie inmitten eines Raumes voller Menschen leidenschaftlich küssten. Sie würde wollen, dass sie Andrew sagten, dass sie sie ins Bett tragen und mit ihr frühstücken würden und dass Andrew sich verpissen sollte. So genau hatte Josh das zwar nicht gesagt, aber er hatte es angedeutet.

Keiner der Jungs zu Hause würde Andrew jemals etwas davon erzählen.

Sie könnte dieses Kleid niemals in Elton, Iowa, tragen. Dafür gab es absolut keinen Anlass.

Und ihr Vater wäre beschämt, wenn jemand sie in der Öffentlichkeit küsste. Von dem über die Schulter werfen ganz zu schweigen.

Sie hörte das Wasser laufen und spürte die Schmetterlinge in ihrem Bauch herumflattern.

Was war nur mit ihr los? Sie zog sich das Kissen wieder über den Kopf und stöhnte. Wie konnte fließendes Wasser sexy sein? Er putzte sich die Zähne. Genauso wie jeder andere Mann es tun würde. So ziemlich jeder Mann würde im Nebenzimmer Wasser laufen lassen, während sie im Bett wartete. Und dann würde er zu ihr unter die Bettdecke kriechen, mit minzfrischem Atem.

Sie hörte, wie die Tür geöffnet wurde, und schob das Kissen beiseite, um zu ihm hinüberzusehen.

Er lächelte sie an, als er zum Bett hinüberging, und ihr wurde klar, dass Josh Landry in diesem Moment gerade den Anblick alle Männer, die ins Bett kamen, ruiniert hatte.

So ein Mist.

Doch es wurde noch schlimmer, denn er begann, sein Hemd aufzuknöpfen.

Schau weg. Du solltest wegschauen. Lass nicht zu, dass er den Anblick eines anderen Mannes, der sein Hemd auszieht, ruiniert.

Doch sie schaute nicht weg.

Ihr Magen zog sich zusammen, als langsam immer mehr gebräunte, glatte Haut, hellbraunes Haar und definierte Brust- und Bauchmuskeln enthüllt wurden. Sie war sich nicht sicher, ob sie noch atmete. Sie konnte sich nicht durch etwas Triviales wie die Aufnahme von Sauerstoff in ihre Lungen ablenken lassen.

Heiliger ...

Der Kerl war durchtrainiert. Beim Anblick seiner Bauchmuskeln lief ihr das Wasser im Mund zusammen. Seine Muskeln spannten sich auf köstliche Art und Weise an, als er sein Hemd auszog und es auf den Stuhl in der Ecke warf.

Er stand jetzt direkt neben dem Bett und blickte auf sie herab. Sein Gesichtsausdruck war schwer zu deuten. Er sah leicht amüsiert, aber auch gequält aus. Er hielt inne, atmete aus, und beugte sich dann vor, um die Lampe auf dem Nachttisch auszuschalten. Sie war die einzige Lichtquelle im Raum gewesen, abgesehen von dem schwachen Schein, der vom Mond und den Lichtern auf der Vorderseite des Hauses durch das Fenster drang.

Es dauerte ein paar Sekunden, bis sich ihre Augen daran gewöhnt hatten, und so sah sie nicht, wie er seine Hose auszog und sie in Richtung Stuhl kickte. Auch wenn das vermutlich besser so war, verspürte sie einen leichten Stich der Enttäuschung. Sie spürte, wie sich die Matratze senkte, als er sich setzte und sich umdrehte, um sich hinzulegen. Sie rutschte näher an die gegenüberliegende Bettkante, da sie sich nicht sicher war, ob sie es verkraften würde, auch nur seinen großen Zeh zu berühren.

Josh zog an der Bettdecke und wälzte sich ein paar Mal, um es sich bequem zu machen. Dann war alles still.

Tori lag regungslos da und versuchte aus irgendeinem Grund, ihren Atem zu beruhigen und sich nicht zu bewegen. Vielleicht schlief er schnell ein. Vielleicht schnarchte er. Vielleicht würde nichts mehr Charmantes zu ihr sagen oder mit ihr flirten.

„Also, erzähl mir von Fiona."

Verdammt. Er hatte etwas Charmantes gesagt.

„Du willst doch nicht wirklich etwas über meine Ziegen wissen", sagte sie vorsichtig.

„Doch, eigentlich schon", antwortete er.

Im Dunkeln schien seine Stimme heiserer zu sein. Oder vielleicht bildete sie sich das nur ein. „Wirklich?"

„Ja", sagte er wieder. „Ich höre dir gern zu, wenn du über deine Leidenschaften sprichst. Das ist eine gute Ablenkung."

„Eine Ablenkung?"

„Ja, davon, wie süß du bist, wie verdammt gut du riechst und davon, dass du direkt neben mir liegst."

Und das war geflirtet. „Es tut mir wirklich leid."

„Was?"

„Dass ich ... die Sache nicht zu Ende gebracht habe."

Er stieß ein leises Lachen aus. „Tori, du musst dich nicht entschuldigen. Wenn es passiert, möchte ich, dass du es auch willst und spürst. Wenn du auch nur einen Hauch von Zweifel hast, dann ... warten wir."

Hitze durchströmte sie. Sie war sich ziemlich sicher, dass sie jedes bisschen davon spüren würde. Eigentlich bestand genau darin das Problem. Sie war sich sicher, dass sie Dinge fühlen würde, die sie vielleicht nie wieder fühlen würde.

Zum Glück hatte Andrew sie aufgehalten. Sie hatte sich mal wieder in etwas verrannt. Sie war in einem lustvollen, aufregenden Dunst gefangen gewesen. Sie hatte sich Josh an den Hals geworfen. Vor den Augen aller Gäste. Sie hatte ihn geküsst, als sie ihn das erste Mal gesehen hatte. Sie hatte das mit dem über die Schulter werfen überhaupt erst vorgeschlagen.

Sie musste sich jetzt zurückhalten. Sie brauchte nur eine Begleitung für die Hochzeit. Sie musste die Leute hier – okay, hauptsächlich Paisley – davon überzeugen, dass Josh und sie zusammen waren. Das bedeutete allerdings nicht, dass sie ein Spektakel daraus machen mussten. Sie hatte ihr Herz – oder zumindest ihre Hormone – auf der Zunge getragen. Übermäßige Emotionalität kam bei den Menschen nicht immer gut an. Deshalb hielt sie sich an die Tiere. Sie hatte noch nie einen Hund gesehen, der nicht geknuddelt und geliebt werden wollte.

Josh war ein toller Kerl aus einer großen, verrückten, überschwänglichen Familie. Er würde dieses Hochzeitswochenende über mitspielen. Und Tori wusste das zu schätzen. Aber er war nicht dazu verpflichtet.

Sie räusperte sich. „Okay, also Fiona."

Er gluckste leise, und Tori musste ihre Beine zusammenpressen, um das plötzliche Kribbeln in ihrem Schritt zu lindern.

„Sie ist eine Fainting Goat. Ich habe sie von einem Typen aus dem Nachbarort bekommen, als er sein Haus verkaufte und zu seiner Tochter zog. Ich hatte schon Fergie und dachte, er könnte eine Freundin gebrauchen."

„Und niemand sonst wollte sie, richtig?", fragte Josh.

Tori lächelte in die Dunkelheit. „Das hat der Typ jedenfalls behauptet."

„Also war es entweder wahr oder jemand hat ihm einen Tipp gegeben, dass das der todsichere Weg ist, dich dazu zu bringen, sie zu nehmen."

Sie konnte das Lächeln in seiner Stimme hören und es machte das Kribbeln noch schlimmer. Oder besser. Auf jeden Fall stärker. „Wie dem auch sei, ich habe Fiona bei mir aufgenommen", sagte sie. „Ich habe sie und Fergie auf meiner Ostweide untergebracht. Doch jeden Tag, wenn ich sie füttern wollte, war Fergie allein dort. Fiona war weg. Ich fand sie jedes Mal unten am Zaun, der am Grundstück meines Nachbarn entlangführte. Ich hatte keine Ahnung, warum sie immer wieder dorthin ging, und es war jedes Mal ein Kampf, sie wieder in den Stall zu bekommen. Als ich eines Tages nach ihr suchte, stand eine andere Ziege auf der anderen Seite des Zauns. Eine weitere Fainting Goat. Sie standen einfach auf beiden Seiten des Zauns und grasten zusammen. So ging es Tag für Tag, bis ich schließlich meinen Nachbarn anrief und ihm sagte, dass ich glaubte, unsere Ziegen seien ineinander verliebt. Es stellte sich heraus, dass er seine Ziege ungefähr zu der Zeit bekommen hatte, als ich meine geholt hatte ... von demselben Bauern."

„Das kann doch wohl nicht sein. Die beiden kannten sich?", fragte Josh.

Tori grinste, obwohl er sie nicht sehen konnte. „Ja. Und sie waren definitiv ineinander verliebt. Sie haben sich gefunden, obwohl sie auf verschiedenen Farmen waren. Ich habe keine Ahnung, woher sie wussten, wo der jeweils andere war, aber Don, mein Nachbar, fand, dass sie zusammen sein sollten, und hat mir Frodo geschenkt."

„Jetzt sind sie also zusammen."

„Jetzt sind sie zusammen."

Eine Weile lang lagen sie einfach nur schweigend da. Tori spürte, wie sie sich entspannte. Zumindest hatte sie jetzt nicht mehr das Gefühl, dass sie völlig still liegen musste. Es war … angenehm.

Abgesehen von dem Kribbeln in ihrem Höschen.

„Okay, und jetzt erzähl mir vom Valentinstag 2006."

Verdammt.

Dabei war doch gerade alles so schön gewesen.

Sie stieß einen Atemzug aus. „Lieber nicht."

„Andrew hat diesen Tag erwähnt, um dich daran zu erinnern, dass rote Kleider und heiße Barkeeper aus Louisiana nicht dein Stil sind."

Sie lachte. „Ich bin mir nicht sicher, ob Andrew dich heiß findet."

„Es ist mir ziemlich egal, was Andrew von mir hält."

Jegliche Spur von Humor war aus seiner Stimme verschwunden.

„Na gut", sagte sie.

„Aber dir ist wichtig, was Andrew von *dir* hält."

Sie nahm einen tiefen Atemzug. „Natürlich ist mir das wichtig."

„Es macht dir also etwas aus, dass er nicht will, dass du hier oben bei mir bist."

Tori zögerte. „Andrew will mich nur beschützen. Aber wenn ich mich bewusst entscheide, etwas zu tun, versucht er nicht, mich aufzuhalten."

„Vielleicht nicht, wenn es um Kuhscheiße und Ballkleider geht", sagte Josh. „Bei einem Mann könnte die Sache anders aussehen."

Toris Magen verkrampfte sich. „Er hat Paisley."

„Aber du weckst eine Sehnsucht nach seiner Heimat in ihm."

„Da ist nichts zwischen Andrew und mir. Ganz einfach."

Josh antwortete nicht sofort.

Tori leckte sich über die Lippen. „Andrew will mich nur beschützen."

„Vor Jungs?"

„Vor mir selbst."

„Was soll das heißen?"

„Ich neige dazu, … mich zu blamieren."

Josh stieß einen empörten Atemzug aus. „Sich für Tiere einzusetzen, besonders für welche mit besonderen Bedürfnissen, sollte dir nicht peinlich sein."

Sie zuckte mit den Schultern, obwohl es dunkel war und er sie nicht sehen konnte. „Oft bringe ich andere mit meinem Verhalten in peinliche Situationen."

„Ich finde, es war richtig, dass du ein Mädchen in Verlegenheit gebracht hast, das bereit war, seinen Hund für ein Ballkleid zu verkaufen."

Tori konnte sich ein Lächeln nicht verkneifen. „Ja, das vielleicht schon, aber ich meine eher meinen Dad. Und Andrew."

Sie konnte Joshs finsteren Blick praktisch hören. „Wirklich?"

„Ja. Aber trotzdem steht Andrew zu mir. Aus irgendeinem Grund hat er beschlossen, mich vor mir selbst zu retten, anstatt mich zu ignorieren oder nicht mehr mein Freund zu sein." Sie hielt inne. Sie wusste nicht, ob es in Ordnung war, mit Josh über Andrew zu sprechen. Aber sie fuhr trotzdem fort. „Ich habe immer gedacht, dass mein Dad ihn vielleicht darum gebeten hat, … auf mich aufzupassen."

„Wieso sollte dein Dad das für nötig halten?"

„Mein Dad macht nicht gerne viel Aufhebens um Dinge." Sie zögerte wieder. Konnte sie mit Josh einfach so über ihren Dad sprechen? Ihr Dad und Andrew waren die wichtigsten Männer in ihrem Leben, und es fühlte sich ein bisschen so an, als würde sie ihre Geheimnisse verraten. Außer, dass es keine wirklichen Geheimnisse waren. Die Leute in Elton wussten definitiv, dass ihr Dad und Andrew sich oft für sie schämten und sich für sie entschuldigten. „Als ich noch kleiner war, hat mein Dad mir immer gesagt, wenn etwas unangebracht war, oder mich davon abgehalten. Doch als ich älter wurde und den ganzen Tag in der Schule war, musste mich jemand anderes daran erinnern, dass emotionale Reaktionen nicht immer die Lösung sind, und dass ich versuchen sollte, einen kühlen Kopf zu bewahren."

„Und das war Andrew."

„Ganz genau. Ich weiß nicht, ob Dad ihn tatsächlich gebeten hat, auf mich aufzupassen, oder ob Andrew das einfach freiwillig getan hat, aber ja, er konnte mich gut einschätzen. Er merkte, wenn ich sauer war oder mich aufregte, und schien immer zu wissen, was er sagen musste." Sie seufzte. „Andrew und mein Dad sind sich sehr ähnlich. Vielleicht hat Andrew einfach beschlossen, mein Aufpasser zu werden."

„Also hat er dich manchmal davon abgehalten, Dinge zu tun, wie das Kleid eines Mädchens mit Kuhscheiße zu beschmieren?", fragte Josh.

Sie konnte sich ein leises Kichern nicht verkneifen. „Ganz genau. Es gab solche Vorfälle. Und einfach … Streit und so. Ich war immer irgendwie …"

„Temperamentvoll. Leidenschaftlich. Liebevoll. Einfühlsam."

Tori schnappte nach Luft. Wow, er war schon eine Nummer. „Danke", sagte sie leise. „Aber ich habe mich definitiv von meinen Gefühlen leiten lassen und ständig Diskussionen angezettelt, wenn mir etwas wichtig war."

„Diskussionen über Tiere?"

„Natürlich. Aber auch andere Dinge. Ich habe über alles debattiert, vom besten Richter am Obersten Gerichtshof bis hin zum besten Superhelden."

Josh lachte leise. „Ja, du würdest perfekt in Ellies Lokal passen. Die Stammgäste lieben nichts mehr als eine gute Debatte."

Wärme durchströmte sie. „Mögen sie Debatten noch lieber als eine Liebesgeschichten?"

Wieder tönte Joshs Lachen von der anderen Seite des Betts herüber. „Okay, nein. Erst Liebesgeschichten. Dann Debatten. Aber sie werden dir auch sagen, dass alle großen Liebesgeschichten mit großen Auseinandersetzungen einhergehen. Das ist ein Zeichen für Leidenschaft."

Tori dachte darüber nach. Dem konnte sie nicht widersprechen. Nichts brachte das Blut so in Wallung, wie sich so richtig für etwas zu ereifern.

Nun, nichts, außer vielleicht nur mit einem Tank-Top und einem Höschen bekleidet neben einem heißen Barkeeper im Bett zu liegen.

„Okay, und jetzt … Valentinstag 2006", erinnerte Josh sie.

Es fiel ihr immer leichter, ihm ihre peinlichsten Erlebnisse zu erzählen. Wahrscheinlich, weil er bisher die Worte temperamentvoll, leidenschaftlich, liebevoll und einfühlsam benutzt hatte, um sie zu beschreiben. Diese Worte gefielen ihr.

Tori atmete tief ein und aus. „Okay. Als ich neu an der High School war, war ich bis über beide Ohren in Marcus Turner verknallt. Er war neu und saß in Algebra hinter mir. Er war immer sehr nett und wir unterhielten uns jeden Morgen. Im Laufe des ersten Semesters beschloss ich, dass ich ihn wirklich mochte und mit ihm ausgehen wollte. Andrew hat es mir ausgeredet. Er sagte mir, wenn Marcus mich mochte, würde er mich um ein Date bitten. Das hat er nie getan. Trotzdem konnte ich den Gedanken nicht abschütteln, dass er mich wirklich mochte. Also … habe ich am Valentinstag beschlossen, ihm zu sagen, dass ich ihn mag."

Sie spürte, wie Josh auf sie zurollte. Er hörte ihr aufmerksam zu. Sie konnte die Wärme seines Körpers spüren und ihre Handflächen juckten vor Verlangen, über seine Brust zu streichen. Seine nackte Brust.

Sie schluckte und ballte ihre Hände zu Fäusten. „Da ich bis dahin nur mit Hunden und Schweinen zu tun hatte, habe ich, ähm, die Größe der Geste falsch eingeschätzt, mit der ich Marcus zeigen wollte, was ich empfinde."

Josh sagte nichts. Aber sie konnte irgendwie spüren, dass er lächelte.

„Ich habe meinen Hund, Buck, und mein Schwein, Priscilla, mit einbezogen."

„Wieso wundert mich das nicht."

Sie lachte. „Am Tag vor dem Valentinstag bin ich direkt nach der Schule nach Hause gerannt und habe die beiden eingeladen. Dann habe ich vor der Umkleidekabine gewartet. Er war in der Leichtathletikmannschaft. Als er herauskam, um zum Training zu gehen, habe ich Buck zu ihm geschickt. Er trug eine große Schleife und hatte einen Zettel im Maul." Sie lächelte, während sie an diesen Tag zurückdachte. Ja, es war peinlich gewesen und Andrew hatte es *gehasst*, aber im Nachhinein, fand sie es kreativ. Und sehr *authentisch*.

„Und auf dem Zettel stand *Frohen Valentinstag* oder so?", fragte Josh.

„Oh nein." Sie schüttelte den Kopf. „Das wäre zu schlicht gewesen."

„Natürlich." Er lächelte immer noch.

„Da stand: ,Ich stehe *hun*glaublich auf dich.'" Tori wartete und konnte sich ein Grinsen nicht verkneifen.

Einen Moment lang herrschte Schweigen, dann lachte Josh. „Natürlich."

„Und das war noch nicht alles", sagte Tori.

„Stimmt, Priscilla war ja auch noch da."

„Ganz genau. Ich habe sie hinter Buck hergeschickt, natürlich ebenfalls mit einer Botschaft um den Hals. Darauf stand: ,Ich habe sogar etwas *sau*leckeres für dich gebacken'." Tori hielt inne. „Und dann kam ich mit einem Teller mit vier Muffins herein, auf denen ,Frohen Valentinstag' stand."

Diesmal lachte Josh noch lauter, sodass die Matratze vibrierte, und Toris Grinsen wurde noch breiter.

Joshs Lachen wurde noch tiefer. „Okay", sagte er schließlich, als er wieder zu Atem kam. „Und warum vier Muffins? Es waren doch nur zwei Wörter."

Er hatte ihr wirklich zugehört. Das gefiel Tori an ihm. „Valentinstag war zu lang für einen Muffin", erklärte sie. „Ich musste es auf drei Muffins verteilen."

„Wow", flüsterte Josh, sichtlich amüsiert. „Wie hat Marcus reagiert?"

„Oh, er wurde rot und hat sich stotternd bedankt. Und dann …" Tori machte eine dramatische Pause, „… hat Priscilla auf den Boden gekackt."

„Neeeeein", stöhnte Josh. Dann lachte er. „Wirklich?"

„Ja. Und ich habe irgendwie ‚Nein!' geschrien und mich auf sie gestürzt. Sie ist erschrocken und den Flur hinuntergerannt. Ich ließ die Muffins fallen, und als Buck sich über sie hermachen wollte, habe ich mich auf ihn gestürzt. Aber Priscilla entkam. Es war das reinste Chaos."

Josh lachte jetzt noch lauter, und Tori war deswegen genauso versucht, näher an ihn heranzurücken, wie sie es beim Anblick seiner nackten Brust gewesen war.

„Alle waren im Flur versammelt, entsetzt und fasziniert. Viele riefen ‚igitt' und ‚wie eklig' und am Ende bin ich natürlich auf dem Zuckerguss ausgerutscht und vor Marcus auf dem Hintern gelandet."

„Wenigstens bist du nicht in Priscillas Kacke ausgerutscht", meinte Josh.

„Oh nein, da bin ich drin *gelandet.*"

„Oh mein Gott."

Sie sah, wie Josh in der Dunkelheit mit der Hand über sein Gesicht fuhr. Er fand das alles offensichtlich höchst unterhaltsam. Genauso wie Tori. Zumindest jetzt, dreizehn Jahre später.

„Gib's zu", sagte sie. „Es wäre dir peinlich gewesen, wenn ein Mädchen das bei dir gemacht hätte."

„Okay, vielleicht ein bisschen. Aber ich hätte es auch toll gefunden."

Sie glaubte ihm.

„War das eine der Sachen, die du mit Andrew besprochen hast und die er dir ausreden wollte?"

„Nein. Das war der Grund für unsere Regel, alles mit ihm zu besprechen", sagte sie grinsend.

„Hat er das alles mitbekommen?"

„Oh ja. Er war auch im Leichtathletik-Team. Er kam gerade in dem Moment heraus, als Priscilla nach drinnen lief."

„Hat er hat den Tag danach gerettet?", fragte Josh in einem weniger amüsierten Tonfall.

„Er hat Priscilla eingefangen, sie in meinen Pick-up geladen, und mir geholfen, den Flur zu putzen. Am nächsten Tag hat er nur noch darüber gelacht und den Leuten erzählt, dass es eine witzige Situation gewesen war und Marcus sich geschmeichelt fühlen sollte."

„Und das hat funktioniert? Das hat die Wogen geglättet?"

„Na ja, Andrew war sehr beliebt. Er war der Kapitän des Basketball-Teams, ein guter Schüler und sehr engagiert. Die Leute hielten mich zwar immer noch für seltsam, aber sie hörten auf, mich deswegen zu hänseln. Zumindest zogen sie mich nicht so sehr auf, wie sie es getan hätten, wenn er sich *nicht* für mich eingesetzt hätte."

„Hast du den Valentinstag mit Marcus verbracht?"

„Um Gottes Willen nein", erwiderte sie. „Er konnte mir den Rest der Woche kaum in die Augen schauen. Ich bin mir sicher, dass er immer wieder daran gedacht hat, wie voller rosa Zuckerguss und Schweinekacke vor ihm stand. Es hat eine Weile gedauert, aber schließlich kamen wir an einen Punkt, an dem wir eine unangenehme Unterhaltung führen konnten."

„Naja, wenigstens war er kein Arschloch."

„Oh, ich bin mir sicher, dass *Andrew* ihm gesagt hat, dass er sich mir gegenüber nicht wie ein Arschloch verhalten soll."

„Tut mir leid", sagte Josh nach ein paar Sekunden. „Jeder Mann sollte sich freuen, wenn ein Mädchen, das ein Schwein hat, sich nicht scheut, es zu benutzen, um seine Zuneigung auszudrücken."

Tori spürte ein leichtes Pochen in ihrer Brust. „Das ist wirklich süß."

Josh schüttelte den Kopf. „Du bist einfach bezaubernd."

Tori spürte, wie ihre Augen größer wurden. Hitze und etwas, das sie nur als Zuneigung bezeichnen konnte, schossen durch sie hindurch. Er war nicht entsetzt, wie Andrew es gewesen war, oder verwirrt wie Marcus. Josh fand sie bezaubernd.

Ihre Augen hatten sich inzwischen an den dunklen Raum gewöhnt, aber sie brauchte kein Licht, um ihn zu finden. Wärme strömte von ihm aus und zog sie wie magisch an. Sie rollte sich zu ihm hin und legte ihre Hand auf seine Brust.

Sie spürte, wie er sich anspannte, als wäre er überrascht, doch eine Millisekunde später stöhnte er leise auf und legte seine Hand auf die ihre.

„Tori." Seine Stimme war tief und heiser.

Sie sagte das Erste, was ihr in den Sinn kam. „Ich mag dich sehr."

„Dito", erwiderte er.

„Und ich will dich."

Er räusperte sich. „Auch das beruht absolut auf Gegenseitigkeit. Aber wir müssen nicht –"

„Ich will es."

Seine Finger legten sich um ihre Hand und er holte tief Luft. „Bist du dir sicher?", fragte er.

Jedes einzelne Wort, das er sagte, schien ihre Nippel hart werden, ihren Magen flattern und ihre Beine zittern zu lassen. Sie wollte ihn. Er war so ein toller Kerl. Er mochte sie aufrichtig. Er gab ihr das Gefühl, klug, süß und sexy zu sein.

Außerdem war er mit Abstand der schärfste Kerl, dem sie jemals außerhalb einer Scheune so nahe gewesen war.

Okay, sogar in einer Scheune.

Ja, sie wollte ihn definitiv. Das hier. Jetzt. Genau jetzt.

Tori rückte näher an ihn heran, drückte ihn auf den Rücken und schwang dann ihr Bein über ihn, um sich rittlings auf seinen Schoß zu setzen. Wie vermutet, trug er nur Unterwäsche, und seine Erektion drückte hart, heiß und *groß* gegen ihren Slip. „Ich bin mir sicher", sagte sie und beugte sich vor, um ihn zu küssen.

Er stöhnte erneut auf, und eine Hand wanderte zu ihrer Hüfte, während die andere ihren Hinterkopf umfasste. Der Kuss wurde sofort leidenschaftlich und feucht. Seine Zunge streichelte die ihre und ihre Klitoris pulsierte.

Beim Küssen ließ sie ihn das Tempo vorgeben, doch ihre Hände wanderten über seine Brust, seine Schultern und seinen Bauch. Die harten Muskeln und die heiße Haut weckten in ihr das Bedürfnis, alles davon an ihrer nackten Haut zu spüren.

Joshs Hand glitt von ihrer Hüfte zu ihrem Po, drückte zu und presste sie gegen seinen harten Schwanz.

„Das ist nicht fair", raunte er mit gedämpfter Stimme an ihrem Mund. „Das ist *kein* Schlafanzug."

„Das war alles, was ich hatte", antwortete sie atemlos.

„Du hast deinen Pyjama vergessen? Ich kann nicht sagen, dass ich das schade finde."

„Nein, ich schlafe normalerweise nackt."

Er stöhnte und seine Finger krallten sich in ihren Hintern. „Das ist fantastisch."

„Etwas unpraktisch, wenn ich mitten in der Nacht angerufen werde, um Fohlen und Kälber zur Welt zu bringen", sagte sie und hob den Kopf, um zu ihm hinunterzusehen. „Aber ich habe noch nie vergessen, mich anzuziehen."

Er lachte. „Außerdem wird es dir dann nichts ausmachen, wenn ich dir nicht erlaube, dich danach wieder anzuziehen."

„Danach?", neckte sie.

„Nachdem ich dich mit meinen Händen und meiner Zunge verwöhnt habe und du so heftig gekommen bist, dass du dich nicht mehr anziehen könntest, selbst wenn du es wolltest."

Ihre Augen weiteten sich und ihr Herz raste bei diesen tiefen, schroffen, völlig aufrichtigen Worten. „Ich glaube, es würde mir auch dann nichts ausmachen, wenn ich normalerweise nicht nackt schlafen würde."

Plötzlich drehte Josh sie auf den Rücken und stützte sich mit einem Ellbogen über ihr ab, die andere Hand immer noch auf ihrem Hintern. „Deine letzte Chance, nein zu sagen."

Sie wusste, dass das nicht stimmte. Sie könnte ihn jederzeit aufhalten. Er würde vielleicht enttäuscht sein, aber er würde niemals *nicht* aufhören. Es gefiel ihr, dass sie sich bei ihm so sicher fühlte. „Ich liebe Louisiana", sagte sie. „Ich muss mich voll und ganz auf diese Erfahrung einlassen und *alles* ausprobieren, was dieser großartige Staat zu bieten hat."

Er grinste sie an. „Iowa", sagte er.

„Was ist damit?"

„Dieser Moment könnte das letzte Mal sein, dass du dich an dieses Wort erinnern kannst."

Sie lachte, doch das Lachen verstummte rasch, als Josh seine großen, rauen Hände an ihren Seiten hinaufglitten ließ und ihr das Tank-Top über den Kopf zog.

Und einfach so lag sie nur mit einem Höschen bekleidet in einem großen Bett auf einer Südstaatenplantage mit einem Kerl, der „Verdammt, Tori", murmelte, als er auf sie herabsah.

Seine Bemerkung brachte sie dazu, den Rücken zu krümmen und sich zu strecken, wie es ihre Katzen taten, wenn sie ihnen sagte, wie hübsch sie waren und sie gestreichelt werden wollten.

Aber Joshs Hände wanderten nicht zu ihren Brüsten oder ihren harten, schmerzenden Nippeln. Stattdessen schob er seinen Mittelfinger in den oberen Teil ihres Höschens, zog es über ihre Beine und warf es auf den Boden.

Und einfach so war sie völlig nackt.

„Verdammt, Mädchen." Da war wieder dieser Südstaaten-Akzent.

Tori spürte, wie der Schmerz schnell von ihren Brustwarzen zu ihrer Muschi wanderte und sie rutschte auf den glatten Laken hin und her. Sie musste unbedingt gestreichelt werden. Wenn er nicht aufpasste, würde sie sogar schnurren.

„Berühre mich", flüsterte sie. „Bitte."

„*Nichts*, was ich lieber täte." Er stützte sich wieder auf einen Ellbogen und legte sich neben sie, hob aber eine Hand zu ihrem Gesicht und streichelte ihre Wange. „Du bist wunderschön."

Er hatte sie bezaubernd und süß genannt, doch in diesem Moment war nichts an dem Blick in seinen Augen so sanft und unschuldig wie diese Worte. Er sah sie an, als wolle er sie verschlingen.

„Bist du noch Jungfrau?", fragte er und strich mit dem Daumen an ihrem Kinn entlang.

Mit dieser Frage hatte sie nicht gerechnet. „Sehe ich aus wie eine Jungfrau?", fragte sie, da sie tatsächlich neugierig war.

Er zögerte, dann schenkte er ihr sein typisches Grinsen. „Ich weiß nicht, ob es darauf eine gute Antwort gibt."

Sie grinste. „Ich wirke wie eine Jungfrau, oder?"

„Sagen wir einfach, ich wäre so oder so nicht überrascht?" Bei ihm klang das definitiv wie eine Frage.

Tori schob ihre Beine auf dem Laken hin und her, weil sie seine Hände auf ihrer Haut spüren wollte. Gleichzeitig wusste sie jedoch, dass sie dieses Gespräch führen mussten. „Ist es so schwer vorstellbar, dass ich es bei so viel Schweinekacke mit jemandem ins Schlafzimmer schaffe?"

Er gluckste. „Es ist schwer vorstellbar, dass die Typen, die du beschreibst, schlau genug sind, dich ins Schlafzimmer zu bekommen."

Sie grinste zu ihm hoch. „Eine ziemlich clevere Antwort."

Er ließ seine Hand über ihre Hüfte gleiten und das Kribbeln tanzte an ihrem Bein hinunter und zu ihren Nippeln hinauf. „Ich würde es toll finden, wenn ich dein Erster wäre."

Seine gemurmelte Antwort, kombiniert mit der Wärme und Zuneigung in seinen Augen, verstärkte dieses Kribbeln. „Verdammt, jetzt wünschte ich, du wärst mein Erster."

„Ich bin es also nicht?"

„Tut mir leid."

„Mir auch."

Sie lächelten sich einen Moment lang an.

„Aber du bist der Erste seit langer Zeit", bot sie schließlich an.

Er ließ seine Hand wieder an ihrer Hüfte auf und ab gleiten, wobei die Schwielen auf seiner Handfläche ihr köstliche Schauer der Begierde über den Rücken jagten. „Wie lange?"

Sie befeuchtete ihre Lippen und versuchte, still dazuliegen und einfach nur zu reden, obwohl sie eigentlich nach seiner Hand greifen und sie gegen ihren pochenden Kitzler drücken wollte. „Äh, seit ein paar Jahren."

Er zog die Augenbrauen hoch. „Ach ja?" Er klang hoffnungsvoll.

Sie nickte. „Ja."

Er schien darüber nachzudenken. „Okay, das ist ziemlich gut."

„Das ist *gut*? Ich hatte seit zweieinhalb Jahren keinen Sex mehr, Josh", sagte sie. „Wie kann das gut sein?"

„Zwei*einhalb*?", fragte er, lehnte sich näher heran und seine Hand bewegte sich wieder.

„Na ja, so zweieinhalb bis dreiviertel."

„Oh, dreiviertel. Das gefällt mir", sagte er ihr mit tiefer Stimme. „Das gefällt mir sehr."

„Wirklich?"

Er fuhr mit seinen Lippen über die empfindliche Haut ihres Halses, wobei sich ihre Nippel noch mehr verhärteten.

„Ja, *wirklich*. Zum einen gefällt mir die Vorstellung, dafür zu sorgen, dass du heiß, begierig und feucht unter mir liegst, während ich dich so ausdehne, wie du es schon lange nicht mehr erlebt hast", raunte er ihr mit heiserer Stimme ins Ohr.

Sie stöhnte leise und bewegte ihre Beine auf dem Laken hin und her, um ihn dazu zu bringen, seine Hand mehr in die Mitte zu bewegen.

Er tat es nicht. Dafür fuhr er mit seinem Mund an ihrem Kiefer entlang zu ihrem Mund und flüsterte: „Und zweitens macht es diese Zeitspanne ein wenig einfacher, dich jeden Mann vor mir vergessen zu lassen." Er küsste sie lange und tief. Als er den Kopf hob, sagte er: „Nicht, dass ich mir darüber wirklich Sorgen gemacht hätte."

Eine leise Stimme in Toris Hinterkopf flüsterte, dass sie vorsichtig sein sollte. Er war dabei, sie für andere Männer zu ruinieren. Nicht nur, weil er, nun ja, *er* war. Sondern weil er genau auf diese Mission fixiert zu sein schien.

Natürlich war diese leise Stimme nichts im Vergleich zum Rest ihres Gehirns und jedem Zentimeter ihres Körpers unterhalb des Gehirns, der schrie: *Ja! Tu das! Tu all das!*

„Hey, Josh?", fragte sie schließlich ein wenig atemlos.

„Ja, Tori?"

„Ich habe gerade an Anthony gedacht, und daran, wie sehr er seine Hunde und Pferde liebt, und wie er damals während unseres letzten Jahres an der Tierarztschule so heldenhaft einen Weißkopfseeadler gerettet hat."

Josh zog sich zurück und sah zu ihr hinunter. „Ist das so?"

„Ja. Du solltest dich also lieber an die Arbeit machen, bevor ich an Chad und seinen großen –"

Josh küsste sie tief und besitzergreifend auf den Mund und seine Hand wanderte an ihrer Hüfte hinunter und dann nach oben, um ihre Brust zu umfassen. Tori seufzte zufrieden, als er mit dem Daumen über ihren Nippel strich. Das war schon besser. Sie liebte es, seine Hände auf ihrem Körper zu spüren und interessanterweise auch seine besitzergreifende Ader, die dabei zum Vorschein kam. Sie mochte es, wenn er ein wenig eifersüchtig war. Das war natürlich lächerlich. Er hatte keine Konkurrenz. Doch wenn es ihn dazu brachte, dieses Feuer zu löschen, das durch ihre Blutbahn strömte, dann würde sie das nutzen.

Er hob den Kopf und sah auf sie herab, während er an ihrer Brustwarze zupfte und sie zwischen seinen Fingern zwirbelte.

„Fernseher", sagte sie und beendete ihren Gedanken von vorhin.

„Er hatte einen großen Fernseher?"

„Einen *richtig* großen."

Josh grinste sie an, dann senkte er seinen Kopf, nahm ihre Brustwarze in den Mund und saugte so kräftig daran, dass sie keuchte und sich krümmte, bevor er seinen Kopf hob und sagte: „Ich zeige dir gerne, wie viel Zoll ein richtiger Mann hat."

Sie kicherte. „Sechzig Zoll?"

Er drückte seinen Schwanz gegen ihre Hüfte. „Ich habe vierundachtzig, Baby."

Ganz ehrlich, sollte Sex so viel Spaß machen? Sie ließ ihre Hand zu seinem Hinterkopf gleiten und griff in sein Haar. Es schien ihm zu glauben, wenn sie das tat. „Zeig mir alles, was du hast."

Er knurrte. „Mit Vergnügen."

Sein Mund kehrte zu ihrem Nippel zurück und seine Hand glitt über ihren Bauch und nach unten. Er strich hin und her und sandte Wellen der Hitze direkt in ihr Inneres. Er ließ seine Zunge über ihre Nippel gleiten, während die Fingerkuppe seines Mittelfingers über ihren Kitzler strich. Sie drückte ihre Finger gegen seinen Kopf und hob ihre Hüften, während ihre Augen sich schlossen.

Dann bewegte er sich zu ihrer anderen Brustwarze, drückte gegen ihren Kitzler und umkreiste mit seinem Finger langsam die feste Knospe.

„Du bist so süß", sagte er ihr heiser. „Ich wette, du schmeckst auch verdammt süß."

Sie riss die Augen auf und beobachtete ihn, während er an ihrem Körper hinunterglitt und mit seinen Lippen über ihre Rippen und ihren Bauch bis zu der Einbuchtung, wo ihre Hüfte begann.

„Oooh", sagte sie leise. „Das hat noch nie jemand gemacht."

Er zog eine Augenbraue hoch, ein hitziger Blick lag in seinen Augen. „Lüg nicht, nur um mich glücklich zu machen, Tori."

Sie lachte. „Wie kommst du darauf, dass ich nicht nur versuche, *mich* glücklich zu machen?"

„Oh, ich werde dich glücklich machen. Glücklicher als du es je warst", versprach er. „Selbst wenn jemand anderes das schon vor mir getan hat. Aber ich würde mich verdammt freuen, wenn noch nie jemand so schlau war, deine süße Muschi zu kosten."

Kapitel Zehn

Josh beobachtete, wie Tori einen schnellen Atemzug nahm, sein ganzer Körper war hart und pulsierte. Diese Frau. Verdammt. Er *brauchte* sie. Das war mehr als Verlangen. Mehr als alles, was er bisher gefühlt hatte. Und er dankte all seinen Glückssternen, dass sie jetzt hier bei ihm war. Einfach so. Nackt und begierig.

Aber die Vorstellung, der Erste zu sein, der ihr Lust bereitete? Das machte ihn fertig. Ob es nun darum ging, der Erste zu sein, der sie sie mit den Delikatessen aus Louisiana bekannt machte, oder der Erste, der sie zum Orgasmus leckte und saugte, er war ganz bei der Sache, und es machte ihn fertig. Auf eine gute Art. Es war, als ob alles, was er jemals zuvor gekannt, getan oder gefühlt hatte, gelöscht und durch *sie* ersetzt worden wäre.

Und zum Glück schien sie Dirty Talk zu lieben, denn er war sich nicht sicher, ob er sich zurückhalten konnte, wenn er es versuchte.

„Du wärst der Erste", sagte sie ihm. „Versprochen."

„Verdammt ja", knurrte er.

Er fuhr mit seiner Zunge über die Stelle, die nur ein paar Zentimeter von dem Punkt entfernt war, an den er eigentlich wollte. Er wollte dass sie das hier wirklich wollte. Er wollte, dass sie ihn so richtig antrieb. Nicht, weil er dachte, sie würde zögern. Ihr angestrengter Atem und die Tatsache, dass sie beide Seiten des Lakens umklammerte, sagte ihm, dass sie das wollte. Aber er wollte mit ihr reden, bei ihr sein, sie einen Schritt nach dem anderen begleiten, denn, nun ja, es war verdammt heiß.

„Spreiz deine Beine, Süße." Seine Stimme war jetzt tiefer.

Tori gehorchte schnell und rammte ihm dabei fast ein Knie gegen die Nase. Er kicherte, als er ihr auswich, was sich jedoch schnell in ein Stöhnen verwandelte, als sie die Beine spreizte, und die glitschigen rosa Falten zum Vorschein kamen, an die er so sehnlich heranwollte, dass es wehtat.

„Ich sollte dich wahrscheinlich warnen", sagte er ihr.

„Mich warnen?"

„Ich war mit niemandem mehr zusammen, seit ich mich letztes Jahr auf der Bourbon von dir verabschiedet habe. Ich werde dich wahrscheinlich verschlingen wie ein Mann, der am Verhungern ist. Denn das bin ich, Süße."

Er spürte, wie sich ihr Körper vor Überraschung anspannte. Er schaute auf. Sie stützte sich auf ihre Ellbogen und starrte ihn an.

„Im Ernst?", fragte sie schließlich. „Du hattest seit über einem Jahr keinen Sex mehr?"

„Im Ernst."

„Aber .... warum?"

Er hob eine Schulter und antwortete wahrheitsgemäß. „Wegen dir."

Sie starrte ihn einen weiteren langen Moment lang an. „Wow", sagte sie schließlich. Dann lächelte sie, ließ sich auf den Rücken fallen und spreizte ihre Beine etwas weiter.

Er gab ein leises Kichern von sich. Dann blickte er wieder auf sie hinab. „Verdammt", sagte er ehrfürchtig. Er fuhr mit einer Hand ihr Bein hinauf, während er sich zwischen ihren Schenkeln niederließ. „Das könnte eine Weile dauern."

„Weißt du nicht mehr, wie es geht?"

Er grinste und zwickte ihr leicht in den Innenschenkel. „Ich kann mir einfach nicht vorstellen, dass ich jemals von hier wegwill."

„Oh, ich –"

Was auch immer sie sagen wollte, ging unter, als er mit seiner Zunge über die glatte Haut ihres Innenschenkels fuhr. Ja, genau so süß, wie er es erwartet hatte.

Er leckte sie erneut und bemerkte, wie sich ihr Körper anspannte, allerdings nicht so, als ob sie ihn erneut wegstoßen würde. Es war vielmehr so, als ob sie kurz davor war zu kommen. Jetzt schon.

Josh küsste sich über die Innenseite ihres Oberschenkels zu ihrer Muschi, spreizte sie und leckte einmal kurz über ihren Kitzler. Verdammt noch mal, sie war köstlich.

„Oh mein ... *Josh*."

Oh, mein Josh. Ja, das gefiel ihm. „Mach dich auf was gefasst", sagte er ihr grinsend.

Dann leckte er sie härter, an beiden Seiten und direkt über diesem süßen kleinen Knubbel, immer wieder, während sie sich auf der Matratze wand und ihn schließlich dazu brachte, eine Hand auf ihren Unterbauch zu legen, um sie ruhig zu halten. Dann saugte er an ihr. Zuerst sanft, indem er mit seiner Zunge über ihren Kitzler fuhr, dann immer heftiger, als sie sich ihrem Orgasmus immer mehr näherte. Sie war mit Abstand das Beste, was er je gekostet hatte, und er würde nie wieder eine andere Frau lecken.

Heilige Scheiße. Das war ein verrückter Gedanke. Er liebte Oralsex. Er liebte es, die Frauen zu beglücken, und er *liebte* Blowjobs. Aber ja, er konnte sich nicht vorstellen, jemals mit einer anderen Frau so zusammen zu sein. Keine andere würde jemals so gut klingen oder sich so gut anfühlen oder schmecken.

Verdammt noch mal. Vielleicht sollte er einfach nach Iowa ziehen.

Verdammt, im Laufe der Geschichte waren schon viele Männer tausend Meilen weit weggezogen, und zwar für weit weniger als die beste Muschi, die sie je vernascht hatten. Und Tori war viel mehr als das.

Dieser Gedanke kam ihm, als er zwei Finger in ihren sehr engen, aber sehr heißen und feuchten Kanal schob und sie hart kommen ließ. Ihre Muskeln umklammerten seine Finger und sie drückte ihren Rücken durch und rief seinen Namen so laut, dass Josh sicher war, dass die Leute nebenan es hörten, wenn sie in ihrem Zimmer waren.

Er hoffte, dass sie in ihrem Zimmer waren.

Er behielt seine Finger und seinen Mund genau dort, wo sie waren, und bearbeitete sie sanft, während ihr Höhepunkt abebbte. Dann kroch er an ihrem Körper hinauf und küsste sie leidenschaftlich, wobei er sicherstellte, dass sie schmeckte, wie verdammt lecker sie auf seiner Zunge war.

Schließlich ließ er sie nach Luft schnappen.

Mach ihr keinen Antrag. Mach ihr keinen Antrag. Mach ihr keinen Antrag. Er wiederholte die Worte, bis er sicher war, dass er nichts Verrücktes sagen würde.

„Heilige Scheiße, kannst du nach Iowa ziehen und das jede Nacht mit mir machen?", fragte sie, während sie ihre Arme um seinen Hals schlang und ihren Körper an seinen drückte.

Okay, *sie* konnte verrücktes Zeug sagen. Für den Moment. Er gluckste, hielt sie fest und wollte, dass sein Herz aufhörte, gegen seinen Brustkorb zu hämmern. „Nun, verdammt, ich schätze, ich bin noch nicht fertig."

Sie blickte zu ihm auf. „Nein?" Wirkte sie begierig?

Er lachte. „Na, du weißt schließlich noch, woher du kommst."

Sie grinste. „Oh ja. Ich schätze, das tue ich. Zumindest den Staat. Der Name der Stadt ist verschwommen. Ich glaube, ich brauche noch ein bisschen mehr."

„Du hast es so gewollt." Er küsste sie hungrig, dann griff

er nach seiner Hose neben dem Bett und zog ein Kondom aus der Tasche. Ja, er war ein Optimist. Er kniete sich hin und begann, seine Boxershorts auszuziehen.

„Lass mich das machen." Tori setzte sich auf und griff nach ihm.

Sie ging so offen mit ihren Gefühlen und Wünschen um. Das liebte er. Ganz besonders dann, wenn ihre Gefühle und Wünsche ihm galten, aber auch generell. Es schien, dass sie nur dann etwas zurückhielt, wenn Andrew dabei war und sie daran erinnerte.

Dieser verdammte Andrew.

Tori zog seine Boxershorts herunter und seufzte glücklich, als sie zum ersten Mal seinen Schwanz sah, der noch nie so hart gewesen war, und Josh vergaß alles um sich herum.

Sie sagte weder „Oh mein Gott, du bist so groß" oder „Du bist so heiß". Nichts Verführerisches. Stattdessen nahm sie einfach seinen Schwanz in die Hand, umkreiste ihn und strich daran auf und ab, während ihre Augen ihren Bewegungen folgten.

Josh spürte, wie sich seine Eier anspannten, und er musste die Zähne zusammenbeißen, als ihn die Empfindungen zu überwältigen drohten. Da war zum einen ihre Berührung, aber war auch ihr Gesichtsausdruck und ihr zufriedenes Ausatmen. Als ob sie in diesem Moment einfach nur glücklich wäre.

Sie war vielleicht keine Jungfrau mehr, aber sie war auch nicht sehr erfahren. Sie hatte letztes Jahr im Bourbon O mit ihm geflirtet, aber sie hatte nicht versucht, ihn zu verführen. Sie hatte einfach nur Spaß gehabt, ihn geneckt, es genossen. Das war es, was ihn verführt hatte, wie er jetzt begriff. Es war einfach die Ehrlichkeit und Offenheit, mit der sie ihre Gefühle und Gedanken zum Ausdruck brachte. Der Hurricane hatte ihr nicht geschmeckt. Der Gin Fizz war okay gewesen. Und das Bier fand sie lecker. All das war sowohl an ihrem Gesichtsausdruck als auch an ihrem Tonfall deutlich zu erkennen gewesen. Deswegen hatte er auch gewusst, was sie für *ihn* empfand. Und deshalb hatte er gewollt, dass die Dinge mit ihr anders liefen.

In diesem Moment zu sehen, wie erregt sie war und wie sehr es ihr offensichtlich gefiel, ihn zu berühren und ihn anzusehen, war das Heißeste, was er je erlebt hatte.

Nun, vielleicht nach dem Moment, als sie zum ersten Mal ihre Beine gespreizt hatte.

Und als er sie zum ersten Mal auf der Tanzfläche herumgewirbelt hatte.

Und als sie auf dem Dock in Autre gestrahlt hatte, als sie ihn gesehen hatte.

Heiliger Strohsack, er war dabei, sich in sie zu verlieben.

Die Erkenntnis traf ihn wie ein Schlag ins Gesicht.

Noch nie hatte er eine Frau so sehr gewollt.

Wortlos reichte er ihr das Kondom – weil er tatsächlich nicht wusste, was er sagen sollte. Sie riss es auf und rollte es über. Dann drückte er sie zurück, kniete sich zwischen ihre Knie, umfasste ihren Po mit seinen Händen und brachte sich in Position.

Sie schaute nach unten und beobachtete, wie er langsam in ihre feuchte Hitze glitt.

Josh biss die Zähne zusammen, als er langsam in sie eindrang. Er wollte es langsam angehen lassen und widerstand dem Drang, wild in sie hineinzustoßen. Doch ihr leises Stöhnen und die Art und Weise, wie sie sich an ihm bewegte, stellten jedes Fünkchen Selbstbeherrschung, das er in sich hatte, auf die Probe. Für das „Oh, Josh", das ihren Lippen entwich, würde er verdammt noch mal in den Krieg ziehen. Ganz zu schweigen von der Art und Weise, wie ihr süßer Körper seinen Schwanz umklammerte, als wollte sie ihn nie wieder loslassen.

Er drang bis zum Anschlag in sie ein und genoss es, bis zu den Eiern in ihr zu stecken, bevor er sich wieder zurückzog, ebenfalls ganz langsam. Er bewegte sich mit langen, leichten

Bewegungen hinein und heraus und beobachtete, wie ihre perfekten Brüste wippten, wie ihre Hände das Bettlaken umklammerten, wie ihr Körper ihn ganz und gar aufnahm und seine Länge und seinen Umfang willkommen hieß, während ihre Muschi ihn fest umschloss.

„Wenn ich in deinen Heimatort ziehe, werde ich darauf bestehen, dass wir dort viel hiervon machen."

Sie schluckte schwer und sah zu ihm auf. „Woher komme ich noch mal? Ich kann mich nicht erinnern."

Er wollte grinsen. Er wollte sie necken und lachen. Doch aus irgendeinem Grund wollten die leichten, nicht wirklich ernst gemeinten Worte nicht kommen. „Zu weit weg, verdammt", sagte er ihr. Dann fuhr er mit dem Daumen in kreisenden Bewegungen über ihren Kitzler, bevor er Druck ausübte, wobei die Luft aus ihren Lungen wich und erneut ein harter, schneller Orgasmus über sie hinwegfegte.

Sie keuchte seinen Namen, warf ihren Kopf zurück und drückte seinen Schwanz mit ihrer Muschi so fest zusammen, dass er nur wenige Sekunden nach ihr kam und ihren Namen schrie.

Ja, er hoffte verdammt noch mal, dass jemand im Nebenzimmer war und das hörte.

Es dauerte einige Sekunden, bis die Wogen der Lust abgeebbt waren. Josh war immer noch über Tori gebeugt, atmete schwer und beobachtete, wie sie ebenfalls nach Luft schnappte. Er war immer noch tief in ihr, und er konnte nicht sagen, ob die Nachbeben ihres gemeinsamen Orgasmus von ihr oder von ihm stammten.

Schließlich stützte er sich auf einen Ellbogen und bewegte sich leicht hin und her, zog sich aber nicht aus ihr heraus. Er konnte sich noch nicht dazu durchringen, ihre Körper zu trennen. Er zog sie an sich, während eines ihrer Beine über seiner Hüfte lag, sodass er sie spreizen und tief in ihr vergraben bleiben konnte.

Sie seufzte schwer und wirkte vollkommen zufrieden.

Mehrere Minuten lang lagen sie einfach nur da und atmeten. Lange genug, dass er sich fragte, ob sie eingeschlafen war. Schließlich sagte sie jedoch: „*Das* war es auf jeden Fall wert, ein Jahr zu warten."

Er gluckste. Und stimmte tausendprozentig zu. Dann überkamen ihn wieder Gefühle, die er noch nie empfunden hatte, wenn er mit einer nackten Frau im Bett lag. Unter anderem ein Gefühl der Panik. Vielleicht würde er sie nie wieder sehen. Letztes Jahr in der Bourbon Street hätte sie für immer weggehen können. Sie hätte beschließen können, nicht nach Autre zu kommen, um ihn zu suchen. Josh spürte, wie sein Herz zu rasen begann, und er holte tief Luft und zog sie näher an sich.

„Danke, dass du nach Louisiana gekommen bist. Und danke, dass du nach Autre gekommen bist", sagte er mit krächzender Stimme.

Sie lachte leise. „Ich wäre vielleicht nicht zum Bayou gekommen, wenn ich Andrew nicht versehentlich geküsst hätte."

Josh bemühte sich, sie nicht zu fest zu drücken. Sie wäre vielleicht nicht gekommen. Was zum Teufel hätte er dann getan?

Aber dann wackelte sie mit ihrem Hintern und stieß einen weiteren langen, zufriedenen Seufzer aus, und Josh beschloss, dass er, anstatt darüber nachzudenken, was hätte sein können – oder was vielleicht *nicht* hätte sein können –, die Liebe seiner Familie zu Schicksal und Seelenverwandten enthusiastisch annehmen würde.

Denn dem verdammten Andrew würde er für *nichts* dankbar sein.

„Eigentlich sehen wir uns gar nicht so ähnlich, oder?", fragte Josh Owen. „Ich bin auf jeden Fall muskulöser, oder?"

„Ja, Prinzessin, du bist hübscher als er", sagte Owen, hob sein Glas Eistee und verdrehte die Augen.

„Ach, halt die Klappe", brummte Josh und stocherte mit der Gabel in seiner Meeresfrüchtepastete herum.

Sie saßen in Trahan's Tavern, in der Nähe des Jackson Square, sechzehn Stunden nachdem Tori in seinen Armen eingeschlafen war.

In diesen sechzehn Stunden hatte er geschlafen und sich dann frühmorgens aus dem Bett geschlichen, um Leo unten zu treffen und die süße Grütze und den Zichorienkaffee zu holen, die Ellie geschickt hatte. Er war nicht im Geringsten überrascht, dass Owen das Frühstück auslieferte, den Bus fuhr und anstelle von Leo den Chauffeur für die Stadtrundfahrt durch New Orleans spielte. Dann hatte er Tori mit Maisgrütze gefüttert, die sie köstlich fand, und ihr Kaffee serviert, der ihr ebenfalls geschmeckt hatte, nachdem er Sahne und Zucker hinzufügt hatte – sie würde sich mit dem Zichorienkaffee anfreunden, da war er sich sicher. Anschließend hatte er acht Leute aus Iowa in einen Tourbus verfrachtet und ihnen den Big Easy gezeigt.

„Du bist eindeutig muskulöser als er", sagte Gabe Trahan zu Josh.

„Danke, Mann."

„Du hast auch schöneres Haar", entschied Gabe. Er hatte sich zu Josh und Owen gesetzt, nachdem er der Gruppe das Abendessen serviert hatte, und musterte Andrew nun.

Josh warf Owen einen Blick zu. „Siehst du? *So* unterstützt man jemanden."

„Aber er ist größer", sagte Gabe. „Und er sieht klüger aus als du."

„Wie bitte?"

Gabe sah Josh an und zuckte mit den Schultern. „Wahrscheinlich ist es nur die Brille, aber er sieht irgendwie aus wie ein herausgeputzter College-Junge."

„Er *ist* ein College-Junge", sagte Owen. „Jurastudent."

„Haltet die Klappe", sagte Josh zu den beiden.

Gabe gluckste. „Ich denke nicht, dass das ein Problem darstellen wird. Immerhin hat Paisley Darbonne ihn an den Eiern, also hast du nichts zu befürchten."

„Wie kommst du darauf?", fragte Josh, überrascht, dass Gabe überhaupt wusste, mit wem Andrew verlobt war. Wobei er annahm, dass es in den Lokalzeitungen gestanden hatte.

„Andrew und seine Kumpels waren neulich Abend hier und ich habe sie reden hören", meinte Gabe achselzuckend.

„Sie waren *hier*?", fragte Josh. „Wann?"

„Karneval."

„Sie waren am *Dienstag* hier?" Josh war in der Bar auf und ab gelaufen, völlig abgelenkt von den Gedanken an Tori, sodass es gut möglich war, dass er Andrew nicht gesehen hatte. Andererseits hatte er am Dienstag nicht gewusst, wer Andrew war. Er hätte den anderen Mann sehen können, ohne ihn wirklich *wahrzunehmen*. Er hätte dem zukünftigen Bräutigam ein oder zwei Bier einschenken können, ohne ihm wirklich ins Gesicht zu sehen.

„Das waren sie. Schöne große Rechnung und gutes Trinkgeld", sagte Gabe.

„Und da hat er über Paisley gemeckert?", fragte Owen.

„Nur, dass er nicht zufrieden damit ist, wie es läuft, und dass er einen Weg finden musste, um die Wogen zu glätten. Einer seiner Trauzeugen fragte, wann Andrew mal etwas entscheiden dürfe, und Andrew sagte: ‚Wenn Paisley das sagt.'" Gabe und Owen lachten.

Josh beobachtete Andrew und Tori weiterhin zusammen. Andrew war also unzufrieden mit der Hochzeitsplanung? Das hatte er nicht gewusst.

„Du hast ihnen also die Sehenswürdigkeiten gezeigt, was?", fragte Gabe. „Heißt das, du kennst dich auch mit Beton aus und nicht nur mit Sumpfwasser?"

„Oh, verdammt", sagte Owen. „Sobald der Kerl ein begeistertes Publikum und ein paar Geschichten zum

Erzählen hat, ist er im Himmel. Es spielt keine Rolle, um welches Fahrzeug es sich handelt oder ob die Geschichten wahr oder reiner Blödsinn sind."

„So ungefähr", sagte Josh grinsend. Er konnte nicht leugnen, dass es ihm viel Spaß gemacht hatte, diese Gruppe herumzuführen.

„Hast du ihnen die Preservation Hall, die Kathedrale und die Straßenbahnen gezeigt?", fragte Gabe.

„Ja."

„Und hast du Pralinen verteilt und ihnen erklärt, warum die Canal Street so heißt?"

„Jawohl."

„Und hast du sie zum Zweite Weltkrieg Museum gebracht?"

„Wir sind daran vorbeigefahren", antwortete Josh. „Man muss einen ganzen Tag dort verbringen, um es wirklich zu würdigen. Aber wir waren in der Mardi Gras World."

Gabe grinste. „Und haben sie dort Königskuchen gegessen?"

„Darauf kannst du wetten."

Die Mardi Gras World war eine der großen alten Lagerhallen, in denen viele der Karnevalswagen hergestellt und gelagert wurden. Es war erstaunlich, wie viel Arbeit in den Wagen steckte, und sie aus der Nähe zu sehen, war beeindruckend, vor allem für Leute, die noch nie bei einem echten Karnevalsumzug gewesen waren. Die Königskuchen-Verkostung war ein fester Bestandteil der Besichtigungstour, und auch dies war für die Besucher von außerhalb oft eine Premiere. Die Gruppe aus Iowa hatte die Sache mit der Plastikfigur, die irgendwo im Kuchen versteckt war, nicht ganz verstanden, aber der Kuchen hatte ihnen geschmeckt.

„Wir sind die Canal Street und die St. Charles Avenue rauf und runter gefahren", sagte Josh. Er hatte ihnen die Villen des Garden District gezeigt, von den Straßenbahnen erzählt und eine Runde durch den Audubon Park gedreht, wo er ihnen vom Insektarium, dem Aquarium und dem Baum des Lebens erzählt hatte, der alten Eiche, die schätzungsweise zwischen hundert und fünfhundert Jahre alt war und durch deren Ästen man Giraffen sehen konnte. Die im Zoo, nicht allzu weit von dem Baum entfernt.

„Aber die Tour war in gewisser Hinsicht auch einzigartig", sagte Owen.

Josh und er grinsten sich an.

„Was soll das heißen?", fragte Gabe und hob eine Augenbraue.

„Nun, wir haben ihnen von Katrina erzählt und von den Geschichten, die wir kennen und die wir hier gehört haben", sagte Josh. Er war erst fünfzehn gewesen, als der Hurrikan die Gegend verwüstet hatte, aber jeder kannte jemanden, der eine Geschichte hatte, und viele Leute erzählten diese Geschichten gerne. Die Ersthelfer von der Feuerwache 29, die öfter im Trahan's anzutreffen waren, hatten eine Menge Geschichten auf Lager, von denen sie einige selbst erlebt hatten und andere, die sie von anderen gehört hatten.

Josh wusste, dass einige, wenn nicht sogar die meisten dieser Geschichten im Laufe der Jahre seit dem Sturm ausgebaut worden waren und dass es einige urbane Legenden gab, die sich in die Erzählungen über den Hurrikan und die Nachwirkungen mischten. Doch die Zerstörung war sehr real gewesen, unzählige Menschen waren betroffen, und die Auswirkungen waren immer noch in der ganzen Stadt zu spüren. Es fiel ihm leicht, sich darüber zu ereifern.

„Dann haben wir zur Auflockerung das Museum des Todes und das Voodoo-Museum besucht", sagte Josh und grinste. „Und sind schließlich vor der LaLaurie Mansion gelandet." Die berühmte Spukvilla hatte eine grausige Vergangenheit. Die Geschichte von Delphine LaLaurie, die Mitte des 18. Jahrhunderts in ihrer prächtigen Villa im französischen Viertel Sklaven gefoltert und ermordet hatte, war immer für einen Schockfaktor gut.

Gabe lachte. „Gütiger Gott, diese Leute werden nie wieder nach N'Awlins kommen."

Joshs Blick wanderte wieder zu Tori. Sie musste zurückkommen. Sie *musste*. Wenn sie überhaupt wegmusste.

„Und dann hast du sie hierhergebracht?", fragte Gabe und sah sich um. „Wenn sie empfindliche Mägen haben, werden sie jetzt ganz sicher nichts essen."

„Sie werden aber trinken, um den ganzen verrückten Scheiß aus dem Kopf zu bekommen", sagte Owen.

„Dann sollte ich ihnen wohl lieber nicht erzählen, dass es in der Bar auch spukt", meinte Gabe und richtete sich auf.

Owen gluckste. „Gute Idee."

Josh schüttelte Gabes Hand, als sein Freund und eigentlich auch sein Chef hinter die Bar zurückkehrte. Es fühlte sich jedoch nie so an, als würde er wirklich im Trahan's arbeiten. Es war eher so, als würde er dabei helfen, ein Geschäft zu führen, das er liebte und das ihm am Herzen lag.

„Und danach gehen wir mit ihnen ins Café Du Monde, und sie werden all die bösen, schrecklichen Geschichten vergessen", sagte Owen und steckte sich einen Flusskrebs in den Mund.

„Danke, dass du Gabe diesen Plan nicht verraten hast", sagte Josh.

Das berühmte Café lag genau gegenüber vom Trahan's, und die Leute aus Iowa konnten New Orleans auf keinen Fall verlassen, ohne vorher einen Beignet zu probieren. Er wäre kein guter Führer, wenn er ihnen keinen zum Probieren gab. Auch wenn der Pekannusskuchen mit brauner Butter im Trahan's die Beignets um Längen schlug, würde Josh einem Touristen niemals einen Teller Beignets und einen Café au Lait im Café Du Monde verweigern. Und er würde ihnen nie sagen, dass das Café Beignet noch besser war. Oder dass seine eigene Großmutter so gute Beignets machen konnte, dass sie einen erwachsenen Mann zum Weinen bringen konnten. Das Café Du Monde war einfach ein Muss.

„Also, warum mögen wir Andrew nicht?", fragte Owen und nahm einen großen Bissen von seinem geschwärzten Rotbarsch, einem der vielen leckeren Gerichte auf der Speisekarte des Trahan's. Owen aß umsonst, da er den Bus fuhr. Diesen Deal hatte Leo vor langer Zeit mit Sawyer und Tommy ausgehandelt. „Er ist Toris bester Freund, oder? Solltest du nicht versuchen, dich bei ihm einzuschmeicheln, wenn du sie nochmal flachlegen willst?"

Josh rutschte unbehaglich auf seinem Stuhl herum, und ihm wurde plötzlich extrem heiß. „Wieso *nochmal*? Wie kommst du darauf, dass ich mit ihr geschlafen habe?"

Owen gluckste. „Weil das Mädchen regelrecht strahlt." Er deutete mit seiner Gabel in Toris Richtung.

Sie saß am Ende der Bar und unterhielt sich mit Andrew. Andrew hatte den ganzen Tag versucht, sie allein zu erwischen, was Josh wohlwissen verhindert hatte, angespornt durch Toris offensichtliches Interesse und ihre Freude an der Tour sowie von dem Wunsch, sie voneinander fernzuhalten. Sie stellte Josh eine Million Fragen und war die Letzte im Bus, als sie ausstiegen. Sie wollte sogar in die LaLaurie-Villa gehen. Was von Josh mit einem großen Nein quittiert wurde. Obwohl er täglich mit Alligatoren zu tun hatte, hatte er nicht den Mut, dort hineinzugehen.

Josh beobachtete Tori und Andrew einen Moment lang. „Sie strahlt also, was?" Seiner Meinung nach sah sie einfach nur umwerfend aus. Er verspürte schon den ganzen Tag den Drang, sie zu küssen. Doch er fühlte sich in ihrer Nähe ständig so.

„Na ja, das, und die Tatsache, dass sie dich schon den ganzen Tag so verträumt anguckt." Owen schüttelte den Kopf. „*Niemand* findet deine Erklärung, warum wir Menschen oberirdisch begraben, und die Geschichte des Friedhofs *so* interessant. Glaub mir. Sie hat an deinen Schwanz gedacht und an all die schmutzigen Dinge, die du letzte Nacht mit ihr angestellt hast."

Josh hustete und rutschte auf seinem Stuhl hin und her. Mitten auf dem Friedhof? Andererseits hatte er sie auch dort küssen wollen.

Ach ja, sie waren auch auf einem Friedhof gewesen. Den einzigartigen unterirdischen Friedhof in New Orleans. Das hatten sie natürlich interessant gefunden. Er war früher eine Begräbnisstätte für die bedürftige Bevölkerung gewesen, und wegen des hohen Grundwasserspiegels kam es manchmal vor, dass die Särge nach oben schwammen. Der Friedhof war mit Sicherheit einzigartig und Josh hatte ihn schon immer schön gefunden. Die Grabsteine waren selbst gemacht, aus PVC-Rohren, bemalten Holzpfosten und einer Vielzahl anderer Dinge – und in den Ästen und Wurzeln der riesigen Eiche in der Mitte des Friedhofs fanden sich Schmuckstücke wie Perlen, Fotos, ausgestopfte Tiere und sogar Bier und Schnapsflaschen.

Was sollte er sagen? In New Orleans gab es eine Menge morbider, aber faszinierender Dinge.

„Aber sie sieht nicht nur so aus, als hätte sie guten Sex gehabt", fuhr Owen fort, als würden sie den morgigen Tourplan besprechen oder darüber, wer mit dem Schrubben des Docks dran war. Und als ob sich nicht noch mehrere andere Leute in Hörweite befänden. „Sie hat dich angeschaut, als wärst du der tollste Mensch, dem sie je begegnet ist. Als würde sie dich *wirklich* mögen. Sogar mitten im Mordmuseum. Was nicht im Geringsten heiß oder romantisch ist. *Das* will was heißen." Er schüttelte den Kopf. „An diesem verdammten Ort bekomme ich Gänsehaut."

„Todesmuseum", korrigierte Josh und dachte über Owens Worte nach.

„Ja, da sind Briefe von Serienmördern drin." Owen erschauderte. „Das ist verdammt gruselig, egal wie es heißt."

Ja, das war es. Josh grinste. Tori hatte die Tour eindeutig genossen. Josh hatte unter anderem deswegen einen Halt am Museum des Todes eingelegt, weil Andrew auf dem

Friedhof und im Voodoo-Museum so ängstlich ausgesehen hatte.

Okay, Tori hatte ihm also aufmerksam zugehört, aber so war Tori eben, oder? Oder vielleicht auch nicht. Vielleicht fand sie ihn wirklich erstaunlich, interessant und charmant. Jeder wusste, dass es eine seiner Lieblingsbeschäftigungen war, Touristen in Louisiana abgefahrene und verrückte Dinge über seinen Heimatstaat zu erzählen.

Aber Mann, er liebte die Vorstellung, dass Tori in ihn vernarrt war.

Owen lehnte sich in seinem Stuhl zurück und hob seine Teetasse an die Lippen, während er zu Tori und Andrew hinübersah, die sich immer noch unterhielten. Dies war wahrscheinlich das erste Mal, dass Owen in diesem Gebäude etwas Alkoholfreies trank. Das Trahan's war ein beliebter Treffpunkt, wenn sie alle aus Autre hierherkamen. Gabe und Logan Trahan waren tolle Kerle und schenkten hervorragendes lokales Bier und die besten Pimm's Cups der Stadt aus. Da er heute ihr Fahrer war, konnte Owen jedoch nicht trinken.

„Andrew sieht sie nicht so verträumt an wie dich", sagte Owen.

Josh blickte zu Tori hinüber. Nein, sie sah Andrew nicht verträumt an, aber sie sah aus, als würde sie sich sehr wohl in seiner Nähe fühlen. Es war klar, dass sie schon viele, viele Male zuvor so nah beieinandergesessen und sich miteinander unterhalten hatten. Es war kindisch gewesen, sie heute voneinander fernzuhalten. Nicht nur, weil das keine Dauerlösung war, sondern weil sie schon so lange befreundet waren. Gestern Abend hatte er es noch für seltsam gehalten, dass Paisley wollte, dass Tori aus Andrews Leben verschwand. Aber jetzt, wo er sie beobachtete, war es schwer, sich nicht zu fragen, ob da nicht tatsächlich mehr zwischen ihnen war. Nicht wegen der Art, wie Tori Andrew ansah, sondern wegen der Art, wie *er sie* ansah.

Dieser verdammte Andrew.

„Oh Scheiße." Owen lehnte sich schnell nach vorne, sodass die vorderen Beine seines Stuhls wieder auf dem Boden aufschlugen. Schnell schaufelte er die letzten paar Bissen Rotbarsch in seinen Mund und kaute schnell.

„Was ist los?"

„Logan Trahan, ich bin hier, um mich beeindrucken zu lassen. Aber damit hätte ich nicht gerechnet."

Josh erstarrte beim Klang dieser Stimme. Dann stöhnte er. „Nein."

Owen schluckte schwer. „Sie darf auf keinen Fall wissen, dass ich woanders Rotbarsch gegessen habe. Wenn sie fragt, ich hatte das Gumbo und es war scheiße."

„Eleanor Landry, was zum Teufel machst du in meiner Bar?", rief Logan Joshs und Owens Großmutter vom anderen Ende des Raums zu. „Bist du hier, um meine Geheimnisse zu stehlen?"

Mit einem breiten Grinsen ging er auf Ellie zu und umarmte sie fest.

„Als ob du *irgendetwas* hättest, was ich nicht schon gesehen *und gemacht* hätte", erwiderte Ellie und zwinkerte ihm zu, als er sie wieder absetzte.

Josh seufzte. Ellie verstand sich mit allen. Genauso wie Logan. Sie waren in vielerlei Hinsicht ein und dieselbe Person, und wenn sie zusammenkamen, wurde es laut und die Schimpfwörter flogen nur so durch die Luft.

Bestimmt war Ellie heute nicht allein nach New Orleans, in diese Bar, gekommen. Josh fragte sich, wie viele Familienmitglieder in den nächsten Minuten durch die Tür marschieren würden.

„Es ist nicht fair, dass du so früh geboren wurdest, dass ich dich nicht erobern konnte, aber noch rechtzeitig, um dich kennenzulernen und zu sehen, wie du mit diesem anderen jungen Kerl flirtest, um mir unter die Nase zu reiben, was für eine Chance ich verpasst habe", sagte Logan zu ihr.

„Heilige Scheiße, Junge." Ellie lachte. „Weiß deine hübsche Frau, dass du immer noch deinen Charme hier versprühst?"

Logan lachte und nickte. „Das weiß sie. Sie findet es urkomisch. Sie behauptet, sie sei die Einzige, die dumm genug war, darauf hereinzufallen."

Ellie gackerte. „Ich finde das gar nicht dumm."

„Nun …" Logan senkte seine Stimme, sprach aber definitiv nicht so leise, dass ihn nicht *alle* hören konnten. „Am Anfang hatte ich Glück. Sie war beschwipst und dann haben die Schwangerschaftshormone gewütet und sie geil gemacht."

Ellie nickte, als ob das alles erklären würde. „Ja, sie zu schwängern war ein kluger Schachzug."

„Finde ich auch." Logan grinste.

Josh beobachtete, wie Ellie sich im Raum umsah, jemandem zuwinkte und ihm einen Kuss zuwarf. Josh brauchte nicht hinzusehen, um zu wissen, dass es Tori war. Das Lächeln, das seine Großmutter Tori zuwarf, ließ sein Herz anschwellen. Als er sich umdrehte, sah er, dass Tori den ganzen Austausch zwischen Ellie und Logan beobachtete. Ein liebevolles Lächeln umspielte ihre Lippen. Am liebsten wäre er durch die Bar auf sie zugeschritten und hätte sie über seine Schulter geworfen.

Sie sah ihn an und ihr Lächeln wurde breiter, und er begann tatsächlich aufzustehen. Doch genau in diesem Moment lehnte sich Andrew zu ihr und sagte etwas, worüber sie die Stirn runzelte.

Josh atmete tief ein und aus. Okay, er musste sich einfach mal für eine Minute entspannen.

Einen Augenblick später kam Kennedy herein und gesellte sich zur Party.

Huch. Nur ein weiteres Familienmitglied. Überraschend wenig. Er beschloss, einfach dankbar dafür zu sein.

Das bedeutete jedoch, dass sie das Ausflugsunternehmen für heute geschlossen hatten. Und möglicherweise auch die

Bar. Und, dass Sawyer sehr wahrscheinlich ziemlich sauer war.

„Also", fragte Logan Ellie, die Hände in die Hüften gestemmt. „Lief das Geschäft unten im Bayou so schlecht, dass du herkommen musstest, um zu sehen, wie man eine Bar führt?"

„Ach, Logan, halt die Klappe", entgegnete Ellie lachend. „Warum schiebst du deinen strammen Arsch nicht wieder hinter die Bar und mixt mir einen Sazerac, während ich mit meinen Enkeln rede?"

„Okay, aber du solltest mich lieber durch den ganzen Raum angaffen", sagte Logan zu ihr.

„Darauf kannst du dich verlassen." Sie sah Logan hinterher, bevor sie sich umdrehte und direkt auf Josh und Owen zusteuerte. Kennedy folgte ihr dicht auf den Fersen.

Ellie setzte sich nicht, da ihr Drink gerade gemixt wurde und sie sich lieber mit Logan unterhalten wollte. Oder mit Gabe. Es war unmöglich, Logan zum Erröten zu bringen. Bei Gabe hingegen war es schwierig, aber nicht unmöglich, und Ellie sah es als persönliche Herausforderung an, es zu schaffen, wann immer sie hier war. Außerdem legte sie normalerweise zwei Stücke Pekannusskuchen mit brauner Butter beiseite und drohte ihnen dann, sie im Schlaf zu ersticken und in ihr Gumbo zu stecken, falls sie jemals jemandem erzählten, wie sehr sie ihn mochte. Wie eine richtige Großmutter eben.

„Was machst du denn hier?", fragte Josh seufzend, als Kennedy einen Stuhl wegschob und sich an den Tisch setzte.

„Du hast doch nicht wirklich geglaubt, dass wir dir einfach den Bus und die Maisgrütze bringen, und uns dann die ganze Show entgegen lassen?", fragte Ellie.

„Welche Show?", fragte er.

Ellie grinste. „Wie du dich für ein Mädchen ins Zeug legst."

Josh kicherte. „Deine Maisgrütze ist zwar gut, aber ich bin

mir nicht sicher, ob man das als *ins Zeug legen* bezeichnen kann."

Das brachte ihn zum Nachdenken. Wie würde es aussehen, sich so richtig für Tori ins Zeug zu legen? Und warum hatte er es nicht schon längst getan? Er hatte sich innerhalb eines Tages in sie verliebt und dann ein Jahr auf sie gewartet. Das war eine Menge Zeit für einen Landry-Mann, um sein Herz zu verlieren. Und den Verstand.

„Ich meine nicht die Maisgrütze", sagte Ellie. „Sondern, dass du dich um sie kümmerst. Du willst sie glücklich machen. Und du benutzt dafür andere Dinge als deinen Pullermann."

Owen verschluckte sich an seinem Tee und Kennedy verdrehte die Augen. „Oh mein Gott, sag bitte nie wieder Pullermann."

Ellie grinste. „Mir würden da noch andere Bezeichnungen einfallen."

„Ist schon gut", sagte Kennedy. „Pullermann ist vielleicht noch am wenigsten furchterregend."

„Wäre Liebesstab besser?", fragte Ellie.

„Nein, definitiv nicht." Kennedy stieß sich vom Tisch ab und stand auf. „Ich gehe an die Bar. Du musst noch fahren, also übertreib es nicht mit dem Sazerac."

„Oh, wir haben noch einen langen Tag vor uns", sagte Ellie und winkte ab. „Viel Zeit, um nüchtern zu werden."

Kennedy stöhnte.

„Warum bist du hier?", fragte Josh seine Schwester.

„Na ja, wenn ihr nicht arbeitet, arbeite ich auch nicht", erklärte Kennedy. „Ich werde ganz bestimmt nicht da unten sitzen und mich mit Touristen herumschlagen, die anrufen und sich über Terminverschiebungen beschweren."

„Es wurden Touren abgesagt?", fragte er. Er fühlte sich ein wenig schlecht dabei. Doch ein Blick in Toris Richtung bestätigte ihm, dass er alles wieder genauso machen würde.

„Ja." Kennedy zuckte mit den Schultern. „Aber das ist mir egal. Ich werde so oder so bezahlt."

Josh runzelte die Stirn. „Nein, wirst du nicht."

„Doch, werde ich." Sie griff hinüber und schnappte sich eine Pommes von Joshs Teller. „Lies meinen Vertrag."

„Du hast einen *Vertrag*?", fragte Owen.

Sie verdrehte die Augen. „Ihr zwei habt immer nur den Sumpf im Kopf. Ich habe meine Bedingungen mit Sawyer ausgehandelt. Er ist ein Griesgram, aber er ist fair und kein Spinner."

„Und wir sind Spinner?", fragte Josh. Doch als Kennedy den Mund öffnete, um ihn an all den Ärger zu erinnern, den er und Owen im Laufe der Jahre verursacht hatten – manchmal unabsichtlich, manchmal … nicht –, hob er eine Hand. „Schon gut."

Er wollte sich nicht mehr als nötig mit geschäftlichen Angelegenheiten auseinandersetzen. Seine Aufgabe bestand im Wesentlichen darin, zu bezaubern und zu informieren und die Bewertungen auf den Reisebewertungsseiten zu verbessern. Owens Aufgabe war all das plus die Wartung der Boote und der Ausrüstung. Sawyer und zuvor Tommy kümmerten sich um die Buchhaltung. Und ihre Angestellten. Dazu gehörten ihr Großvater, ihr Cousin und ihre Schwester. Eigentlich sollte es ein Kinderspiel sein. Doch mit Kennedy zu verhandeln war eine aussichtslose Situation.

Sie arbeitete nur dort, weil es ein Familienunternehmen war und Leo sie dazu überredet hatte, sie einzustellen. Sie hatte einen Job, solange sie ihn wollte, ganz gleich, wie schlecht sie ihn machte. Zum Glück war sie sehr stolz und erbrachte nichts geringeres als Bestleistungen. Im Rahmen der sehr eng gefassten Stellenbeschreibung, der sie zugestimmt hatte. Aber sie war eine „Spielverderberin. Und das war natürlich ihre eigene Schuld.

Sie war das einzige Mädchen in einer Familie mit zwei älteren Brüdern und etwa einem Dutzend männlicher Cousins. Sie ließ sich nichts gefallen und wusste, wann man ihr etwas vormachte. Es war ihr ziemlich egal, was Menschen des männlichen Geschlechts von ihr hielten, und sie wusste im Allgemeinen, dass sie schlauer war als alle, denen sie begegnete.

Aber Kennedy war auch schön und scharfsinnig und selbstbewusst und ziemlich interessant. Sogar für ihre Brüder. Sie hatte sich von einer Schönheitskönigin, die darauf trainiert war, genau das Richtige zu sagen und zu tun, zu einer Goth-Feministin entwickelt, die gegen alles rebellierte, was oberflächlich und repressiv für Mädchen und Frauen war. Die Männer in ihrem Leben liebten es, sie auf die Palme zu bringen, und ihren Brüdern fiel das *verdammt leicht*.

„Außerdem hat Trevor mir geschrieben, dass er mir hundert Dollar zahlt, wenn Ellie niemanden küsst, vollständig bekleidet bleibt und nicht im Gefängnis landet", sagte Kennedy über Ellies Freund. Sie warf ihrer Großmutter einen liebevollen, wenn auch eindringlichen Blick zu. „Keine leichte Aufgabe, aber ich kann das Geld gebrauchen." Sie sah Josh und Owen an. „Meine Chefs sind nämlich ziemlich geizig." Bei dem Wort „Chefs" malte sie sogar Anführungszeichen in die Luft.

Sie setzte sich an die Bar und nahm neben dem Trauzeugen aus Iowa Platz. Der Typ war die meiste Zeit des Tages ziemlich still gewesen, schien aber ganz nett zu sein. Er schaute zu ihr hinüber und schenkte Kennedy ein freundliches Lächeln. Als sein Blick über ihr schwarzes Haar mit den roten Spitzen, ihr dunkles Augen-Make-up und ihren Lippenstift sowie ihre gepiercten Ohren und ihre Nase, ihr schwarzes Tank-Top, unter dem ein paar ihrer Tattoos hervorblitzten, ihre schwarzen Shorts und ihre kurzen schwarzen Stiefel glitt, wurde sein Lächeln noch breiter. Und Josh war sich ziemlich sicher, dass die nächsten Cocktails für Kennedy umsonst sein würden.

„Also, wie ich schon sagte, du versuchst, ein Mädchen mit etwas anderem glücklich zu machen als mit deinem …"

Josh sah, wie Owen zusammenzuckte, während er selbst sich auf Ellies nächsten Begriff für Penis vorbereitete.

„... Schniedel", sagte Ellie.

Ihre beiden Enkel stöhnten auf, was sie sichtlich amüsierte. „Und das finde ich großartig", sagte sie.

Okay, sie hatte nicht ganz unrecht. Abgesehen von der gruseligen Terminologie. „Ähm, danke", sagte er ihr. „Tori ist ... etwas Besonderes."

Ellie schenkte ihm ein sanftes, aufrichtiges Lächeln. „Endlich", sagte sie.

Er konnte nicht anders, als das Lächeln zu erwidern. Ellie wollte, dass jeder, der ihr am Herzen lag, sich bis über beide Ohren verliebte. Sogar ihr Ex-Mann.

„Ihr kommt doch nach der Hochzeit nach Hause, oder?", fragte Ellie.

Joshs Magen verkrampfte sich. „Ich weiß nicht, wie lange sie bleiben wird."

„Na, dann frag sie doch. Und dann überrede sie, länger zu bleiben", drängte Ellie. Als ob das so einfach wäre wie die Bestellung eines Burgers.

Josh seufzte. Es war erst etwas mehr als vierundzwanzig Stunden her, dass Tori auf seinem Steg aufgetaucht war. Wie konnte Ellie erwarten, dass Tori und er schon darüber gesprochen hatten, wie lange sie bleiben würde? Doch wenn er das sagte, würde sie ihn fragen, warum er dreiundzwanzig Stunden länger brauchte als die anderen Männer in seiner Familie.

„Vielleicht ein oder zwei Tage", sagte Owen. „Dann kann sie sich langsam an ... alles gewöhnen. Du kannst dieses süße Mädchen nicht einfach mitten in unsere Verrücktheit hineinwerfen."

„Nun, sie wird sich damit abfinden müssen", sagte Ellie und hob ihre Schulter. „Ich glaube nicht, dass sich daran etwas ändern wird." Sie sah Josh an. „Du hast ihr doch inzwischen einen guten Vorgeschmack auf unsere Verrücktheit gegeben, oder?"

Wenn das Todesmuseum und das Über-die-Schulter-Werfen in einem Ballsaal voller reicher und irgendwie berühmter Leute zählte, dann ja.

Seine Großmutter schüttelte den Kopf, als er zögerte. „Ach, Junge, du musst dich ranhalten."

„Du meinst, ich soll ihr einfach sagen, was ich fühle?"

Sie lachte. „*Zeig* ihr, was du fühlst."

Klar. Eine große Geste. Ein Spektakel. All das. Es zählte nicht, wenn es nicht eine Geschichte war, die jeder in der Stadt erzählen wollte. Mehrmals.

Verdammt! Welche große Geste könnte er für Tori machen? Er würde sich etwas Gutes einfallen lassen müssen.

„Und was ist, wenn du sie vergraulst?", fragte Owen.

„Wenn du glaubst, dass das passiert, ist sie nicht die Richtige", sagte Ellie entschlossen.

Aber Josh war sich nicht so sicher, ob sie sich abschrecken lassen würde. Ganz und gar nicht. Tori war auf ihre eigene Art übertrieben. Und sie hatte es gestern Abend genossen, mitten im Ballsaal geküsst, auf der Tanzfläche herumgewirbelt und über seine Schulter geworfen zu werden. Gewissermaßen war es bei ihr genauso wie mit den Tieren, die besonders viel Liebe und Aufmerksamkeit brauchten und jemanden, der bereit war, ein paar Verrücktheiten für sie zu machen. Verdiente Tori nicht dasselbe?

Die Vorstellung, dass Tori in seine Welt eintauchte – und sie liebte – ließ sein Herz höherschlagen.

Ja, er musste sie nach Autre bringen, in sein Revier, weg von der Plantage und den Pailletten, weg vom Mördermuseum und seiner improvisierten Stadttour. Er wollte ihr seine Heimat zeigen und ihr beweisen, dass er bereit und in der Lage war, verrückt nach ihr zu sein.

„Also, wo ist sie?", fragte Ellie und schaute auf die leeren Stühle an Joshs und Owens Tisch.

„Drüben bei Andrew", sagte Josh. „Er ist der Bräutigam und ihr bester Freund von zu Hause."

Ellie entdeckte Tori am Ende der Bar. „Sie sehen vertraut miteinander aus."

Ja, das taten sie wirklich, verdammt noch mal.

„Du willst also, dass ich sie in Ruhe lasse?", fragte Ellie.

Josh seufzte. Eigentlich nicht, aber er sollte ja sagen. „Ist vermutlich besser so." Andererseits konnte *er* sie vielleicht nicht unterbrechen, ohne ein Arschloch zu sein, aber Ellie konnte mit fast allem durchkommen. „Na ja ... *vielleicht.*"

Kapitel Elf

„Komm schon, Tori. Du kennst ihn doch gar nicht."

„Ich *lerne* ihn gerade kennen." Tori blickte von Andrew zu Josh, der auf der anderen Seite der Bar saß.

Irgendwie waren sie getrennt worden, als sie das Trahan's betreten hatten. Es waren viele Leute hier, die sich freuten, ihn zu sehen und mit ihm reden wollten. Das überraschte sie nicht im Geringsten. Josh war sehr sozial. Das war ihr schon aufgefallen, als sie ihn letztes Jahr hinter der Bar beobachtet hatte, aber heute bei der Tour durch New Orleans war es nicht zu übersehen gewesen. Er liebte es, Geschichten zu erzählen, all die Fragen, die „Ohs" und „Ahs" der Gruppe. Er war voll in seinem Element, und wenn sie sich schon vorher zu ihm hingezogen gefühlt hatte, so hatte es sich heute verzehnfacht. Es war eindeutig ein Fall von „Gegensätze ziehen sich an". Er hatte diese natürliche Ausstrahlung, die sie magisch anzog, weil sie kein bisschen davon hatte.

Natürlich hatte auch die gestrige Nacht zu der gesteigerten Anziehungskraft beigetragen. Sie hatte ihn offensichtlich sehr attraktiv gefunden, bevor sie mit ihm ins Bett gehüpft war, doch es war ihr den ganzen Tag über schwergefallen, das Prickeln und die Hitze beim Anblick seines Mundes, seiner

Hände und seines Hinterns zu ignorieren. Ihr Höschen wurde allein schon beim Klang seiner Stimme feucht, weil sie sich daran erinnerte, was er ihr letzte Nacht mit dieser heißen, rauen Stimme zugeraunt hatte, als sie miteinander geschlafen hatten, das tiefe Stöhnen und Knurren …

„Tori?"

Sie richtete ihre Aufmerksamkeit wieder auf Andrew. Verdammt. Sie war heute unglaublich abgelenkt. Die Tour hatte Spaß gemacht und sie hatte all die Verrücktheiten geliebt, aber sie hatte sich auch gefragt, wann sie und Josh endlich allein sein würden und sich auf heute Abend gefreut. Sogar mitten im Todesmuseum hatte sie daran gedacht, wie toll er war und wie sehr sie ihn küssen wollte.

„Ja?", fragte sie Andrew.

„Geht's dir gut?"

Abgesehen von ihrer Geilheit? Sie lächelte. „Ja."

„Hast du gehört, was ich gesagt habe?"

„Du hast gesagt, dass ich Josh kaum kenne." Sie verstand, warum er das dachte. Sie kannten sich tatsächlich noch nicht lange. Sogar noch kürzer, als Andrew dachte. Trotzdem hatte sie das Gefühl, sie würde Josh schon ewig kennen. Er war einfach authentisch. Das gefiel ihr an ihm. Sie brauchte ihn nicht zu durchschauen. Es war immer klar, was er fühlte. So ähnlich wie bei einem Hund. Auf eine sehr gute Art.

„Ich habe gesagt, dass ich glaube, dass es keine gute Idee wäre, hierherzuziehen."

Tori runzelte die Stirn. Sie hatte ihrem besten Freund gestanden, dass es mit Josh gut lief und dass er der erste Mann seit langer Zeit war, mit dem sie sich eine langfristige Beziehung vorstellen konnte. Und wie schwer das sein würde, wenn sie in Iowa und er in Louisiana lebte.

„Du denkst, ich sollte mich nicht für etwas entscheiden, das mich so glücklich macht?"

„Du hast ein Geschäft."

„Er auch. Und es ist viel schwieriger, einen Sumpf zu

verlegen als eine Scheune." Natürlich würde sie ihre Scheune nicht verlegen. Aber sie könnte den Inhalt in eine neue Scheune bringen. In der Nähe von Autre, möglicherweise. Bei diesem Gedanken machte ihr Herz einen Sprung.

„Ich glaube, das ist einfach … schwer für mich", meinte Andrew.

„Schwer für dich? Warum sollte es schwer für *dich* sein?"

„Ich wusste nichts von diesem Kerl. Du hast mir *nichts* erzählt. Und dann tauchst du plötzlich hier auf, angeblich in einer ernsten Beziehung, mit einem Kerl, für den du dein ganzes Leben umzukrempeln willst. Das kommt einfach sehr überraschend für mich, und ich kann mich nicht so schnell darauf einstellen."

Tori runzelte die Stirn. „Du musst dich nicht darauf einstellen, Andrew. Hier geht es nicht um dich."

Ein Hauch von Schmerz huschte über sein Gesicht, und Tori fühlte sich schlecht. Sie seufzte. „Ich meine nur, dass sich *dein* Leben dadurch nicht ändert. Und wenn ich hier bin, kannst du Josh kennenlernen und dich schneller an die Situation gewöhnen. Wir könnten ausgehen, nur wir vier." Sie hatte keine Lust, mit Paisley auszugehen, vor allem, weil Paisley sie nicht leiden konnte. Obwohl Josh jetzt hier war, schien die andere Frau immer noch eifersüchtig zu sein, was Tori nicht verstehen konnte. Außerdem vermutete Tori, dass sie und Josh in Lokale wie das Trahan's und das Ellie's gehen würden, während Paisley lieber in einen exklusiveren Laden wollte.

„Ja, vielleicht können wir das", überlegte Andrew, obwohl er nicht begeistert wirkte. „Ich will einfach nur auf dich aufpassen, das weißt du doch."

Sie nickte. Das wusste sie. Andrew war immer ihr wichtigster Verbündeter gewesen. „Ich weiß. Und du weißt, dass ich dich dafür liebe."

Bei diesen Worten blitzte noch etwas anderes in seinem Gesicht auf, aber sie konnte das Gefühl nicht genau benennen.

Sie hatte jedoch keine Gelegenheit, weiter darüber nachzudenken, denn in diesem Moment verkündete eine laute Stimme: „Logan Trahan, ich bin hier, um mich beeindrucken zu lassen. Aber ich halte nicht den Atem an."

Tori sah sich nach der Besitzerin der Stimme um und ihr Mund verzog sich zu einem breiten Grinsen. „Ach du meine Güte."

„Du kennst sie?", fragte Andrew, der ebenfalls beobachtete, wie Logan auf die viel kleinere, viel ältere Frau in der Mitte seines Restaurants zuging und sie umarmte.

„Das ist Ellie." Bei Ellies Anblick empfand Tori etwas, das sie nur als Zuneigung bezeichnen konnte. Sie hatte die Frau erst neulich kennengelernt und sie trotzdem bereits ins Herz geschlossen. „Sie ist Joshs Großmutter."

„Das ist Joshs Großmutter?", fragte Andrew, während Ellie zu Logan sagte: „Heilige Scheiße, Junge", und ihn fragte: „Weiß deine hübsche Frau, dass du immer noch deinen Charme hier versprühst?"

„Ja." Tori nickte, die Augen weiterhin auf die Szene vor ihr gerichtet. „Sie ist saukomisch."

„Was macht sie hier?"

„Ich glaube, Ellie hat so etwas wie einen Radar für Spaß", antwortete Tori.

Ellie schaute rüber, zwinkerte Tori zu und hauchte ihr einen Kuss zu. Eine Wärme breitete sich bis in Toris Zehenspitzen aus. Natürlich auf eine andere Art als bei Josh, aber verdammt, diese Landrys hatten etwas an sich, das sie einfach … glücklich machte. Sie war ein wenig verblüfft gewesen, wie Joshs Familie sie willkommen geheißen und aufgenommen hatte, aber sie war jetzt schon ganz begierig darauf, es wieder zu erleben. Doch sie konnte Andrew nicht allein lassen, und sie glaubte nicht, dass ihr Freund sich dem Landry-Clan anschließen wollte.

Josh sah zu ihr hinüber. Als ihre Blicke sich trafen und sie ihn angrinste, trat ein heißer, besitzergreifender Blick in seine

Augen. Und ja, jetzt wurde ihr definitiv heiß. Einen Moment lang dachte sie, er würde aufstehen und zu ihr kommen. Doch dann kam jemand anderes herein.

Toris Lächeln wurde noch breiter. Das war höchst unterhaltsam. Genau wie auf dem Friedhof. „Und das ist Joshs Schwester", sagte sie zu Andrew.

Andrew musterte Kennedy von Kopf bis Fuß. Was jeder lebendige Hetero-Mann tun würde. Sie war nicht nur umwerfend, sondern strahlte auch gleichzeitig eine gewisse Überlegenheit und Unnahbarkeit aus. Ihr Haar, ihre Piercings, ihre Tattoos, ihre Kleidung, ihr ... *alles*. Sie war das komplette Gegenteil von Paisley Darbonne.

„Ähm, wow", war alles, was Andrew einfiel, als er sich wieder Tori zuwandte.

Tori gab ein leises Kichern von sich. Das fasste es ziemlich gut zusammen. „In Joshs Familie sind alle sehr ... in das Leben der anderen involviert. Und ..."

„Laut und unausstehlich?", fragte Andrew.

Tori warf ihm einen finsteren Blick zu. Obwohl sie die beiden Frauen kaum kannte, weckte seine Beleidigung in ihr das Bedürfnis, sie in Schutz zu nehmen. „Ungestüm, aber lustig. Und liebevoll."

„Du steckst schon ziemlich tief drin, Tori", sagte Andrew. „Mach einfach ein bisschen langsamer. Sei vorsichtig."

„Ich muss nicht *vorsichtig* sein, Andrew. Sie sind wundervoll. Und ich bin nicht dumm."

„Natürlich bist du das nicht. Aber sie sind ... neu. Und, ja, lustig. Ich kann nachvollziehen, dass das reizvoll ist. Wie Cajun-Essen. Es ist großartig. In kleinen Mengen. Aber es ist würzig und anders. Willst du das wirklich immer und jeden Tag?"

Tori schüttelte den Kopf. „Das sagst ausgerechnet *du*? Ich dachte, du liebst Cajun-Essen." Sie war sich bewusst, dass sie nicht über die einzigartige Mischung aus ungewöhnlichen

Fleischsorten und Gewürzen sprachen, die ein wesentlicher Bestandteil der Küche Louisianas waren.

„Sicher. Manchmal."

„Nun, ich habe jetzt Josh, der auf mich aufpasst", erklärte sie lächelnd. „Er findet mich hinreißend. Seine Worte. Und ich weiß, dass er mir den Rücken stärkt, wenn ich etwas tue, was andere Leute für seltsam halten oder so."

„Es scheint, als wäre er derjenige, der seltsame Dinge tut", brummte Andrew.

Sie lachte. Andrew hatte die Tour durch die Museen und den Friedhof nicht gefallen. „Er ist anders. Und das liebe ich. Bei ihm fühle ich mich wohl und akzeptiert und … besonders."

Andrews Blick wurde noch finsterer und Tori runzelte die Stirn. Sollte Andrew nicht *froh* über all das sein?

„Bist du in ihn verliebt?", fragte Andrew geradeheraus.

Die Frage traf sie wie ein Schlag ins Gesicht und sie holte kurz Luft. „Ähm … na ja …" Doch die Antwort war bereits klar. Andrew war verletzt, dass sie ihm nicht früher von Josh erzählt hatte. Jetzt war also ein guter Zeitpunkt, um sich ihm anzuvertrauen. „Ich glaube, ich habe mich in ihn verliebt", gestand sie ehrlich.

Andrew stieß einen Atemzug aus.

„Was?" Sie lehnte sich vor. „Freust du dich nicht für mich?"

Andrew sah sie an. Ein liebevoller Blick lag in seinen Augen. „Ich mache mir Sorgen."

„Du kannst Josh wirklich nicht leiden, oder?"

„Es ist nicht unbedingt Josh, wegen dem ich mir Sorgen mache." Andrew verlagerte sein Gewicht auf dem Barhocker und lehnte sich ebenfalls vor. „Ich befürchte einfach nur, dass du wieder eine Verrücktheit machst."

„Eine Verrücktheit?" Aber sie wusste, was er meinte, und ihr wurde flau im Magen. Verdammt, sie hatte Josh gerade alles über „ihre Verrücktheiten" erzählt. Sie seufzte. „Okay, du

machst dir Sorgen, dass heute wieder Valentinstag 2006 ist."
Er hatte es gestern Abend sogar erwähnt.

Andrew schenkte ihr ein nachsichtiges Lächeln. „Du hättest ihm einfach einen Zettel zustecken oder sagen können: ‚Hey, Marcus, wollen wir mal ausgehen?'"

„Ja." Da hatte er natürlich nicht ganz unrecht. Dasselbe hatte er auch schon damals gesagt. „Aber Josh ist anders."

„Als die Jungs mit den Kätzchen sie loswerden wollten, hättest du einfach *fragen* können, ob du sie haben kannst. Oder ihnen zehn Dollar anbieten. Ich bin sicher, sie hätten das Geld genommen."

Sie seufzte. „Na gut. Okay."

„Und anstatt Carter Langleys Auto mit Schlamm, Hundescheiße und Gras zu füllen, hättest du ihn einfach ansprechen oder sogar zur Polizei gehen können, damit sie mit ihm darüber reden, wie er seine Hunde behandelt."

„Er hat *nie* ihren Zwinger sauber gemacht. Ich habe ihm nur gezeigt, wie unangenehm das ist", verteidigte sich Tori scharf. Und sie würde das alles wieder tun, verdammt.

„Du bist zu weit gegangen."

„Ich habe versucht, ihm etwas klarzumachen."

„Und *ich* versuche, dir klarzumachen, dass du es vielleicht auch dieses Mal wieder übertreibst."

Tori spürte, wie ihr das Herz bis zum Hals schlug. War ihre Verliebtheit in Josh eine Überreaktion auf alles? Sie hatte nur einen Tag mit Josh verbracht. Okay, eher zwei. Und zwei Nächte vor einem Jahr. Aber diese Tage waren ereignisreich gewesen. Lustig. Anders. Völlig anders.

Ja, okay, vielleicht reagierte sie ein wenig über.

Andrew nahm ihre Hand. „Du weißt, ich will nur, dass du glücklich bist, oder?"

„Das bin ich."

„Und in Sicherheit. Ich *muss* wissen, dass du in Sicherheit bist. Körperlich. Emotional." Er drückte ihre Hand. „Ich weiß, dass du ihn seit einem Jahr kennst, aber du warst nicht hier bei ihm. Und er war nicht in Iowa. Vielleicht habt ihr viel geredet, aber –"

„Woher weißt du, dass er nicht in Iowa war?" Er würde es wissen, wenn Tori in Louisiana gewesen wäre. Sie hätte ihn angerufen und gehofft, ihn zu sehen.

Er zögerte. „Äh –"

„Du hast meinen Dad gefragt."

Er nickte. „Ja."

Das überraschte sie nicht. Trotzdem war sie ein wenig verärgert. „Warum?"

„Weil ich besorgt war. Und neugierig."

„Toll. Und jetzt ist mein Dad auch besorgt und neugierig."

„Natürlich ist er das."

„Und er hat dich gebeten, mit mir über alles zu reden."

Tori hatte immer gewusst, dass ihr Dad sie nicht wirklich verstand. Er war ein verschlossener Mensch, der nie viel Wirbel um etwas machte, und es nicht nachvollziehen konnte, dass sie anders war. Schlimmer noch, er schämte sich, wenn sie viel Wirbel um etwas machte, vor allem um ihn. Wie damals, als er in den Kindergarten kam, um mit ihr zu Mittag zu essen. Sie wäre fast in Ohnmacht gefallen. Sie hatte ihn in die Mitte ihrer Freundesgruppe gesetzt, und alle hatten ihm ihre Kekse und Puddingbecher gegeben, während Tori jedem einzelnen Kind, den Erzieherinnen und sogar dem Hausmeister erzählt hatte, wie ihr Vater hieß, welches sein Lieblingsbaseballteam war, dass er Wassermelonenbonbons in der Tür seines Lastwagens versteckt hatte und dass er und ihre Mom donnerstags früh ins Bett gingen und die Möbel verrückten. So hatten sie ihr jedenfalls die Geräusche und das Quietschen des Bettes erklärt, das sie durch die Wand hörte. Er war nie wieder zu einem Mittagessen gekommen. Oder wie damals, als sie ihm mit zehn seine Lieblings-Brownies gebacken und in das Diner gebracht hatte, wo sie wusste, dass er mit seinen Freunden Kaffee trank. Sie hatte alle Jungs „Happy Birthday" für ihn singen und ihn Kerzen ausblasen lassen. Oder als sie als Sechstklässlerin ein Gedicht für den Talentabend der Schule geschrieben hatte, in dem es nur um ihn gegangen war. Er war aufgestanden und gegangen, bevor sie mit ihrem Vortrag fertig gewesen war. Nicht, weil er verärgert gewesen wäre oder es ihm nicht gefallen hatte. Das wusste sie. Es war ihm einfach unangenehm, im Mittelpunkt der Aufmerksamkeit zu stehen.

Im Laufe der Jahre hatte sie gelernt, all das zu verdrängen. Seither unterdrückte sie ihre Gefühle gegenüber Menschen. Stattdessen konzentrierte sie sie auf ihre Tiere.

Das verstand er. Ihre Tierliebe verband sie, und er war unglaublich stolz darauf gewesen, dass sie Tierärztin geworden war. Also hatte sie sich damit begnügt, dies mit ihm zu teilen.

Doch ihre Leidenschaft und ihre Tierliebe, die sich darin äußerte, dass sie Menschen schlug und mit Kuhmist um sich warf, beunruhigte ihn. Das verstand er nicht.

Und ja, zu hören, dass sie in Erwägung zog, für einen Kerl, den sie kaum kannte und dem er noch nie begegnet war, nach Louisiana zu ziehen, würde ihn definitiv beunruhigen. Das würde er mit Sicherheit nicht verstehen. Er hatte ihre Mom auf dem Jahrmarkt kennengelernt, als sie erst zwölf und er fünfzehn gewesen war, und war seitdem nie wieder mit jemandem ausgegangen.

„Eigentlich hat er mich nicht gebeten, mit dir zu reden", sagte Andrew. „Er wusste, dass ich auf dich aufpassen würde."

Eigentlich hätte sie sich bei diesen Worten gut fühlen müssen. Und normalerweise tat sie das auch. Zu wissen, dass ihr Dad und Andrew auf sie aufpassten, hatte ihr immer ein Gefühl von Geborgenheit und Sicherheit gegeben.

Doch im Moment zog sich ihr Magen zusammen und ihr Temperament kochte hoch.

„Du hast Josh kennengelernt", sagte sie ruhig. „Er ist großartig. Und er mag mich wirklich."

Andrew stieß einen Atemzug aus. „Natürlich tut er das, Tori. Du bist ja auch fantastisch."

Das überraschte sie. Natürlich wusste sie, dass Andrew sie mochte und sie toll fand, aber so etwas hatte er noch nie zu ihr gesagt. „Ähm … danke."

„Überrascht dich das?", fragte er.

Offenbar war ihr das anzusehen.

„Wirklich? Ich bin doch praktisch unser ganzes Leben lang dein Freund gewesen." Er wirkte beinahe verletzt.

„Ja. Natürlich. Du hast auf mich aufgepasst. Aber vielleicht …" Sie runzelte die Stirn, als sie über alles nachdachte. „Vielleicht habe ich gedacht, dass ich dir ein bisschen leidgetan habe."

Jetzt war es raus. Andrew und sie hatten sich immer gut verstanden. Sie war immer froh gewesen, ihn an ihrer Seite zu haben. Sie hatte immer gerne Zeit mit ihm verbracht. Aber sie war sich nicht sicher, ob sie jemals das Gefühl gehabt hatte, dass es eine tiefe Seelenverwandtschaft war. Ihre Freundschaft basierte nicht auf gemeinsamen Interessen oder Leidenschaften. Es war eine Möglichkeit für sie, „ihre Verrücktheiten" durchzuziehen, ohne dass sie sich lächerlich machen musste, und er hatte jemanden gehabt, um den er sich kümmern konnte. Es hatte einfach für sie beide funktioniert. Andrew akzeptierte sie und ihre Verrücktheiten eher als ihr Dad. Doch auch er verstand sie nicht wirklich.

„Verdammt, Tori", sagte Andrew und lenkte ihre Aufmerksamkeit wieder auf sein Gesicht und das Gespräch. „Hast du das wirklich gedacht? Dass ich nur Mitleid mit dir habe?"

„Hey" sagte sie, drückte seine Hand und schenkte ihm ein kleines Lächeln. „Ich verstehe besser als die meisten anderen, dass man lieben kann, weil man gebraucht wird."

Andrew runzelte die Stirn und sein Griff um ihre Hand wurde fester. „Ich liebe dich nicht, weil du mich *brauchst*, Tori. Ich liebe dich, weil −"

„Andrew! Ich Wie schön, dich kennenzulernen!" Plötzlich war Ellie an Andrews Seite und strahlte ihn an.

Sichtlich erschrocken drehte Andrew sich auf seinem Hocker um. „Ähm, hallo."

„Ich bin Ellie. Eine von Toris größten Fans." Ellie schenkte Tori ein strahlendes Lächeln.

Das war so nett und eine überraschende Art, sich vorzustellen, dass Tori für einen Moment die Sprache verschlug.

„Nun, es ist schön, einen weiteren Fan von Tori kennenzulernen." Andrew erholte sich schnell und schenkte der älteren Frau ein freundliches Lächeln. „Ich bin der Präsident ihres Fanclubs. Und das schon seit Jahren."

Tori sah ihn mit großen Augen an.

„Wunderbar." Ellie tätschelte seinen Arm. „Ich weiß allerdings nicht, ob du diese Position noch lange innehaben wirst."

„Ich kann mir nicht vorstellen, wieso sich daran etwas ändern sollte." Andrew lächelte zwar immer noch, doch in seine Stimme hatte sich ein kühler Unterton geschlichen.

„Nun, soweit ich mitbekommen habe, wirst du bald alle Hände voll zu tun haben, einen neuen Fanclub zu leiten", sagte Ellie. „Morgen, oder?"

Andrew sah verwirrt aus. „Wie bitte?"

„Eure Hochzeit ist doch morgen, oder?", fragte Ellie.

„Oh, ja."

„Dann wirst du der größte Fan deiner reizenden neuen Frau sein müssen", sagte Ellie.

Andrew räusperte sich. „Ja, natürlich."

Ellie nickte, als hätte sie diese Antwort erwartet. „Aber mach dir keine Sorgen." Sie lächelte zu Tori hoch. „Ich glaube, es gibt da jemanden, der die Leitung von Toris Fanclub übernehmen wird."

Die Situation war unglaublich merkwürdig, aber Tori konnte sich ein Lächeln nicht verkneifen. „Ihr seid alle so süß."

Andrew sagte nichts. Er hatte wieder seine finstere Miene aufgesetzt.

„Und wo wir gerade von deiner reizenden Braut sprechen", fuhr Ellie fort. „Ich weiß, dass du zu ihr zurückmusst. Aber", sagte sie und wandte sich an Tori. „Ich möchte, dass du und Josh mit uns ausgeht."

„Wohin?", fragte Tori. Sie war sofort Feuer und Flamme. Ellie Landry war selbst im kleinen Autre eine Nummer, aber in New Orleans? Das konnte nur Ärger bedeuten. Und zwar auf die bestmögliche Art und Weise.

„Das Crimson Stiletto", antwortete Ellie mit einem Augenzwinkern.

„Was ist das?", fragte Tori und lächelte bereits.

„Ein Burlesque-Club."

Tori lachte. „Oh, wow. Ich war noch nie in einem."

„Dann wird es Zeit."

„Hey, hast du nicht Hausverbot im Crimson Stiletto?", fragte Josh, der sich zu ihnen gesellte.

Endlich.

Tori spürte, wie ihr Herz einen Schlag aussetzte. Er schenkte ihr ein Grinsen, als hätte er es gespürt.

„Ach, das hat sich geklärt", meinte Ellie mit einer abwinkenden Handbewegung.

„Bist du sicher? Ich will dich wirklich nicht fluchend da rausholen. Schon wieder", sagte Josh.

Ellie stritt nicht ab, dass das passiert war. Sie lachte nur. „Nö, diesmal nicht." Sie sah Tori und Andrew an. „Die Ex meines Freundes arbeitet dort, und als ich das letzte Mal da war, haben wir uns gestritten. Doch nachdem ich ihn dazu gebracht hatte, ihr die fünfhundert Dollar zurückzugeben, die er ihr ihrer Meinung nach schuldete – was nicht der Fall war, aber er ist ein wohlhabender Anwalt, deswegen juckt ihn das nicht – entschied sie, dass ich ein guter Mensch bin, und inzwischen kommen wir gut miteinander aus."

Andrew öffnete den Mund, als wollte er etwas erwidern,

schüttelte aber dann den Kopf und schloss ihn wieder. Tori verbarg ihr Grinsen. Sie konnte sich vorstellen, dass viele Leute so auf Ellie reagierten. Dann bemerkte sie, dass er Josh ansah. „Du musstest sie da raustragen?", konnte er sich anscheinend nicht verkneifen zu fragen.

„Ja, sie lag schon halb über dem Tisch und hatte ihre Krallen ausgefahren, als ich sie gepackt habe." Er legte seinen Arm um Ellie. „Gut, dass sie so klein ist."

Seine Oma stieß ihn mit dem Ellbogen in die Seite, grinste aber zu ihm hoch. „Hey, ich lasse doch nicht zu, dass ein Mädchen meinen Trevor ein nichtsnutziges Arschloch nennt."

„Zufällig habe ich mitbekommen, wie *du* ihn schon übler beschimpft hast", stichelte Josh.

„Ja, aber er gehört *mir*. Ich darf das."

Und obwohl es dumm war, weil sie nur herumalberten, wurde Tori klar, dass sie „er gehört mir" über jemanden sagen wollte.

Nein, nicht über jemanden.

Über Josh.

Sie wollte, dass Josh ihr gehörte.

Sie warf Andrew einen Blick zu, der die Landrys mit einer Mischung aus Fassungslosigkeit und Belustigung musterte. Und Andrew dachte, sie wäre verrückt und würde überreagieren. Andrew, der sie schon fast ihr ganzes Leben lang kannte und gesehen hatte, wie sie überreagierte. Er war so etwas wie ein Spezialist auf diesem Gebiet.

Verdammt noch mal.

„Okay, okay", sagte Josh zu Ellie. Dann sah er zu Tori. „Also, was sagst du? Crimson Stiletto?"

Sie wollte gerade antworten, als Andrew sie unterbrach. „Wir müssen zurück zur Plantage. Aber wenn du mit deiner Familie gehen willst, ist das kein Problem. Tori ist bei uns in besten Händen."

Josh ließ Ellie los und rückte näher an Toris Stuhl heran. „Oh, ich werde nirgendwo ohne Tori hingehen. Und ja, *ihr* solltet wahrscheinlich zurückfahren. Aber sie kann mit uns mitkommen."

Andrew trank den letzten Schluck von seinem Drink und stellte sein Glas ab. „Tori ist Teil der Hochzeitsgesellschaft. Sie muss mit nach Buckworth kommen."

„Warum?", fragte Josh herausfordernd.

„Paisley will, dass heute Abend alle beisammen sind", sagte Andrew mit einem Schulterzucken.

„Ich werde Tori rechtzeitig zur Hochzeit zurückbringen", versicherte Josh.

„Das reicht nicht", entgegnete Andrew.

„Wie wäre es, wenn wir Tori entscheiden lassen?"

Josh drehte sich zu ihr um, und ihr rutschte das Herz in die Hose. Verdammt. Sie wollte sich nicht zwischen den beiden entscheiden müssen.

„Was sagst du dazu? Wir werden Spaß haben, und ich verspreche dir, dass ich dich rechtzeitig zurück und ins Bett bringe." Sein Blick sagte ihr deutlich, wo er die Nacht verbringen würde und dass sie nicht viel *Schlaf* bekommen würden. „Owen kann alle zurück nach Buckworth bringen, und Kennedy wird uns später absetzen."

Das klang nach Spaß, kein Zweifel. Etwas, das sie noch nie gemacht hatte. Etwas, das sie in Elton, Iowa, nicht tun konnte. Oder eigentlich nirgendwo in Iowa, um ehrlich zu sein. Und ganz bestimmt nicht mit Josh. Oder mit Ellie. Oder Kennedy. Menschen, die ihr mittlerweile ans Herz gewachsen waren, egal wie leichtsinnig oder übertrieben das auch sein mochte.

Aber das hier war Andrew. Andrews *Hochzeit*. Und Paisley war sowieso schon sauer, weil sie den ganzen Tag in New Orleans unterwegs gewesen waren. Was irgendwie auch Toris Schuld war. Wenn Josh nicht ihre Begleitung gewesen wäre, hätte es keine Alternative zu der abgesagten Tour gegeben und alle wären heute in der Nähe von Buckworth geblieben.

„Du bist mein Gast", sagte Andrew, bevor Tori etwas erwidern konnte. „Ich freue mich für dich, dass Josh dich begleitet, und ich will kein Idiot sein, aber du bist doch meinetwegen hier, oder?"

„Na ja, wegen deiner *Hochzeit*", antwortete Josh spitz.

Andrew reagierte nicht darauf. „Ich würde mich wirklich freuen, wenn du mit mir nach Buckworth zurückfahren würdest."

Tori runzelte die Stirn. Sie würde nicht nur mit ihm zurückfahren, sondern mit der ganzen Gruppe aus Iowa. Und wenn sie zur Plantage zurückkehrte, dann wegen der Hochzeitsaktivitäten und nicht, um Zeit mit *Andrew* zu verbringen.

Sie wusste, dass Josh Andrew auf die Nerven ging. Er war besorgt, dass sie Josh nicht gut kannte und dass sie die Sache entweder zu ernst nahm und verletzt wurde oder sich blamierte. Auf keinen Fall würde sie sich zwischen diesen beiden Männern entscheiden. Sie sollte ihren besten Freund *und* eine Romanze haben können.

Sie sah Andrew stirnrunzelnd an. „In Buckworth wirst du doch sowieso mit Paisley zusammen sein. Was kümmert es dich, ob ich auch da bin?"

Es kümmerte ihn, weil er nicht wollte, dass sie mit Josh zusammen war. Offensichtlich. Aber warum? Offensichtlich würde Josh ihr nichts antun. Und ja, ihr könnte das Herz gebrochen werden, aber für solche Fälle gab es Skype, Eiscreme und Welpen. Warum beharrte Andrew so darauf, dass sie Josh nicht näherkommen sollte?

„Möchtest du später etwas unternehmen?", fragte Andrew.

„Das wäre toll. Ich kann mich für eine Weile wegschleichen und wir können … spazieren gehen oder so." Er lehnte sich vor und sah plötzlich seltsam ernst aus. „Ich würde mich gerne mit dir unterhalten. Ich glaube … es gibt ein paar Dinge, über die wir reden müssen."

Das war seltsam.

Sie sah Josh an. Er sah ihr direkt in die Augen. „Deine Entscheidung", sagte er. „Ich gehe dahin, wo du hingehst."

„Ich will dich nicht von der Burlesque-Show abhalten, wenn du gehen willst", sagte sie.

„Es gibt nichts, was ich lieber möchte, als mit dir zusammen zu sein", sagte er, und sie konnte in seinen Augen sehen, dass er es ernst meinte. „Wenn du zurück auf die Plantage willst, brauchst du es nur zu sagen."

Sie entschied sich also nicht *wirklich* für den einen oder anderen Mann. Josh würde mit ihr zurück auf die Plantage kommen. Das war wahrscheinlich die beste Entscheidung. Sie seufzte. „Okay, ich sollte wohl zurückgehen", sagte sie entschuldigend zu Josh. „Der Club hört sich wirklich gut an, aber Andrew hat recht. Ich bin wegen der Hochzeit hier."

In Joshs Augen blitzte etwas auf, bei dem es sich um Verletzung handeln könnte. Eigentlich hätte sie seinetwegen zum Karneval nach New Orleans zurückkehren sollen. Und das hätte sie auch getan – da war sie sich sicher – wenn sie nicht wegen der Hochzeit gekommen wäre. Aber, nun ja, sie *war* wegen der Hochzeit gekommen. Auch.

„Wir gehen nächstes Mal in die Burlesque-Show", sagte Josh, der keine Anzeichen von Schmerz zeigte.

Sie fand, dass *nächstes Mal* gut klang und lächelte. „Okay."

Er reichte ihr die Hand, um ihr vom Hocker aufzuhelfen. Sie ergriff sie, als Andrew aus demselben Grund ihren Ellbogen festhielt, und sie rutschte unbeholfen auf die Füße, obwohl sie auf beiden Seiten festgehalten wurde.

Okay, diese ganze Situation war einfach nur seltsam.

Andrew löste seinen Griff um sie, nachdem sie sich aufgerichtet und nach ihrer Handtasche gegriffen hatte, aber Josh verschränkte seine Finger mit ihren, als sie sich auf den Weg zur Tür zu Trahan's machten.

„Hey, ich gehe mit Ellie und Kennedy ins Stiletto", rief Owen Josh zu.

Josh nickte. „Dachte ich mir."

Owen grinste und zeigte ihm einen Daumen nach oben.

„Owen mag Burlesque?", fragte Tori.

„Owen mag jeden Ort, an dem er trinken und flirten kann", sagte Josh lachend. „Und jetzt, wo er jemanden hat, der ihn nach Hause fährt, ist er glücklich."

Sie traten auf den Bürgersteig und warteten darauf, dass die anderen Iower sich zu ihnen gesellten.

Ein paar Straßen weiter spielte eine Blaskapelle, und Tori ging zur Ecke, um einen Blick auf sie zu erhaschen. Die Band kam vom anderen Straßenende her auf sie zu. Jetzt erkannte sie, dass es eher eine Parade als eine Kapelle war. Angeführt wurde sie von einem Polizisten auf einem Motorrad, der den Weg freimachte. Direkt hinter dem Motorrad folgte die Band, und dahinter waren eindeutig Braut und Bräutigam zu sehen, die Sonnenschirme in den Händen hielten und tanzten. Die Menschenmenge hinter ihnen schwenkte weiße Taschentücher und tanzte auf der Straße.

„Eine Hochzeitsparade?", fragte Tori Josh, der neben sie trat.

Er nickte. „Eine Second Line Hochzeit. Das ist hier Tradition. Normalerweise ziehen sie vom Ort der Hochzeit zum Empfang."

Sie lächelte die festliche Gruppe an, als sie näherkamen.

„Es gibt auch Second Lines für andere Dinge", sagte Josh. „Aber bei Hochzeiten sieht man es am häufigsten."

Als die Parade an ihnen vorbeizog, konnte sich Tori ein Grinsen nicht verkneifen.

„*So* sollte ein Paar an seinem Hochzeitstag aussehen", sagte sie und beobachtete, wie das Brautpaar mit seinen Freunden und seiner Familie die Straße entlangtanzte. „Voller Freude und darauf erpicht, es allen zu zeigen."

„Ganz genau."

Sie sah zu Josh auf. Seine Stimme war ein wenig heiser. Sie lächelte. „Warum machen Andrew und Paisley nicht auch so etwas?"

Er zuckte mit den Schultern. „Das ist nicht jedermanns Sache, nehme ich an."

„Also, für mich wäre das auf jeden Fall was", sagte sie mit einem tiefen Atemzug. „Meine Mom und mein Dad würden es schrecklich finden, aber ja –" Sie nickte. „Ich fände es toll."

„Ich auch." Er strich ihr eine Haarsträhne hinters Ohr. „Und es versteht sich wohl von selbst, dass meine Familie voll dabei wäre."

Sie lachte. „Das kann ich mir vorstellen."

Der Rest der Gruppe gesellte sich zu ihnen, als die Second Line ihre Ecke passierte. Josh erzählte allen kurz, dass es Tradition war, und dann gingen sie über den Jackson Square zum Café du Monde, um Beignets zu essen, bevor sie der Bus im Anschluss nach Buckworth zurückbringen sollte.

Auf der Rückfahrt war es ruhiger. Alle aßen Beignets, und die Gruppe war nach dem langen Tag sichtlich müde. Doch sie wirkten zufrieden. Josh saß diesmal am Steuer, also setzte sich Tori auf den Sitz hinter dem Fahrersitz und lehnte ihren Kopf an das Fenster, um die vorbeiziehende Landschaft zu beobachten. Andrew saß dankenswerterweise hinten bei seinen Eltern, wo sie sich unterhalten konnten, und Tori hatte den Großteil der Fahrt über ihre Ruhe.

Die Rückfahrt dauerte etwas mehr als eine Stunde, und als sie auf dem Gelände der Plantage anhielten, wollte Tori eigentlich nur noch duschen und sich vielleicht in das große Bett in ihrem Zimmer kuscheln. Ohne Pyjama. Mit einem großen, heißen Barkeeper und Sumpfboot-Tour-Kapitän.

Aber Paisley war auf der Veranda, als Tori aus dem Bus stieg.

Und sie konnte es offenbar nicht erwarten, Andrew zu sehen. Sie ging direkt auf Tori zu, nahm ihre Hand und zerrte sie ins Haus und in die Folterkammer, auch bekannt als Haar- und Make-up-Probe für morgen.

Kapitel Zwölf

Josh beobachtete, wie Paisley Tori hineinzerrte.

Es war fast so, als hätte sie auf der Lauer gelegen

Als er die Stufen zur großen Veranda hinaufstieg, bemerkte er ein halbvolles Glas Limonade mit einem Lippenstiftabdruck am Rand neben einem weißen Korbstuhl.

Ja, sie hatte auf der Lauer gelegen. Aber sie hatte nicht auf Andrew gewartet.

Josh seufzte und ging ins Haus. Im Foyer hielt er inne, nicht wirklich sicher, was er tun oder wohin er gehen sollte.

Andrew und sein Trauzeuge waren in den hinteren Teil des Hauses gegangen, seine Eltern und ihre Freunde waren die Treppe hinaufgegangen, und Tori war Gott weiß wo.

Josh ging in ihr Zimmer. Er betrachtete es mittlerweile als *ihr* Zimmer und nicht mehr nur als Toris. In der Mitte des polierten Hartholzbodens blieb er stehen und sah sich um.

Es war zu früh, um ins Bett zu gehen. Außerdem hatte er noch Pläne mit einer gewissen Brünetten, bevor er auch nur annähernd bereit war zu schlafen. Mit Fernsehen hatte er es nicht so. Er hatte keinen Zugang zu einem Computer und auch keine Bücher dabei. Außerdem war er sowieso kein Typ, der sich gerne drinnen aufhielt.

Er könnte sich auf dem Grundstück umsehen, dachte er. Er hatte diese Plantage noch nie erkundet, wusste aber, dass sie aus mehreren Gebäuden bestand, darunter ehemalige Sklavenhütten, die man besichtigen konnte. Außerdem gab es hinter dem Haus einen kunstvollen Garten und ein Heckenlabyrinth sowie einen Reitstall. Die Familie Richardson, die als letzte die Plantage erworben hatte und im Haupthaus wohnte, hielt es für wichtig, über diese Zeit der Geschichte und die Sklaverei zu informieren und an die Menschen zu erinnern, die beim Aufbau der Plantage geholfen hatten. Die Familie baute auf den nördlichen Feldern immer noch Zuckerrohr an, und mindestens drei Nachkommen lebten noch in Häusern auf dem Grundstück.

Oder er könnte joggen gehen, dachte er, als sein Blick auf seine Turnschuhe neben seiner Tasche fiel. Das hörte sich gut an. Obwohl er den ganzen Tag an der frischen Luft gewesen war, war er seltsam unruhig.

Zehn Minuten später ging er den Weg hinter dem Haus entlang. Er hatte dem Drang widerstanden, Tori zu suchen und sie zu fragen, was sie so vorhatte. Aber er dachte die ganze Zeit an sie, während er lief. Besonders als er an der großen Scheune vorbeikam. Wie am Haus angekommen, musste er sie unbedingt sehen.

Er war sich immer noch nicht sicher, mit welcher großen Geste er Tori seine Gefühle demonstrieren könnte, aber er hatte etwas gefunden, das ihr gefallen würde, und das reichte vorerst.

Josh duschte kurz und machte sich dann auf die Suche nach ihr. Es war fast zwei Stunden her, dass sie aus New Orleans zurückgekommen waren. Bestimmt hatte sie bereits die Schnauze voll von dem, was Paisley für sie geplant hatte. Er musste nicht einmal wissen, was das war, um zu wissen, dass es Tori nicht gefallen würde.

Das Lachen einer Frau begrüßte ihn, als er die Treppe verließ, und er bog sofort nach links ab, um in eines der kleinen Wohnzimmer zu gehen. Einen der *Salons*, um genau zu sein.

Er blieb vor der Tür stehen und spähte um die Ecke. Der Raum war voller Frauen, die um Tische herumsaßen, die mit Make-up und verschiedenen Spiegeln, Pinseln und Werkzeugen bedeckt waren. Am anderen Ende des Raumes stand eine Frau, die sich an die Gruppe wandte, während sie Paisleys Gesicht schminkte. Alle Frauen sahen ihr abwechselnd zu und versuchten dann, sich selbst in den Spiegeln zu betrachten und nachzuahmen, was sie tat. Eine Gruppe von Paisleys Freundinnen, die in Spiegel schauen *mussten*? Er könnte wahrscheinlich einfach reingehen, sich Tori schnappen und wieder rausgehen, ohne dass es jemand merkte.

Zum Glück saß Tori an einem der Tische im hinteren Teil des Raumes, der der Tür am nächsten war. Er konnte sie nur von der Seite sehen, aber er war froh, dass sie unglücklich aussah. Natürlich war er nicht froh, dass es ihr schlecht ging, aber es würde es leichter machen, sie zu überreden, sich hinauszuschleichen Er musste nur ihre Aufmerksamkeit erregen. Trotzdem wollte er die Probe nicht unterbrechen. Zum einen, weil er Paisley nicht verärgern wollte, und zum anderen, weil er nicht riskieren wollte, dass jemand mitbekam, wie er mit Tori abhaute. Denn auch er wollte nicht gestört werden. Wenn er Tori aus dem Zimmer zog und Paisley dadurch verärgerte, würde sie es womöglich Andrew erzählen. Und dann könnte Andrew kommen und nach ihnen suchen.

Andrew hatte heute schon genug von Toris Aufmerksamkeit bekommen.

„Tori", versuchte Josh zu flüstern. Aber es war unmöglich, dass sie ihn hören würde.

Er dachte schnell nach und ging wieder nach oben. Unten in seiner Tasche befanden sich drei Karnevalsperlenketten. Er war sich nicht sicher, wie oder wann sie dort hineingekommen waren, aber er hatte sie bemerkt, als er sich umgezogen hatte.

Fünf Minuten später stand er wieder unten vor der Tür des Salons.

Er wartete, bis sich die Frau vorne wegdrehte, und warf dann eine Perlenkette gegen Toris Bein.

Leider traf er nicht.

Die Perlen fielen auf den Hartholzboden und rutschten unter Toris Tisch. Niemand schien es zu bemerken. Josh atmete aus und warf die nächste Kette. Diesmal traf er Toris Schuh, doch sie bewegte nur ihren Fuß. Vermutlich dachte sie, dass jemand am Tisch sie versehentlich gestoßen hatte.

Josh verdrehte die Augen. Das sollte wirklich einfacher sein. Oder er könnte einfach warten, bis sie fertig war. Aber er wollte sie vor dieser Sache bewahren. Oder vielleicht wollte er nur sehen, ob sie sich von ihm davor bewahren lassen würde. Es hatte ihm nicht gefallen, dass sie sich entschieden hatte, mit Andrew nach Buckworth zurückzukehren, anstatt in New Orleans bei Josh und seiner Familie zu bleiben. Doch er verstand es. Es war die Hochzeit ihres Freundes, und sie war sein Gast. Und ja, Josh würde sich immer wieder vor Augen führen, dass es bei ihrer Rückkehr mit Andrew nur um die Hochzeit ging und nicht um Andrew selbst. Eigentlich wäre sie lieber mit ihnen in den Burlesque-Club gegangen, als auf die Plantage zurückzukehren. Da war er sich sicher. Zumindest zu fünfundneunzig Prozent.

Andrew machte Josh in gewisser Weise nervös, das konnte er nicht leugnen.

Zumindest nicht vor sich selbst. Tori gegenüber würde er das natürlich nie zugeben.

Er holte tief Luft und konzentrierte sich auf sein Ziel – Toris linken Unterschenkel. Dann warf er die letzte Perlenkette.

Diesmal traf er sie genau dort, wo er es beabsichtigt hatte, und sie schaute zu Boden. Stirnrunzelnd bückte sie sich, um die Perlen aufzuheben – alle drei Stränge lagen nun um ihren Stuhl herum und unter dem Tisch – und drehte sich auf ihrem Stuhl zu ihm um. Ihre Augen weiteten sich, als sie ihn in der Tür stehen sah. Er grinste und legte den Finger an seine Lippen. Dann winkte er sie zu sich.

Sie warf einen Blick in den vorderen Teil des Raumes, bevor sie sich wieder zu ihm umwandte und den Kopf schüttelte.

Er nickte. „Bitte", murmelte er.

Sie runzelte die Stirn, und schaute erst zur Visagistin und dann wieder zu Josh. „Fünf Minuten", formte sie mit ihren Lippen.

Nein. Verdammt. Es war völlig irrational, aber er wollte sie *jetzt*, und er wollte, dass sie sich für ihn entschied und nicht für diesen ganzen Rummel. Den sie nicht einmal leiden konnte.

Er war sich bewusst, dass er sich wie ein Kleinkind benahm, doch seine Miene verfinsterte sich und er schüttelte den Kopf. „Jetzt", erwiderte er ebenfalls lautlos.

Sie kniff die Augen zusammen und zeigte auf ihr Gesicht. Es war nur teilweise geschminkt. Er konnte die Details nicht erkennen, aber es sah so aus, als hätte sie die Hälfte ihres Gesichts in einer Farbe und die andere Hälfte in einer anderen Farbe geschminkt, und nur ein Auge war mit Lidschatten und Wimperntusche betont. Er zuckte mit den Schultern. „Ist mir egal", formte er mit den Lippen.

Sie seufzte und wandte sich wieder dem Tisch zu. Doch gerade als Josh dachte, dass er wirklich in den Raum stürmen und sie wieder über seine Schulter werfen müsste – nicht, dass er etwas dagegen hätte – griff sie nach etwas in der Mitte des Tisches und stieß ihr Champagnerglas um. Anstatt in die andere Richtung kippte das Glas in ihre Richtung um, sodass der Champagner, der bestimmt um die fünfzig Dollar gekostet hatte, direkt auf ihrer Kleidung landete.

„Oh mein Gott!", rief sie aus und sprang auf.

Alle im Raum hörten auf zu reden und drehten sich zu ihr um. „Alles in Ordnung?", fragte Paisley.

„Ja. Ja. Ich bin nur ganz … nass und klebrig", sagte Tori. „Ich sollte besser … gehen."

Der Teil von Joshs Gehirn, der ein dreizehnjähriger Junge war und immer sein würde, schmunzelte über die Worte „nass und klebrig", doch er riss sich zusammen, als Tori zur Tür kam und in den Flur schlüpfte.

„Was ist los?", fragte sie ihn leise flüsternd, während sie ihn ein Stück den Flur entlang von der Tür wegzog.

„Ich rette dich", sagte er.

Sie zog eine Augenbraue hoch. „Du rettest mich?"

„Ja, du hast doch keine Lust auf das Ganze hier, oder?" Er deutete mit dem Daumen in Richtung des Salons.

„Nein, aber streng genommen habe ich mich da drin selbst gerettet, oder?", fragte sie und unterdrückte ein kleines Lächeln.

Josh dachte kurz nach, dann grinste er. „Ja, ich schätze, das hast du. Aber ich habe dir eine gute Ausrede geliefert."

„Noch habe ich die Ausrede nicht gehört", sagte sie. „Woher soll ich wissen, dass sie gut ist?"

Er kam näher und ließ eine Hand über ihren Arm, ihre Schulter und ihren Nacken gleiten. Dann zog er sie an sich, während er gleichzeitig einen Schritt auf sie zumachte. „Sie ist *wirklich* gut", sagte er heiser und musterte aufmerksam ihr Gesicht, von ihren natürlichen langen Wimpern bis zu den falschen auf der rechten Seite, das Make-up, das ihre Haut bedeckte, die Reste eines Lippenstifts, den sie wohl abgewischt hatte. Ihm fiel auf, wie sich ihre Pupillen weiteten, als sie so nahe bei ihm stand.

Sie schluckte. „Jetzt sind meine Erwartungen *wirklich* hoch."

„Gut." Er grinste, und löste die falschen Wimpern von ihrem Oberlid. Er rollte sie zu einer kleinen Kugel zusammen und warf sie dann in den Untersetzer der Topfpflanze zu seiner Linken. „Ungeschminkt gefällst du mir besser", sagte er und strich mit dem Daumen über ihre Wange.

Toris Hände flogen zu ihrem Gesicht. „Oh je, ich muss lächerlich aussehen."

„Du siehst wunderschön aus. Außerdem ist mir das völlig egal." Er strich mit dem Daumen über das Augenlid, das mit pflaumenfarbenem Lidschatten geschminkt war. Er wischte etwas davon weg, aber nicht alles. Das war gutes Zeug. Ohne Augen-Make-up-Entferner würde das nicht abgehen. „Pflaume ist nicht deine Farbe."

Sie lachte leise. „Hey, Josh?"

„Ja?"

„Danke für die Rettung."

„Jederzeit wieder." Und das meinte er auch so.

„Und jetzt bring mich raus aus diesem Flur und weg von all dem Puder, Glätteisen und Bürsten."

Auch er lachte. „Hey, ... warum hast du es eigentlich nicht einmal geschafft, beide Augen zu schminken? Was zum Teufel habt ihr da drin gemacht?"

Sie verdrehte ihre halb geschminkten Augen. „Wir musste eine langwierige Hautpflege-Vorbereitungsroutine über uns ergehen lassen, bevor wir überhaupt angefangen haben. Wir bekommen heute Abend alle einen Korb mit Produkten auf unsere Zimmer geliefert, die wir morgen verwenden sollen, bevor wir geschminkt werden." Sie schaute ihn ernst an. „Ich habe da drin mindestens zwei Schichten Dermis verloren, das schwöre ich."

Er nickte ernst. „Das ist schrecklich. Du musstest unbedingt gerettet werden."

„Allerdings. Wo warst du?"

„Ich war joggen."

„Oh?" Sie trat einen Schritt zurück und sah ihn von oben bis unten an. „Also, danke nochmal."

Er kniff sie in den Hintern. „Lass uns gehen. Ich habe draußen etwas gefunden."

„Oh. Also gehen wir heute Abend nicht früher nach oben?"

Er schüttelte den Kopf, und tat so, als wäre er verzweifelt. „Ich hatte ja keine Ahnung, was für eine Nymphomanin du bist."

Sie grinste. „Ich auch nicht."

Das gefiel ihm. Sehr sogar.

Er ergriff ihre Hand. „Komm mit. Ich zeige dir was. Es wird dir gefallen. Und dann gehen wir nach oben."

„Okay." Sie seufzte und tat so, als wäre sie verärgert.

Das würde nicht lange anhalten. Er kannte sie, und er war sich sicher, dass sie begeistert sein würde.

Als er sie zur Rückseite des Hauses führte, durch das Heckenlabyrinth und den Weg hinunter zur Scheune, wurde ihm klar, dass er es toll fand, zu glauben, er würde sie kennen.

„Hier gibt es eine Scheune?", fragte sie, als das große Gebäude außerhalb des Labyrinths in Sicht kam.

„Ja. Und sie ist nicht nur zum Anschauen da", sagte er.

„Was ist da drin?", fragte sie neugierig.

„Hauptsächlich Pferde", antwortete er. „Gäste und Besucher können hier reiten. Außerdem gibt es ein paar Kutschen und Heuhaufen."

„Wir machen zu Hause auch Heuwagenfahrten", sagte sie.

„Sie haben auch ein paar Hunde", fuhr Josh fort. Es gefiel ihm, dass sie ihren Schritt beschleunigt hatte. Er glaubte nicht, dass sie sich dessen überhaupt bewusst war.

„Ach du meine Güte", seufzte sie. „Ja, ich brauche eine Hundepause."

Ja, das wusste er. Und das war noch nicht alles. Josh führte sie zu der Seitentür, die ihm einer der Angestellten vorhin gezeigt hatte, als er in die Scheune gegangen war. Er hielt ihr die Tür auf. Die Scheune sah aus – und roch – wie eine Scheune, und Josh grinste, als Tori tief einatmete, als sie eintraten. Die Kombination aus Holz, Heu, Schmutz und Tieren war ein scharfer Kontrast zu der Luft in der Villa, die nach Holzpolitur, Blumen und Backwaren roch. Es fand es toll, dass sie diesen Geruch bevorzugte. Den Geruch des

Bayou würden die meisten Menschen nicht unbedingt als *gut* bezeichnen. Aber Tori würde das nicht stören.

„Hier entlang." Josh führte sie in die dritte Kabine auf der rechten Seite und stellte sich vor sie, weil er ihr Gesicht sehen wollte.

Er drehte sich um, als sie um den Stall herumging, und beobachtete, wie sie das Heu absuchte und fand, was er ihr zeigen wollte.

„Oh mein Gott!" Sie trat vor und kniete sich neben die Katzenmama und ihre sechs Kätzchen.

Josh spürte, wie eine Mischung aus Zufriedenheit, Lust und Liebe – ja, Liebe – ihn durchflutete, als er sich mit der Schulter gegen den Holzpfosten neben sich lehnte und sie beobachtete.

Tori begann leise mit der Katzenmama zu sprechen, ließ sie an ihren Fingern schnuppern und streckte langsam die Hand aus, um ihren Kopf zu berühren.

„Sie ist offenbar an Menschen gewöhnt." Tori lächelte zu ihm auf.

„Ich habe mich vorhin ein wenig mit dem Pferdepfleger unterhalten", sagte Josh über den Mann, der ihm erzählt hatte, dass er sich hier seit über zwanzig Jahren um die Pferde und Ställe kümmert. „Sie ist im Grunde eine Hauskatze, nur dass sie hier im Stall wohnt."

Tori wandte ihre Aufmerksamkeit wieder der Katze zu. „Sie ist offensichtlich gut versorgt."

„Ich dachte mir schon, dass dir das gefallen würde."

„Ich *liebe* es." Sie schenkte ihm ein Lächeln, bei dem ihm warm ums Herz wurde. „Danke."

„Für dieses Lächeln würde ich alles tun, Iowa", sagte er zu ihr und bemerkte, dass seine Stimme rau war.

Sie sah gerührt aus. Doch da war noch etwas anderes in ihrem Blick. Etwas, das er nicht genau benennen konnte. Dann setzte sie sich ins Heu und streckte die Hand nach den Kätzchen aus.

Und einfach so wusste er, dass er zumindest für eine Weile nicht mehr im Mittelpunkt ihrer Aufmerksamkeit stehen würde. Doch das machte ihm nichts aus. Er setzte sich zu ihr ins Heu und sie verbrachten die nächsten dreißig Minuten damit, die Kätzchen zu streicheln.

Er liebte Tiere. Kätzchen waren süß. Das konnte niemand bestreiten. Aber es gab nichts Schöneres, als Tori mit Tieren zu beobachten. Jedes Mal, wenn sie von Tieren sprach, hatte sie diesen liebevollen Ausdruck im Gesicht. Aber das hier war noch besser.

Wenn er sie überreden könnte, nach Louisiana zu ziehen, würde er ihr eine Farm kaufen müssen, weil sie ohne ihre vierbeinigen Freunde nicht leben könnte. Ihr zuliebe, aber auch seinetwegen, da er es liebte, wie wohl er sich in ihrer Gegenwart fühlte.

„Ist das hier die Kleinste?", fragte er Tori und hielt das Kätzchen hoch, das er in seiner Hand hielt.

Tori sah zu ihm hinüber. Sie saß im Schneidersitz und hatte zwei auf dem Schoß, eines auf der Schulter und ein weiteres in den Händen.

Sie lächelte. „Ja. Aber es scheint ihr gut zu gehen. Sie sind etwa vier Wochen alt, und alle sind gesund. Sie scheint sie gut gefüttert zu haben."

Josh blickte auf das schnurrende Fellknäuel in seinen Händen hinunter und strich mit einem Finger über das weiche Fell an ihrem Kopf. Natürlich hatte Tori sie alle untersucht, während sie mit ihnen gespielt hatte. Er zuckte zusammen, als eines der Kätzchen über seinen Ärmel kletterte und seine Krallen in seine Schulter bohrte. Behutsam löste er sie von seinem Hemd. „Komm, Süße", sagte er zu dem Kätzchen. „Löcher in meinem Hemd sind kein Problem, Löcher in meiner *Haut* allerdings schon." Sie miaute und sah ihn mit ihren großen blauen Augen an. Sie war wirklich süß. Seufzend setzte er sie wieder auf seine Schulter. Sie kuschelte sich an sein Ohr und er tätschelte ihren Kopf. „Ja, ich verzeihe dir."

„Okay, das war's." Tori setzte alle Kätzchen ab und stand auf.

„Das war ... was?", fragte Josh.

Sie wischte das Heu von ihrem Rock. Dann griff sie nach den Trägern ihres Kleides und löste einen von ihnen, woraufhin die Vorderseite ihres Kleides herunterfiel und den Ansatz einer Brust enthüllte.

„Ich bin sehr für ... was auch immer das ist", sagte Josh und sein Körper pochte sofort vor Verlangen.

Sie schenkte ihm ein sanftes Lächeln und sein Schwanz wurde noch härter. „Ich will dich, Josh. Ich wollte dich seit der ersten Minute, in der wir uns begegnet sind. Der Sex mit dir war unglaublich. Aber du und Kätzchen? Du hast mich vor dem Hochzeits-Makeover mit Paisley gerettet ... mit *Kätzchen*. Ich habe noch nie etwas *so sehr* gewollt wie dich jetzt in diesem Moment." Sie löste den anderen Träger und ihr Kleid rutschte ihr bis zur Taille. Sie trug keinen BH. „Genau hier."

Er nahm das Kätzchen von seiner Schulter und setzte sie und ihre kleine Schwester zu ihrer Mutter ins Heu. „Ich habe dich nicht hierhergebracht, um die Kätzchen zu sehen, damit du dich auszieht."

„Umso mehr möchte ich mich ausziehen."

„Hier?" Er stand auf, sein Schwanz wurde steif und seine Brust zog sich zusammen. „Bist du sicher?"

Sie sah sich um. „Allerdings." Sie schob ihr Kleid auf den Boden der Scheune und stand in einem winzigen weißen Höschen und weißen Sandalen vor ihm. „Ich fühle mich hier total wohl. Das ist mein Revier."

Er streifte sein Hemd ab und warf es vor ihr auf den Boden. „Das solltest du besser anziehen."

„Du willst, dass ich mich anziehe?" Doch sie hob es auf und zog es sich über den Kopf. Dann schob sie ihren Slip über ihre Beine und kickte ihn ihm vor die Füße.

Er beugte sich vor, hob ihn auf und steckte ihn in die Tasche seiner Jeans. Dann knöpfte er seine Jeans auf, öffnete den Reißverschluss und machte einen Schritt auf sie zu. Er wusste, dass sie bereits herausgefunden hatte, warum sie das Hemd brauchte, aber er sagte: „Ich will nicht, dass dein Rücken zerkratzt wird." Er umfasste ihren nackten Hintern und hob sie hoch. Er ging vorwärts, bis sie mit dem Rücken an dem Stall hinter ihr stand. „Oder dass dein süßer Hintern voller Splitter ist", sagte er und drückte seinen Schwanz gegen ihre heiße Mitte. „Wenn ich dich hart gegen das Holz nehme."

„Ja. Oh mein Gott, ja. Bitte lass mich jedes Mal feucht werden, wenn ich an einem Stall vorbeigehe."

Nun, darüber hatte er zwar noch nie nachgedacht, aber okay. Er gluckste. „Das lässt sich machen."

„Aber, wir sollten um die Ecke gehen", sagte sie atemlos.

„Um … was?"

„Ich habe schon mal über Sex in der Scheune nachgedacht, aber ich bin nicht scharf auf Publikum." Ihr Blick fiel auf den Boden hinter ihm.

Und die Kätzchen.

Richtig.

Er hob sie hoch, drehte sie beide um und trug sie zum nächsten Stall. Dann drückte er sie gegen das besagte Holz und küsste sie heiß auf den Mund. Sie wand sich an ihm, umklammerte seine Hüften mit ihren Knien und brachte mit einem leisen Stöhnen sein Blut in Wallung.

Er krallte seine Finger in ihren Hintern und drückte sich an sie.

Sie griff zwischen sie und schob seine Jeans und Boxershorts hinunter. Dann umfasste sie mit einer Hand seinen Schwanz, und er stöhnte auf und krümmte sich instinktiv in ihrer Faust.

„Das wird so gut werden", sagte sie begierig.

Es war Sex in einer Scheune. Aber … ja, es würde so gut werden.

„Kondom in meiner linken Tasche."

„Meine rechte Hand ist voll."

Sie drückte ihn und Josh musste die Zähne zusammenbeißen. „Süße, wir können das auf zwei Arten machen. Ich kann mich mit Kondom bis zum Anschlag in dir vergraben, oder ich komme in deiner Hand und bringe dich anschließend auf eine andere Art zum Höhepunkt. Mir ist beides recht."

Tori fuhr mit ihrer Hand eifrig an seinem Schwanz auf und ab. „Oh nein. Ich will dich in mir haben."

Er war hin- und hergerissen zwischen Lachen und Fluchen. „Kondom. Bitte", sagte er mit angespannter Stimme.

Sie kramte in seiner Tasche, zog es heraus, riss die Packung auf und rollte es über.

Er stieß einen Seufzer der Erleichterung aus, obwohl sich seine Eier vor Erwartung anspannten. Er zog ihre Hüften nach vorne, während er tief in sie eindrang.

Bis zum Anschlag.

Tori keuchte und seufzte und schlang dann ihre Arme um seinen Hals. „Ja, Josh."

Er versuchte, seine Hände so zu bewegen, dass sie mehr hinter ihrem unteren Rücken zwischen ihr und dem harten Holz lagen, doch es war schwierig, sie so zu halten.

Sie wand sich. „Josh."

„Warte." Er versuchte, nur eine Hand zwischen ihren Rücken und den Stall zu schieben, während er mit der anderen ihren Po festhielt. „Ich will dir nicht wehtun."

„Das tust du nicht."

„Ich habe auch noch nicht wirklich … angefangen."

„Es ist alles in Ordnung. Es geht mir gut. Bitte fang an", sagte sie mit einem leisen Lachen.

„Ich will nur sichergehen, dass ich sanft bin. Und du bringst mich dazu, … durchzudrehen."

„Josh." Sie zog sich zurück und sah ihn an. „Mir hat ein Pferd in einer Scheune den Fuß gebrochen, ich habe mir die Schulter ausgekugelt, als ich bei der Rettung einer Eule aus dem Dachboden einer Scheune gefallen bin, ich wurde von …

nun ja, vielen Tieren ... in Scheunen gebissen, und ich habe meine Hand –"

Er unterbrach ihre Beschreibung mit einem Kuss und zog sich aus ihr heraus, bevor er erneut in sie eindrang.

Sie umklammerte seine Schultern und ihre Muschi zog sich um ihn herum zusammen.

Als er ihre Lippen losließ, sagte er: „Okay, du bist ein hartes Mädchen."

„Das bin ich. Ich kann alles ertragen, was du in dieser Scheune mit mir anstellen kannst, Josh."

„Klingt nach einer Herausforderung."

„Auf jeden Fall."

Er knurrte. Dann gab er ihr genau das, worum sie gebeten hatte.

Er umfasste ihren Hintern und stieß tief in sie hinein, immer und immer wieder.

Sie hielt sich an ihm fest und ermutigte ihn mit Keuchen und Stöhnen. Er spürte, wie sich ihre Muschi um ihn zusammenzog, die süße Reibung und die feuchte Hitze, der Himmel auf Erden.

„Komm mit mir, Tor–"

Sie kam, noch bevor er die Frage beenden konnte. Ihre inneren Muskeln spannten sich an und sie rief seinen Namen. Nachdem er noch ein paar weitere Male in sie hineingestoßen hatte, spürte er, wie sein Orgasmus ihn erfasste. Er stöhnte ihren Namen, hielt sie fest und entleerte sich in das Kondom.

Danach drückte er sie schwer atmend gegen den Stall. Sie hatte sich an ihn geschmiegt und machte keine Anstalten, ihn loszulassen.

Mehrere Minuten vergingen. Schließlich hörten sie ein leises Miauen aus der Box neben ihnen.

Josh zog sich zurück und sah in Toris Gesicht. Er grinste. „Ich fasse das als Katzenapplaus auf."

Sie lachte. „Das war definitiv einen Applaus wert."

Er küsste sie. Lang und tief und heiß und süß. Dann stellte er sie auf die Beine.

Sie schaute ihm in die Augen, zog sein Hemd hoch und über den Kopf und reichte es ihm. Genüsslich musterte er ihren zierlichen, nackten Körper, bevor er sich das Hemd über den Kopf zog. Sie schlüpfte um die Ecke des Stalls, um ihr Kleid zu holen.

Er zog seine Hose an, machte Knopf und Reißverschluss zu, und wartete.

Er konnte hören, wie sie leise mit den Kätzchen sprach. Lächelnd schüttelte er den Kopf. Sie war etwas ganz Besonderes. Etwas, das er nie wieder finden würde.

Er musste sich eine entsprechend große Geste einfallen lassen, um ihr zu zeigen, was er empfand.

Als sie schließlich wieder aus dem Stall kam, hatte sie ihr Kleid und ihre Schuhe wieder an.

Allerdings kein Höschen. Das war noch in seiner Hosentasche. Und er behielt es.

Tori stellte sich neben ihn, schenkte ihm ein breites Lächeln und legte ihre Hand in seine.

Sie seufzte. „Kätzchen."

„Und heißer Sex in der Scheune."

„Nicht unbedingt in dieser Reihenfolge."

Er warf ihr einen Blick zu. „Bist du sicher? Ich habe das Gefühl, dass es eine Menge braucht, um Kätzchen für dich zu übertreffen."

Sie lachte. „Ja, das tut es auch. Aber du hast es geschafft."

Und er war dummerweise stolz darauf.

Flüssiger Eyeliner war eine der grausamsten Erfindungen überhaupt.

Wer zum Teufel hatte sich das ausgedacht? Und warum kauften Frauen ihn? Warum schrieben sie keine Briefe an den

Kongress oder protestierten auf der Straße? Dieses Produkt musste abgeschafft werden.

Tori starrte in den Spiegel. Die Frauen, die ihn auf Anhieb gut auftragen konnten, waren Hexen. So einfach war das.

Sie spürte, wie Frustration in ihr aufstieg, und holte einen weiteren Make-up-Entferner aus dem Plastikbecher neben dem Waschbecken. Sie wischte sich die Augen ab. Wieder einmal. Dann warf sie das Tuch zu den anderen acht auf die Ablage. Ihre Augen waren blutunterlaufen, die Lider waren mittlerweile knallrot, und sie hatte ein paar Wimpern verloren. Und als würde es nicht reichen, dass sie aussah, als hätte sie eine heftige allergische Reaktion auf irgendetwas, war da noch die Tatsache, dass sie sich eingestehen musste, dass sie sich nicht vorzeitig aus der Schminkprobe hätte verdrücken dürfen.

Natürlich hatte es sich gelohnt. Sehr sogar.

Sie war heute müde. Nachdem Josh und sie von der Scheune zurückgekommen waren, hatten sie noch zweimal Sex gehabt, bevor sie eingeschlafen waren. Sie hatten auch über ihren Tag in New Orleans gesprochen. Er hatte ihr etwas über die Geschichte der Plantage erzählt und sie hatte ihm berichtet, wie ihr Dad sie zum ersten Mal in den Stall mitgenommen und ihr die Katzenmutter mit ihren Jungen in ihrem kleinen roten Wagen gezeigt hatte.

Heute müde zu sein, war jedes bisschen davon wert.

Aber Paisley würde sie umbringen, wenn sie in diesem Zustand herunterkäme.

Ihr Telefon leuchtete auf, als sie es an den Spiegel lehnte. Sie hatte sich YouTube-Tutorials angesehen. Und die fünf verpassten Anrufe von Andrew ignoriert. Er hatte drei Mal letzte Nacht und zwei Mal heute Morgen angerufen.

Drei Mal heute Morgen.

Tori griff nicht nach dem Telefon. Sie starrte nur auf das Display, auf dem ANDREW stand, bis es wieder schwarz wurde. Sie war sich nicht sicher, warum sie nicht ranging. Wahrscheinlich war er wegen des heutigen Tages nervös und wollte mit seiner besten Freundin sprechen.

Aber sie hatte keine Lust zu antworten. Sie wollte sich nicht einmal seine Sprachnachrichten anhören. Ja, auch davon gab es fünf.

Eine kleine Benachrichtigung erschien, und wieder korrigierte sie die Zahl. Sechs. Sechs Sprachnachrichten.

Wieso ging sie ihrem besten Freund an seinem Hochzeitstag aus dem Weg?

Doch eigentlich wusste sie genau warum. Sie war sauer auf ihn. Er hatte versucht, ihr Josh auszureden. Er hatte sie ermahnt, sich nicht in die Sache hineinzusteigern.

Sie wusste, dass er nicht *unrecht* hatte. Sie neigte dazu, sich in Dinge hineinzusteigern. Aber bei Josh fühlte sich alles einfach so verdammt gut an. Wenn sie in der Vergangenheit ihre Gefühle gezeigt hatte, hatte der andere das nicht gewollt. Aber Josh wollte sie. Das konnte sie in allem, was er tat und sagte, spüren. Sogar daran, wie er sie ansah.

Natürlich könnte es ihm auch nur um Spaß gehen. Oder um Sex. Oder die Kombination aus beidem. Doch selbst wenn es nur das war, selbst wenn es nur vorübergehend war, selbst wenn es ihr das Herz brechen würde, wäre es das absolut wert.

Aber sie wollte nicht mit Andrew darüber sprechen. Das bereitete ihr ein wenig Bauchschmerzen. Andrew war immer für sie da gewesen. Er hatte sie beschützt. Er war ihr Puffer gewesen. Er war auf ihrer Seite gewesen.

Jetzt hatte sie das Gefühl, dass er nicht auf ihrer Seite war. In der Vergangenheit hatte er sie davor bewahrt, sich zu blamieren. Doch vor Josh hatte sie sich nicht blamiert. Ganz im Gegenteil. Mit ihm fühlte sie sich einfach wohl. Glücklich. Heiß. Sexy. Interessant. Witzig. Warum versuchte Andrew, ihr das auszureden?

Wir müssen vor der Zeremonie reden.

Und jetzt schrieb er eine Nachricht.

Sie war überrascht, dass er das nicht schon früher getan hatte. Worum auch immer es ging, er wollte unbedingt darüber *reden*.

Sie vermutete, dass es nicht nur um die Sache mit Josh ging.

Verdammt.

Sie schaute wieder in den Spiegel. Sie hatte noch eine Stunde bis zu den Fotos und etwa zwei Stunden Arbeit hier zu erledigen. Sie hatte keine Zeit für ein Gespräch.

Aber wie konnte sie *nicht* mit ihm reden, wenn er sie brauchte?

„Argh!" Sie warf die Tube mit dem flüssigen Eyeliner ins Waschbecken und atmete aus. Es musste doch eine Möglichkeit geben. Sie hatte die Schminksitzung mit den anderen Brautjungfern verpasst. Und den Friseurtermin. Und wahrscheinlich noch eine andere Veranstaltung, an die sie sich nicht erinnerte.

Sie konnte sich vorstellen, dass Paisley bereits eine Voodoo-Puppe von ihr hatte, und Tori rechnete jeden Moment mit einem heftigen Schmerz.

Dann schaute sie wieder in den Spiegel. Vielleicht war dies Paisleys Voodoo-Puppen-Rache.

„Tori?"

Sie zuckte zusammen, als sie Josh auf der anderen Seite der Badezimmertür hörte. Sie hatte ihn vor zwei Stunden schlafend im Bett zurückgelassen. Es war ihr noch nie so schwergefallen, aufzustehen, wie an diesem Morgen. „Äh, hey. Guten Morgen."

„Morgen."

Seine heisere, verschlafene Stimme jagte ihr selbst durch die Tür einen Schauer über den Rücken.

„Alles in Ordnung da drin?", fragte er.

Nein. Nichts war in Ordnung. Ganz und gar nicht. Sie öffnete die Tür. „Nein."

Seine Augen weiteten sich, als er sie sah. Sie war in einen seidenen Bademantel gehüllt. Ihr Haar war auf der einen Seite hochgesteckt, aber aus irgendeinem Grund bekam sie die andere Seite nicht richtig hoch. Und dann war da natürlich noch die Sache mit den Augen.

Doch im Moment war ihr egal, wie sie aussah. Denn er trug nur eine Jeans, die er nicht einmal ganz zugeknöpft hatte. Sein Haar war zu kurz, um jemals wirklich zerzaust auszusehen, und er hatte immer einen kurzen Bart, sodass er selbst morgens nicht wirklich strubbelig aussah. Trotzdem vermittelte er den Eindruck, dass er gerade aus dem Bett gestiegen war und sie gerne wieder dorthin mitnehmen würde.

„Was ist los?", fragte er und lehnte sich mit einer Schulter gegen den Türpfosten.

Tori seufzte. Sie konnte sich nicht auf ihn stürzen. „In einer Stunde werden die Fotos gemacht", sagte sie ihm. „Und das hier" – sie wedelte mit der Hand an ihrem Körper auf und ab – „läuft nicht gut."

Er biss sich auf die Unterlippe und sah aus, als würde er versuchen, nicht zu grinsen.

„Du kannst ruhig lachen", sagte sie zu ihm. „Es ist lächerlich. Ich habe das mit dem Make-up einfach nicht drauf."

Er streckte die Hand aus, hakte einen Finger in die Schlaufe ihres Bademantels und zog sie an sich. Dann küsste er sie, nahm ihr Gesicht in beide Hände und ihr ganzer Körper sehnte sich nach ihm, während sie spürte, wie die ganze Anspannung nachließ.

Das war es wert.

Was auch immer sonst geschah.

Nach ein paar köstlichen Sekunden ließ er sie los. „Das kriegen wir schon hin", versicherte er ihr.

„Meinst du?"

Er begann, sie ins Bad zu schieben. „Ja."

„Du meinst, *wir* kriegen *das* wieder hin?", fragte sie und wedelte mit einer Hand vor ihrem Gesicht herum, als sie mit dem Hintern gegen die Ablage stieß.

Er nickte. Dann hob er sie die Ablage und trat zwischen ihre Knie.

„Äh, Josh." Ihr Herz flatterte, und sie zwang sich, daran zu denken, dass sie sich für die Hochzeit fertig machen musste. Denn eigentlich wollte sie nur den Bademantel ablegen und Josh machen lassen ... was immer er wollte. „Ich muss mich noch schminken." Es klang fast so, als ob sie es ernst meinte.

„Ich weiß." Er musterte ihr Gesicht. Dann beugte er sich vor ... und griff nach etwas hinter ihr. Er richtete sich auf und hielt eine Tube Abdeckstift und einen Keilschwamm in der Hand. Er öffnete die Tube, als ob er tatsächlich wüsste, was er tat, und streckte die Hand nach ihrem Gesicht aus.

Tori zuckte zurück. „Was machst du da?"

„Ich trage dein Make-up auf", sagte er schlicht. „Zuerst den Concealer, dann den Puder, dann die Grundierung, und *dann* die Augen."

Sie wartete eine Sekunde darauf, dass er lachte. Er tat es nicht.

„Du kennst dich mit Make-up aus?"

„Ja."

Sie lachte. „Wirklich? Nur weil du viele Mädchen mit Make-up siehst, bist du noch lange kein Experte, meinst du nicht?"

Er schenkte ihr ein kleines Lächeln. „Tori, ich kenne mich sehr gut mit Mädchen aus."

„Ja, das ist mir klar."

„Aber nicht mit allen dieser Mädchen ist etwas gelaufen."

Sie kniff die Augen zusammen. „Was meinst du?"

„Ich habe nicht nur einer, sondern gleich zwei Miss Louisiana Teens Make-up *und* Haare gemacht." Er zuckte mit den Schultern. „Die eine war eine *frühere* Gewinnerin und wollte zu einer Preisverleihung, aber ich habe trotzdem ihre Haare und ihr Make-up gemacht."

Tori bemerkte, dass sie mehrere Sekunden lang nicht geblinzelt hatte. „Wie bitte?", brachte sie schließlich hervor.

Er grinste. „Meine Schwester hat jahrelang an Schönheitswettbewerben teilgenommen. Mom ist eine ehemalige Schönheitskönigin. Als Kennedy klein war und Mom gearbeitet hat, hat sie mir und Sawyer alles beigebracht, damit wir mithelfen konnten. Keiner von uns beiden konnte sich drücken", sagte er und schüttelt den Kopf. „Sie liebte die Wettbewerbe, aber sie hasste es, sich die Haare machen zu lassen. Einer von uns hielt sie und der andere machte ihr die Haare. Nach einer Weile wurden wir richtig gut und schnell darin. Sie hat nämlich immer versucht, uns zu beißen."

Tori verschluckte sich an einem Lachen. Sie wusste nicht, was sie mehr überraschte oder erfreute. „*Kennedy* hat an Schönheitswettbewerben teilgenommen?" Sie dachte an Kennedys dunkles Augen-Make-up und Lippenstift, ihre Tattoos und Piercings und vor allem an ihre Ich-habe-meine-eigenen-Regeln-für-alles-Einstellung.

„Bis sie dreizehn war", erklärte Josh mit einem Nicken. „Bis sie beschloss, dass sie genug von dem ganzen Scheiß hatte und ihre Schminkkünste sowie ihr Bestreben, Eindruck zu machen, in eine neue feministische Richtung lenkte."

Tori musste zugeben, dass Kennedys Look sehr ausgefeilt und eindeutig beabsichtigt war. Wahrscheinlich brauchte man verrückte Schminkkünste, um das alles richtig hinzubekommen. „Hat sie Wettbewerbe gewonnen?"

„Oh ja." Er nickte. „Sie ist verdammt ehrgeizig."

„Wow." Tori sah ihn nachdenklich an. „Du weißt also wirklich, wie man mit einem Schminkpinsel umgeht?"

„*Und* mit einer Haarbürste."

Sie zuckte mit den Schultern. „Nur zu."

Während er an ihrem Gesicht und ihren Haaren arbeitete, musste er *ganz* nah bei ihr stehen. Das war großartig. Sie liebte es. Seine Körperwärme, sein Duft, seine zielgerichtete, aber sanfte Berührung, seine harte Brust und seine Bauchmuskeln

… das war alles *sehr* gut. Seine absolute Konzentration und Aufmerksamkeit auf das, was er tat, und dass er nicht einmal einen Finger irgendwohin gleiten ließ, wo er nicht hingehörte, war hingegen nicht so gut.

Als er damit fertig war, ihre Augen mit dem blöden flüssigen Eyeliner zu schminken, war sie erregt und frustriert. Bei ihm sah es so aus, als ob es die einfachste Sache der Welt wäre.

„Hör auf zu wackeln", wies er sie an.

„Kann ich nicht."

„Und hör auf, mich so anzuschauen", sagte er, während er ihre Augenbrauen in Form brachte.

Er brachte ihre Augenbrauen in Form. Sie stieß einen Atemzug aus. „Wie denn?"

„Als würdest du dir vorstellen, wie ich den Bademantel hochziehe und dich direkt hier auf der Ablage nehme."

Ihr Körper wurde heiß und ihre Lungen hörten für eine Sekunde auf zu arbeiten. „Du musst mich nicht mal küssen und mein Make-up ruinieren."

Er stieß ein kurzes Lachen aus. „Ich werde dich nicht ficken, ohne dich zu küssen."

„Warum nicht?" Das schien eine unnötig einschränkende Regel zu sein.

„Weil ich dich wirklich gerne küsse."

„Aber das Ficken –"

„Sag nicht ficken." Seine Miene hatte sich verfinstert.

„Warum nicht?"

„Weil ich dann darüber nachdenke. Und darüber, dass ich es kaum ertrage, es nicht zu tun, wenn ich dir gegenüberstehe. Aber du würdest deine Wange an meine legen und das Make-up ruinieren, oder ich würde mich vergessen und dich an den Haaren packen. Aber wenn ich dich auf deine Füße stelle und dich zum Spiegel drehe, kann ich dich ficken, ohne dein Gesicht oder deine Haare zu berühren, *und* ich kann dein Gesicht sehen, wenn du kommst."

Ihr wurde sofort heiß und sie spürte, wie sie feucht ... und sauer wurde. „Das ist wirklich gemein", sagte sie, atemlos, obwohl sie wütend war. „Ich kann diese Zeremonie nicht durchstehen, feucht und erregt, wenn ich weiß, dass es noch *Stunden* dauert, bis wir –"

Er zog sie von der Ablage und drehte sie schnell um. *Ja.* Sie stützte sich mit den Händen ab, während sie beobachtete, wie er ein Kondom aus seiner Tasche zog, seine Jeans hinunterschob und es über seinen großen, harten Schwanz rollte.

Dann griff er nach der Schlaufe ihres Bademantels und begegnete ihrem Blick im Spiegel. „Da hast du recht." Ihr Bademantel fiel zu Boden, sodass sie nackt vor ihm stand.

Sie grinste ihn an. „Ja, das habe ich."

„Ich muss noch deine Haare machen", sagte er.

„Dann solltest du dich lieber beeilen."

Er beugte seine Knie und stieß so kräftig in sie hinein, dass sie keuchte und sich am Rand des Waschbeckens festklammerte. Dann zog er sich zurück und drang erneut in sie ein. Hart, tief und schnell.

Sie drückte sich an ihn, wölbte ihren Rücken und beide stöhnten auf, als er noch tiefer in sie eindrang und die magische Stelle in ihr berührte. Es war das erste Mal, dass er es ihr von hinten machte, und, Mann, da hatte sie wirklich was verpasst.

„Josh, ja", stieß sie keuchend hervor.

„So. Verdammt. Köstlich." Er hielt ihre Hüften fest umklammert, während er in sie hineinstieß.

Sie war so nah dran, so schnell. Als er seine Hand über ihren Kitzler gleiten ließ, explodierte sie. Er war direkt hinter ihr, knurrte tief und kam hart, während er sie an sich drückte.

Kapitel Dreizehn

Sie hatten nicht viel Zeit, um sich zu erholen, und Tori könnte schwören, dass sie immer noch die heißen Blitze spürte, die ihren Körper durchzuckten, als sie in ihrem Brautjungfernkleid, perfekt frisiert und geschminkt, die Treppe hinunterging.

Vielleicht war es der Sex im Badezimmer gewesen. Vielleicht aber auch die Art, wie Josh sie angesehen hatte, nachdem er den Reißverschluss ihres Kleid geschlossen, und gesagt hatte: „Heilige Scheiße, Tori. Du siehst umwerfend aus." Womöglich war es auch die Tatsache, dass er sich zu ihr hinuntergebeugt und ihr zugeflüstert hatte: „Wenn du glaubst, dass die Möglichkeit besteht, dass dieses Kleid später nicht voller Heu sein wird, bist du verrückt."

Sie schluckte und trat von der untersten Stufe hinunter. Sie musste nur die Fotos, die Hochzeitszeremonie und die erste Hälfte des Empfangs überstehen. Nach den üblichen Tänzen und Trinksprüchen und dem Anschneiden der Torte konnten sie sich sicher aus dem Staub machen.

Aber das würde noch *Stunden* dauern. Natürlich würde er bei der Zeremonie und dem Empfang dabei sein, aber sie hatte noch ein paar Pflichten vor sich. Und wenn sie ihn nach dem gestrigen Abend und dem heutigen Morgen in einem Anzug sah, würde sie sich nur mit Mühe zurückhalten können, ihn nicht in eine Abstellkammer zu zerren.

„Tori, da bist du ja endlich", begrüßte Paisley sie. Sie überprüfte Toris Make-up und Haare, und rückte ein paar Haarnadeln zurecht. Tori zuckte zusammen und sagte sich, dass Haarnadeln im Kopf besser seien als echte Nadeln in einer Voodoo-Puppe. Schließlich nickte Paisley und ihr Gesichtsausdruck schien zu sagen: „Gut, du siehst ganz passabel aus, aber ich bin trotzdem sauer auf dich."

Tori seufzte und gesellte sich zu der Gruppe bei den Rosenbüschen. Wenigstens waren alle ihre geilen Gedanken an Josh für einen Moment verdrängt worden.

Die Hochzeitsfotos dauerten ewig, und Andrew hatte Tori zweimal beiseite gezogen, nur um vom Fotografen oder Paisley unterbrochen zu werden. Offenbar wurde der Bräutigam auf den meisten Fotos gebraucht, und so versprach Tori schließlich, dass sie sich unterhalten würden, sobald die Fotosession vorbei war. Seine Miene war ernst und beunruhigt.

Nach der Fotosession zerrte ihn natürlich wieder jemand wegen etwas weg, bevor sie die Gelegenheit hatten, sich zu unterhalten.

Tori seufzte. Sie vermutete, dass sie das heute noch öfter tun würde. Okay, sie musste also die Zeremonie, die Hälfte des Empfangs und ein Gespräch mit Andrew überstehen, bevor sie wieder mit Josh allein sein konnte. Nun gut. Das würde sie schon schaffen. Es würde alles großartig werden.

Und das dachte sie auch weiterhin.

Bis zu dem Moment, als sie den Gang hinunterging. Sie hatte Josh in einer der hinteren Kirchenbänke erspäht, ihm kurz zugezwinkert, am Ende des seidenen Läufers, der den Gang bedeckte, innegehalten, um Andrew ein Lächeln zu schenken, und sich umgedreht, um ihren Platz ein paar

Schritte von der Mitte entfernt einzunehmen, um Platz für die vielen Brautjungfern zu machen.

Doch bevor sie einen Schritt in Richtung ihres Platzes machen konnte, spürte sie eine Hand an ihrem Ellbogen. Sie drehte sich um und stellte verblüfft fest, dass Andrew ihren Arm ergriffen hatte.

„Tori, wir müssen reden."

Sie spürte, wie sich ihre Augenbrauen fast bis zu ihrem Haaransatz hoben. „Was machst du da?"

„Ich muss dir etwas sagen."

Sie warf einen kurzen Blick auf die Hochzeitsgesellschaft, dann auf den Pfarrer und dann wieder auf Andrew. „*Jetzt?*"

„Ja. Jetzt. Nein, eigentlich gestern Abend. Aber du bist nicht ans Telefon gegangen. Und dann heute Morgen. Aber da bist du auch nicht ans Telefon gegangen. Und dann …" Er holte tief Luft. „Okay, ich hätte das schon vor langer Zeit sagen sollen. Schon vor *sehr langer* Zeit. Aber ich wusste nicht … mir war nie klar. Und dann –"

Tori vergaß die anderen Leute um sie herum. Andrew sah aus, als würde er gleich hyperventilieren. Sie legte ihre Hand auf die seine, die auf ihrem Arm lag. „Atme", sagte sie leise zu ihm. „Es ist alles in Ordnung. Wir reden direkt danach."

Er schüttelte den Kopf. „Nein. Es kann nicht warten. Es muss jetzt sein. Jetzt oder nie." Er sah aus, als hätte er körperliche Schmerzen.

Sie runzelte die Stirn. Er war ihr bester Freund. Die einzige Person, die immer hinter ihr gestanden hatte. Es war ihr egal gewesen, wer zuschaute, als sie für Marcus Turner einen Hund, ein Schwein und Muffins mit in die Schule gebracht hatte. Die Kirchenbänke voller Fremder, die das hier sahen, waren ihr völlig egal.

Das war auch gut so, denn die Orgel hatte aufgehört zu spielen, und die anderen Brautjungfern standen im hinteren Teil der Kirche und schauten zu, als würden sie zögern, sich ihnen zu nähern.

Tori nahm einen tiefen Atemzug. „Okay. Sag es mir."

„Ich bin in dich verliebt."

Tori erstarrte.

In der ganzen Kirche war es still. Nicht einmal ein Keuchen war zu hören.

Sie spürte, wie sich ihre Augen weiteten, als Andrew sie anstarrte.

„*Was?*", flüsterte sie schließlich.

Er nickte und trat einen Schritt vor. Sie wich zurück.

„Ich bin in dich verliebt, Tori."

„Aber wieso sagst du mir das *jetzt*? Einfach *so*?" Sie ließ ihren Blick über die Menge schweifen und sah ein Meer von fassungslosen Gesichtern. Aber sie konnte Josh nirgends sehen.

Genauso wenig wie Paisley. Sie zuckte zusammen. Paisley war noch nicht hinten. Sie konnten das immer noch in Ordnung bringen. Vielleicht. Möglicherweise.

Oh Gott.

„Ich muss das jetzt tun", sagte Andrew. Er trat wieder einen Schritt vor und griff nach ihrer Hand. „Ich habe dich immer geliebt. Aber mir war nicht klar, dass es … *Liebe* ist. Ich wusste immer, dass du ein Teil meines Lebens sein würdest. Das war für mich einfach klar. Doch jetzt merke ich, dass sich alles ändern wird und ich … will das nicht. Ich liebe dich. Ich will dich in meinem Leben haben. Jeden Tag."

Tori starrte ihn an. Das Gesicht dieses Mannes war ihr so vertraut wie ihr eigenes. Sie hatte ihn in jeder Lebensphase gekannt. Jeden wichtigen Meilenstein. Und doch wusste sie in diesem Moment nicht, wen sie vor sich hatte. War Andrew in sie *verliebt*? Nein. Das fühlte sich nicht richtig an.

„Ich kann nicht glauben, dass du das hier tust. Jetzt. Einfach so", sagte sie. Ihre Stimme klang angespannt. Sie war sich nicht sicher, ob sie gegen die Tränen ankämpfte oder gegen ein hysterisches Lachen.

„Ich wollte das schon lange tun", sagte er. „Aber", fuhr er

fort und drückte ihre Hände, „das ist gut. Ich bin froh, dass ich es dir jetzt gesagt habe. Das ist wie damals, als du Marcus Muffins mitgebacht hast. Wie all die Male, in denen du dein Herz auf der Zunge getragen hast."

Oh … Gott.

„Andrew, ich –"

„Was zum Teufel ist hier los?"

Ein Kreischen kam aus dem hinteren Teil der Kirche. Von der Frau in Weiß, die sich an ihren Brautjungfern vorbeidrängte.

Paisley hatte die Kirche betreten.

Jetzt ging ein Raunen durch die Kirchenbänke. Alle drehten sich zu ihr um, die Leute fingen an zu tuscheln, und die Brautjungfern drängten sich hinter ihr in den Gang.

„Was zum *Teufel*, Andrew?", zeterte Paisley.

Das Keuchen wurde lauter und der Pfarrer ließ die Bibel fallen, die er in der Hand gehalten hatte.

Tori riss ihre Hand aus Andrews Griff, als die Braut den Gang entlangstürmte, den Schleier hinter sich herschleifend und mit einem mörderischen Gesichtsausdruck.

Wenn die Tatsache, dass sie die beiden im Bourbon O beim Küssen erwischt hatte, schon eine Acht auf der Oh-Scheiße-das-ist-schlecht-Skala war, so war dies eine Fünfzehn.

„Paisley, es tut mir leid –", begann Andrew.

„Nein!", sagte die Braut entschlossen und baute sich vor den beiden auf. Sie blickte zu Andrew auf und stampfte mit dem Fuß auf. „Nein. Das wirst du *nicht* tun. Ich habe dich *gefragt*, nachdem du sie geküsst hast. Ich habe dir einen Ausweg gegeben. Du hast nein gesagt. Du hast gesagt, du hättest keine Gefühle für sie. Du wirst das *jetzt* nicht tun."

„Ich liebe sie wirklich. Ich will *dir* das nicht antun", sagte Andrew. „Aber ich musste eine große Geste für Tori machen. Sie kennt mich. Sie weiß, was das bedeutet. Sie weiß, dass ich das nie tun würde, wenn ich es nicht ernst meinen würde."

Heiliger Strohsack. Das war … furchtbar.

Tori warf einen Blick auf die Tür hinter den Trauzeugen, die aus dem Altarraum führte. Sie könnte einfach losrennen. Sie glaubte nicht, dass jemand sie aufhalten würde.

Sie liebte Andrew. Das tat sie wirklich. Aber das hier war verrückt.

Sie blickte zurück zu ihrem Freund. Ihrem besten Freund. Dem Mann, sie noch vor anderthalb Jahren in die Arme gefallen wäre, wenn er so etwas gesagt hätte. Weil er ein guter Mann war. Der sich um sie sorgte.

Aber sie hatte einen *tollen* Mann verdient. Der sie *verstand*. Der sie *liebte*.

Darauf hatte sie jetzt einen Vorgeschmack bekommen. Josh verstand sie. Er schützte sie nicht vor ihren Gefühlen, Leidenschaften und ihrem Instinkt. Er wusste das alles zu schätzen. Er mochte sie *wegen* alledem und nicht trotz alledem. Er ermutigte sie zu allem.

Sie war nicht in Andrew verliebt. Das konnte sie nicht sein. Denn sie war in Josh verliebt.

„Ich kann nicht glauben, dass –"

„Ich habe etwas zu sagen", unterbrach Tori Paisley. Die andere Frau stürzte sich auf sie, und Tori wich einen schnellen Schritt zurück und hob abwehrend die Hände. „Beruhige dich bitte."

Mochte sie große Gesten? Ja. Wegen Andrew und ihrem Dad hatte sie sich zurückgehalten, aber ja, eine große, große Geste, bei der ihre Emotionen überschwappen und die in einer Katastrophe aus Tortenguss und Schweinekacke endete, war definitiv ihr Ding.

Und sie hatte einen Mann gefunden, bei dem sie ganz sie selbst sein konnte.

Das war ein tolles Gefühl. Die Vorstellung, dass sie alles rauslassen konnte. Dass ihre Leidenschaft, ihre Liebe, ihre Zuneigung und ihre Freude sich nicht nur auf ihre Tiere beschränken mussten.

Sie trat einen Schritt vor. „Andrew, ich liebe dich wirklich. Du bist wie ein großer Bruder für mich. Du bist mein bester Freund und ich werde dich immer gernhaben. Aber ich bin *nicht* in dich verliebt."

„Du willst nicht, dass ich Paisley heirate", sagte Andrew.

Tori warf einen Blick auf Paisley. „Nein, aber nicht *meinetwegen*." Sie schaute wieder zu Andrew. „Sondern *deinetwegen*. Ich glaube nicht, dass ihr füreinander bestimmt seid."

„Du *Miststück*", zischte Paisley.

Tori zuckte mit den Schultern. „Tut mir leid. Aber ihr *beide* habt es verdient, mit jemandem zusammen zu sein, der euch wirklich schätzt. Der euch das Gefühl gibt, etwas Besonderes zu sein. Der euch auf eine Weise versteht, wie es sonst niemand tut. Der all die Dinge liebt, die euch schrullig und seltsam und anders als alle anderen machen." Sie ließ ihren Blick über die Hochzeitsgesellschaft schweifen, konnte Josh aber nicht sehen, weil die Leute ihre Hälse reckten und ihre Handys hochhielten, um keinen Moment des Dramas zu verpassen. „Ich habe so jemanden gefunden." Sie holte tief Luft und drehte sich mit dem Gesicht zu den Kirchenbänken. „Josh Landry, ich bin in dich verliebt. Ich weiß, es ging schnell, und vielleicht ist es verrückt. Aber als ich letztes Jahr im Karneval in diese Bar ging, war das das Wichtigste, was ich je getan habe. Bis ich vor ein paar Tagen bei deinem Steg war."

Einen Moment lang herrschte Stille. Dann drehten sich mehrere Köpfe in der Menge um, um nach Josh zu suchen.

Sogar der Pfarrer stellte sich auf die Zehenspitzen und blickte suchend in die Menge.

Doch es gab keine Reaktion von Josh. Er stand nicht auf. Er rief nicht: „Ich liebe dich auch!" Und da war auch kein großer, heißer Cajun, der den Gang entlangstolzierte, um sie über seine Schulter zu werfen und sie in ein glückliches Leben zu entführen.

Denn er war nicht da.

Es dauerte ein paar Minuten, bis sie das begriff. Es wurde ihr erst dann schmerzhaft bewusst, als sie schließlich seinen Platz zwischen den sich bewegenden Körpern sah.

Er war leer.

Josh war gegangen.

Das bedeutete, dass er kein Wort von dem gehört hatte, was sie gerade vor etwa vierhundert Menschen gesagt hatte. Bestimmt würden bald Videos von ihrer Liebeserklärung im Internet hochgeladen werden.

Tori spürte, wie ihr ein kaltes Rinnsal von Schmerz und Demütigung über den Rücken lief. Ihr Magen verkrampfte sich. War er etwa einfach *gegangen*?

„Tori."

Sie sah zu Andrew hinüber. Sein Gesichtsausdruck war mitleidig und besorgt.

„Er ist nicht hier."

Nein. Nein, das war er nicht.

Denn Andrew hatte ihr eben gestanden, dass er Gefühle für sie hatte. Vor einer Kirche voller Menschen. Leute, die hier waren, um zu sehen, wie er jemand anderen heiratete.

Hatte Josh etwa gedacht, sie würde sich für Andrew entscheiden?

Ihre Brust schmerzte, als sie daran dachte. Sie hatte Josh nicht gesagt, was sie für ihn empfand. Sie hatte nicht mit dem Gedanken gespielt, nach Louisiana zu ziehen. Sie hatte ihn nicht in all diese Gedanken eingeweiht, weil sie ihr verrückt und zu schnell und zu spontan erschienen. Sie hatte sich – mit Andrews Hilfe – eingeredet, dass sie überreagierte.

Vielleicht tat sie das auch. Vielleicht empfand er nicht das Gleiche für sie wie sie für ihn. Vielleicht hatte ihn diese ganze Szene davon überzeugt, dass *er* sich mit dieser vorgetäuschten Beziehung übernommen hatte, und war abgehauen, bevor alles aus dem Ruder lief.

Noch mehr aus dem Ruder als zuvor.

Vielleicht wollte er aber auch nur ritterlich sein. Vielleicht dachte er, es wäre das Richtige, zu verschwinden und ihr die Chance zu geben, mit Andrew zusammen zu sein, wenn sie das wollte.

Verdammt, sie hatte Andrew Josh schon einmal vorgezogen. Mehr als einmal. Vor zwei Nächten hatte sie Josh davon abgehalten, sie direkt auf ihr Zimmer zu tragen, weil Andrew sich Sorgen gemacht hatte. Gestern war sie wegen Andrew zur Plantage zurückgekehrt, anstatt mit Josh und seiner Familie in die Stadt zu gehen.

Josh wusste nicht, dass sie Andrews Anrufe und seine Versuche, mit ihr zu reden, ignoriert hatte. Er wusste nicht, dass sie sich tief in ihrem Herzen schon für *ihn* entschieden hatte.

Er wusste nicht, dass sie gerade jetzt, hier, vor allen Leuten, ihre Gefühle für ihn kundtat.

Weil er nicht hier war.

Verdammt, das war noch schlimmer als Muffins und Schweinekacke auf dem Schulflur.

Viel schlimmer.

„Du bist einfach *gegangen*?"

Ellie starrte ihn an, als hätte sie ihn noch nie zuvor gesehen.

„Was zum Teufel, Junge?", fügte Leo hinzu. „Du bist einfach so rausgegangen? Ohne etwas zu ihr zu sagen?"

„Andrew ist ihr *bester Freund*", kam Owen Josh zur Hilfe. „Er hat sich ihr ganzes Leben lang um sie gekümmert. Auf Wunsch ihres Vaters, nebenbei bemerkt. Er kennt sie. Er war immer für sie da. Und jetzt hat er sich vor allen, auch vor seinen Eltern und vor *Gott*, hingestellt und verkündet, dass er sie liebt und mit ihr zusammen sein will. Er hat ihretwegen seine *Hochzeit* abgesagt." Owen hielt inne und sah an der Bar auf und ab. „Josh konnte nicht einfach zum Altar stürmen und sagen: ‚Ich auch.' Das wäre schwach. Er braucht etwas Besseres als das."

Josh klopfte seinem Cousin auf die Schulter. „Danke, Mann."

Owen hatte es ziemlich gut auf den Punkt gebracht. Eigentlich hatte er fast wortwörtlich das wiedergegeben, was Josh zu ihm gesagt hatte, als er ins Büro gestürmt war. Seine Krawatte hatte lose um seinen Hals gebaumelt, sein Herz hatte gerast und in seiner Anzugsjacke hatte er ein kleines Kätzchen versteckt.

„Ich glaube, du bist ein Idiot", teilte ihre Großmutter Josh mit.

Josh hatte diese Reaktion von ihr erwartet. Doch für einen kurzen Moment – und sicher nicht zum ersten Mal in seinem Leben – fragte er sich, wie es wohl war, eine süße Großmutter zu haben, die Kekse backte und Socken strickte.

„Ich brauche mehr. Es muss eine richtig große Geste sein", sagte Josh. Er sah seine Familie und seine Freunde stirnrunzelnd an. „Kommt schon. Ihr solltet doch die Experten hier sein. Ich brauche einen Plan. Einen *guten* Plan. Einen *großartigen* Plan."

Hätte er den Gang entlangstürmen können? Natürlich. Hätte er *Ich liebe dich, Tori* aus dem hinteren Teil der Kirche rufen können? Ja, natürlich. Aber … verdammt … Andrew hatte ihr vor Gott und der Welt eine Liebeserklärung gemacht. Josh musste das toppen. Er empfand mehr für sie als Andrew. Da war Josh sich absolut sicher. Das bedeutete, dass Josh mehr tun musste, um ihr das zu beweisen.

Ja, er war gegangen. Er hatte gehört, was Andrew gesagt hatte, hatte Toris schockierten Gesichtsausdruck gesehen, hatte sich daran erinnert, dass sie zugestimmt hatte, mit Andrew zurück zur Plantage zu gehen, anstatt mit ihm auszugehen, und er hatte beschlossen, dass er nie einen anderen Mann so sehr übertrumpfen wollte, wie er Andrew übertrumpfen wollte.

Tori hatte es verdient, dass zwei Männer um sie kämpften

und versuchten, sie für sich zu gewinnen, indem sie sich zum Narren machten.

Andrew hatte seinen Teil getan.

Jetzt war Josh an der Reihe.

Kein Druck.

Nachdenklich streichelte Josh den Kopf des Kätzchens, dem es überraschenderweise nichts auszumachen schien, in einer Bar oder von Fremden umgeben zu sein. Nachdem er sich einen Hocker genommen hatte, hatte Josh das Kätzchen aus seiner Jacke gezogen und es auf die Theke gesetzt. Ellie hatte ihm etwas fein gehackten Fisch gebracht, worüber sich das Kätzchen sofort hergemacht hatte. Jetzt schlief sie in Joshs Armbeuge.

Den Umweg über die Scheune zu nehmen, um sie zu holen, war eine rein spontane Aktion gewesen. Aber gestern Abend hatte Tori gesagt, sie wären definitiv alt genug, um von ihrer Mutter getrennt zu werden, und … verdammt, er wollte ein Souvenir. Und nein, eine Karnevalsperlenkette oder ihr Höschen, das immer noch in der Tasche seiner Jeans steckte, waren nicht genug. Er hatte mehr gebraucht. Etwas Einzigartiges von Tori. Etwas *Lebendiges*, Warmes, Liebevolles. Genau wie sie.

Gott, er musste sich wirklich eine große Geste einfallen lassen und es dann verdammt noch mal durchziehen. Er war es leid, herumzusitzen und in Tori verliebt zu sein und es ihr nicht zu sagen. Es ihr nicht zu zeigen. Es nicht in die Welt hinauszuschreien.

Aber nein, auf Andrews Hochzeit zum Altar zu stürmen, war nicht die Art, wie Joshs Geste ablaufen sollte.

Etwas musste *passieren*. Das war alles nicht dramatisch genug. Er hatte sich vorgestellt, nach Autre zu fahren, allen zu erzählen, was passiert war, und sie alle in Autos zu verfrachten, um mit ihm zur Plantage zurückzukehren.

Natürlich hatte er keine Ahnung, wie es danach weitergehen sollte.

Deshalb war er hier, um sie um Rat zu fragen.

Aber anstatt die Plantage zu stürmen, ein Flugzeug zu mieten oder nach Iowa zu fliegen, damit sie alle da waren, wenn sie nach Hause kam, saß er auf einem Barhocker, streichelte seine neue Katze und hörte sich an, wie seine Großeltern ihm sagten, er sei ein Idiot.

„Ihr steht doch auf große Gesten", sagte er schließlich. „Ihr seid doch bereit, euch für andere zum Affen zu machen, oder? Nun, Andrew hat sich für sie zum Affen gemacht. Im großen Stil. Er hat alles riskiert. Also kommt schon. Gebt mir einen Rat."

„Du bist gerade einfach *abgehauen*", sagte Ellie wieder. „Großer Gott. Was denkst du, was Tori gerade denkt?"

„Was hätte ich tun sollen? Man *warnt* die Leute nicht, wenn man eine große Geste plant. Das ist ein Teil dessen, was sie groß macht", protestierte Josh. Die Wahrheit war, dass er instinktiv gehandelt hatte. Als er gesehen hatte, was Andrew tat, hatte er „oh nein" gedacht, und war aus der Kirche gestürmt, in der Absicht, Tori von den Füßen zu fegen.

Irgendwann.

Nachdem er herausgefunden hatte, wie.

Und hoffentlich bevor sie dachte, dass er sie nicht wollte, weil er sie mit Andrew in der Kirche zurückgelassen hatte.

Mist.

Okay, abzuhauen war dumm gewesen. Er hatte nicht darüber nachgedacht, bis er das Schild „Willkommen in Autre" passiert hatte. Sein Bedürfnis, Andrew auszustechen, war sein einziger Antrieb gewesen.

Also, ja, er hatte es versaut. Aber er hatte gehofft, dass diese Leute ihm helfen würden, es wiedergutzumachen.

„Ich drehe durch, okay?", sagte er schließlich. Das war die Quintessenz. So hatte er sich noch nie gefühlt. Er fühlte zu *viel* auf einmal. Er wusste nicht, wie er es in angemessener Weise ausdrücken sollte. „Ich beobachtete, wie sie zum Altar schritt, und dachte, wie sehr ich in sie verliebt war und dass ich es nicht erwarten konnte, es ihr zu sagen. Dann hat Andrew plötzlich die Zeremonie unterbrochen und ihr gestanden, dass *er* sie liebt. Das ist eine große Sache. Er weiß von all ihren öffentlichen Spektakeln in den letzten Jahren. Er hat ihr einige davon ausgeredet. Also war es eine große Sache für ihn, sich in aller Öffentlichkeit so zu demütigen. *Ich* würde auch zum Altar gehen und vor allen Leuten eine große Sache daraus machen. Aber dass Andrew das getan hat? Das war ... schon eine Nummer."

Bei Andrew bedeutete es mehr.

„Das war *Andrews* große Geste. Sein großer Moment. Ich wollte das nicht ... ausnutzen", sagte Josh schließlich. Das wäre wirklich schwach gewesen. Aber was soll's? War er nicht bereit, ihr zu sagen, was er fühlte, weil Andrew es ihr zuerst gesagt hatte?

Ellie verdrehte die Augen, so sehr, dass er befürchtete, sie könnten steckenbleiben.

Cora jedoch streckte die Hand aus und schlug Josh auf den Hinterkopf. „Das ist doch kein Wettbewerb."

„Ach nein?", fragte er und rieb sich die Stelle. „Wirklich? Zwei Männer lieben sie und wollen sie? Wie kann das kein Wettbewerb sein?"

„Weil es nur eine echte Wahl gibt", sagte Cora. „Und zwar den, den *sie* liebt."

„Das ist kein Kuchen, Junge", sagte Leo. „Man kann nicht zwei Menschen gleich stark lieben, so wie man sowohl Pekannuss- als auch Rum-Rosinenkuchen lieben kann."

„Aber du hast ihr nicht einmal *gesagt*, dass du sie liebst und willst", sagte Ellie und warf ihm einen strengen Blick zu.

„Sie hat mir auch nicht *gesagt*, dass sie mich liebt", entgegnete Josh.

„Und genau *das* ist die große Geste", sagte Ellie und deutete mit dem Finger auf seine Nase. „Das Risiko einzugehen. Alles zu geben, weil *du* Gefühle für sie hast, obwohl du dir nicht sicher bist, ob sie diese Gefühle erwidert."

Das traf Josh mitten ins Herz. Tori schreckte nie davor zurück, ihre Tiere – oder andere Tiere – zu verteidigen, nur weil jemand anderes es für seltsam halten oder nicht verstehen könnte oder weil die Konsequenzen vielleicht nicht in ihrem Sinne wären. Sie stürzte sich hinein, angetrieben von *ihrem* Herzen.

„Scheiße", sagte er und stieß einen Atemzug aus. „Warum bin ich da rausgegangen? Das war dumm."

„Endlich", sagte Ellie.

„Gott sei Dank", stimmte Cora zu.

„Also, wie lautet der Plan?", fragte Leo.

Josh seufzte. „Das ist der Punkt, an dem *ihr* alle ins Spiel kommt."

„Was, wenn Andrew und sie heiraten und du zu spät kommst?", fragte Owen.

„Das wird auf keinen Fall passieren", sagte Josh. Wenn er gedacht hatte, dass das ein Risiko wäre, wäre er nicht weggegangen. Nein, er hatte nicht bewusst darüber nachgedacht, aber sein Bauchgefühl – sein Herz – hätte ihn niemals gehen lassen, wenn er gedacht hätte, dass er sie nicht zurückbekommen könnte. Er musste es einfach nur richtig anstellen. „Ihre Eltern sind nicht hier. Und die Hochzeitsgesellschaft besteht eigentlich nur aus Paisleys Freunden und Familie." Er schüttelte den Kopf und kicherte ein wenig. „Paisley hätte niemals zugelassen, dass sie *ihre* Blumen und das ganze Zeug für ihre Hochzeit benutzen."

Ellie lehnte sich vor. „Ich habe nur ein Wort für dich."

„Liebe?"

„Iowa."

Iowa. Richtig. *Iowa.* Er würde nach Iowa fahren. Das war eine große Geste. So konnte er ihr beweisen, was er empfand. Er würde zu ihrer Farm fahren und dann …

Er rutschte vom Hocker, das Kätzchen immer noch im Arm haltend. „Weiß jemand, wo ich eine Kuh herbekommen kann? Vorzugsweise eine mit besonderen Bedürfnissen?" Ja, er wollte Tori eine Kuh schenken.

Alle sahen sich verwirrt an.

„Nein, wartet. Ein Schwein." Verdammt, vielleicht würde er ihr auch Muffins backen. Um diesen Moment noch einmal zu erleben, aber diesmal mit einem viel besseren Ende.

„Du willst ein *Schwein*?", fragte Owen.

„Oder eine Ziege. Das würde wahrscheinlich auch gehen", erwiderte er. Zu diesem Zeitpunkt war das nicht wirklich das Wichtigste, dachte er.

„Besondere Bedürfnisse?", fragte Leo.

„Zum Beispiel ein fehlendes Bein", erklärte Josh. „Oder eine Laktoseintoleranz oder so."

„Können Kühe laktoseintolerant sein?", fragte Owen. Er sah sich um. „Im Ernst. Das ist wirklich seltsam."

„Ich kenne einen Typen, der Pfaue hat", sagte Cora.

Josh hielt inne. „Wirklich? Pfaue?"

„Ja. Ungewöhnlich, oder?"

Er zuckte mit den Schultern. „Ja. Haben sie irgendwelche ... Phobien?"

„Ob die Pfaue Phobien haben?", fragte Cora.

„Das ist eine lange Geschichte", sagte Josh.

„Ich habe keine Ahnung." Auch sie blickte sich um. „Woher soll man das wissen?"

Josh lächelte. „Jemand Besonderes würde es wissen." Zum Teufel, er würde es mit einem Pfau versuchen. Er würde ihn zu Tori bringen und hoffen, dass er von Hand gefüttert werden musste oder dass man ihm nachts etwas vorsingen musste oder so.

„Ich rufe den Typen an", sagte Cora.

„Danke." Josh machte sich auf den Weg zur Tür. Er musste packen. Und einen ... Pfauenträger besorgen. Oder ... so.

Er stieß fast mit Kennedy zusammen, als er die Tür aufriss.

„Hier ist ein Mädchen für dich", sagte Kennedy zu ihm. Genauso wie er neulich Tori angekündigt hatte.

Joshs Herz klopfte in seiner Brust. „Ach ja?"

„Ja." Kennedy verschränkte die Arme und kniff die Augen zusammen. „Und seltsamerweise sieht sie auch dieses Mal nicht mordlustig aus. Und das, obwohl du von der Hochzeit abgehauen bist und sie einfach stehen lassen hast."

Kennedy hatte sich sofort auf Toris Seite geschlagen. Allerdings hatte sie einen Moment innegehalten und sich beeindruckt die Fotos angesehen, die er von Toris Frisur und Make-up geschickt hatte.

Josh holte tief Luft. Sie war zu ihm gekommen. Schon wieder. „Wo ist sie?"

„Auf dem Dock", sagte Kennedy. „Und du solltest wissen, dass Sawyer ihre Brüste gesehen hat. Nackt."

Josh, der gerade an seiner Schwester vorbeigehen wollte, hielt inne. „Wie bitte?"

Kennedy sah ein wenig selbstgefällig aus. „Sie ist mit einem Uber gekommen und den Steg entlangmarschiert, wo Sawyer gerade dabei war, das Boot festzumachen. Sie hat ihm eine Perlenkette zugeworfen und ihr Shirt hochgehoben, als er sich umgedreht hat. Für ihn und das ganze Boot voller Verbindungsstudenten, die er gerade von einer Tour zurückgebracht hatte."

Joshs Augen weiteten sich. „*Was?*"

Kennedy runzelte die Stirn. „Sie dachte, er wäre du. Sie wollte eine *große Geste* machen, Josh. Sie hat extra ein *Uber* genommen, um zu dir zu fahren. *Schon wieder*. Und dann sagte sie, dass der Tag, an dem sie dich letztes Jahr kennengelernt hat, der beste Tag ihres Lebens war und dass sie jeden Tag zu Karneval machen will, aber dass sie dich dafür braucht … oder so. Sie brach mittendrin ab, als sie merkte, dass es Sawyer war, der sich bückte, und nicht du."

Josh spürte, wie sein Lächeln noch breiter wurde. Er war wahnsinnig verliebt in diese Frau.

Und sie hatte gerade eine große Geste für ihn gemacht.

„Wo ist sie jetzt?"

„Im Büro."

Er machte sich auf den Weg.

„Hey, gleich kommt eine Gruppe an!", rief Kennedy. Sie brauchte das Büro, um ihre Zahlungen zu buchen.

„Nein, es kommt keine Gruppe", erwiderte er.

„Doch!"

„Dann kümmere dich drum, Ken."

„Du hast ein *Haus*, weißt du. Mit einem Schlafzimmer."

„Das ist drei Blocks entfernt", rief er zurück, als er die Straße überquerte.

„Ganz genau! *Nur* drei Blocks!", rief Kennedy.

„Zu weit!" Er bog um die Ecke des Gebäudes des Reiseunternehmens und riss die Tür zum Büro auf.

Tori saß auf dem Hocker hinter dem Tresen.

„Du *musst* aufhören, andere Männer mit mir zu verwechseln", sagte er, zog die Tür hinter sich zu und schloss sie ab.

„Vielleicht solltest du anfangen, dort zu sein, wo ich dich erwarte, wenn ich nach dir suche." Sie schenkte ihm ein erfreutes und erleichtertes Lächeln. Erleichtert, dass er sie sehen wollte.

Er war ein Trottel. Er hätte sie nie daran zweifeln lassen dürfen, dass er sie wollte. Nicht einmal in den zwei Stunden, die vergangen waren, seit er die Kirche verlassen hatte.

„Da hast du recht." Er nickte. „Ich muss für dich da sein. Es tut mir leid, dass ich gegangen bin."

„Mir auch. Ich habe eine große Rede darüber geschwungen, dass ich in dich verliebt bin."

Ein Gefühl intensiver Liebe überkam ihn. „Vor allen Leuten?"

„Ja. Es ist auf YouTube und Facebook, wenn du es sehen willst."

„Ich will es auf jeden Fall sehen." Er machte einen Schritt auf sie zu.

„Meine Haare und mein Make-up sehen übrigens fantastisch aus."

Er grinste. „Das glaube ich sofort." Er trat an den Tresen heran. „Aber ich würde es wirklich lieber persönlich hören."

„Ich bin in dich verliebt, Josh. Ich will mit dir zusammen sein. Und ich weiß, dass das verrückt ist und schnell geht, aber es ist wahr."

„Obwohl ich einfach abgehauen bin? Das habe ich nur getan, weil ich unbedingt Andrews große Geste übertrumpfen wollte, und ich bin hierher zurückgekommen, um alle daran teilhaben zu lassen. Trotzdem, ich hätte nicht gehen sollen."

Sie blinzelte ihn an. „Wirklich? Du hast eine große Geste geplant?"

„Verdammt richtig, das habe ich. Ich war so sehr damit beschäftigt, ein richtig großes Spektakel zu planen, das die Leute hier als episch bezeichnen würden, dass ich einfach weggegangen und direkt hierhergekommen bin."

„Du wusstest also, dass ich es sehen wollte?", fragte sie.

„Natürlich." Er schenkte ihr ein Grinsen. Verdammt, er wusste immer noch nicht genau, was es werden sollte, aber es würde ein richtig großes Ding werden.

Sie lächelte zurück. „Aber jetzt musst du es nicht mehr tun. Das habe *ich* bereits übernommen."

Diese Worte versetzten ihm einen Stich ins Herz. „Das hast du. Und dann …" Er wollte ihre Gefühle nicht verletzen, aber das war ein wirklich wichtiger Teil von alledem. „Deine Rede in der Kirche, deine große Geste, sie ist wieder fehlgeschlagen. Vor den Augen aller. Und trotzdem bist du in ein Uber gestiegen und hierhergekommen, um es noch einmal zu versuchen. Obwohl ich einfach verschwunden bin und du nicht wusstest, warum."

„Ich …" Sie schien darüber nachzudenken. Dann zuckte sie mit den Schultern. „Ja, ich schätze schon. Ich meine, wenn ich bereit bin, mich wegen Hunden und Kühen zum Affen zu machen, dann bin ich auch bereit, mich wegen dir zum Affen zu machen, und zwar mehrmals."

Josh spürte, wie sich seine Kehle zusammenzog. Er räusperte sich. „Gott sei Dank. Denn ich scheine meinen großen Auftritt nicht hinzubekommen. Was allerdings nicht daran liegt, dass ich nicht will", fügte er hastig hinzu.

Sie grinste. „Nun, das war ein geringes Risiko." Sie zwinkerte ihm zu. „Ich fühle mich wohl hier in Autre. Ich weiß, dass du findest, dass dieser Ort verrückt und seltsam ist, aber ich *passe* hierher und ich wusste, dass ich das hier machen kann und alle es lieben und hinter mir stehen würden. Dass mich keiner für verrückt halten würde. Oder mich zwingen, mich zu entschuldigen, oder irgendwelche Ballkleider zu ersetzen … sozusagen."

In diesem Moment überkam ihn ein heftiger Schmerz. Sie war unglaublich und sie hatte ihren Platz gefunden. Und zwar hier. Bei ihm. Und seiner Familie.

Er widerstand dem Drang, sie zu packen und sie über den Tresen in seine Arme zu ziehen. Gerade so. „Nun, Sawyer hat deine große Geste auf jeden Fall gefallen."

Sie lachte. „Das macht die Geschichte nur noch besser, meinst du nicht?"

Das tat es. Aber er knurrte. „Nein. Du wirst dich nie wieder für einen anderen Mann ausziehen, egal aus welchem Grund."

Ihr Gesichtsausdruck wurde weicher. „Danke, dass du mich nicht für meine Verrücktheiten verurteilst."

Er schüttelte den Kopf. „Ich werde dir sagen, wer verrückt ist – dein Dad und Andrew. Die beiden Männer, die dich nicht so sein lassen, wie du bist. Die dich nicht sehen, die nicht wollen, dass du so bist, wie du bist." Er nutzte ihre Sprachlosigkeit aus und lehnte sich zu ihr. „Ich will dich genauso wie du bist. Ich bin auch in dich verliebt. Ich habe noch nie jemanden wie dich getroffen und ich kann mir nicht vorstellen, nicht mit dir zusammen zu sein."

Ihre Augen weiteten sich. „Wirklich? Du bist auch in mich verliebt?"

„Ja. Natürlich. Wer könnte nicht in dich verliebt sein?", fragte er mit einem kleinen Lachen. „Ich habe auf die richtige Geste gewartet, auf die richtige Gelegenheit, um es dir zu zeigen. Dabei hätte ich es dir einfach sagen sollen."

Ihre Augen schimmerten und sie schniefte. „Ich weiß, dass die Landrys auf große Gesten stehen. Aber ich glaube, dir ist gar nicht bewusst, welche Gesten du gemacht hast. Es waren so viele. Und sie summieren sich. Das tun sie wirklich. *All* die kleinen Dinge, die du getan hast, sind von großer Bedeutung für mich. Die Kätzchen, das Make-up, der Wunsch, mich einfach *kennenzulernen*. Dass du mich so akzeptierst, wie ich bin. Dass du dich nicht für mich entschuldigst oder mich von meinen verrückten Aktionen abbringen willst. Du hast einfach ..." Ihre Stimme wurde leiser. „Du liebst mich einfach. Und das ist die größte Geste von allen."

Gott, er brauchte sie. In jeder Hinsicht. Und zwar sofort.

Er beugte sich vor, um sie die nächsten drei Tage lang zu küssen, doch in diesem Moment miaute das Kätzchen. Toris Augen huschten zu dem kleinen Fellknäuel in seiner Armbeuge.

„Oh mein Gott, ist das die Kleine aus der Scheune?"

Bisher hatte das Kätzchen gar nicht *bemerkt*, weil sie nur Augen für *ihn* gehabt hatte. In diesem Moment wusste Josh ohne Zweifel, dass Victoria Kramer ihn wirklich liebte. Er nickte grinsend und reichte ihr das Kätzchen. „Ich musste etwas mit nach Hause bringen, das ... mich an dich erinnert."

Tori schmiegte ihr Gesicht an das Kätzchen, doch ihre Augen waren auf seine gerichtet. „Ich habe mir noch nie so sehr gewünscht, dir die Kleider vom Leib zu reißen."

Er lachte. Seine kleine Nymphomanin. „Es ist alles in Ordnung mit ihr. Keine besonderen Bedürfnisse. Tut mir leid."

Tori schniefte und rutschte vom Hocker. Dann ging sie um den Tresen herum und stellte sich direkt vor ihn.

Er hob eine Hand und strich ihr über den Kopf.

„Schon gut, es ist alles in Ordnung mit ihr", sagte Tori.

„Aber ich kann dir ein paar Pfauen besorgen", fügte er hinzu. „Allerdings bin ich mir nicht sicher, ob sie besondere Bedürfnisse haben."

Sie lachte. „Das ist auch in Ordnung." Ihre Augen schimmerten. „Ich hätte gerne Pfauen. Die sind echt cool."

„Brauchst du keine verrückten Tiere? Ich meine, wir können deine hierherbringen." Natürlich würden sie ihre hierherbringen.

Sie nickte. „Okay, aber –" Sie hob die Schulter. „Vielleicht ist es an der Zeit, dass ich versuche, mich um ein paar verrückte *Menschen* zu kümmern."

Ein Gefühl von Liebe, Lust und ein Glück, das er sich nie hätte vorstellen können, durchfluteten ihn. Menschen an sich heranzulassen. *Verrückt* nach ihnen zu sein und zu riskieren, dass es nicht erwidert wurde. *Das* war eine große Geste von Tori.

Natürlich *würde* sie erwidert werden. Sie würde so viel Liebe bekommen, dass sie gar nicht wusste, was sie tun sollte. Doch die Bereitschaft, dieses Risiko einzugehen, war genau das, was sie beide brauchten.

Sie küssten sich, lang und zärtlich, konnten sich aber wegen des Kätzchens nicht zu nahe aneinanderschmiegen. Josh hob seinen Kopf und grinste. Er wollte ihr unbedingt nahe sein. Sehr, sehr nahe. Er nahm ihr das Kätzchen ab und entriegelte die Tür. Wie erwartet lehnten Kennedy, Owen, Sawyer, Ellie, Cora, Jerry und Leo am Geländer vor der Tür und warteten.

Er reichte seiner Schwester die Katze und grinste sie an, bevor er die Tür wieder schloss und verriegelte. Dann drehte er sich wieder zu Tori um und ignorierte Kennedys „Verdammt, Josh!"

„Also, was die Karnevalketten und die nackten Brüste betrifft, von denen ich gehört habe, …"

„Na ja, es ist ja nicht mehr wirklich Karneval", stichelte Tori, während sie eine der Perlenketten aus ihrer Tasche zog und sie ihm zuwarf.

„Ach, Schätzchen." Im Austausch für die Perlen zog er sein Hemd aus. Dann warf er sie ihr wieder zu. „Für uns ist von nun an jeden Tag Karneval."

Drei Monate später ...

„Andrew hat angerufen."

Josh verdrehte die Augen. „Ist mir egal."

Tori grinste ihn an und reichte ihm Chuck, das Kätzchen, das er mitgebracht hatte, um es von ihr untersuchen zu lassen. „Chuck ist kerngesund."

„Wunderbar." Josh hob den kleinen Kater hoch und sah ihm in die Augen. „Willkommen in der Familie, Kumpel."

Es war die dritte Katze, die er innerhalb von zwei Monaten mit nach Hause brachte, einschließlich Bernie, dem Kätzchen von der Plantage, und Jax, dem zehnjährigen Kater, den er im Schuppen hinter ihrem neuen Grundstück gefunden hatte. Zu der Farm gehörten außerdem mehrere Nebengebäude, die sie immer noch durchkämmten und dabei alle möglichen Schätze und Gerümpel fanden. Der Kater hatte offensichtlich einige Zeit dort draußen gelebt, aber er hatte sich schnell an sein neues Leben im Haus – und auf Joshs Schoß – gewöhnt.

Josh und seine neue Katzenbesessenheit könnten zu einem Problem werden.

Doch im Moment grinste Tori nur, während sie den Untersuchungstisch abräumte.

„Er hat gesagt, dass er nicht glaubt, dass Paisley und er wieder zusammenkommen werden", sagte sie.

„Es ist mir immer noch egal." Josh warf ihr einen finsteren Blick zu. „Und nein, er kann am Freitag nicht zum Flusskrebs-Essen kommen."

Das letzte Mal, als Andrew hierhergekommen war, hatte er drei Einmachgläser voll Schwarzgebranntem getrunken und war im Büro von *Boys of the Bayou* eingeschlafen. Am nächsten Morgen hatte er die ersten vier Reisegruppen verschlafen. Mitten auf dem Boden, während die Touristen über ihn hinweggestiegen waren.

„Ach, komm schon", stichelte Tori. „Du weißt doch, dass du dir keine Sorgen machen musst."

Josh schnaubte. „Ich mache mir keine Sorgen. Ich weiß genau, wo dein süßer Hintern jede Nacht sein wird. Ich kann den Kerl nur nicht leiden."

Tori liebte es, wenn er so etwas sagte. Und ja, es war keine Frage, wo ihr Hintern und der Rest von ihr sein würde. Und zwar genau hier. In Autre, Louisiana. Bei Josh Landry. Obwohl sie erst seit drei Monaten hier war, fühlte sie sich bereits wie zu Hause.

Sie nahm Joshs Hand und sie machten sich auf den Weg zum Haus. Sie hatte sich bereits eine Tierarztpraxis aufgebaut, worauf sie sehr stolz war. Bevor sie hiergezogen war, hatte es nur einen Tierarzt dreißig Minuten entfernt von Autre gegeben. Und nun ja, sie war eine Landry – sozusagen – und das bedeutete, dass jeder in und um Autre ihr bedingungslos vertraute.

Sie brachten Chuck, Jax und Bernie ins Haus und machten sich dann auf den Weg in die Stadt und zum Tourbüro. Dazu mussten sie eigentlich nur aus der Haustür gehen, links abbiegen und ein paar Blocks laufen. Ihre Farm lag am Stadtrand und ihr Grundstück erstreckte sich hinter dem

Haus fast bis zur Bezirksgrenze. Ihr Vorgarten lag an der letzten Straße von Autre.

Josh hatte später zwei Führungen, und Tori wollte bei ein paar Häusern anhalten, um nach Patienten zu sehen. Aber zuerst wollte Sawyer sich mit allen treffen.

Owen, Sawyer und Kennedy waren schon da, als Josh und Tori durch die Tür kamen.

Tori hatte nicht viel mit dem Reiseunternehmen zu tun, aber sie sprang manchmal für Kennedy am Schreibtisch ein, wenn es nötig war und hatte trotzdem das Gefühl, in alles involviert zu sein. Es gab nicht viel, was in dieser Familie, in diesem Betrieb oder in Ellies Bar vor sich ging, ohne dass nicht alle Familienmitglieder davon wussten.

„Wir haben ein Problem", sagte Sawyer, ohne darauf zu warten, bis Tori und Josh sich gesetzt hatten.

„Was ist los?", fragte Owen und schob sich eine Erdnuss in den Mund.

„Wir sind knapp bei Kasse", erklärte Sawyer unverblümt. „Wir kommen kaum über die Runden, und das bedeutet, dass wir einige neue Anschaffungen aufschieben müssen, und die Expansion, über die wir letztes Jahr gesprochen haben, nicht stattfinden wird. Zumindest nicht im Moment."

Owen und Josh wechselten einen Blick. Einen enttäuschten Blick.

„Haben wir nicht genug Buchungen oder so?", fragte Tori. Seit ihrem Abschluss hatte sie ihr eigenes Geschäft, aber sie hatte es nicht nötig, Werbung zu machen oder nach Patienten zu suchen. Alle brachten ihre Tiere automatisch zu ihr, und ihre Mom und ihr Dad gaben Interessierten ihre Handynummer, wenn sie in der Kirche oder im Café nach ihr gefragt wurden.

„Das Geschäft läuft gut", sagte Sawyer. „Aber wir haben einen Mann weniger. Das bedeutet, dass ich mehr Zeit im Büro verbringen werde und wir alle bei Wartungs- und Reparaturarbeiten anpacken müssen. Das bedeutet, dass wir weniger Zeit für Touren haben werden."

Einen Moment lang waren alle still. Das war die allgemeine Reaktion, wenn jemand Tommy, den vierten Partner, der acht Monate zuvor gestorben war, auch nur indirekt erwähnte.

Schließlich sagte Josh: „Was sollen wir tun? Jemanden einstellen?"

„Vielleicht", meinte Sawyer. Er fuhr sich mit der Hand durchs Haar. „Aber das war noch nicht alles."

„Was ist denn noch?", fragte Owen.

„Maddie."

Owen, der gerade dabei war, sich ein paar Erdnüsse in den Mund zu schieben, erstarrte. „Was?"

Sawyer nickte. „Maddie. Sie will ihren Anteil verkaufen."

Owen stellte das Glas mit den Erdnüssen mit einem lauten Schlag und verschränkte die Arme. „Warum?"

„Sie will ihn nicht", sagte Sawyer.

„Sie *will* ihn nicht?"

Sawyer stieß einen Atemzug aus. „Warum sollte sie ihn wollen?", fragte er geradeheraus.

„Was soll das heißen?", fragte Owen, sichtlich verärgert. „Ihr Bruder hat ihr den Anteil geschenkt."

Owen war der lässige Landry. Der lustige Typ. Der Charmeur. Tori war sich nicht sicher, ob sie ihn jemals so mürrisch gesehen hatte wie jetzt, und sie hatte ihn definitiv noch nie so aufgeregt gesehen.

Sie wollte unbedingt wissen, wer Maddie war und was hier vor sich ging. Also setzte sie sich und hörte gespannt zu.

„Das letzte Mal, als sie hier lebte, war sie sechzehn", sagte Sawyer. „Sie hat keine wirkliche Beziehung zu dem Geschäft oder der Stadt."

„Du meinst, sie hat keine wirkliche Beziehung zu *uns*", sagte Owen.

„Wie zum Teufel sollte sie auch?", fragte Sawyer, sichtlich

verärgert. „Sie hat die letzten zwölf Jahre in Kalifornien gelebt."

„Gut", meinte Owen. „Dann kann sie uns den Anteil ja einfach *überschreiben*. Wie auch immer."

„Nun, sie will ihn uns aber nicht überschreiben", sagte Sawyer. „Wir müssen sie auszahlen."

„Was ist los?", flüsterte Tori Josh zu.

„Maddie ist Tommys kleine Schwester", erklärte Josh ihr. „Er hinterließ ihr seinen Anteil am Geschäft, als er starb. Ihr gehören fünfunddreißig Prozent von *Boys of the Bayou*."

„Oh." Nun, ja, verdammt. „Und sie will ihn nicht?"

„Anscheinend nicht." Josh sah nicht glücklich aus. „Aber verdammt, das ist kein guter Zeitpunkt, um jemanden auszuzahlen."

„Verdammter Mistkerl." Owen schritt zur Tür und starrte sie an, die Hände in die Hüften gestemmt.

Tori warf Josh einen verwirrten Blick zu. Sie hatte Owen noch nie so sehen.

„Die Sache zwischen Owen und Maddie ist … kompliziert, erklärte Josh."

„Lief was zwischen den beiden?", mutmaßte Tori.

„Kann man so sagen." Josh senkte seine Stimme. „Es besteht die Möglichkeit, dass Maddie unter anderem wegen Owen nicht nach Autre zurückkehren will."

Tori sah zu Owen hinüber und rutschte auf ihrem Stuhl herum. Sie wollte alles über diese Geschichte wissen.

„Du wirst einen kühlen Kopf brauchen", sagte Sawyer zu Owen. „Sie kommt in die Stadt."

Owen wirbelte herum. „Wann?"

„Sie sollte nächste Woche hier sein und bleibt für dreißig Tage. So lange haben wir laut Partnerschaftsvertrag Zeit, eine Lösung zu finden."

„Wir haben einen Partnerschaftsvertrag?", fragte Josh.

„Na ja …" Sawyer fuhr sich mit einer Hand durchs Haar.

„Leo und Kenny haben ein paar Seiten aufgeschrieben, als sie das Unternehmen gegründet haben."

„Aber das gilt doch nicht für uns, oder?", fragte Josh.

„Laut Clint ist es rechtskräftig", sagte Sawyer. Clint war ihr Anwalt. „Er war anscheinend dabei, als sie ihn aufgesetzt haben."

„Lass mich raten", sagte Josh. „Sie haben ihn in der Bar bei einem Glas Whiskey aufgesetzt, nachdem sie den ganzen Tag fischen waren."

„Fast", nickte Sawyer. „Sie waren in der Jagdhütte. Aber es waren definitiv Whiskey und Fischen im Spiel."

Alle lachten. Außer Owen. Er starrte mit finsterer Miene auf den Boden und schien tief in Gedanken versunken zu sein.

Maddie war mehr als nur Tommys kleine Schwester, wie es schien.

„Was steht da drin?", fragte Josh.

„Was zu tun ist, wenn einer der Partner Geld aus der Unternehmenskasse stiehlt. Wie Streitigkeiten zwischen den Gesellschaftern gehandhabt werden. Solche Dinge", erklärte Sawyer. „Sie haben eine ganze Menge Dinge vereinbart, bevor einer von ihnen die Partnerschaft auflösen oder seinen Anteil verkaufen konnte." Er rollte mit den Augen. „Offensichtlich haben Leo und Kenny eingesehen, dass sie beide hitzköpfige, engstirnige Ärsche sind, und sie haben ein paar Notfallpläne für den Fall aufgestellt, dass einer von ihnen sich wegen einer Dummheit aufregt und auf die Idee kommt, seine Wut an dem Unternehmen auszulassen."

Josh grinste. „Was wäre passiert, wenn einer von ihnen Geld gestohlen hätte?"

„Der andere hätte die Baseballkarte für sich allein bekommen", sagte Sawyer.

Josh lachte.

„Baseballkarte?", fragte Tori. „Haben sie den Vertrag aufgesetzt, als sie zwölf waren?"

Josh nickte und grinste. „Leo und Kenny haben sich meistens wie zwölf benommen. Aber sie hatten beide wirklich wertvolle Karten, die sie seit ihrer Kindheit aufbewahrt haben. Sie versuchten ständig, eine Karte zu gewinnen oder den anderen auszutricksen, damit er eine abgab. Doch da gab es eine Willie Mays Rookie-Karte, die sie 1952 zusammen gekauft hatten. Sie hat ihnen immer gemeinsam gehört, obwohl sie im Laufe der Jahre alles versucht haben, um den anderen dazu zu bringen, sie herzugeben. Mittlerweile ist sie Tausende wert. Sie haben sogar darüber gesprochen, sie zu verkaufen, um das Geschäft aufzubauen, aber letzten Endes brachten sie es einfach nichts übers Herz."

Tori grinste bei dieser Geschichte. Das klang sehr nach Leo. Nach außen hin ein wenig mürrisch, aber ein Herz aus Gold.

„Habt ihr durch diesen Vertrag, die Möglichkeit, den Verkauf von Maddies Anteil zu regeln?", fragte Kennedy.

„Na ja, ich bin nicht sicher, wie *gut* er ist", sagte Sawyer. „Aber es steht drin, dass derjenige, der aussteigen will, dem anderen Partner dreißig Tage vorher Bescheid geben muss. Und dass die Partner während dieser dreißig Tage weiter zusammenarbeiten müssen."

„Maddie arbeitet nicht hier", gab Owen zu bedenken.

„Im Moment nicht, nein", stimmte Sawyer zu.

Owen stieß einen Atemzug aus. „Sie kommt also für einen Monat hierher, und wird jeden Tag hier mit uns arbeiten?"

Sawyer nickte kurz. „So ungefähr."

„Und dann? Was passiert nach den dreißig Tagen?", fragte Owen.

„Na ja, entweder behält sie ihren Anteil, weil wir sie überzeugt haben, dass sie dabei sein will. Oder …" Er seufzte. „Sie verkauft."

„An einen Fremden?", fragte Kennedy. „Wir können keinen Fremden in unser Geschäft holen."

„Auf keinen Fall", pflichtete Owen ihr bei.

Tori konnte die Anspannung in ihren Gesichtern sehen. Die Vorstellung, dass jemand, der nicht zu diesem eingeschworenen Clan gehörte, in das Geschäft einsteigen würde, kam selbst ihr seltsam vor. Tommy und Maddie waren nicht blutsverwandt mit den Landrys, aber aufgrund der lebenslangen Freundschaft zwischen den Landrys und den Allains waren sie in jeder Hinsicht eine große Familie.

„Ich habe mich innerhalb von zehn Minuten in deine Familie und diese Stadt verliebt", sagte Tori ermutigend. „Ich kann mir nicht vorstellen, wie sie dreißig Tage hier verbringen kann und nicht dazugehören will."

Sawyer, Josh und Kennedy sahen zu Owen.

Owen runzelte die Stirn. „Was?"

„*Du* musst dich benehmen", sagte Sawyer zu ihm.

„Was glaubt ihr denn, was passieren wird?"

„Ich *weiß*, dass du nicht mehr und nicht weniger sein wirst als der charmante alte Junge, der du für alle Touristinnen bist", sagte Sawyer fest.

Owen verhielt sich Frauen gegenüber *tatsächlich* sehr charmant und zuvorkommend, wie Tori beobachtet hatte. Nun, außer vielleicht bei Ellie. Aber normalerweise fing sie an. Warum also Sawyers Warnung?

„Streite dich nicht mit ihr", sagte Sawyer. „Kämpfe mit niemandem *um* sie. Und küsse sie *nicht*."

Toris Augen waren weit aufgerissen, als Sawyer mit seiner Liste fertig war. Oh ja, die beiden hatten eindeutig eine gemeinsame Vergangenheit.

Owen öffnete den Mund, um etwas zu erwidern, schien es sich dann jedoch anders zu überlegen und schloss ihn wieder. Er atmete tief ein und aus. Dann sagte er schließlich: „Gut."

„Bist du sicher?", fragte Sawyer.

„Das ist jetzt zwölf Jahre her", sagte Owen. „Ich denke, ich habe mittlerweile mehr Selbstbeherrschung als mit siebzehn."

„Das würde ich auch gerne glauben", sagte Sawyer. „Aber

soweit ich mich erinnere, musste ich in diesem Büro ein Loch in der Wand beseitigen, das so groß war wie deine Faust, nachdem sie zu Tommys Beerdigung hier war."

Tori sah Josh an. Er seufzte nur.

„Sie muss ja nicht gleich *hierherziehen*", sagte Sawyer zu der Gruppe. „Sie kann von San Francisco aus arbeiten. Wir sollten aber sichergehen, dass sie sieht und fühlt, was Tommy an diesem Ort geliebt hat. Und …" Sawyer hielt inne und holte tief Luft. „Alles, was er an uns geliebt hat. Wir müssen es ihr so schwer wie möglich machen, ihren Anteil aufzugeben."

Kennedy nickte. „Ja, okay." Sie musterte die anderen besorgt. „Das kriegen wir doch hin, oder?"

„Klar", antwortete Josh, wenn auch nicht sonderlich überzeugend.

„Natürlich", fügte Tori hinzu. *Sie* hatte sich sofort in Autre, die Familie Landry und die *Boys of the Bayou* verliebt.

„Ich habe da so meine Zweifel", gab Owen zu bedenken. „Sie ist jetzt ein Stadtmädchen."

„Nun, wir haben dreißig Tage Zeit, um sie daran zu erinnern, dass sie tief im Inneren ein Bayou-Mädchen ist", meinte Sawyer. Er sah Owen an. „Reiß dich zusammen."

Owen machte eine abwinkende Handbewegung.

Tori grinste. Was auch immer passierte, es würde sehr interessant werden.

Danke, dass du *Die Karneval-Hochzeit meines besten Freundes* gelesen hast! Ich hoffe, dir hat die Geschichte von Josh und Tori gefallen!
Und es kommt noch viel mehr aus dem Bayou!
Weiter geht es mit der Geschichte von Owen und Maddie in
Sweet Home Louisiana*!*

Ein sexy Kleinstadt-Liebesroman mit einer zweiten Chance!

Die Ausreißerin ist wieder zu Hause. Und sie ist nicht gerade glücklich darüber. Jetzt hat der Bayou-Playboy dreißig Tage Zeit, um ihr zu zeigen, dass sich die wichtigsten Dinge im Leben – wie Seelenverwandte, Familie und das perfekte Gumbo-Rezept – nie ändern.

Sichere dir die Geschichte gleich jetzt!
Erfahre mehr auf erinnicholas.com

Und bleib auf dem Laufenden!
Trage dich in meine **E-Mail-Liste** ein!
erinnicholas.com/contact/

Und erfahre als Erste von meinen Neuigkeiten, Verkäufen, Werbegeschenken, Blicken hinter die Kulissen und mehr!

Du kannst dich auch auf meiner **Super-Fan-Seite** auf Facebook anmelden und jeden Tag mit mir und anderen Super-Fans chatten! Such einfach auf Facebook nach Erin Nicholas Super Fans!

Über die Autorin

Erin Nicholas ist die New York Times- und USA Today-Bestsellerautorin von über vierzig sexy zeitgenössischen Liebesromanen. Ihre Geschichten gelten als aufregend, bezaubernd, heiß und lustig. Sie liebt es, über widerspenstige Helden, unvollkommene Heldinnen und ein glückliches Leben danach zu schreiben. Sie lebt im Mittleren Westen mit ihrem Mann, den von ihren Büchern nur die Sexszenen interessieren, ihren Kindern, die niemals die Sexszenen in ihren Büchern lesen werden, und Familie und Freunden, die sagen, dass sie von den Sexszenen in ihren Büchern schockiert sind (ja sicher!).

Hier finden Sie Erin:
www.ErinNicholas.com

Printed in Poland
by Amazon Fulfillment
Poland Sp. z o.o., Wrocław

24409198R00181